太平廣記鈔

태평광기초 10

〈지식을만드는지식 고전선집〉은
인류의 유산으로 남을 만한 작품만을 선정합니다.
읽을 수 없는 고전이 없도록 세상의 모든 고전을 출판합니다.
오랜 시간 그 작품을 연구한 전문가가
정확한 번역, 전문적인 해설, 풍부한 작가 소개, 친절한 주석을
제공합니다.

太平廣記鈔

태평광기초 10

풍몽룡(馮夢龍) 엮음
김장환(金長煥) 옮김

대한민국, 서울, 지식을만드는지식, 2024

편집자 일러두기

- 이 책은 명나라 천계(天啓) 간본을 저본으로 교점한 배인본 중에서 번체자본(繁體字本)인 웨이퉁셴(魏同賢)의 교점본[2책, 《풍몽룡전집(馮夢龍全集)》 8·9, 펑황출판사(鳳凰出版社), 2007]을 바탕으로 하고 기타 배인본을 참고했습니다. 아울러 《태평광기》와의 대조를 통해 교감이 필요한 원문에 한해 해당 부분에 교감문을 붙이고, 풍몽룡의 비주(批注)와 평어(評語)까지 포함해 80권 2584조 전체를 완역하고 주석을 달았습니다. 《태평광기》는 왕샤오잉(汪紹楹)의 점교본[베이징중화수쥐(中華書局), 1961]을 사용했습니다.
- 《태평광기초》는 총 80권으로 되어 있습니다. 이 번역본에는 편의상 한 권에 원서 5권씩을 묶었습니다. 마지막권인 16권에는 전체 편목·고사명 찾아보기, 해설, 엮은이 소개, 옮긴이 소개를 수록했습니다.
제10권은 전체 80권 중 권46~권50을 실었습니다.
- 국내에서 처음으로 소개됩니다.
- 해설 및 주석은 독자들의 이해를 돕기 위해 모두 옮긴이가 붙인 것입니다.
- 옮긴이는 독자들이 이해하기 쉽도록 각 고사에는 맨 위에 번역 제목을 붙였고 그 아래에 연구자들이 작품을 찾아보기 쉽도록 원제를 한자 독음과 함께 제시했습니다. 주석이나 해설 등에서 작품을 언급할 때는 원제의 한자 독음으로 지칭했습니다.
- 옮긴이는 원전에서 제시한 작품의 출전을 원제 아래에 "출《신선전(神仙傳)》"과 같이 밝혔습니다. 또한 원문 뒤에는 해당 작품이 《태평광기》의 어느 부분에 실려 있는지도 밝혀 《태평광기》와 비교 연구할 수 있도록 했습니다.
- 본문에서 "미:"로 표기한 것은 엮은이 풍몽룡이 본문 문장 위쪽에 단 미주(眉注)이고 "협:"으로 표기한 것은 문장과 문장

사이에 단 협주(夾注)입니다. "평:"으로 표기한 것은 풍몽룡이 본문을 읽고 자신의 평을 추가한 것입니다.
- 한글에 한자를 병기할 때 괄호 안의 말과 바깥 말의 독음이 다르면 [ ]를 사용하고, 번역어의 원문을 표시할 때는 ( )를 사용했습니다. 또 괄호가 중복될 때에도 [ ]를 사용했습니다.
- 고대 인명과 지명은 한자 독음으로 표기하고 현대 인명과 현대 지명은 국립국어원의 중국어 표기법에 따라 표기했습니다.

차 례

권46 주식부(酒食部)

주(酒)

46-1(1326) 술 이름(酒名) · · · · · · · · · · · 4213
46-2(1327) 천일주(天日酒) · · · · · · · · · · · 4215
46-3(1328) 금간주(擒奸酒) · · · · · · · · · · · 4217
46-4(1329) 청전주(靑田酒) · · · · · · · · · · · 4219
46-5(1330) 곤륜상(崑崙觴) · · · · · · · · · · · 4221
46-6(1331) 벽통주(碧筒酒) · · · · · · · · · · · 4222
46-7(1332) 소장주(消腸酒) · · · · · · · · · · · 4223
46-8(1333) 점우주(黏雨酒) · · · · · · · · · · · 4225
46-9(1334) 남방주(南方酒) · · · · · · · · · · · 4226

주량(酒量)

46-10(1335) 정현(鄭玄) · · · · · · · · · · · 4231
46-11(1336) 유표(劉表) · · · · · · · · · · · 4233
46-12(1337) 배홍태(裴弘泰) · · · · · · · · · · 4234
46-13(1338) 왕원중(王源中) · · · · · · · · · · 4237
46-14(1339) 술 마시지 않음의 이점(不飮) · · · · · 4239

식(食)

46-15(1340) 오후의 섞어찌개(五侯鯖) · · · · · · · 4243

46-16(1341) 드렁허리 요리에 대한 의론(鱓議) · · · 4245

46-17(1342) 한구(寒具) · · · · · · · · · · · · 4247

46-18(1343) 열낙하(熱洛河) · · · · · · · · · · 4248

46-19(1344) 유명한 음식(名食) · · · · · · · · 4249

46-20(1345) 망가진 말다래(敗障泥) · · · · · · · 4250

46-21(1346) 대병(大餅) · · · · · · · · · · · 4252

46-22(1347) 양만(羊曼) · · · · · · · · · · · 4254

식량(食量)

46-23(1348) 범왕(范汪) · · · · · · · · · · · 4257

46-24(1349) 송 명제(宋明帝) · · · · · · · · · 4258

46-25(1350) 부견의 세 장수(苻堅三將) · · · · · · 4261

권47 악부(樂部)

악(樂)

47-1(1351) 사연·사광·사연(師延·師曠·師涓) · · 4265

47-2(1352) 마융(馬融) · · · · · · · · · · · 4270

47-3(1353) 만보상(萬寶常) · · · · · · · · · 4271

47-4(1354) 왕영언(王令言) · · · · · · · · · 4274

47-5(1355) 당 태종(唐太宗) · · · · · · · · · 4275

47-6(1356) 이사진(李嗣眞) · · · · · · · · · 4279

47-7(1357) 배지고(裴知古) · · · · · · · · · 4281

47-8(1358) 영왕(寧王) · · · · · · · · · · · 4283

47-9(1359) 송연(宋沇) · · · · · · · · · · · 4285

47-10(1360) 봉성악·순성악(奉聖樂·順聖樂) · · · 4290

47-11(1361) 심아교(沈阿翹) · · · · · · · · · 4292

47-12(1362) 의종(懿宗) · · · · · · · · · · · 4294

47-13(1363) 원정견(元庭堅) · · · · · · · · · 4295

가(歌)

47-14(1364) 진청과 한아(秦靑·韓娥) · · · · · · 4299

47-15(1365) 척 부인(戚夫人) · · · · · · · · · 4301

47-16(1366) 이귀년(李龜年) · · · · · · · · · 4302

47-17(1367) 막 재인(莫才人) · · · · · · · · · 4307

47-18(1368) 이곤과 한회(李袞·韓會) · · · · · · 4310

47-19(1369) 미가영(米嘉榮) · · · · · · · · · 4312

악기(樂器)

47-20(1370) 함양궁의 연주하는 동상(咸陽宮銅人) · · 4317

47-21(1371) 백옥 피리(白玉琯) · · · · · · · · · 4318

47-22(1372) 한중왕 이우(漢中王瑀) · · · · · · · 4319

47-23(1373) 피리 부는 노인과 독고생(吹笛叟·獨孤生) 4320
47-24(1374) 허운봉(許雲封) ·········· 4329
47-25(1375) 경옥으로 만든 경쇠(輕玉磬) ····· 4336
47-26(1376) 녹옥으로 만든 경쇠(綠玉磬) ····· 4337
47-27(1377) 이사회(李師誨) ·········· 4339
47-28(1378) 유도강(劉道强) ·········· 4340
47-29(1379) 조 황후(趙后) ·········· 4341
47-30(1380) 이면(李勉) ············ 4342
47-31(1381) 번씨·노씨·뇌씨(樊氏·路氏·雷氏) ·· 4343
47-32(1382) 장홍정(張弘靖) ··········· 4344
47-33(1383) 채옹(蔡邕) ············ 4346
47-34(1384) 우적(于頔) ············ 4348
47-35(1385) 치조비(雉朝飛) ··········· 4349
47-36(1386) 광릉산(廣陵山) ··········· 4351
47-37(1387) 보슬(寶瑟) ············ 4362
47-38(1388) 저승의 음악(冥音錄) ········ 4363
47-39(1389) 나흑흑(羅黑黑) ··········· 4370
47-40(1390) 배낙아(裴洛兒) ··········· 4372
47-41(1391) 양귀비(楊妃) ··········· 4373
47-42(1392) 단사(段師) ············ 4374
47-43(1393) 한중왕 이우(漢中王瑀) ······· 4375
47-44(1394) 황보직(皇甫直) ·········· 4377

47-45(1395) 왕기(王沂) ·············4379

47-46(1396) 관 별가와 석 사마(關別駕·石司馬) ···4380

47-47(1397) 완함(阮咸) ············4382

47-48(1398) 현종과 영왕 부자(玄宗·寧王父子) ···4384

47-49(1399) 황번작(黃幡綽) ··········4389

47-50(1400) 이귀년(李龜年) ··········4392

47-51(1401) 송경(宋璟) ············4393

47-52(1402) 두홍점(杜鴻漸) ··········4395

47-53(1403) 이완(李琬) ············4398

47-54(1404) 동고(銅鼓) ············4401

47-55(1405) 서월화(徐月華) ··········4403

47-56(1406) 전승기(田僧起) ··········4405

47-57(1407) 조운(朝雲) ············4406

47-58(1408) 이위(李蔚) ············4408

47-59(1409) 산을 몰아가는 방울(驅山鐸) ······4411

권48 서부(書部)

서(書)

48-1(1410) 문자의 시작(書始) ··········4415

48-2(1411) 급현의 무덤에서 나온 책(汲冢書) ····4422

48-3(1412) 왕융(王融) ············4423

48-4(1413) 소하(蕭何) ············4425

48-5(1414) 진경좌(陳驚座) ·············4426

48-6(1415) 초현과 초성(草賢·草聖) ········4427

48-7(1416) 팔분서(八分書) ············4429

48-8(1417) 종요와 종회(鍾繇·鍾會) ·······4432

48-9(1418) 위탄(韋誕) ·············4435

48-10(1419) 왕희지(王羲之) ···········4438

48-11(1420) 순여(荀輿) ············4448

48-12(1421) 왕헌지(王獻之) ···········4450

48-13(1422) 대안도와 강흔(戴安道·康昕) ····4454

48-14(1423) 왕승건(王僧虔) ···········4455

48-15(1424) 소자운(蕭子雲) ···········4457

48-16(1425) 스님 지영과 지과(僧智永·智果) ···4459

48-17(1426) 난정서를 구입하다(購蘭亭序) ····4462

48-18(1427) 왕방경(王方慶) ···········4473

48-19(1428) 당 태종(唐太宗) ··········4475

48-20(1429) 구양순(歐陽詢) ···········4477

48-21(1430) 우세남과 저수량(虞世南·褚遂良) ···4479

48-22(1431) 고정신(高正臣) ···········4481

48-23(1432) 스님 회소(僧懷素) ·········4484

48-24(1433) 정 광문(鄭廣文) ··········4485

48-25(1434) 이양빙(李陽冰) ···········4486

48-26(1435) 장욱(張旭) ············4488

48-27(1436) 노홍선(盧弘宣) · · · · · · · · · · · 4491

48-28(1437) 진원강(陳元康) · · · · · · · · · · · 4492

권49 화부(畫部)

화(畫)

49-1(1438) 열예(烈裔) · · · · · · · · · · · · 4495

49-2(1439) 경군(敬君) · · · · · · · · · · · · 4496

49-3(1440) 모연수(毛延壽) · · · · · · · · · · 4497

49-4(1441) 조기(趙岐) · · · · · · · · · · · · 4499

49-5(1442) 유포(劉褒) · · · · · · · · · · · · 4500

49-6(1443) 장형(張衡) · · · · · · · · · · · · 4501

49-7(1444) 서막(徐邈) · · · · · · · · · · · · 4502

49-8(1445) 조불흥(曹不興) · · · · · · · · · · 4503

49-9(1446) 왕헌지(王獻之) · · · · · · · · · · 4504

49-10(1447) 고개지(顧愷之) · · · · · · · · · 4505

49-11(1448) 고광보(顧光寶) · · · · · · · · · 4511

49-12(1449) 종병(宗炳) · · · · · · · · · · · 4513

49-13(1450) 원천(袁蒨) · · · · · · · · · · · 4514

49-14(1451) 양자화(楊子華) · · · · · · · · · 4516

49-15(1452) 장승요(張僧繇) · · · · · · · · · 4517

49-16(1453) 밑그림(畫本) · · · · · · · · · · 4521

49-17(1454) 염입덕과 염입본(閻立德·閻立本) · · · 4523

49-18(1455) 왕유(王維) · · · · · · · · · · · · · 4528

49-19(1456) 한간(韓幹) · · · · · · · · · · · · 4530

49-20(1457) 위숙문(韋叔文) · · · · · · · · · 4533

49-21(1458) 이사훈(李思訓) · · · · · · · · · 4535

49-22(1459) 오도현(吳道玄) · · · · · · · · · 4536

49-23(1460) 금교도(金橋圖) · · · · · · · · · 4541

49-24(1461) 주방(周昉) · · · · · · · · · · · · 4543

49-25(1462) 관휴(貫休) · · · · · · · · · · · · 4545

49-26(1463) 황전(黃筌) · · · · · · · · · · · · 4549

49-27(1464) 성화(聖畫) · · · · · · · · · · · · 4552

49-28(1465) 염광(廉廣) · · · · · · · · · · · · 4555

49-29(1466) 범 산인(范山人) · · · · · · · · · 4559

49-30(1467) 왕흡(王洽) · · · · · · · · · · · · 4561

49-31(1468) 장조(張藻) · · · · · · · · · · · · 4562

49-32(1469) 그림에 대한 고찰(畫考) · · · · · · · 4564

49-33(1470) 풍소정(馮紹正) · · · · · · · · · · 4566

49-34(1471) 위무첨(韋無忝) · · · · · · · · · · 4568

권50 기교부(伎巧部)

기교(伎巧)

50-1(1472) 노반(魯般) · · · · · · · · · · · · · 4571

50-2(1473) 호관(胡寬) · · · · · · · · · · · · · 4573

50-3(1474) 능운대(凌雲臺) · · · · · · · · · · · · 4574

50-4(1475) 진사왕(陳思王) · · · · · · · · · · · 4575

50-5(1476) 스님 영소(僧靈昭) · · · · · · · · · 4576

50-6(1477) 《수식도경》과 관문전(水飾圖經 · 觀文殿) · 4578

50-7(1478) 십이진거(十二辰車) · · · · · · · · · 4591

50-8(1479) 양무렴(楊務廉) · · · · · · · · · · · 4592

50-9(1480) 마대봉(馬待封) · · · · · · · · · · · 4593

50-10(1481) 정원(丁爰) · · · · · · · · · · · · 4599

50-11(1482) 구순(區純) · · · · · · · · · · · · 4601

50-12(1483) 왕숙(王肅) · · · · · · · · · · · · 4602

50-13(1484) 장형(張衡) · · · · · · · · · · · · 4603

50-14(1485) 인기국 여공과 오 부인(因祇國 · 吳夫人) · 4605

50-15(1486) 투계(鬪鷄) · · · · · · · · · · · · 4609

50-16(1487) 한지화(韓志和) · · · · · · · · · · 4613

50-17(1488) 왕고(王固) · · · · · · · · · · · · 4616

50-18(1489) 새와 짐승의 말을 구별하다(別鳥獸語) · · 4618

50-19(1490) 가흥현의 새끼줄 기예(嘉興繩技) · · · · 4620

50-20(1491) 활쏘기(射) · · · · · · · · · · · · 4623

50-21(1492) 울지경덕(尉遲敬德) · · · · · · · · · 4628

50-22(1493) 하 장군(夏將軍) · · · · · · · · · · 4629

50-23(1494) 장분(張芬) · · · · · · · · · · · · 4630

50-24(1495) 머리카락 관통을 비롯한 여러 기예(貫髮諸藝)
· 4632
50-25(1496) 바둑(弈棋) · · · · · · · · · · · · 4634
50-26(1497) 탄기(彈棋) · · · · · · · · · · · · 4642
50-27(1498) 장구(藏鉤) · · · · · · · · · · · · 4644
50-28(1499) 투호(投壺) · · · · · · · · · · · · 4648
50-29(1500) 잡희(雜戲) · · · · · · · · · · · · 4649

권46 주식부(酒食部)

주(酒)

46-1(1326) 술 이름

주명(酒名)

출《국사보(國史補)》

 술 이름 : 영(郢)의 부수주(富水酒), 오정(烏程)의 약하주(若下酒), 형양(滎陽)의 토굴춘주(土窟春酒), 부평(富平)의 석동춘주(石凍春酒), 검남(劍南)의 소춘주(燒春酒), 하동(河東)의 건화포도주(乾和葡桃酒), 영남(嶺南)의 영계박라주(靈溪博羅酒), 의성(宜城)의 구온주(九醞酒), 심양(潯陽)의 분수주(湓水酒), 경성(京城)의 서시강주(西市腔酒), 하마릉(蛤䗫陵)의 낭관청주(郎官淸酒), 하한(河漢)의 삼륵장주(三勒漿酒). 삼륵장주를 빚는 방법은 파사국(波斯國 : 페르시아 제국)에서 비롯했는데, 삼륵은 암마륵(菴摩勒)[1]·비려륵(毘黎勒)[2]·가려륵(訶黎勒)[3]을 말한다.

 평 :《여지지(輿地志)》에서 이르길, "시골 사람들이 약하

---

1) 암마륵(菴摩勒) : 식물명으로 범어(梵語) '아말라카(āmalaka)'의 음역(音譯).
2) 비려륵(毘黎勒) : 식물명으로 범어 '비비타카(vibhītaka)'의 음역.
3) 가려륵(訶黎勒) : 식물명으로 범어 '하리타키(harītakī)'의 음역.

수(若下水)를 가지고 술을 빚으면 그 맛이 진하고 좋은데, 세간에서는 그것을 '약하주'라고 부른다"라고 했다. 장협사(張協士)가 말하길, "형주(荊州)의 오정주(烏程酒)와 예북(豫北)의 죽엽주(竹葉酒)가 바로 이런 종류의 술이다"라고 했다.

酒名:郢之富水, 烏程之若下, 滎陽之土窟春, 富平之石凍春, 劍南之燒春, 河東之乾和蒲桃, 嶺南之靈溪博羅, 宜城之九醞, 潯陽之湓水, 京城之西市腔, 蛤蟆陵之郎官清, 河漢之三勒漿. 其法出波斯, 三勒者, 謂庵摩勒・毘黎勒・訶黎勒.
評:《輿地志》:"村人取若下水以釀酒, 醇美, 俗稱'若下酒'."
張協士所云:"荊州烏程・豫北竹葉, 卽此是也."

* 이 고사는《태평광기》권233〈주・주명〉에 실려 있다.

46-2(1327) 천일주

천일주(天日酒)

출《박물지(博物志)》

 옛날에 현석(玄石)이라는 사람이 있었는데, 어느 날 중산(中山)의 주점에서 술을 샀다. 주점 주인은 현석에게 천일주를 주면서 마시는 양을 조절하라고 말해 주는 것을 잊고 말았다. 현석은 집에 와서 술에 취해 드러누워 며칠 동안 깨어나지 못했다. 집안사람들은 사정을 몰랐으므로 그가 죽었다고 생각해서 관을 마련해 매장했다. 주점 주인은 1000일이 되어서야 현석이 이전에 와서 술을 사 갔던 일을 기억해 내고서 취했다가 이제 깨어날 때가 되었다고 생각했다. 그래서 현석의 집을 찾아가서 물었더니 집안사람들이 말했다.

 "죽은 지 이미 3년이 되어 지금 상기(喪期)를 마쳤습니다."

 그래서 주점 주인이 현석의 집안사람들과 함께 그의 묘로 가서 무덤을 파고 관을 열어 보았더니, 현석이 막 깨어나 관 속에서 일어났다.

昔有人名玄石, 從中山酒家酤酒. 酒家與千日酒, 忘語其節. 至家, 醉臥不醒數日. 家人不知, 以爲死也, 具棺殮葬之. 酒家至千日, 乃憶玄石前來沽酒, 醉當醒矣. 遂往索玄石家而問之, 云:"亡已三年, 今服闋矣." 於是與家人至其墓, 掘冢開視, 玄始醒, 起於棺中.

* 이 고사는《태평광기》권233〈주·천일주〉에 실려 있다.

46-3(1328) 금간주

금간주(擒奸酒)

출《가람기(伽藍記)》

    하동(河東) 사람 유백타(劉白墮)는 술을 잘 빚었다. 6월 중순 더위가 한창일 때 유백타는 술을 단지에 담아서 햇볕에 쬐었다. 그 술은 열흘이 지나도 술맛이 변하지 않았고 그것을 마셔 보면 향기롭고 맛이 좋았지만, 취하면 깨어나기가 쉽지 않았다. 도성의 조정 고관 중에서 지방의 군(郡)으로 나간 이가 있으면 먼 곳이라도 그 술을 보내 주었는데, 1000리가 넘는 경우도 있었다. 그 술은 [술맛이 변하지 않은 채로] 먼 곳까지 보낼 수 있었기 때문에 "학상(鶴觴)"이라고 불렸으며, "기려주(騎驢酒)"라고도 불렀다. [북위(北魏)] 영희(永熙) 연간(532~534)에 청주자사(靑州刺史) 모홍빈(毛鴻賓)이 그 술을 가지고 임지로 가다가 도중에 밤중에 도적을 만났다. 도적들은 그 술을 마시고 다들 취하는 바람에 결국 체포되고 말았다. 그래서 그 술을 또 "금간주(범인을 사로잡는 술)"라고도 불렀다. 유협들이 말했다.

    "활을 당기고 칼을 뽑는 것은 두렵지 않으나, 오직 유백타의 춘료(春醪 : 봄에 담근 술)가 두려울 뿐이다!"

河東人劉白墮者, 善於釀酒. 六月中, 時暑赫, 劉以罌貯酒,曝於日中. 經一旬, 酒味不動, 飮之香美, 醉而不易醒. 京師朝貴出郡者, 遠相餉餽, 逾於千里. 以其可至遠, 號曰"鶴觴", 亦名"騎驢酒". 永熙中, 青州刺史毛鴻賓帶酒之任, 路中, 夜逢劫盜. 盜飮之, 皆醉, 遂被擒獲. 因此復名"擒奸酒". 遊俠語曰: "不畏張弓拔刀, 唯畏白墮春醪!"

* 이 고사는 《태평광기》 권233 〈주·간금주〉에 실려 있다.

46-4(1329) 청전주

청전주(靑田酒)

출전 《고금주(古今注)》

오손국(烏孫國)4)에 청전핵(靑田核)이 있는데, 그 나무와 열매의 모습은 알 수 없다. 청전핵의 크기는 대여섯 되들이 표주박만 했으며, 그것의 속을 비워서 물을 담으면 잠시 후에 술이 되었다. 유장(劉章)5)이 일찍이 두 개의 청전핵을 얻어서 손님을 모아 놓고 주연을 베풀었는데, 20명에게 대접할 수 있었다. 하나의 청전핵에 담은 술이 떨어질 때쯤이면 다른 하나의 청전핵에 담은 술이 또 마시기에 알맞게 되었다. 다만 그 술은 오래 둘 수는 없었는데, 오래 두면 술맛이 써서 마시기 어려웠다. 그래서 청전핵을 "청전호(靑田壺)"라고 불렀으며, 미:이 청전핵은 손님을 좋아하는 가난한 선비에게 주는 것이 좋다. 청전핵에서 만들어진 술을 "청전

---

4) 오손국(烏孫國) : 한(漢)나라 때 서역의 천산북로(天山北路) 주변에 거주하던 터키계 유목 민족이 세운 나라. 2세기 이후 선비족(鮮卑族) 등에게 밀려 5세기경에 망했다.

5) 유장(劉章) : 전한의 종실(宗室)로, 고조 유방(劉邦)의 손자이자 제도혜왕(齊悼惠王) 유비(劉肥)의 아들.

주"라고 불렀다.

烏孫國有靑田核, 莫測其樹實之形. 而核大如五六升瓠, 空之盛水, 俄而成酒. 劉章曾得二枚, 集賓設之, 可供二十人. 一核方盡, 一核所盛, 復中飮矣. 唯不可久置, 久置則味苦難飮. 因名其核曰"靑田壺", 眉:此核宜贈貧士好客者. 酒曰"靑田酒".

* 이 고사는《태평광기》권233〈주·청전주〉에 실려 있다.

46-5(1330) 곤륜상

곤륜상(崑崙觴)

출《유양잡조(酉陽雜俎)》

위(魏:북위)나라의 가장(賈鏘)은 집안에 재산이 천금이나 쌓여 있었으며 박학하고 글도 잘 지었다. 가장에게는 물을 잘 감별할 줄 아는 하인이 있어서 가장은 늘 그에게 작은 배를 타고 황하(黃河)로 가서 표주박으로 황하 수원(水源)의 물을 담아 오게 했는데, 하루에 겨우 7~8되밖에 구하지 못했다. 하루가 지나면 그릇 속의 물이 진홍색처럼 되는데, 그 물로 빚은 술을 "곤륜상"이라고 불렀다. 그 술의 향기와 맛은 세상에 둘도 없는 것이었는데, 일찍이 30곡(斛)을 위나라 장제(莊帝)에게 바쳤다.

魏賈鏘家累千金, 博學善著作. 有蒼頭善別水, 常令乘小舟於黃河中, 以瓠匏接河源水, 一日不過七八升. 經宿, 器中色如絳, 以釀酒, 名"崑崙觴". 酒之芳味, 世間所絕, 曾以三十斛上魏莊帝.

* 이 고사는《태평광기》권233〈주·곤륜상〉에 실려 있다.

46-6(1331) 벽통주

벽통주(碧筒酒)

출《유양잡조》

역성(歷城) 북쪽에 사군림(使君林)이 있었다. 위(魏)나라 정시(正始) 연간(240~249)에 정각(鄭慤)은 삼복(三伏)이 되면 매번 빈객과 속관(屬官)을 데리고 사군림에서 더위를 피했다. 커다란 연잎을 벼루 대 위에 올려놓고 거기에 술 석 되를 담아 비녀로 연잎을 찔러서 연 잎자루와 통하게 만든 다음 서로 돌아가면서 그 술을 마셨는데, 그것을 "벽통"이라고 불렀다. 대대로 사람들이 그것을 따라 했는데, 술맛에 연의 향기가 섞여 있고 얼음보다도 시원하다고 말했다.

歷城北有使君林. 魏正始中, 鄭公慤三伏之際, 每率賓僚避暑於此. 取大蓮葉置硯格上, 盛酒三升, 以簪刺葉, 令與柄通, 傳吸之, 名爲"碧筒". 歷下效之, 言酒味雜蓮氣香, 冷勝於冰.

* 이 고사는 《태평광기》권233 〈주·벽통주〉에 실려 있다.

46-7(1332) 소장주
소장주(消腸酒)
출'왕자년(王子年)《습유(拾遺)》'·《세설(世說)》

 장화(張華)가 빚은 순주(醇酒)[6]는 세 가지 고비를 삶은 물에 누룩과 보리 움을 담가 만들었다. 보리 움은 서강(西羌)에서 나고 누룩은 북호(北胡)에서 났다. 호인(胡人)들이 사는 곳에는 지성맥(指星麥)이 있었는데, 4월에 화성(火星)이 나타날 때 그 보리를 수확해서 먹었다. 보리 움을 물에 담가 놓은 뒤 사흘이 지나면 보리에서 싹이 났다. 동틀 녘 첫닭이 울 때 그것을 사용했기에 세간에서는 그것을 "계명맥(鷄鳴麥)"이라 불렀다. 그것으로 술을 빚으면 술맛이 깨끗하고 좋았으며 향기가 사람을 기쁘게 했다. 하지만 그 술을 오랫동안 머금고 있으면 이가 흔들렸다. 만약 크게 취했을 때 몸을 흔들지 않으면 사람의 창자가 헐어 문드러졌다. 그래서 당시에 그 술을 "소장주"라고 불렀으며, 또 "구온주(九醞酒)"라고도 했다.

 장화가 귀해지고 나서 젊었을 때 알고 지내던 친구가 찾

---

[6] 순주(醇酒) : 다른 것이 전혀 섞이지 않은 전국으로 된 술.

아오자, 장화는 그와 함께 이 술[구온주]을 마시고 만취했다. 장화는 늘 이 술을 마실 때마다 취해 잠이 들면 노복에게 자기가 깨어날 때까지 몸을 계속 굴려 달라고 분부했다. 협：이와 같은 술을 마시는 것이 또한 뭐가 즐겁단 말인가! 그런데 그날 저녁에는 [그 친구에게도 그렇게 해 주라고] 분부하는 것을 잊고 말았다. 노복은 평상시대로 장 공(張公 : 장화)을 위해 그의 몸을 굴려 주었지만, 그 친구에게는 그렇게 해 줄 사람이 없었다. 날이 밝았지만 친구가 여전히 일어나지 않자, 장화가 놀라 소리치며 말했다.

"아! 죽었겠구나!"

장화가 사람을 시켜 살펴보게 했더니 과연 술이 창자를 뚫고 흘러나와 침상 아래에 흥건히 고여 있었다.

張華爲醇酒, 煮三薇以漬麴蘖. 蘖出西羌, 麴出北胡. 胡中有指星麥, 四月火星出, 獲麥而食之. 蘖用水漬, 三夕而麥生萌牙. 以平旦時鷄鳴而用之, 俗人呼爲"鷄鳴麥". 以釀酒, 淸美鬱悅. 久含, 令人齒動. 若大醉, 不搖蕩, 使人腸爛. 當時謂之"消腸酒", 亦名"九醞酒".
華旣貴, 有少時知識來候之, 華與共飮此酒至醉. 華常飮此酒, 每醉眠, 輒敕左右轉側至覺. 夾 : 飮如此酒又何樂! 是夕, 忘敕之. 左右依常時爲張公轉側, 其友人無人爲之. 至明, 猶不起, 華咄云: "噫! 死矣!" 使視之, 酒果穿腸流, 床下滂沱.

* 이 고사는 《태평광기》 권233 〈주·소장주〉와 〈구온주(九醞酒)〉에 실려 있다.

46-8(1333) 점우주

점우주(黏雨酒)

출《습유록(拾遺錄)》

[오호 십육국 후조(後趙)의 황제] 석호(石虎)가 대무전(大武殿) 앞에 누대를 세웠는데, 높이가 40장(丈)이나 되었고 구슬을 엮어 주렴을 만들었으며 오색 빛깔의 옥패(玉佩)를 드리웠다. 누대 위에는 청동으로 만든 용이 있었는데, 배 속이 비어 있어서 수백 곡(斛)의 술을 담을 수 있었다. 석호는 호인(胡人)에게 누대 위에서 술을 뿌리게 했는데, 바람이 불 때 멀리서 바라보면 마치 운무가 흩날리는 듯했다. 그래서 그 누대를 "점우대(黏雨臺)"라고 불렀으며, 그곳에서 술을 뿌려 먼지를 씻어 냈다.

石虎於大武殿前起樓, 高四十丈, 結珠爲簾, 垂五色玉珮. 上有銅龍, 腹空, 盛數百斛酒. 使胡人於樓上噀酒, 風至, 望之如雲霧. 名曰"黏雨臺", 使以灑塵.

* 이 고사는 《태평광기》 권233 〈주·점우주〉에 실려 있다.

46-9(1334) 남방주

남방주(南方酒)

출《투황잡록(投荒雜錄)》

　　남방의 술은 누룩을 사용하지 않는다. 절굿공이로 쌀을 빻아 가루로 만들어서 여러 가지 풀잎과 호만초(胡蔓草) 미 : 남방 사람들은 야갈(野葛)을 호만초라고 부른다. 의 즙으로 반죽을 한 다음 계란만 한 크기로 만들어서 쑥으로 잘 덮어 두면 한 달 정도 지나서 숙성하는데, 이것을 찹쌀과 섞어서 술을 만든다. 이 술을 많이 마신 후에는 깨고 나서도 머리에서 열이 펄펄 나는데, 독초 성분이 있기 때문이다. 남방에서는 술을 내려서 마시는데, 항아리 가득 술을 채우고 그 위를 진흙으로 단단히 밀봉한 다음 밑에서 불을 때면 술이 익는다. 술을 사는 사람은 술맛이 좋은지 나쁜지 알 수 없기 때문에, 진흙 위에 젓가락이 들어갈 정도의 작은 구멍을 뚫어서 그 구멍에 가느다란 대롱을 꽂아 놓는다. 술을 사는 사람은 그 대롱을 빨아서 술맛을 보는데, 세간에서 이를 "적림(滴淋)"이라고 한다. 할 일 없는 건달들은 빈손으로 시장에 가서 술집 이곳저곳을 다니며 적림하는데, 매번 술맛이 입에 맞지 않는다고 말하면서 공짜 술에 취해서 돌아간다. 남방 사람들은 딸이 몇 살 되지 않았을 때 술을 많이 빚어 놓는데, 술을 걸러서 겨울에 연못의 물이 마를 때를 기다렸다가 술독에 술을 담아 그 위를 단단히 밀봉해서 연못 속에 묻어 둔다. 그리고 봄이 되어 물이 가득 불어도 더 이상 술독을 열어 보지 않는다. 딸이 시집갈 때가 되면 연못의 물을 터서 술독을 꺼내 하객들에게 대접한다. 남방 사람들은 이 술을 "여주(女酒)"라고 부르는데, 그 맛이 비할 데 없이 훌륭하다. 미 : 지금도 이를 따라 할 수 있다.

南方酒不用麴蘖. 杵米爲粉, 以衆草葉·胡蔓草 眉 : 南人呼野葛爲胡蔓草. 汁溲, 大如卵, 置蓬蒿中蔭蔽, 經月而成, 用此合糯爲酒. 故劇飮之後, 旣醒, 猶頭熱涔涔, 有毒草故也. 南方釀成, 卽實酒滿甕, 泥固其上, 以火燒方熟. 不然, 不中飮. 沽者無能知美惡, 就泥上鑽小穴可容箸, 以細筒挿穴中. 沽者就吮筒上, 以嘗酒味, 俗謂之"滴淋". 無賴小民空手入市, 遍就酒家滴淋, 皆言不中, 取醉而返. 南人有女數歲, 卽大釀酒, 旣漉, 候冬陂池水竭時, 實酒甖, 密固其上, 瘞於陂中. 至春漲水滿, 不復發矣. 候女將嫁, 因決水, 取供賀客. 南人謂之"女酒", 味絶美. 眉 : 今亦可效爲之.

* 이 고사는 《태평광기》 권233 〈주·남방주〉에 실려 있다.

주량(酒量)

46-10(1335) 정현

정현(鄭玄)

출《상은]운소설(商[殷]芸小說)》

　정현이 서주(徐州)에 있을 당시 공문거[孔文擧: 공융(孔融)]는 북해상(北海相)으로 있었는데, 그를 북해군으로 돌아오게 하고 싶어서 진심으로 간절히 청하며 사람을 계속 이어서 보냈다. 마침내 정현이 돌아오자 공융(孔融)이 속관들에게 알렸다.

　"옛날 주(周)나라 사람은 스승을 존경해 '상보(尙父: 여상)'7)라고 불렀으니, 지금 모두들 그를 '정 군(鄭君)'이라 부르고 이름을 불러서는 안 된다."

　원소(袁紹)는 정현을 한 번 보고 탄복했다.

　"나는 본래 정 군이 동주(東州)의 명유(名儒)라고 생각했는데, 지금 보니 바로 천하의 큰 어른이다. 미: 오직 큰 어른이라야 명유이니 원소의 말은 잘못되었다. 대저 포의(布衣)로서 세상에 웅위를 떨쳤으니, 이것이 어찌 헛된 말이겠는가!"

---

7) 상보(尙父): 아버지처럼 받들어 모신다는 뜻이다. 여상(呂尙), 즉 강태공(姜太公)이 무왕을 도와 주나라를 개국했기에 무왕이 그를 존경해 "사상보(師尙父)"라 하고 이름을 부르지 않았다.

정현이 떠날 때, 원소는 성의 동쪽에서 그를 전별하면서 정현을 반드시 취하게 만들려고 했다. 그래서 그때 모인 사람 300명에게 모두 자리에서 일어나 술잔을 들어 정현에게 권하도록 했다. 아침부터 저녁까지 정현은 300여 잔을 마셨을 터인데도 그 온화한 모습이 종일토록 흐트러짐이 없었다.

鄭玄在徐州, 孔文擧時爲北海相, 欲其返郡, 敦請懇惻, 使人繼踵. 及歸, 融告僚屬: "昔周人尊師, 謂之'尙父', 今可咸曰'鄭君', 不得稱名也." 袁紹一見玄, 嘆曰: "吾本謂鄭君東州名儒, 今乃是天下長者. 眉: 惟長者方是名儒, 紹言誤矣. 夫以布衣雄世, 斯豈徒然哉!" 及去, 紹餞之城東, 必欲玄醉. 會者三百人, 皆使離席行觴. 自旦及暮, 計玄可飮三百餘杯, 而溫克之容, 終日無怠.

* 이 고사는 《태평광기》 권164 〈명현(明賢)·정현〉에 실려 있다.

46-11(1336) 유표

유표(劉表)

출'위문(魏文)《전론(典論)》'

    유표가 남방을 점거하고 있을 때 그의 자제들은 교만하고 사치스러웠으며 한결같이 술을 좋아했다. 유표는 세 개의 술잔을 만들었는데, 제일 큰 것은 "백아(伯雅)"로 일곱 되를 담을 수 있었고, 그다음은 "중아(仲雅)"로 여섯 되를 담을 수 있었으며, 그다음은 "계아(季雅)"로 닷 되를 담을 수 있었다.

劉表跨有南土, 子弟驕貴, 並好酒. 爲三爵, 大曰"伯雅", 受七升, 次曰"仲雅", 受六升, 次曰"季雅", 受五升.

* 이 고사는 《태평광기》 권229 〈기완(器玩)·유표〉에 실려 있다.

46-12(1337) 배홍태

배홍태(裴弘泰)

출《건손자(乾㢰子)》

 당(唐)나라의 배균(裴均)이 양주(襄州)를 진수하고 있을 때, 배홍태는 정활(鄭滑)의 관역순관(館驛巡官)이 되어서 한남(漢南)으로 초빙되어 갔다. 한번은 큰 연회가 열렸는데 손님 접대를 맡은 관리가 [배홍태를 초대 손님에서] 빠뜨렸다. 연회가 이미 열리고서야 배균이 사람을 보내 정활의 배순관(裴巡官 : 배홍태)을 데려오도록 했다. 배홍태가 서둘러 왔지만 배균은 불쾌해서 그를 책망하며 말했다.

 "그대는 어찌하여 늦게 왔는가? 큰 무례를 범했으니, 나중에 온 것에 대한 벌주를 따르기 위해 이미 산가지를 던져 놓았네."

 그러자 배홍태가 사과하며 말했다.

 "손님 접대를 맡은 관리로부터 연회가 열린다는 통지를 전혀 받지 못했기 때문이지, 제가 감히 소홀히 해서가 아닙니다. 숙부님께서 저의 죄를 용서해 주신다면, 자리에 있는 은그릇마다 술을 가득 따라서 저에게 마시게 한 다음에 그 그릇을 하사해 주시길 청하고자 하는데 괜찮겠습니까?" 미 : 손님을 위한 연회에서 늦게 도착한 자는 지금도 벌주 석 잔을 마셔야

한다는 말이 있다.

　온 좌중이 그를 장하다고 여겼으며 배균도 그를 장하다고 했다. 배홍태는 자리에 있는 작은 술잔부터 큰 술잔까지 차례로 거둬서 모두 다 마셨으며, 술을 마시고 나면 곧바로 술잔을 품속에 넣었는데 금세 품속이 술잔으로 가득 찼다. 자리에는 1말 이상을 담을 수 있는 은해(銀海)라는 술그릇이 있었는데, 그 안에도 역시 술이 가득 담겨 있었다. 배홍태는 손으로 은해를 받쳐 들고 마셨는데, 다 마시고 나서 관리들을 주시하면서 은해를 땅에 엎어 놓고 발로 밟아 납작하게 만들어 끌어안고 나가더니, 곧장 말을 찾아 역관으로 돌아갔다. 미 : 호기가 대단하도다! 배균은 배홍태가 챙겨 간 술그릇이 다소 많았기 때문에 안색이 즐겁지 않았다. 오후에 연회가 끝나자 배균은 배홍태가 과음한 것을 생각하며 그가 술 때문에 고생할 것이라고 걱정했다. 저녁이 되자 배균은 사람을 보내 배홍태가 술을 마신 후에 어떻게 되었는지 살펴보게 했다. 미 : 배균이 속되다고 비웃지 말지니, 오늘날에는 배균 같은 사람도 쉽게 얻지 못한다. 심부름 간 사람이 보았더니, 배홍태는 사모(紗帽)를 쓰고 한음(漢陰)의 역관 대청에서 두 다리를 뻗고 앉아 대장장이를 불러 술그릇의 무게를 달아보게 하고 있었는데, 모두 200여 냥(兩)이나 되었다. 미 : 광경이 매우 재미있다. [그 말을 듣고] 배균은 자신도 모르게 껄껄 웃고 말았다. 다음 날 배균은 배홍태를 불러 다시 술을 마셨으며,

그가 돌아가는 날에 선물을 아주 후하게 주었다.

唐裴均鎭襄州, 裴弘泰爲鄭滑館驛巡官, 充聘於漢南. 遇大宴, 爲賓司所漏. 及設會, 均令走屈鄭滑裴巡官. 弘泰奔至, 均不悅, 責曰: "君何來之後? 大涉不敬, 酌後至酒, 已投觚籌." 弘泰謝曰: "都不見客司報宴, 非敢慢也. 叔父捨罪, 請在座銀器, 盡斟酒滿之, 器隨飮以賜弘泰, 可乎?" 眉: 賓筵於後至者, 今亦有罰三杯之語. 合座壯之, 均亦壯焉. 弘泰次第揭座上小爵, 以至觥船, 凡飮皆竭, 隨飮訖, 卽置於懷, 須臾盈滿. 筵中有銀海, 受一斗以上, 其內酒亦滿. 弘泰以手捧而飮, 飮訖, 目吏人, 將海覆地, 以足踏之, 捲抱而出, 卽索馬歸驛. 眉: 豪甚! 均以弘泰納飮器稍多, 色不懌. 午後宴散, 均又思弘泰過飮, 憂其困酒. 迨暮, 令人視飮後所爲. 眉: 勿笑均俗, 今日均亦不易得. 使者見弘泰戴紗帽, 於漢陰驛廳箕踞而坐, 召匠秤得器物, 計二百餘兩. 眉: 光景絶趣. 均不覺大笑. 明日再飮, 回車日, 贈遺甚厚.

* 이 고사는 《태평광기》 권233 〈주·배홍태〉에 실려 있다.

46-13(1338) 왕원중

왕원중(王源中)

출《척언(摭言)》

왕원중은 [당나라] 문종(文宗) 때 한림승지(翰林承旨)로 있었다. 어느 한가한 날에 왕원중은 여러 형제들과 함께 태평리(太平里)의 저택에서 축국(蹴踘)을 했는데, 쳐 낸 공이 튀어 올라 잘못해서 왕원중의 이마에 맞아 가벼운 상처가 났다. 잠시 후에 황상이 급히 왕원중을 불렀는데, 그가 도착하자 황상이 그의 상처를 보고 의아해했다. 왕원중이 황상에게 자세히 아뢰었더니 황상이 말했다.

"경의 집안은 매우 화목하구려!"

그러고는 그에게 두 쟁반의 술을 하사했는데, 각 쟁반에는 열 개의 황금 사발이 놓여 있었고 각 사발에는 한 되 남짓한 술이 담겨 있었다. 황상은 황금 사발까지 함께 그에게 하사하라고 명했다. 왕원중은 하사한 술을 남김없이 마시고도 취한 기색이 전혀 없었다.

王源中, 文宗時爲翰林承旨. 暇日, 與諸昆季蹴踘于太平里第, 球子擊起, 誤中源中之額, 薄有所損. 俄有急召, 比至, 上訝之. 源中具以上聞, 上曰: "卿大雍睦!" 命賜酒二盤, 每盤貯十金碗, 每碗各容一升許. 宣令並碗賜之. 源中飮之無餘, 略無醉容.

* 이 고사는 《태평광기》 권233 〈주·왕원중〉에 실려 있다.

46-14(1339) 술 마시지 않음의 이점

불음(不飮)

출《북몽쇄언(北夢瑣言)》

　　재상 육의(陸扆)가 지방으로 나가 이릉(夷陵)을 다스리고 있을 때 어떤 선비가 그를 뵈러 왔다. 재상은 선비와 함께 조용히 있다가 술을 가져오게 해서 그에게 술을 따라 주며 마시길 권했는데, 그 선비가 사양하며 말했다.

　　"저는 천성적으로 술을 마시지 못합니다."

　　재상이 말했다.

　　"정말 그대가 말한 대로라면 이미 다섯은 셈이 끝났네. 대개 평생에 회한이 열이라고 할 때, 그대는 술 때문에 곤욕을 치르지는 않을 테니 자연히 절반은 더는 것이네."

陸相扆出典夷陵時, 有士子修謁. 相國與之從容, 因命酒酌勸, 此子辭曰 : "天性不飮酒." 相曰 : "誠如所言, 已校五分矣. 蓋平生悔吝有十分, 不爲酒困, 自然減半也."

* 이 고사는 《태평광기》 권233 〈주·육의(陸扆)〉에 실려 있다.

식(食)

46-15(1340) 오후의 섞어찌개

오후정(五侯鯖)

출《서경잡기(西京雜記)》

누호(婁護)는 자가 군경(君卿)이다. 당시 오후(五侯)[8]는 서로 사이가 좋지 않아서 빈객들이 왕래할 수 없었지만, 누호는 언변에 뛰어나 오후의 사이를 다니며 만났고 각각 그들의 환심을 얻었다. 그래서 오후가 다투어 진기한 음식을 보내 주자 누호는 그것을 모아서 섞어찌개[9]를 만들었는데, 세간에서는 그 음식을 "오후정"이라 부르면서 기묘한 맛이라 여겼다.

婁護, 字君卿. 時五侯不相能, 賓客不得往來, 婁護豐辭, 傳會五侯間, 各得其心. 競致奇膳. 護乃合以爲鯖, 世稱"五侯

---

[8] 오후(五侯) : 한나라 성제(成帝) 하평(河平) 2년(BC 27)에 외숙 왕담(王譚)을 평아후(平阿侯)에, 왕상(王商)을 성도후(成都侯)에, 왕입(王立)을 홍양후(紅陽侯)에, 왕근(王根)을 곡양후(曲陽侯)에, 왕봉시(王逢時)를 고평후(高平侯)에 같은 날 봉했기 때문에 당시 사람들이 그들을 "오후"라고 불렀다.

[9] 섞어찌개 : 원문은 "정(鯖)". 정(䑋)과 같다. 생선과 고기를 한데 섞어 조리한 요리를 말하는데, 섞어찌개와 비슷한 요리라고 추정한다.

鯖", 以爲奇味.

* 이 고사는 《태평광기》 권234 〈식·오후정〉에 실려 있다.

46-16(1341) 드렁허리 요리에 대한 의론

저의(組議)

출《유양잡조》

하윤(何胤)은 음식에 사치를 부렸는데 식사 때마다 반드시 산해진미를 차렸다. 나중에 그는 그중에서 심한 것들, 예를 들면 뱅어, 드렁허리 어포, 게 설탕 절임을 먹는 것을 없애 보고자 문인(門人)에게 의론해 보도록 했다. 그러자 학사(學士) 종항(鍾岘)이 다음과 같은 의론을 펼쳤다.

"드렁허리를 말려 어포를 만들려면 드렁허리가 급하게 몸을 오그렸다 폈다 하고, 게를 설탕에 절이려면 게가 몹시 괴로워하며 부대낍니다. 인자한 사람의 마음 씀씀이는 측은해하는 마음을 깊이 품어야 합니다. 하지만 차오(車螯 : 대합과 비슷한 조개)와 고막과 굴 같은 것은 그 안에 눈과 눈썹이 없지만 이는 [세상이 처음 개벽했을 때의] 혼돈(混沌)의 기이함에는 손색이 있고, 입을 밖으로 다물고 있지만 이는 동상(銅像)의 신중함을 드러내는 것이 아닙니다. 그것들은 번성하지도 않고 시들지도 않으니 초목만도 못하고, 향기도 없고 악취도 없으니 기왓장과 다를 게 무엇이겠습니까? 그러므로 그것들은 늘 주방에 두어 영원히 사람의 입을 채워줌이 마땅합니다."

何胤侈於味, 食必方丈. 後稍欲去其甚者, 猶食白魚·鮆臘·糖蟹, 使門人議之. 學士鍾岏議曰:"鮆之就臘, 驟於屈申, 蟹之將糖, 躁擾彌甚. 仁人用意, 深懷惻怛. 至於車螯·蚶·蠣, 眉目內缺, 慚渾淪之奇, 唇吻外緘, 非金人之慎. 不榮不悴, 曾草木之不若, 無馨無臭, 與瓦礫而何異? 故宜長充庖廚, 永爲口實."

* 이 고사는《태평광기》권234〈식·저의〉에 실려 있다.

46-17(1342) 한구

한구(寒具)

출전 《상서고실(尙書故實)》

《진서(晉書)》에 "한구"10)라고 하는 음식이 나오는데, 바로 지금의 이른바 "환병(饌餅)"이라는 것이다. 환현(桓玄)은 일찍이 명필과 명화를 잔뜩 진열해 놓고 빈객을 청해 구경시켰는데, 어떤 빈객이 한구를 먹고 손도 씻지 않은 채로 서화를 집어 들어 이로 인해 서화가 더럽혀지자 환현이 불쾌해했다. 이후로는 손님을 부를 때면 한구를 차리지 않았다.

《晉書》中有飮食名"寒具"者, 卽今所謂'饌餅'. 桓玄嘗盛陳法書名畫, 請客觀之, 客有食寒具, 不濯手而執書畫, 因有汚, 玄不懌. 自是會客, 不設寒具.

* 이 고사는 《태평광기》 권209 〈서(書)·환현(桓玄)〉에 실려 있다.

10) 한구(寒具) : 찹쌀가루에 밀가루를 혼합해 반죽한 다음 일정한 모양새로 만들어 기름에 튀겨서 꿀이나 물엿에 찍어 먹는 음식으로, 한식날에 먹었기 때문에 "한구"라고 했다.

46-18(1343) 열낙하

열낙하(熱洛河)

출《노씨잡설(盧氏雜說)》

[당나라] 현종(玄宗)은 짐승을 사냥하는 관리에게 명해 살아 있는 사슴을 잡아 오게 해서 사슴 피로 사슴 내장을 졸여서 먹었는데, 그 음식을 "열낙하"라고 불렀다. 현종은 이것을 안녹산(安祿山)과 가서한(哥舒翰)에게 하사했다.

玄宗命射生官射鮮鹿, 取血煎鹿腸食之, 謂之"熱洛河". 賜安祿山及哥舒翰.

* 이 고사는 《태평광기》 권234 〈식·열낙하〉에 실려 있다.

46-19(1344) 유명한 음식

명식(名食)

출《유양잡조》

    지금 고관 귀족들의 집에서 먹는 유명한 음식 중에 소씨(蕭氏) 집안의 혼돈(餛飩 : 고기소를 넣어 만든 만두의 일종)은 기름을 제거해서 그 국물이 기름지지 않아 차(茶)를 우려낼 수 있다. 유씨(庾氏) 집안의 종자(粽子)는 백옥처럼 희고 투명하다. 한약(韓約)은 앵두 필라(饆饠 : 소를 넣어 둥글납작하게 만든 만두의 일종)를 잘 만들었는데 오래 두어도 그 색이 변하지 않았다.

今衣冠家名食, 有蕭家餛飩, 漉去, 其湯不肥, 可以瀹茗. 庾家粽子, 白瑩如玉. 韓約能作櫻桃饆饠, 其色不變.

* 이 고사는《태평광기》권234〈식·명식〉에 실려 있다.

46-20(1345) 망가진 말다래

패장니(敗障泥)

출《유양잡조》

[당나라] 정원(貞元) 연간(785~805)에 한 장군의 집에서 음식을 내놓으면서 매번 이렇게 말했다.

"먹지 못할 것은 없으니 불을 잘 조절하고 오미(五味)를 잘 배합하기만 하면 되오."

한번은 망가진 장니(障泥)11)와 호록(胡盝)12) 미 : 녹(盝)은 녹(漉)과 같으며 음이 녹(祿)이다. 을 요리해 먹었는데 그 맛이 훌륭했다.

평 : 글을 잘 짓는 자는 남을 설득할 수 없는 말이 없고, 사람을 잘 쓰는 자는 부릴 수 없는 재주가 없다.

貞元中, 有一將軍家, 出飯食, 每說 : "無物不堪喫, 唯在火

---

11) 장니(障泥) : 말다래. 말안장에 매달아 말의 배 양쪽으로 늘어뜨려 말이 달릴 때 진흙이나 먼지가 묻는 것을 방지하는 마구(馬具).
12) 호록(胡盝) : 화살통. 호록(胡祿)·호록(胡簶)·호록(胡鹿)·호록(胡簏)이라고도 한다.

候, 善均五味." 嘗取敗障泥‧胡盝, 眉:盝, 渌同, 音祿. 修理食之, 其味佳.

評:善作文者, 無語不可入, 善用人者, 無才不可使.

* 이 고사는《태평광기》권234〈식‧패장니〉에 실려 있다.

46-21(1346) 대병

대병(大餠)

출《북몽쇄언》

    [오대] 왕촉(王蜀 : 전촉)에 조웅무(趙雄武)라는 사람이 있었는데, 사람들은 그를 "조대병(趙大餠)"이라 불렀다. 그는 이름난 군(郡)들을 거듭 다스린 당대의 부호였지만 몸가짐을 엄격하고도 깨끗이 했다. 그는 음식에 정통했는데 평상시에는 요리사를 부리지 않고 6국(六局)13)에 각각 시녀 두 명을 두어 일을 보도록 했다. 그의 집에는 주방을 담당하는 사람이 15명 정도 있었는데, 모두 좁은 소매의 깨끗한 옷을 입고 일을 했다. 한 명의 손님을 초대하더라도 반드시 수륙(水陸)의 진미를 모두 갖췄는데, 비록 왕후(王侯)의 집이라 할지라도 이를 따라 할 수 없었다. 또 그의 집에서는 커다란 밀전병을 잘 만들어서 서 말의 밀가루 반죽을 늘여 넓적한 밀전병 한 장을 만들어 냈는데, 그 크기가 몇 칸짜리 집보다 컸다. 궁궐에서 연회를 베풀 때나 부호의 집에서 큰 잔치

---

13) 6국(六局) : 상의국(尙食局)·상약국(尙藥局)·상례국(尙醴局)·상의국(尙衣局)·상사국(尙舍局)·상연국(尙輦局)으로, 각각 음식·약·술·의복·집·수레에 관한 일을 관장했다.

를 열 때면 그 밀전병 한 장을 바쳤는데, 그것을 모든 사람이 잘라 먹고도 남았다. 그러나 아무리 친밀한 사람이라 할지라도 그 밀전병을 만드는 방법을 알 수 없었다.

王蜀時, 有趙雄武者, 衆號"趙大餠". 累典名郡, 爲一時之富豪, 嚴潔奉身. 精於飮饌, 居常不使膳夫, 六局之中, 各有二婢執役. 當廚者十五餘輩, 皆著窄袖鮮衣. 邀一客, 必水陸俱備, 雖王侯之家, 不得倣焉. 又能造大餠, 每三斗麵擀一枚, 大於數間屋. 或大內宴聚, 或豪家有廣筵, 輒獻一枚, 剖用有餘. 雖親密, 莫知擀造之法.

* 이 고사는 《태평광기》 권234 〈식·대병〉에 실려 있다.

46-22(1347) 양만

양만(羊曼)

출《진서(晉書)》

　　진(晉)나라의 양만이 단양윤(丹陽尹)이 되었을 당시에 조정의 벼슬아치들이 강남으로 옮겨 왔는데, 처음 관직에 임명되면 반드시 음식을 차려 손님을 대접해야 했다. 일찍 온 손님은 좋은 대접을 받았지만 날이 저물어 갈수록 음식도 점차 바닥나서 더 이상 좋은 음식을 차려 낼 수 없었는데, 손님이 일찍 오는 것과 늦게 오는 것에만 따랐고 귀천은 따지지 않았다. 양고(羊固)는 임해태수(臨海太守)에 임명되었을 때, 차려 낸 음식이 하루 종일 모두 훌륭해서 비록 늦게 온 자라 할지라도 여전히 풍성한 상을 받았다. 이 일을 두고 논자들은 양고의 풍성함이 양만의 진솔함만 못하다고 여겼다.

晉羊曼爲丹陽尹, 時朝士過江, 初拜官, 必飾供饌. 客來早者得佳設, 日晏卽漸罄, 不復精珍, 隨客早晩, 不問貴賤. 有羊固者, 拜臨海太守, 備饌竟日皆精, 雖晩至者, 猶有盛饌. 論者以固之豐腆, 不如曼之眞率.

* 이 고사는 《태평광기》 권234 〈식‧양만〉에 실려 있다.

식량(食量)

46-23(1348) **범왕**

범왕(范汪)

출《진서》

    진(晉)나라의 범왕은 생매실을 잘 먹었는데, 어떤 사람이 매실 1곡(斛)을 보내오자 범왕은 이를 눈 깜짝할 사이에 다 먹어 치웠다.

晉范汪能噉生梅, 有人致一斛, 汪食之, 須臾而盡.

* 이 고사는 《태평광기》 권234 〈식·범왕〉에 실려 있다.

46-24(1349) 송 명제

송명제(宋明帝)

출《송서(宋書)》

  송(宋 : 유송)나라 명제는 축이(鱁鮧)14)를 꿀에 재어 은 주발에 담아 놓았다가 한 번에 몇 주발을 먹었으며, 구운 돼지고기는 늘 200점이나 먹어 치웠다.

  평 :《야사(野史)》에 따르면, [춘추 시대 오나라] 합려(闔閭) 10년(BC 506)에 동이(東夷) 사람들이 오(吳)나라의 국경을 침범하자 왕이 친히 막았는데, 동이 사람들이 두려워서 바다로 숨어들어 가서 동주(東洲)의 모래사장을 점거하자 왕이 또 바다로 들어가서 그들을 추격했다. 서로 대치한 지 한 달이 되었을 때 풍랑이 크게 일어 식량을 구할 수 없었다. 그래서 왕이 향을 피우고 하늘에 기도했더니, 갑자기 동풍이 크게 불면서 물 위로 금빛이 솟구쳐 올라 왕의 배를 100겹으로 둘러쌌다. 그 금빛을 건져 물고기를 잡아서 먹었더니 맛이 좋았기에 삼군(三軍 : 대군)이 기뻐 뛰었다. 동이

---

14) 축이(鱁鮧) : 조기의 내장으로 담근 젓갈의 옛 이름.《제민요술(齊民要術)》에 조기 · 청상아리 · 숭어의 내장으로 만든 축이가 나온다.

사람들은 물고기를 한 마리도 잡지 못하자 마침내 항복했다. 왕은 물고기의 내장을 짠물에 담갔다가 동이 사람들에게 내려 주었는데, 이로 인해 그것을 "축이(逐夷)"라고 불렀다. 지금 오군(吳郡)의 성 밖에 있는 이정(夷亭)이 바로 그것이다. 남은 물고기는 햇볕에 말렸는데, 왕은 그 맛이 좋았기에 젓가락을 댈 만한 물고기라고 칭찬했으며 이로 인해 그것을 "상(鯗 : 가조기)"15)이라 했다. 이 물고기는 머리 안에 돌 같은 뼈가 있어서 "석수어(石首魚 : 조기)"라고 불렀다. 일설에 따르면, 한(漢)나라 무제(武帝)가 동이를 추격해 바다에 이르렀다가 향기가 나자 사람을 보내 찾아보게 했더니, 어부가 구덩이 속에 물고기 내장으로 젓을 담그고 있었다. 그것을 가져와서 먹어 보았더니 맛이 좋았기 때문에 "축이"라 불렀다고 한다. 하지만 한나라 무제는 직접 동이를 추격한 적이 없으므로, 전자의 설이 사실에 가깝다.《제민요술(齊民要術)》에 축이를 만드는 방법이 있다.

宋明帝蜜漬鱁鮧, 以銀鉢盛之, 一食數鉢, 噉猪肉炙, 常至二百臠.
評 : 按《野史》, 闔閭十年, 有東夷人侵逼吳境, 王親禦之, 夷

---

15) 상(鯗) : 가조기. 배를 갈라 넓적하게 펴서 말린 조기를 말한다. 또는 말린 어포(魚脯)를 가리키기도 한다.

人懼, 遁入海, 據東洲沙上, 王亦入海逐之. 相守一月, 屬風濤, 糧不得度. 王焚香禱天, 忽東風大震, 水上金色浮湧, 繞王舟百匝. 撈得魚, 食之美, 三軍踴躍. 夷人一魚不獲, 遂降. 王將魚腸肚以鹹水漬之, 賜與夷人, 因號"逐夷". 今吳郡城外有夷亭是也. 餘魚曝乾, 王以其味美, 美下筋魚, 因名曰"鯗". 此魚腦中有骨如石, 號曰"石首魚". 一說漢武逐夷至海, 聞香氣, 令人推求, 乃漁父造魚腸於坑中. 取食之而美, 故曰"鱁鮧". 漢武未嘗親逐夷也, 前說近之. 《齊民要術》有造鱁鮧法.

* 이 고사는《태평광기》권234〈식 · 송명제〉에 실려 있다.

46-25(1350) 부견의 세 장수

부견삼장(苻堅三將)

출《전진록(前秦錄)》

[오호 십육국 전진(前秦)의 군주] 부견은 걸활(乞活)[16] 출신 하묵(夏黙)을 좌진랑(左鎭郎)으로, 호인(胡人) 호마나(護磨那)를 우진랑(右鎭郎)으로, 그리고 환관 신향(申香)을 불개랑(拂蓋郎)으로 삼았는데, 이들은 모두 키가 1장 3척이나 되었고 힘이 세고 활을 잘 쏘았다. 세 사람은 매번 식사할 때마다 밥 한 섬과 고기 30근을 먹어 치웠다.

苻堅以乞活夏黙爲左鎭郎, 胡人護磨那爲右鎭郎, 奄人申香爲拂蓋郎, 並身長一丈三尺, 多力善射. 三人每食, 飯一石, 肉三十斤.

* 이 고사는《태평광기》권234〈식·부견삼장〉에 실려 있다.

---

16) 걸활(乞活) : 오호 십육국 시기에 황하의 남북에서 활약하던 한족(漢族) 무장(武裝) 유민(流民) 집단.

권47 악부(樂部)

악(樂)

47-1(1351) 사연 · 사광 · 사연
사연 · 사광 · 사연(師延 · 師曠 · 師涓)
출《습유》

 사연(師延)은 은(殷)나라 때의 악공(樂工)이었는데, 포황[庖皇 : 복희(伏羲)] 이래로 이 직분을 세습했다. 사연에 이르러 음양(陰陽)에 정통하고 상위(象緯 : 일월오성, 즉 천문)를 훤히 알아, 삼황오제(三皇五帝)의 음악을 총체적으로 정비했다. 사연이 일현금(一絃琴)을 연주하면 땅의 신이 모두 올라오고, 옥피리를 불면 하늘의 신이 모두 내려왔다. 헌원(軒轅) 때에 이미 나이가 수백 살이었다. 하(夏)나라 말에 이르러 악기를 끌어안고 은나라로 달아났다. 그러나 나중에 주왕(紂王)이 음악과 여색에 빠져서 사연을 음궁(陰宮 : 감옥) 안에 구금하고 극형에 처하고자 했다. 사연이 갇혀 있으면서 〈청상(淸商)〉· 〈유치(流徵)〉· 〈조각(調角)〉의 음악을 연주하자, 옥리가 주왕에게 아뢰었더니 주왕이 말했다.

 "이것은 순박하고 예스러운 먼 옛날의 음악이지 내가 듣고 즐거워할 수 있는 게 아니다."

 그러면서 여전히 풀어 주지 않자, 사연은 곧 다시 혼백을 미혹하는 곡을 연주해 긴 밤의 즐거움을 돋우고 나서야 포락(炮烙)의 형벌17)을 면할 수 있었다. 사연은 주(周)나라 무왕(武王)이 군사를 일으켰다는 소식을 듣고 복수(濮水)를 건너다가 물에 떠내려가 죽었다. 어떤 사람은 사연이 수부(水府 : 용궁)에서 죽었다고 말했다.

평 : 옛날에 예악(禮樂)을 담당하던 자는 모두 그 관직을 세습하고 그 직무를 전담했으므로, 악기를 끌어안고 은나라로 달아난 사람은 필시 사연의 선조였을 것이다. 이야기를 전한 자가 견강부회해서 마침내 그를 100살 넘게 산 사람이라 여겼을 뿐이다.

사광에 대해 혹자는 그가 [춘추 시대] 진(晉)나라 영공(靈公) 때 태어나 음악을 주관하는 관직에 있으면서 음률을 분간하는 데 절묘했다고 한다. 사광은 평공(平公) 때 음양학(陰陽學)으로 당세에 명성이 크게 드러나자, 눈에 연기를 쐬어 장님이 됨으로써 온갖 근심을 끊고 성산(星算 : 천문역수)과 음률에 전념했다. 악률(樂律)을 살펴서 사시(四時)를 정했는데, 털끝만큼의 차이도 없었다. 평공이 사광에게 〈청치(淸徵)〉를 연주하게 하자 사광이 말했다.

---

17) 포락(炮烙)의 형벌 : 불에 달군 구리 기둥에 사람을 묶어서 지져 죽이는 형벌.

"〈청치〉는 〈청각(淸角)〉만 못합니다."

평공이 말했다.

"〈청각〉을 들을 수 있겠는가?"

사광이 말했다.

"군주의 덕이 박하면 듣기에 부족하니, 그럼에도 불구하고 듣는다면 장차 재앙이 닥칠까 두렵습니다."

평공이 말했다.

"과인은 늙었고 좋아하는 것이 음악이니 그것을 듣고 싶네."

사광은 어쩔 수 없이 연주했다. 〈청각〉을 한 번 연주하자 구름이 서북쪽에서 일어났고, 그것을 다시 연주하자 큰바람이 불어왔으며 이어서 큰비가 내려, 휘장을 찢고 제기(祭器)를 깨뜨렸으며 회랑의 기와를 떨어뜨렸다. 앉아 있던 사람들이 흩어져 도망갔고, 평공도 두려워서 회랑에 엎드려 있었다. 진나라에 큰 가뭄이 들어서 3년 동안 땅에서 아무것도 나지 않았고, 미 : 어찌하여 다시 연주해 큰비를 내리게 하지 않았는가? 평공의 몸도 결국 병들었다.

사연(師涓)은 위(衛)나라 영공(靈公) 때 태어났다. 그는 각 조대의 악곡을 기록하는 데 능했으며, 새로운 곡도 잘 만들어서 옛 곡을 대체했다. 그래서 사계절의 음악이 있게 되었는데, 봄에는 〈이홍(離鴻)〉·〈거안(去雁)〉·〈응빈(應蘋)〉의 노래가 있었고, 여름에는 〈명신(明晨)〉·〈초천(焦泉)〉·

〈주화(朱華)〉·〈유금(流金)〉의 곡조가 있었으며, 가을에는 〈상표(商飇)〉·〈백운(白雲)〉·〈낙엽(落葉)〉·〈취봉(吹蓬)〉의 악곡이 있었고, 겨울에는 〈응하(凝河)〉·〈유음(流陰)〉·〈침운(沉雲)〉의 가락이 있었다. 영공이 그 음악에 빠져 마음이 미혹되어 정사를 잊어버리자 거백옥(蘧伯玉)이 간했다.

"이것은 빠지면 헤어나지 못하게 만드는 음악이니 〈풍(風)〉과 〈아(雅)〉에 부합하지 않습니다."

그러자 영공이 새로운 음악을 물리치고 친히 정사를 돌보았기 때문에 위나라 사람들은 그의 교화를 찬미했다. 사연은 자신이 〈아〉와 〈송(頌)〉을 저버리고 신하로서의 도리를 잃은 것을 후회하면서 물러나 자취를 감추었다. 거백옥은 사통팔달한 길에서 사연이 만든 악기를 불태웠는데, 이는 후세에 그것이 전해져서 다시 만들어질까 두려웠기 때문이다.

師延者, 殷之樂工也, 自庖皇以來, 世邆此職. 至師延精述陰陽, 曉明象緯, 總修三皇五帝之樂. 撫一弦之琴, 則地祇皆升, 吹玉律, 則天神俱降. 當軒轅時, 已年數百歲. 至夏末, 抱樂器以奔殷. 而紂淫於聲色, 乃拘師延於陰宮之內, 欲極刑戮. 師延旣被囚繫, 奏〈淸商〉·〈流徵〉·〈調角〉之音. 司獄者以聞於紂, 紂曰: "此淳古遠樂, 非余可聽悅也." 猶不釋, 師延乃更奏迷魂淫魄之曲, 以歡修夜之娛, 乃得免炮烙. 聞周武王興師, 乃越濮流而逝. 或云死於水府.

評 : 古者典禮典樂, 俱世其官, 專其職, 抱器奔殷, 必延之先世. 傳者附會之, 遂以爲百歲人耳.

師曠者, 或云出晉靈之世, 以主樂官, 妙辯音律. 平公時, 以陰陽之學顯於當世, 乃薰目爲瞽, 以絶塞衆慮, 專心於星算·音律. 考鐘呂以定四時, 無毫釐之異. 平公使師曠奏〈淸徵〉, 師曠曰:"〈淸徵〉不如〈淸角〉也."公曰:"〈淸角〉可得聞乎?"師曠曰:"君德薄, 不足聽之, 聽之將恐敗."公曰:"寡人老矣, 所好者音, 願遂聽之." 師曠不得已而鼓. 一奏之, 有雲從西北方起, 再奏之, 大風至, 大雨隨之, 掣帷幕, 破俎豆, 墮廊瓦. 坐者散走, 平公恐懼, 伏於廊室. 晉國大旱, 赤地三年, 眉:何不再奏, 可致大雨? 平公身遂病.

師涓者, 出於衛靈公之世. 能寫列代之樂, 善造新曲, 以代古聲. 故有四時之樂, 春有〈離鴻〉·〈去雁〉·〈應蘋〉之歌, 夏有〈明晨〉·〈焦泉〉·〈朱華〉·〈流金〉之調, 秋有〈商颷〉·〈白雲〉·〈落葉〉·〈吹蓬〉之曲, 冬有〈凝河〉·〈流陰〉·〈沉雲〉之操. 公情湎心惑, 忘於政事, 蘧伯玉諫曰:"此沉湎靡曼之音, 無合於〈風〉·〈雅〉." 公乃去新聲而親政務, 故衛人美其化焉. 師涓悔其違於〈雅〉·〈頌〉, 失爲臣之道, 乃退而隱迹. 伯玉焚其樂器於九達之衢, 恐後世傳造焉.

* 이 고사는 《태평광기》 권203 〈악·사연(師延)〉, 〈사광〉, 〈사연(師涓)〉에 실려 있다.

47-2(1352) 마융

마융(馬融)

출《상은운소설》

　　마융은 천성이 음악을 좋아해 금(琴)을 잘 타고 피리를 잘 불었다. 매번 금과 피리를 연주하면 귀뚜라미가 화답했다.

馬融性好音樂, 善鼓琴吹笛. 每氣出, 蜻蜊相和.

* 이 고사는 《태평광기》 권203 〈악·마융〉에 실려 있다.

47-3(1353) 만보상

만보상(萬寶常)

출《열선전(列仙傳)》

만보상은 어디 사람인지 알 수 없다. 그는 나면서부터 총명해서 팔음(八音 : 여덟 가지 악기)에 절묘하게 통달했다. 일찍이 들판에서 10여 명의 사람을 만났는데, 수레와 의복이 곱고 아름다웠으며 의장 깃발이 죽 늘어서 있는 것이 마치 누군가를 기다리는 것 같아 만보상은 얼른 길을 피했다. 그 사람들이 사람을 시켜 만보상을 불러 앞으로 오게 해서 말했다.

"상제께서 그대가 천부적인 음률의 재능을 가지고 있기 때문에 균천(鈞天 : 천상)의 악관(樂官)을 시켜 그대에게 심오한 요결을 보여 주게 하셨소."

그러고는 만보상을 앉게 하고 역대의 음악과 치란(治亂)의 음을 가르쳐 주었는데, 두루 갖추어 말하지 않은 바가 없었다. 만보상은 그것을 모두 기억해 두었다. 한참 후에 선인들은 공중으로 솟구쳐 떠나갔다. 만보상이 집으로 돌아왔더니 이미 닷새가 지나 있었다. 일찍이 사람들과 함께 식사할 때 성률(聲律)에 대해 언급했는데 악기가 없자, 만보상은 식기와 잡동사니 물건을 젓가락으로 두드리면서 음의 고하를 논하고 궁상(宮商 : 음률)을 모두 갖추어 관현악기와 조화를 이루게 했다. 북주(北周)를 지나 수(隋)나라에 이르기까지 그는 자유분방하게 지내면서 벼슬하지 않았다. 개황(開皇) 연간(581~600) 초에 패국공(沛國公) 정역(鄭譯)이 음악을 바로잡아 완성해서 연주하자, 문제(文帝)가 만보상을 불러 그 가부를 물었더니 만보상이 말했다.

"이것은 망국의 음으로 슬픔과 원망이 넘쳐 나니 아정(雅正)한 소리가 아닙니다."

만보상은 그 불가함을 강력하게 말했다. 그래서 문제는 조서를 내려 만보상에게 악기를 만들게 했는데, 그 소리가 너무 맑고 우아해서 세속에 맞지 않아 결국 묻혀서 연주되지 않았다. 만보상은 태상(太常)의 음악을 듣고 눈물을 흘리며 사람들에게 말했다.

"지나치게 괴롭고 슬프니 머지않아 천하가 서로 살상하게 될 것이오!"

당시는 해내가 전성기를 누리고 있을 때라 사람들은 그의 말을 듣고 절대 그렇지 않을 것이라고 생각했다. [양제] 대업(大業) 연간(605~617) 말에 이르러 마침내 그 일이 증명되었다.

萬寶常, 不知何許人也. 生而聰穎, 妙達八音. 常於野中遇十許人, 車服鮮麗, 麾幢森列, 如有所待, 寶常趨避之. 此人使人召至前曰 : "上帝以子天授音律之性, 使鈞天之官, 示子玄微之要." 命坐而敎以歷代之樂, 理亂之音, 靡不周述. 寶常畢記之. 良久, 群仙凌空而去. 寶常還家, 已五日矣. 嘗與人同食之際, 言及聲律, 時無樂器, 寶常以食器雜物, 以箸扣之, 品其高下, 宮商畢備, 諧作絲竹. 歷周泊隋, 落拓不仕. 開皇初, 沛國公鄭譯定樂成, 奏之, 文帝召寶常, 問其可否, 常曰:"此亡國之音, 哀怨浮散, 非正雅之聲." 極言其不可. 詔令寶常創造樂器, 其聲雅澹, 不合於俗, 卒寢而不行. 寶常聽太常之樂, 泣謂人曰:"淫厲而哀, 天下不久相殺盡!" 時海內全盛, 人聞其言, 大爲不爾. 及大業之末, 卒驗其事.

* 이 고사는 《태평광기》 권14 〈신선·만보상〉에 실려 있는데, 출전이 "《선전습유(仙傳拾遺)》"라 되어 있다.

47-4(1354) 왕영언

왕영언(王令言)

출《노씨잡설》

　수(隋)나라 양제(煬帝)가 강도(江都)로 행차할 때, 악공 왕영언의 아들이 궁에서 돌아오자 왕영언이 아들에게 물었다.

　"오늘 올린 곡은 무엇이냐?"

　아들이 말했다.

　"〈안공자(安公子)〉입니다."

　왕영언은 아들에게 그 곡을 연주해 보게 한 후에 말했다.

　"너는 어가(御駕)를 따라가선 안 된다. 이 곡에는 궁성(宮聲)[18]이 없으니 황상은 필시 돌아오지 못할 것이다."

　과연 그의 말대로 되었다.

隋煬帝幸江都時, 樂工王令言子自內歸, 令言問其子：“今日所進曲子何?” 曰：“〈安公子〉.” 令言命其子奏之, 曰：“汝不須隨駕去. 此曲無宮聲, 上必不回.” 果如其言.

* 　이 고사는《태평광기》권204 〈악·왕영언〉에 실려 있다.

18) 궁성(宮聲)：오음(五音) 중에서 궁(宮)은 임금을 상징한다.

47-5(1355) **당 태종**

당태종(唐太宗)

출《담빈록(譚賓錄)》·《국사이찬(國史異纂)》

　　당나라 태종은 문교(文敎)에 정성을 쏟아, 태상경(太常卿) 조효손(祖孝孫)에게 궁상(宮商 : 음률)을 바로잡고, 기거랑(起居郎) 여재(呂才)에게 음운(音韻)을 익히고, 협률랑(協律郎) 장문수(張文收)에게 율려(律呂 : 육율과 육려)를 살피도록 명했다. 또 그 산만함을 정리하고 절충해서 〈강신악(降神樂)〉과 〈구공무(九功舞)〉를 만들게 했는데, 천하가 바람에 쏠리듯 따랐다. 처음에 조효손은 양(梁)나라와 진(陳)나라의 옛 음악에 오(吳)와 초(楚) 지역의 음이 섞여 있고, 북주(北周)와 북제(北齊)의 옛 음악에 호(胡)와 융(戎)의 기예(伎藝)가 많이 들어 있다고 여겨서, 남북의 음악을 헤아리고 옛 음을 고찰해 대당(大唐)의 아악(雅樂)을 만들었다. 12율(律)을 각각 그에 해당하는 달에 따라 돌아가며 궁(宮)이 되도록 해서[19] 30곡(曲) 84조(調)를 배합했다. 원

---

19) 12율(律)을 각각 그에 해당하는 달에 따라 돌아가며 궁(宮)이 되도록 해서 : '12율'은 황종(黃鐘)·대려(大呂)·태주(太簇)·협종(夾鐘)·고선(姑洗)·중려(仲呂)·유빈(蕤賓)·임종(林鐘)·이칙(夷

구(圜丘 : 천자가 하늘에 제사하는 제단)에 제사드릴 때는 황종(黃鐘)을 궁으로 삼고, 대택(大澤)에 제사드릴 때는 대려(大呂)를 궁으로 삼고, 종묘에 제사드릴 때는 태주(太簇)로 궁을 삼고, 오교(五郊)[20]에 제사드릴 때는 달에 따라 해당하는 율(律)을 궁으로 삼았다. 처음에 수(隋)나라에서는 오직 황종 하나의 궁만을 사용해 일곱 개의 종만 쳤으며, 나머지 다섯 개의 종은 그냥 매달아 놓은 채 치지 않았다. 조효손이 선궁법(旋宮法)을 만들고 나서야 12개의 종을 모두 쳐서 더 이상 그냥 매달려 있는 것이 없게 되었다. 당시에 장문수는 음률을 잘 알았는데, 소길(蕭吉)이 만든 악보가 그다지 상세하지 않다고 여겨서 음률에 관한 역대의 연혁을 취하고 대나무를 잘라 12율관(律管)을 만들어 불어서 선궁의 법식을 모두 갖추게 되었다. 태종은 또한 장문수를 태상시(太常寺)로 불러서 조효손과 함께 아악을 살펴서 정하게 했다. 태

則)·남려(南呂)·무역(無射)·응종(應鐘)을 말하는데, 이 중에서 홀수 순서에 있는 여섯 개를 육률(六律)이라 하고, 짝수 순서에 있는 여섯 개를 육려(六呂)라 한다. 그래서 '12율'을 '12율려'라고도 한다. 또한 황종을 음력 11월에 배치하고 순서대로 한 달씩 배치해 응종을 음력 10월에 배치한다. 12율과 7성(聲)을 배합하는 것을 "선상위궁(旋相爲宮)" 또는 "선궁(旋宮)"이라 한다.

20) 오교(五郊) : 오행(五行)의 신을 맞아들이는 곳으로, 동교(東郊)·남교(南郊)·중교(中郊)·서교(西郊)·북교(北郊)를 말한다.

악(太樂)의 옛 종 12개를 세상 사람들은 "아종(啞鐘)"[21]이라 불렀는데, 그것에 대해 통달한 자가 없었다. 장문수가 율관을 불어서 그것을 조절하자 소리가 분명하게 통하게 되었다. 음악을 아는 사람들은 모두 그 오묘함에 탄복했다.

태종이 유무주(劉武周)[22]를 평정하자, 하동(河東)의 백성이 길에서 노래하고 춤추었으며, 군인들이 서로 더불어 〈진왕파진악(秦王破陣樂)〉이란 곡을 만들었다. 나중에 이 곡은 《악부(樂府)》에 편입되었는데, 이렇게 기술되어 있다.

"〈파진악〉을 연주할 때는 갑옷을 입고 창을 잡는데, 이것은 전쟁의 일을 상징한다. 〈경선악(慶善樂)〉을 연주할 때는 소매를 길게 늘어뜨리고 신발을 끄는데, 이것은 문덕(文德)을 상징한다."

정국공[鄭國公 : 위징(魏徵)]은 〈파진악〉을 연주하면 고개를 숙이고 보지 않더니, 〈경선악〉을 연주하면 좋아하며 싫증 내지 않았다.

---

21) 아종(啞鐘) : 벙어리 종이란 뜻으로, 설치해 놓기만 하고 치지 않는 종을 말한다.

22) 유무주(劉武周) : 수나라 말과 당나라 초의 군웅 가운데 하나. 칭제하고 연호를 천흥(天興)이라 했으며, 당고조 무덕(武德) 연간에 병주(幷州)를 점거하고 있다가 나중에 진왕(秦王) 이세민(李世民 : 태종)의 공격을 받고 돌궐(突厥)로 달아났다가 피살되었다.

唐太宗勵精文教, 及命太常卿祖孝孫正宮商, 起居郞呂才習音韻, 協律郞張文收考律呂. 平其散濫, 爲之折衷, 作〈降神樂〉, 爲〈九功舞〉, 天下靡然向風矣. 初孝孫以梁・陳舊樂雜用吳・楚之音, 周・齊舊樂多涉胡戎之伎, 於是斟酌南北, 考以古音, 而作大唐雅樂. 以十二律, 各順其月, 旋相爲宮, 合三十曲・八十四調. 祭圜丘以黃鐘爲宮, 方澤以大呂爲宮, 宗廟以太簇爲宮, 五郊迎享則隨月用律爲宮. 初, 隋但用黃鐘一宮, 唯扣七鐘, 餘五虛懸而不扣. 及孝孫造旋宮之法, 扣鐘皆遍, 無復虛懸矣. 時張文收善音律, 以蕭吉樂譜未甚詳悉, 取歷代沿革, 截竹爲十二律吹之, 備盡旋宮之義. 太宗又召文收於太常, 令與孝孫參定雅樂. 太樂古鐘十二, 俗號"啞鐘", 莫能通者. 文收吹律調之, 聲乃暢徹. 知音樂者, 咸伏其妙.

太宗之平劉武周, 河東士庶歌舞於道, 軍人相與作〈秦王破陣樂〉之曲. 後編《樂府》云:"〈破陣樂〉, 被甲持戟, 以象戰事.〈慶善樂〉, 長袖曳屣, 以象文德." 鄭公見奏〈破陣樂〉, 則俯而不視,〈慶善樂〉, 則玩之不厭.

* 이 고사는《태평광기》권203〈악・당태종〉에 실려 있다.

47-6(1356) 이사진

이사진(李嗣眞)

출《독이지(獨異志)》

 당(唐)나라가 수(隋)나라의 혼란을 이어받았을 때 악현(樂懸)[23]이 망실되어 유독 치음(徵音)이 없었는데, 이는 나라를 다스리는 데 부족함이 있다는 뜻[24]이므로 이를 아는 사람은 감히 이 일을 언급하지 못했다. 천후(天后 : 측천무후) 말년에 어사대부(御史大夫) 이사진이 은밀히 그것을 찾았지만 얻지 못했다. 어느 날 아침 가을 기운이 시원할 때 지금의 노영(弩營)에서 다듬이질 소리가 들려왔는데, 그곳은 당시 영국공(英國公 : 서경업)의 집이었다. 다시 여러 해가 지나도록 그것을 얻을 길이 없었다. 그 후에 서경업(徐敬業)이 반란을 일으키자 천후가 그의 집을 물에 잠기게 했는데, 이사진이 상여에서 작은 검 하나를 구해 서경업의 집으로

---

23) 악현(樂懸) : 종과 경쇠처럼 틀에 매달아 쓰는 악기. 여기서는 경쇠를 말한다.
24) 나라를 다스리는 데 부족함이 있다는 뜻 : '치(徵)'는 '치(治)'와 음이 같으므로, "치음이 없다"는 것은 나라를 다스림에 부족함이 있다는 뜻으로 여긴 것이다.

들어가서 동남쪽 모퉁이를 두드리자 과연 응답이 있었다. 그래서 마침내 그곳을 파서 돌판 하나를 얻었는데, 그것을 네 토막으로 잘라 악현의 빠진 것을 보충했다. 후에 종묘에 제사 지내고 하늘에 제사드릴 때 순거(簨簴 : 악기를 거는 틀)에 걸어 놓는 경쇠는 바로 이사진이 얻은 것이다.

唐承隋亂, 樂懸散失, 獨無徵音, 國姓所闕, 知者不敢言. 天后末, 御史大夫李嗣眞密求之不得. 一旦秋爽, 聞砧聲者在今弩營, 是當時英公宅. 又數年, 無由得之. 其後徐敬業反, 天后瀦其宮. 嗣眞乃求得喪車一鐸, 入振之於東南隅, 果有應者. 遂掘之, 得石一段, 裁爲四具, 補樂懸之闕. 後享宗廟郊天, 掛簨簴者, 乃嗣眞所得也.

* 이 고사는 《태평광기》 권203 〈악·이사진〉에 실려 있다.

47-7(1357) 배지고

배지고(裵知古)

출《담빈록》·《국사이찬》

배지고가 음악을 연주하고서 원행충(元行沖)에게 말했다.

"금석(金石 : 종과 경쇠)이 조화로워서 분명 길하고 경사스러운 일이 있을 것이니, 아마도 당(唐)나라 황실 자손에게 경사가 있을 것이오!"

그달에 중종(中宗)이 즉위했다.

배지고가 태상시(太常寺)에 숙직을 서러 가다가 길에서 말을 탄 사람을 만났는데, 말의 소리를 듣고 혼잣말을 했다.

"이 사람은 바로 말에서 떨어지겠다."

이 말을 들은 호사가가 그 사람을 따라가며 관찰했는데, 말을 타고 동네를 반도 못 갔을 때 말이 놀라 뛰는 바람에 거의 죽을 뻔했다. 또 한번은 배지고가 어느 집에서 신부를 맞이하는 것을 살펴보다가 신부의 패옥 소리를 듣고 말했다.

"이 신부는 시어머니에게 이롭지 못하다."

그날에 시어머니는 병이 들어 결국 죽었다.

裵知古奏樂, 謂元行沖曰 : "金石諧和, 當有吉慶之事, 其在唐室子孫乎!" 是月, 中宗卽位.

知古直太常, 路逢乘馬者, 聞其聲, 竊言曰 : "此人卽當墮馬." 好事者隨而觀之, 行未半坊, 馬驚殆死. 又嘗觀人迎婦, 聞婦珮玉聲, 曰 : "此婦不利姑." 是日, 姑有疾, 竟亡.

* 이 고사는《태평광기》권203〈악·배지고〉에 실려 있다.

47-8(1358) **영왕**

영왕(寧王)

출《개천전신기(開天傳信記)》

　서량주(西涼州)의 풍속은 음악을 좋아했는데, 〈양주(涼州)〉라는 새로운 곡을 지어 [당나라] 개원(開元) 연간(713~741)에 진헌했다. 황상은 여러 왕들을 불러 모아 편전(便殿)에서 함께 관람했는데, 모두 배무(拜舞)25)하면서 훌륭하다고 칭찬했지만 영왕만 배무하지 않았다. 황상이 그 이유를 묻자 영왕이 나아가 말했다.

　"무릇 음은 궁(宮)에서 시작해 상(商)에서 펼쳐지며 각(角)·치(徵)·우(羽)에서 완성되는데, 모든 음은 궁과 상에 근거해서 이어 갑니다. 그러나 이 곡은 궁이 떨어져 있고 적으며, 치와 상이 어지럽고 드세기까지 합니다. 신이 듣기에 궁은 군왕이고 상은 신하라 했으니, 궁이 이겨 내지 못하면 군왕의 위세가 낮아지고, 상이 넘쳐 나면 신하의 일이 참람(僭濫)합니다. 위세가 낮아지면 아랫사람에게 핍박당하고 참람하면 윗사람을 범하게 됩니다. 모든 일은 사소한 것에

---

25) 배무(拜舞) : 꿇어앉아 머리를 조아린 후에 춤을 추면서 물러나는 것으로, 황제를 배알하는 예법의 일종이다.

서 비롯해 소리에서 나타나고 노래에서 전파되며 결국 인사(人事)에서 드러나는 법입니다. 신은 어느 날 파월(播越)26)의 근심과 핍박의 환난이 생길까 두렵습니다."

황상은 그 말을 듣고 아무 말이 없었다. 안사(安史)의 난이 일어나고 나서야 영왕의 음악 판별의 신묘함이 증명되었다.

西涼州俗好音樂, 製新曲曰〈涼州〉, 開元中, 列上獻之. 上召諸王於便殿同觀, 皆拜舞稱善, 獨寧王不拜. 上問之, 寧王進曰:"夫音也, 始於宮, 散於商, 成於角·徵·羽, 莫不根蔕而襲於宮商也. 斯曲也, 宮離而少, 徵·商亂而加暴. 臣聞宮君也, 商臣也, 宮不勝則君勢卑, 商有餘則臣事僭. 卑則逼下, 僭則犯上. 發於忽微, 形於音聲, 播之於咏歌, 見之於人事. 臣恐一日有播越之禍, 悖逼之患." 上聞之黙然. 及安史亂作, 乃見寧王審音之妙也.

* 이 고사는 《태평광기》 권204 〈악·영왕헌(寧王獻)〉에 실려 있다.

---

26) 파월(播越) : 임금이 난을 피해 도성을 떠나 다른 곳으로 옮겨 가는 것으로, 몽진(蒙塵)이나 파천(播遷)과 같은 뜻이다.

47-9(1359) 송연

송연(宋沇)

출《갈고록(羯鼓錄)》

송 개부[宋開府 : 송경(宋璟)]의 손자 송연은 음률학(音律學)에 조예가 있었다. [당나라] 정원(貞元) 연간(785~805)에 송연이 《악서(樂書)》세 권을 진상했는데, 덕종(德宗)은 그것을 보고 기뻐했다. 또한 그가 송경의 손자임을 알고 마침내 그를 불러들여 마주 대하고 앉아 함께 음악을 논하며 즐거워했다. 며칠 후에 덕종은 그를 다시 선휘원(宣徽院)으로 불러들여 악공들이 연주하는 것을 보게 하면서 말했다.

"잘못되거나 어긋난 것이 있다면 모두 말해 보시오."

송연이 말했다.

"소신이 악관들과 함께 상의하고 토론하도록 허용해 주신다면 세세히 적어서 상주하겠습니다."

며칠 후에 악공들은 대부분 송연이 성률(聲律)을 이해하지 못하고 박자도 살필 줄 모르는 데다가 눈병까지 있어서 음악을 논의할 수 없다고 말했다. 황상이 의아해하면서 다시 송연을 불러들여 만났더니 송연이 대답했다.

"소신은 늙고 병이 많아 귀가 실제로 밝지 못하지만, 음률에 대해서라면 전혀 모를 정도는 아닙니다."

황상이 다시 악공들에게 음악을 연주하라고 한 뒤에 곡이 끝나자 송연에게 연주의 장단점을 물었는데, 송연이 명을 받고도 대답을 질질 끌자 대다수의 악공들이 그를 비웃었다. 그러자 송연이 화를 내면서 얼굴을 붉히며 아뢰었다.

"곡의 연주가 비록 정묘하지만 그중에 여기에 있어서는 안 되는 자가 있습니다."

황상이 놀라 묻자 송연이 비파 연주자 한 명을 가리키며 말했다.

"이 사람은 대역무도하게도 잔인하게 살인을 저질러서 며칠 내로 곧 법에 저촉될 것이니, 지존(至尊)의 앞에 있어서는 안 됩니다."

또 생(笙) 연주자 한 명을 가리키며 말했다.

"이 사람은 영혼이 이미 무덤 사이를 떠돌고 있으니 더 이상 폐하를 모시게 해서는 안 됩니다."

황상은 크게 놀랐다. 얼마 후 비파 연주자는 동료에게 고발당했는데, 6~7년 전에 그의 아비가 스스로 목을 매어 죽었는데 아무런 단서도 찾지 못했다는 것이었다. 그래서 그를 심문했더니 마침내 죄를 자복했다. 생 연주자는 곧 근심과 두려움으로 밥을 먹지 않더니 열흘 만에 죽고 말았다. 황상은 송연을 더욱 공경해 그에게 면전에서 장복(章服 : 관리의 예복)을 하사했다. 황상은 누차 송연을 불러 대면하면서 매번 음악을 살펴보게 했는데, 악공들은 모두 두려움에 숨을 죽이고 감히 그를 똑바로 쳐다보지 못했다. 송연은 화를 당할까 두려워서 병을 이유로 물러났다.

송연이 태상승(太常丞)으로 있을 때, 한번은 어느 날 아침에 광택리(光宅里)의 절에서 입조(入朝)하기를 기다리다가 불탑 위에서 풍경 소리가 들리자 한참 동안 귀를 기울여 들었다. 그는 조정에서 돌아온 후에 다시 절에 가서 머물며 주지 스님에게 물었다.

"스님은 불탑의 풍경이 어디에서 난 것인지 아십니까?"

스님이 말했다.

"모릅니다."

송연이 말했다.

"그중 하나는 고대에 만든 것이니, 청컨대 제가 탑에 한번 올라가서 차례로 두드려서 판별해 보고자 합니다."

스님이 말했다.

"종종 바람이 불지 않아도 풍경이 저절로 흔들려 그 소리가 귓가에 가득하니, 혹시 그것이 아닐까요?"

송연이 말했다.

"그렇습니다. 필시 제사드릴 때 본래 매달려 있는 종을 치면 풍경이 응답할 것입니다."

그러고는 그 풍경을 떼어 내 달라고 한사코 청해 살펴보고 나서 말했다.

"이것은 고선(姑洗 : 12율 가운데 하나)의 편종(編鐘)이니, 청컨대 잠시 이것만 절의 뜰에 매달아 주십시오."

송연은 태상시(太常寺)로 돌아와서 악공에게 절로 가서 스님과 함께 그것을 지켜보도록 했다. 정해진 시간이 되어 태상시에 본래 매달려 있는 종을 쳤더니 절에 있는 종이 과연 응답하자, 마침내 그것을 구입해 얻었다. 또 일찍이 송연이 손님을 전송하느라 통화문(通化門)을 나갔다가 탁지부(度支部)의 운송 수레와 마주쳤는데, 그는 말을 멈추고 잠시 있다가 갑자기 황급히 손님에게 읍(揖)하고 작별하더니 곧장 그 수레를 따라가면서 방울 하나를 알아보고 역시 편종이라고 말했다. 다른 사람들은 그 방울이 유독 정교하게 주조되어서 다른 것들과 같지 않다는 것만 알았지 그 나머지 [즉, 그 방울이 편종이라는 것]에 대해서는 알지 못했다. 그것을 제자리에 배치해서 매달았더니 소리와 형태가 모두 법도에 합치했다.

宋開府孫沈有音律之學. 貞元中, 進《樂書》三卷, 德宗覽而嘉焉. 又知是璟之孫, 遂召賜對坐, 與論音樂, 喜. 數日, 又召至宣徽, 張樂使觀焉, 曰:"有舛誤乖濫, 悉可言之." 沈曰:"容臣與樂官商榷講論, 具狀條奏." 數日, 樂工多言沈不解聲律, 不審節拍, 兼又瞶疾, 不可議樂. 上疑之, 又宣召見, 對曰:"臣年老多疾, 耳實失聰. 若詁於音律, 不至無業." 上又使作樂, 曲罷, 問其得失, 承稟舒遲, 衆工多笑之. 沈忿怒作色, 奏曰:"曲雖妙, 其間有不可者." 上驚問之, 卽指一琵琶云:"此人大逆戕忍,不日間卽抵法,不宜在至尊前." 又指一笙云:"此人神魂已遊墟墓,不可更令供奉." 上大駭焉. 旣而琵琶者爲同儕告訐, 稱其六七年前, 其父自縊, 不得端由. 按鞫, 遂伏罪. 笙者乃憂恐不食, 旬日而卒. 上轉加欽重, 面賜章服. 累召對, 每令察樂, 樂工悉惴恐脅息, 不敢正視. 沈懼權禍, 辭病而退.

沈爲太常丞, 嘗一日早, 於光宅佛寺待漏, 聞塔上風鐸聲, 傾聽久之. 朝回, 復止寺舍, 問寺主僧曰:"上人塔鈴, 皆知所自乎?" 曰:"不能知." 沈曰:"其間有一是古製, 某請一登塔, 歷扣以辨之." 僧言:"往往無風自搖, 洋洋有聞, 非此耶?" 沈曰:"是耳. 必因祠祭, 考本懸鐘而應之也." 固求摘取, 觀之, 曰:"此姑洗之編鐘耳, 請旦獨掇[1]於僧庭." 歸太常, 令樂工與僧同臨之. 約其時, 彼扣本懸, 此果應, 遂購而獲焉. 又嘗送客出通化門, 逢度支運乘, 駐馬俄頃, 忽草草揖客別, 乃隨乘行, 認一鈴, 言亦編鐘也. 他人但覺熔鑄獨工, 不與衆者埒, 莫知其餘. 乃配懸, 音形皆合其度.

* 이 고사는 《태평광기》 권205 〈악·송연〉, 권203 〈악·송연〉에 실려 있다.

1 단독철(旦獨掇): 금본 《갈고록(羯鼓錄)》에는 "단(旦)"이 "차(且)"라 되어 있고, "철(掇)"이 "철(綴)"이라 되어 있는데, 문맥상 보다 타당하다.

47-10(1360) 봉성악 · 순성악

봉성악 · 순성악(奉聖樂 · 順聖樂)

출《노씨잡설》·《국사보》

　위고(韋皋)가 서천절도사(西川節度使)로 있을 때 〈봉성악〉이란 곡을 바치면서 무희와 곡보(曲譜)도 함께 바치려고 했다. 그런데 위고가 도성에 도착한 후 관저에서 그 악곡과 춤을 검열하고 있을 때, 교방(敎坊)의 몇 사람이 몰래 훔쳐보고 먼저 바쳐 버렸다.

　사공(司空) 우적(于頔)은 위 태위(韋太尉 : 위고)가 〈봉성악〉 곡을 바치자 역시 〈순성악〉을 지어 바쳤다. 황제는 연회가 열릴 때마다 반드시 그 곡을 연주하게 했는데, 그 곡은 절반쯤 연주했을 때 모든 무희들이 춤을 멈추고 엎드려 있고 한 사람만 가운데서 춤을 추었다. 이를 보고 막객 위수(韋綬)가 웃으며 말했다.

　"어찌하여 궁병독무(窮兵獨舞)[27]를 쓰십니까?"

---

27) 궁병독무(窮兵獨舞) : 이 말은 변방의 병사가 혼자 춤춘다는 뜻인데, 모든 병력을 동원해 전쟁을 탐한다는 뜻으로 무력을 남용해 전쟁을 일삼는다는 의미의 궁병독무(窮兵黷武)의 '독무(黷武)'가 '독무(獨舞)'와 음이 같으므로 이렇게 농담한 것이다.

우적은 또 기녀들에게 일무(佾舞)[28]를 추게 했는데, 웅장하고 씩씩했기에 "〈손무순성악(孫武順聖樂)〉"이라 불렀다.

韋皋鎭西川, 進〈奉聖樂〉曲, 兼與舞人曲譜同進. 到京, 於留邸按閱, 敎坊數人潛窺, 因得先進.
于司空頔因韋太尉〈奉聖樂〉, 亦撰〈順聖樂〉以進. 每宴, 必使奏之, 其曲將半, 行綴皆伏, 而一人舞於中央. 幕客韋綬笑曰 : "何用窮兵獨舞?" 頔又令女妓爲佾舞, 雄健壯妙, 號〈孫武順聖樂〉".

* 이 고사는 《태평광기》 권204 〈악·위고(韋皋)〉와 〈우적(于頔)〉에 실려 있다.

28) 일무(佾舞) : 여러 사람이 줄을 지어서 추는 춤. '일(佾)'은 열(列)과 같은 뜻이다. 일무는 지위에 따라 팔일무(八佾舞 : 천자)·육일무(六佾舞 : 제후)·사일무(四佾舞 : 대부)·이일무(二佾舞 : 사)의 네 종류가 있으며, 문무(文舞)와 무무(武舞)로 나뉜다.

47-11(1361) 심아교

심아교(沈阿翹)

출《두양잡편(杜陽雜編)》

[당나라] 문종(文宗) 때 궁인이었던 심아교가 황상을 위해 〈하만자(河滿子)〉라는 곡에 맞춰 춤을 추었는데, 소리와 가사와 자태가 아름답기 그지없었다. 곡이 끝나자 황상이 그녀에게 금팔찌를 하사하고 출신을 물었더니 심아교가 말했다.

"신첩은 본래 오원제(吳元濟)29)의 기녀였으나, 오원제가 패망한 후에 노래를 잘한다고 해서 궁녀가 되었습니다."

그러고는 스스로 백옥으로 만든 방향(方響)30)을 바치면서 원래 오원제가 가지고 있던 것이라고 말했다. 그 방향은 맑고 투명해서 10여 보까지 비출 수 있었는데, 그 채는 코뿔소의 뿔로 만들었다고 말했다. 무릇 만물이 내는 소리가 그

---

29) 오원제(吳元濟) : 당나라 헌종(憲宗) 때 회서절도사(淮西節度使). 채주(蔡州)에서 반란을 일으켰다가 원화(元和) 12년(817)에 진압된 후 장안으로 압송되어 처형되었다.

30) 방향(方響) : 상하 2단으로 된 받침대에 장방형의 철판이나 옥판을 각각 여덟 개씩 올려놓고 두 개의 채로 쳐서 소리를 내는 타악기.

안에서 되울려 나왔다. 그 받침대는 단향목(檀香木)으로 만들었다고 했는데, 무늬가 마치 운하(雲霞)와 같았고 그 향기가 사람에게 배면 한 달이 지나도록 가시지 않았다. 제작 기법이 정묘해서 본디 중국의 것이 아닌 것 같았다. 황상은 심아교에게 그것으로 〈양주곡(涼州曲)〉을 연주하게 했는데, 그 소리가 맑고 낭랑해서 들은 사람이라면 슬퍼하지 않는 이가 없었다. 황상은 그것을 "천상악(天上樂)"이라 이르고, 궁인을 선발해 심아교의 제자로 삼게 했다.

文宗時, 有宮人沈阿翹爲上舞〈河滿子〉, 聲詞風態, 率皆宛暢. 曲罷, 上賜金臂環, 卽問其從來, 阿翹曰: "妾本吳元濟之妓, 元濟敗, 因以聲得爲宮娥." 遂自進白玉方響, 云本吳元濟所有也. 光明潔泠, 可照十數步, 言其槌卽犀也. 凡物有聲, 乃響其中焉. 架則云檀香也, 而文彩若雲霞之狀, 芬馥著人, 則彌月不散. 製度精妙, 故非中國所有. 上因令阿翹奏〈涼州曲〉, 音韻淸越, 聽者無不愴然. 上謂之曰"天上樂", 仍選內人與阿翹爲弟子.

* 이 고사는 《태평광기》 권204 〈악·심아교〉에 실려 있다.

47-12(1362) 의종

의종(懿宗)

출《노씨잡설》

[당나라] 의종이 하루는 악공을 불러들였는데, 악공이 막 음악을 연주하려 할 때 황상이 곡조를 얘기하면서 박자를 쳤다. 그래서 악공이 그 박자에 맞추어 곡을 연주했으며 곡명을 〈도조자(道調子)〉라 했다. 당시 십왕택(十王宅)31)의 제왕(諸王)들도 대부분 음악에 밝았는데, 그들은 배우와 기예인을 모두 두고서 황상이 그 집에 행차하면 어가(御駕)를 맞이해 음악을 연주할 준비를 해 두었다. 궁중에서는 의종을 "음성낭군(音聲郎君)"이라 불렀다.

懿宗一日召樂工, 上方奏樂爲道調弄, 上遂拍之. 故樂工依其節, 奏曲子, 名〈道調子〉. 十宅諸王, 多解音聲, 倡優雜戲皆有之, 以備上幸其院, 迎駕作樂. 禁中呼爲"音聲郎君".

* 이 고사는《태평광기》권204〈악·의종〉에 실려 있다.

31) 십왕택(十王宅) : 당나라 현종(玄宗) 개원(開元) 연간에 장안성(長安城) 대명궁(大明宮) 남쪽의 영흥방(永興坊)과 흥녕방(興寧坊)에 있었던 황자(皇子)들의 거주지. 처음에는 "십왕택"이라 했다가 나중에 "십육왕택(十六王宅)"으로 바꾸었다. 현종 이후에도 계속 유지되었다.

47-13(1363) 원정견

원정견(元庭堅)

출《기문(紀聞)》

당(唐)나라 때 한림학사(翰林學士) 원정견은 수주참군(遂州參軍)을 그만두고 수주의 경계에 있는 산에서 책을 읽으며 지냈다. 어느 날 갑자기 사람의 몸에 새의 머리를 한 자가 원정견을 찾아왔는데, 의관이 매우 훌륭했고 수천 마리의 새들이 그것을 따르고 있었다. 그 사람이 말했다.

"나는 뭇 새들의 왕인데, 당신이 음악을 좋아한다고 들었기에 만나 보러 왔습니다."

그러고는 며칠 밤을 머물면서 원정견에게 음률의 청탁과 문자의 음의(音義)를 가르쳐 주었고, 아울러 온갖 새의 말까지 가르쳐 주었다. 그 사람은 이렇게 1년 남짓 왕래했는데, 원정견은 이로 말미암아 음률을 깨닫고 문자에 뛰어났으며 음양 술수에 대해서도 통달하지 않은 것이 없었다. 그는 한림원에 있을 때《운영(韻英)》10권을 편찬했는데, 미처 통행되기 전에 서경(西京 : 장안)이 오랑캐에게 함락되었고 원정견도 죽었다.

唐翰林學士元庭堅者, 罷遂州參軍, 於州界居山讀書. 忽有人身而鳥首, 來造庭堅, 衣冠甚偉, 衆鳥隨之數千. 言曰 :

"吾衆鳥之王也, 聞君好音, 故來見." 因留數夕, 教庭堅音律淸濁, 文字音義, 兼敎以百鳥語. 如是來往歲餘, 庭堅由是曉音律, 善文字, 陰陽術數, 無不通達. 在翰林撰《韻英》十卷, 未施行, 而西京陷胡, 庭堅亦卒焉.

* 이 고사는 《태평광기》 권460 〈금조(禽鳥)·원정견〉에 실려 있다.

가(歌)

47-14(1364) **진청과 한아**

진청 · 한아(秦靑 · 韓娥)

출《박물지》

설담(薛談)은 진청에게서 노래를 배웠는데, 진청의 기예를 다 배우기도 전에 스스로 다 배웠다고 여겨 마침내 작별하고 돌아가겠다고 했다. 진청은 그를 말리지 않고 동구 밖 큰길에서 전별했는데, 박자를 치며 슬픈 노래를 부르니 그 소리가 숲을 뒤흔들고 가는 구름을 멈추게 했다. 설담은 사죄하고 돌아오길 청했으며, 종신토록 감히 돌아가겠다는 말을 하지 않았다. 진청이 그의 친구를 돌아보며 말했다.

"옛날에 한아가 동쪽 제(齊)나라로 갈 때 식량이 떨어지자 옹문(雍門)을 지나며 노래를 팔아 먹을 것을 얻었는데, 그가 떠난 후에도 그 여운이 대들보를 맴돌며 사흘 동안 사라지지 않았네. 또 한아가 여관에 들렀을 때 다른 여행객이 그를 모욕하자 소리를 길게 뽑아 슬피 곡을 했더니, 온 마을의 노인부터 아이까지 서로 마주하고 슬픔과 근심의 눈물을 흘리면서 사흘 동안 밥도 먹지 않았네. 결국 그 사람이 급히 한아를 쫓아가서 사죄하자 한아가 다시 소리를 길게 뽑아 유장하게 노래를 불렀더니, 온 마을의 노인부터 아이까지 기뻐하며 손뼉을 치고 춤을 추면서 스스로 멈출 수가 없었네. 그래서 한아에게 선물을 두둑이 주어 떠나보냈네. 옹문 사람들이 지금도 노래를 잘하고 곡도 잘하는 것은 한아가 남긴 소리를 배운 덕이라네."

薛談學謳於秦青, 未窮靑之技, 自謂盡之, 遂辭去歸. 秦靑弗止, 餞於郊衢, 撫節悲歌, 聲振林木, 響遏行雲. 談謝求返, 終身不敢言歸. 秦靑顧謂其友曰:"昔韓娥東之齊, 匱糧, 過雍門, 鬻歌假食, 旣去而餘音繞梁, 三日不絶. 過逆旅, 旅人辱之, 韓娥因曼聲哀哭, 一里老幼, 悲愁涕泣相對, 三日不食. 遽追而謝之, 娥復曼聲長歌, 一里老幼, 喜歡抃舞, 弗能自禁, 乃厚賂而遣之. 故雍門之人, 至今善歌善哭, 效娥之遺聲也."

* 이 고사는 《태평광기》 권204 〈악·진청한아〉에 실려 있다.

47-15(1365) 척 부인

척부인(戚夫人)

출《서경잡기》

 한(漢)나라의 척 부인[고조 유방의 부인]은 소매를 흔들고 허리를 꺾는 춤을 잘 추었으며, 〈출새(出塞)〉·〈입새(入塞)〉·〈망귀(望歸)〉의 노래를 잘 불렀다. 시비(侍婢) 수백 명이 모두 그것을 익혔는데, 후궁에서 일제히 소리 높여 노래를 부르면 그 소리가 늘 하늘까지 닿았다.

漢戚夫人善爲翹袖折腰之舞, 歌〈出塞〉·〈入塞〉·〈望歸〉之曲. 侍婢數百人皆爲之, 後宮齊唱, 常入雲霄.

* 이 고사는 《태평광기》 권204 〈악·척부인〉에 실려 있다.

47-16(1366) 이귀년

이귀년(李龜年)

출《명황잡록(明皇雜錄)》·《송창록(松窗錄)》

    [당나라] 개원(開元) 연간(713~741)에 악공 이귀년·이팽년(李彭年)·이학년(李鶴年) 형제 세 명은 모두 재학(才學)으로 명성이 자자했다. 이팽년은 춤을 잘 추었고 이학년과 이귀년은 노래에 능했다. 이귀년은 천자의 특별한 대우를 받아 동도(東都 : 낙양)의 통원리(通遠里)에 대저택을 지었는데, 미 : 그 저택은 나중에 배진공[裴晉公 : 배도(裴度)]에 의해 정정문(定鼎門) 남쪽의 별장으로 옮겨져서 "녹야당(綠野堂)"으로 불렸다. 분에 넘치는 사치스러움이 왕공과 제후를 능가했다. [안사의 난이 일어난] 후에 이귀년은 강남을 떠돌다가 좋은 날에 멋진 경치를 만나면 사람들을 위해 노래 몇 곡을 불러주었는데, 그것을 들은 좌중의 사람들은 모두 얼굴을 가리고 울면서 술자리를 파했다. 두보(杜甫)가 일찍이 그에게 이런 시를 주었다.

    "기왕[岐王 : 이범(李範)]의 저택에서 그대를 자주 보았고, 최구(崔九)의 집에서도 그대의 노래 몇 번이나 들었지. 강남의 멋진 풍경 펼쳐진 바로 이때, 꽃 지는 시절에 그댈 다시 만났네."

최구는 전중감 최척(崔滌)이다.

개원 연간에 궁중에서 목작약(木芍藥) 미 : 목작약은 바로 지금의 모란(牡丹)이다. 을 처음 심어 네 그루를 얻었는데, 붉은색, 자주색, 분홍색, 그리고 새하얀 색이었다. 황상은 그것들을 흥경지(興慶池) 동쪽의 침향정(沈香亭) 앞에 옮겨 심었다. 꽃이 흐드러지게 필 때면 황상은 조야백(照夜白 : 준마의 이름)을 타고 태진비(太眞妃 : 양귀비)는 보련(步輦)을 타고 뒤따랐다. 현종은 조서를 내려 이원(梨園)의 예인들 중에서 뛰어난 자를 특별히 선발해 악대 16부(部)를 만들도록 했다. 이귀년은 노래로 당시에 명성을 날렸는데, 단판(檀板 : 박자 판)을 손에 들고 여러 악공들 앞에 서서 노래를 부르려 했더니 현종이 말했다.

"명화(名花)를 감상하면서 태진비를 앞에 두고 어찌 옛 음악을 사용하겠는가?"

그러고는 이귀년에게 명해 금화전(金花箋 : 황제의 친필 서한)을 들고 가서 이백(李白)에게 선독(宣讀)해 즉시 〈청평조(淸平調)〉의 가사 3장(章)을 짓도록 했다. 이백은 숙취가 아직 가시지 않아 괴로웠지만 흔쾌히 어지를 받들어 붓을 들고 지었는데, 그 가사는 다음과 같았다.

"구름 같은 옷에 꽃다운 얼굴, 봄바람이 난간 스치니 이슬 머금은 꽃빛은 더욱 짙네. 군옥산(群玉山) 위에서 그댈 못 만난다면, 달빛 아래 경요대(瓊瑤臺)에서 만나리."

"한 떨기 고운 붉은 꽃 이슬 머금어 향기롭고, 무산(巫山)에서의 사랑은 괜스레 애간장 끊게 하네. 묻노니 한궁(漢宮)에서 그 누가 이만할까? 아리따운 비연(飛燕 : 조비연)이 갓 화장한 것 같네."

"명화(名花)와 경국지색 둘 다 사랑스러워, 군왕은 미소 띠며 오래 바라보네. 봄바람의 무한한 시름 풀어 보려고, 침향정(沈香亭) 북쪽 난간에 기대어 있네."

이귀년이 급히 이 가사를 바치자, 황상은 이원의 예인들에게 명해 악기를 연주하게 하고 이귀년에게 노래를 부르라고 재촉했다. 태진비는 유리 칠보 잔에 서량주(西涼州)의 포도주를 따라 마시면서 웃으며 노래를 감상했다. 황상은 옥피리를 불어 반주했는데, 매번 곡이 바뀌는 대목마다 그 소리를 늦춰서 곡을 멋있게 만들었다. 미 : 천고의 풍류 넘치는 천자다. 태진비는 연회가 끝나자 수놓은 손수건을 거두며 황상에게 거듭 절했다. 황상은 이때부터 이 한림(李翰林 : 이백)을 특히 남달리 대우했다. 고역사(高力士)는 이백의 신발을 벗겨 준 일을 시종 수치스럽게 여기고 있었는데, 다른 날 태진비가 이전의 그 가사를 거듭 읊조리자 고역사가 말했다.

"근자에 황비를 위해 이백을 뼈에 깊이 사무치도록 원망하고 있는데, 어찌하여 오히려 이토록 잊지 못하십니까?"

태진비가 놀라며 말했다.

"어찌 학사(學士 : 이백)가 그렇게 사람을 모욕할 수 있겠소?"

고역사가 말했다.

"비연을 황비께 빗대었으니 업신여김이 심합니다." 미:
틀린 말이 아니다.

태진비는 깊이 그러하다고 여겼다. 황상은 세 번이나 이백을 벼슬에 임명하려 했으나 결국 내궁[양귀비]에게 막혀 그만두었다.

開元中, 樂工李龜年·彭年·鶴年兄弟三人, 皆有才學盛名. 彭年善舞, 鶴年·龜年能歌, 特承顧遇, 於東都通遠里大起第宅, 眉: 其宅後爲裴晉公移於定鼎門南別墅, 號"綠野堂". 僭侈之制, 逾於公侯. 其後龜年流落江南, 每遇良辰勝賞, 爲人歌數闋, 座中聞之, 莫不掩泣罷酒. 杜甫甞贈詩云: "岐王宅裏尋常見, 崔九堂前幾度聞. 正値江南好風景, 落花時節又逢君." 崔九, 殿中監崔滌.

開元中, 禁中初重[1]木芍藥, 眉: 木芍藥卽今牡丹. 得四本, 紅·紫·淺紅·通白者. 上因移植於興慶池東沉香亭前. 會花方繁開, 上乘照夜白, 太眞妃以步輦從. 詔特選梨園弟子中尤者, 得樂十六部. 李龜年以歌擅一時之名, 手捧檀板, 押衆樂前, 將歌之, 上曰: "賞名花, 對妃子, 焉用舊樂?" 遂命龜年持金花箋, 宣賜李白, 立進〈淸平調〉辭三章. 白欣然承旨, 猶苦宿酲未解, 因援筆賦之, 辭曰: "雲想衣裳花想容, 春風拂檻露華濃. 若非群玉山頭見, 會向瑤臺月下逢." "一支紅豔露凝香, 雲雨巫山枉斷腸. 借問漢宮誰得似? 可憐飛燕倚新妝." "名花傾國兩相歡, 長得君王帶笑看. 解釋春風無限恨, 沉香亭北倚欄杆." 龜年遽以辭進, 上命梨園弟子, 約略調撫絲竹, 遂促龜年以歌. 太眞妃持玻璃七寶盞, 酌西涼州葡桃酒, 笑領歌音. 上因調玉笛以倚曲, 每曲遍將換, 則遲其聲以媚之. 眉: 千古風流天子. 太眞飮罷, 斂繡巾重拜. 上自是顧李翰林尤異. 會高力士終以脫鞾爲恥, 異日, 太眞重吟前詞, 力士曰: "比爲妃子怨李白, 深入骨髓, 何反拳拳如是?" 太眞因驚曰: "何學士能辱人如斯?" 力士曰: "以飛燕指妃子, 賤之甚矣." 眉: 說得不差. 太眞深然之. 上嘗三欲命李白官, 卒爲宮中所捍而止.

* 이 고사는 《태평광기》 권204 〈악·이귀년〉에 실려 있다.
1 중(重) : 악사(樂史)의 〈이한림별집서(李翰林別集序)〉에는 "종(種)"이라 되어 있는데, 문맥상 보다 타당하다.

47-17(1367) 막 재인

막재인(莫才人)

출《유양잡조》

　　[당나라] 영왕[寧王 : 현종의 형 이헌(李憲)]이 한번은 호현(鄠縣)의 경계에서 사냥하면서 수풀을 뒤지다가 문득 풀숲에서 궤짝 하나를 발견했는데, 자물쇠가 단단히 채워져 있었다. 영왕이 그것을 열라고 명해 살펴보았더니 한 젊은 여자가 들어 있었다. 그녀에게 어떻게 된 일인지 물었더니 그녀가 말했다.

　　"소녀는 성이 막씨(莫氏)이고 부친은 일찍이 벼슬을 지냈습니다. 어젯밤에 화적 떼를 만났는데 화적 떼 중에서 중 두 명이 저를 납치해 이곳으로 왔습니다."

　　눈살을 찌푸리며 영왕에게 하소연하는 그녀의 모습에는 요염한 자태가 흘러넘쳤다. 영왕은 놀라면서도 그녀가 마음에 들어서 마침내 그녀를 뒤따르는 수레에 태웠다. 그때 마침 곰 한 마리를 생포했는데, 그 곰을 궤짝 안에 넣고 원래대로 자물쇠를 채워 두었다. 미 : 해롭지 않은 장난이다. 마침 황상[현종]이 최고의 미녀를 찾고 있던 터라 영왕은 막씨가 관리 집안의 딸이었기에 그날 바로 표문(表文)을 올려 그녀의 내력을 상세히 아뢰었다. 황상은 그녀를 재인(才人 : 후궁 비빈의 칭호 가운데 하나)에 봉했다. 사흘이 지나 경조부(京兆府)에서 상주했다.

"호현의 객점에 중 두 명이 와서 만 냥을 내고 방 하나를 하루 종일 빌렸습니다. 그들은 법사(法事)를 할 것이라고 말하면서 오직 궤짝 하나만을 마주 들고 객점 안으로 들어갔습니다. 밤이 깊어졌을 때 툭탁거리는 소리가 났습니다. 다음 날 객점 주인은 해가 떴는데도 그들이 문을 열지 않는 것을 이상히 여겨 살펴보았는데, 곰이 사람을 밀치고 도망갔으며 중 두 명은 이미 죽어서 뼈가 모두 드러나 있었습니다."

황상은 그 사실을 알고 크게 웃으면서 영왕에게 답장을 보냈다.

"큰형님은 그 중놈들을 잘 처리하셨습니다."

막씨는 새로운 노래를 잘 지었는데, 당시에 그 노래를 "막재인전(莫才人囀 : 막 재인의 지저귐)"이라 불렀다.

寧王嘗獵於鄠縣界, 搜林, 忽見草中一櫃, 扃鑰甚固. 命發視之, 乃一少女也. 詢其所自, 女言："姓莫氏, 父亦曾仕. 昨夜遇一伙賊, 賊中二人是僧, 因劫某至此." 含嚬上訴, 冶態橫生. 王驚悅之, 遂載以後乘. 時方生獵一熊, 置櫃中, 如舊鎖之. 眉：善譴不虐. 値上方求極色, 王以莫氏衣冠子女, 卽日表上之, 且具所由. 上令充才人. 經三日, 京兆府奏："鄠縣食店有僧二人, 以萬錢獨賃房一日夜. 言作法事, 唯舁一櫃入店中. 夜深, 膴膊有聲. 店主怪日出不啓門, 視之, 有熊衝人走去, 二僧已死, 體骨悉露." 上知之, 大笑, 書報寧王："大哥善能處置此僧也." 莫氏能爲新聲, 當時號"莫才人囀".

* 이 고사는 《태평광기》 권238 〈궤사(詭詐)·영왕(寧王)〉에 실려 있다.

47-18(1368) 이곤과 한회

이곤 · 한회(李衮 · 韓會)

출《국사보》

　강남의 이곤은 노래를 잘해서 그 명성이 도성까지 퍼졌다. 최소(崔昭)는 입조할 때 은밀히 그를 수레에 태워 데려간 뒤에 빈객들을 초청하고 제일부악(第一部樂)32)의 악공과 도성의 명창들을 불러 성대한 연회를 열었다. 최소는 사촌 동생이 왔으니 말석에 앉게 해 달라고 청하고 나서, 이곤에게 해진 옷을 입고 연회석으로 나오게 했는데, 온 좌중이 그를 보고 비웃었다. 잠시 후 술을 내오라고 한 뒤에 최소가 말했다.

　"사촌 동생에게 노래를 청해 봅시다."

　좌중이 또 웃었다. 그러나 그가 목청을 가다듬어 소리를 내자마자 악공들이 모두 깜짝 놀라며 말했다.

---

32) 제일부악(第一部樂) : 수나라 때 제정한 궁정 음악인 구부악(九部樂 : 청상기(淸商伎) · 국기(國伎) · 고려기(高麗伎) · 천축기(天竺伎) · 안국기(安國伎) · 구자기(龜玆伎) · 문강기(文康伎) · 강국기(康國伎) · 소륵기(疏勒伎)]을 당나라 때 계승하면서 예필(禮畢 : 문강기)을 폐지하고 연악(燕樂)을 제일부로 편성하고 고창기(高昌伎)를 첨가해 십부악(十部樂)으로 정비했다.

"바로 이팔랑(李八郞 : 이곤)이다!"

그러고는 둘러서서 절을 올렸다.

한회는 노래에 뛰어났는데, 명사들이 "사기(四夔)"[33]라고 부르던 자 중에서 한회가 으뜸이었다.

江外李袞善歌, 名動京師. 崔昭入朝, 密載而至, 乃邀賓客, 請第一部樂及京邑之名倡, 以爲盛會. 昭言有表弟, 請登末座, 令袞弊衣而出, 滿坐嗤笑之. 少頃命酒, 昭曰 : "請表弟歌." 坐中又笑. 及喉囀一聲, 樂人皆大驚曰 : "是李八郎也!" 羅拜之.
韓會善歌, 名輩號爲"四夔", 會爲夔頭.

* 이 고사는 《태평광기》 권204 〈악·이곤〉과 〈한회〉에 실려 있다.

33) 사기(四夔) : '기'는 본래 순(舜)임금 때의 어진 신하로 음악을 담당하는 관리가 되었다. 나중에는 같은 시기에 능력이 출중한 네 사람을 '사기'라고 칭송했다. 《신당서》 〈최조전(崔造傳)〉에 따르면, 최조는 한회(韓會)·노동미(盧東美)·장정칙(張正則)과 함께 당세(當世)의 일을 논하길 좋아하고 스스로 천자를 보좌할 재주를 지녔다고 여겼기에 '사기'로 불렀다고 한다.

47-19(1369) 미가영

미가영(米嘉榮)

출《노씨잡설》

가곡의 절묘함은 그 유래가 오래되었다. [당나라] 원화(元和) 연간(806~820)에 국악(國樂 : 나라의 으뜸가는 가수)으로는 미가영과 하감(何戡)이 있었고, 근세에는 진불험(陳不嫌)과 그의 아들 진의노(陳意奴)가 있었다. 그러나 10~20년 동안 가창에 뛰어난 사람에 대해서는 듣지 못했고, 박탄(拍彈)[34]이 세상에 성행했다. 상서(尙書) 유우석(劉禹錫)이 미가영에게 이런 시를 주었다.

"세 조정에서 봉직한 미가영, 새로운 노래도 옛 노래처럼 부를 수 있네. 지금의 후배들은 선배들을 깔보면서, 수염 물들이며 젊은이들을 좇길 좋아하네."

유우석은 훗날 유배지에서 도성으로 다시 돌아와 하감의 노래를 듣고 이런 시를 지었다.

"20년 동안 도성을 떠나 있다 이제야 돌아와, 다시 천상의 음악 들으니 마음을 가눌 길 없네. 옛 사람이라곤 하감만

---

34) 박탄(拍彈) : 당나라 중엽 이후로 유행한 곡조 가운데 하나로, 노래를 부를 때 익살스런 표정과 동작을 곁들였다.

남아 있으니, 〈위성(渭城)〉을 불러 달라고 은근히 다시 청하네."

歌曲之妙, 其來久矣. 元和中, 國樂有米嘉榮·何戡, 近有陳不嫌, 不嫌子意奴. 一二十年來, 絶不聞善唱, 盛以拍彈行於世. 劉尙書禹錫與米嘉榮詩云:"三朝供奉米嘉榮, 能變新聲作舊聲. 於今後輩輕前輩, 好染髭鬚事後生." 又自貶所歸京, 聞何戡歌, 曰:"二十年來別帝京, 重聞天樂不勝情. 舊人唯有何戡在, 更請殷勤唱〈渭城〉."

* 이 고사는《태평광기》권204〈악·미가영〉에 실려 있다.

악기(樂器)

47-20(1370) 함양궁의 연주하는 동상
함양궁동인(咸陽宮銅人)
출《서경잡기》

 진(秦)나라의 함양궁에 동상 12개가 있었는데, 앉아 있는 높이가 모두 3~5척이었고 연회석에 줄지어 있었으며 금(琴)·축(筑)·생황·피리를 각각 하나씩 들고 있었다. 동상들은 화려한 빛깔의 인끈을 차고 있었고 꼭 살아 있는 사람 같았다. 연회석 아래에는 [두 개의] 동관이 있었는데, 위쪽 입구는 높이가 몇 척이나 되었다. 그중 한 관은 비어 있고 안에 손가락 굵기만 한 줄이 들어 있었다. 한 사람이 빈 관을 불고 또 한 사람이 줄을 잡아당기면 금·슬(瑟)·피리·축 등의 악기가 모두 연주되었는데, 진짜 악기와 다름이 없었다.

秦咸陽宮有銅人十二枚, 坐高皆三五尺, 列在一筵上, 琴筑笙竽, 各有所執. 皆組綬華彩, 儼若生人. 筵下有銅管, 上口高數尺. 其一管空, 內有繩, 大如指. 使一人吹空管, 一人紐繩, 則琴瑟竽筑皆作, 與眞樂不異.

* 이 고사는 《태평광기》 권403 〈보(寶)·진보(秦寶)〉에 실려 있다.

47-21(1371) **백옥 피리**

백옥관(白玉琯)

출《풍속통(風俗通)》

　순(舜)임금 때 서왕모(西王母)가 백옥 피리를 바쳐 왔다. 한(漢)나라 장제(章帝) 때 영릉(零陵) 출신의 문학(文學: 관명) 해경(奚景)이 냉도(冷道)의 순임금 사당 아래에서 생황을 얻었다. 옛날에는 옥으로 피리를 만들었는데 나중에 그것을 바꿔서 대나무로 만들었다. 대저 옥으로 소리를 냈기 때문에 신인(神人)이 화답하고 봉황이 더불어 짝했다.

舜之時, 西王母來獻白玉琯. 漢章帝時, 零陵文學奚景於冷道舜祠下得笙. 古以玉爲琯, 後乃易之以竹. 夫以玉作音, 故神人和, 鳳凰儀也.

* 이 고사는 《태평광기》 권203 〈악·순(舜)백옥관〉에 실려 있다.

47-22(1372) 한중왕 이우

한중왕우(漢中王瑀)

출《전기(傳記)》미 : 이하는 피리다(以下笛).

[당나라의] 한중왕 이우(李瑀)가 태복경(太僕卿)으로 있을 때, 아침에 일어나 조회에 참석하려다가 영흥리(永興里)의 어떤 사람이 피리 부는 소리를 듣고 좌우 사람에게 물었다.

"태상시(太常寺)의 악공이냐?"

옆에서 대답했다.

"그렇습니다."

나중에 한중왕은 악곡을 열람하다가 그 사람을 불러들여 물었다.

"어찌하여 아무 날에 누워서 피리를 불었느냐?"

漢中王瑀爲太卿, 早起朝, 聞永興里人吹笛, 問 : "是太常樂人否?" 曰 : "然." 後因閱樂而喚之, 問曰 : "何得某日臥吹笛耶?"

* 이 고사는 《태평광기》 권204 〈악 · 한중왕우〉에 실려 있다.

47-23(1373) 피리 부는 노인과 독고생
취적수 · 독고생(吹笛叟 · 獨孤生)
출《집이기(集異記)》미 : 이인이 덧붙어 나온다(異人附見). 출《국사보》·《일사(逸史)》

이자모(李子牟)는 당(唐)나라 채왕[蔡王 : 이우(李祐)]의 일곱째 아들이다. 천성적으로 음률에 밝았고 특히 피리 연주에 뛰어났다. 강릉(江陵)의 옛 풍속에 따르면, 맹춘(孟春)의 보름날 저녁에 영등(影燈)을 내걸었는데, 그때가 되면 남녀들이 강가를 따라 타고 온 수레를 가득 세워 놓고 마음껏 구경했다. 이자모는 형문현(荊門縣)에서 객지 생활을 하다가 그 영등회를 만나게 되었는데, 따라온 친구들에게 말했다.

"내가 피리로 한 곡 연주해 저 수많은 대중을 쥐 죽은 듯이 조용하게 만들 수 있네."

동행한 친구들이 그 일에 찬성하자 이자모는 즉시 누대로 올라가서 난간에 기대어 독주했는데, 맑은 소리가 울리자마자 온갖 놀이는 모두 정지했고 가던 사람은 발걸음을 멈추었으며 앉아 있던 사람은 일어나서 들었다. 곡이 끝나고 나서 한참 뒤에야 뭇소리들이 다시 시끄러워졌다. 이자모는 자신의 재능을 자부하며 의기양양했다. 그때 문득 어떤 백발노인이 누대 아래에서 배를 매어 놓고 노래를 부르면서 왔는데, 그 모습이 예스럽고 엄숙했으며 노랫소리가 맑고 낭랑했다. 이자모와 좌객들은 다투어 나아가 그에게 존경을 표했다. 노인이 이자모에게 말했다.

"아까 피리를 불던 사람이 혹시 왕손(王孫 : 이자모)이 아니시오? 타고난 자질은 매우 뛰어나지만 애석하게도 악기가 평범하오."

이자모가 말했다.

"저의 이 피리는 바로 선제(先帝)께서 하사하신 것입니다. 평생 만 개가 넘는 피리를 보아 왔지만 모두 이것에는 미치지 못했는데, 노인장은 평범하다고 하시니 혹시 다른 이유가 있습니까?"

노인이 말했다.

"내가 어려서 피리 연주를 익혔는데 늙어서도 여전히 싫증 내지 않고 있소. 당신이 가지고 있는 것은 내가 감히 알지는 못하지만, 왕손이 평범하지 않다고 생각하니 마땅히 한번 시험해 보아야겠소."

이자모가 피리를 주자 노인이 숨을 불어 소리를 냈더니 소리가 나자마자 피리가 터져 버렸다. 사방에 앉아 있던 사람들이 모두 깜짝 놀라면서 그 사람이 누군지 영문을 몰랐다. 이자모가 이마를 조아리고 간청하면서 진기한 피리를 보길 바랐더니 노인이 대답했다.

"내가 가지고 있는 것은 당신이 불 수 없을 것이오."

그러면서 즉시 시동을 시켜 배에서 가지고 오게 했다. 이자모가 다가가서 보았더니 바로 백옥(白玉) 피리였다. 노인이 이자모에게 그것을 건네주면서 소리를 내 보라고 했는데, 이자모는 있는 힘을 다해 불었지만 희미한 소리조차 들리지 않았다. 이자모는 더욱 스스로 불안해하면서 노인을 지극히 정성스럽게 공경했다. 그래서 노인이 그에게 작은 기교를 가르쳐 주었는데, [그 소리만 듣고도] 좌객들은 마음과 뼛속까지 서늘해졌다. 노인이 말했다.

"내가 당신의 뜻이 가상함을 불쌍히 여겨 시험 삼아 한 곡 연주해 보겠소."

그 맑은 소리가 낭랑히 울려 퍼지고 고원(高遠)한 여운이 가득 넘쳐흘렀는데, 일반적인 오음(五音)과 육률(六律)로는 맞출 수 없는 것이었다. 곡이 아직 끝나지 않았을 때 풍파가 솟구치면서 비구름으로 사방이 어두워졌다. 잠시 후 날이 개고 난 뒤에 보았더니 노인은 어디로 갔는지 알 수 없었다.

호사가인 이주(李舟)가 일찍이 시골집에서 연죽(烟竹 : 대나무의 일종)을 얻어 그것을 잘라 피리를 만들었는데, 쇠나 돌처럼 단단했다. 그는 이것을 이모(李謩)에게 선물했다. 이모는 [당나라] 개원(開元) 연간(713~741)에 피리 연주로 제일부악(第一部樂)에 들어갔는데, 근세에 그와 견줄 자가 없었다. 이모가 한번은 사정이 생겨 교방(敎坊)에 휴가를 청해 월주(越州)로 갔는데, 월주 사람들이 공적・사적으로 번갈아 가며 연회를 마련해 그의 절묘한 연주를 듣고자 했다. 당시 월주에 진사 급제자 10명이 있었는데, 그들은 모두 재산이 넉넉했기에 2000냥씩 돈을 걷어 경호(鏡湖)에서 함께 연회를 열고 이생(李生 : 이모)을 호숫가로 초청해서 피리 연주를 감상하고자 했다. 그들은 경비는 풍족한데 사람이 적다고 여겨 각자 한 사람씩 데리고 참석하기로 약속했다. 연회에 참석하기로 한 사람 가운데 한 명은 저녁이 되어서야 그 일이 기억나서 미처 다른 사람을 초청할 겨를이 없었다. 그의 이웃집에 독고생이라는 노인이 있었는데, 오래도록 전원에 묻혀 지내 세상일을 알지 못했으며 몇 칸짜리 초가집에서 살고 있었기에 늘 "독고장(獨孤丈)"이라 불렸다. 때가 되자 그 사람은 마침내 독고생을 데리고 연회에 참석했다. 연회 장소에 도착해 보니 만경창과 맑은 물에 경물이 모두 아름다웠다. 이생은 피리를 매만지고 있었고, 배는 점점 호수 가운데로 이동하고 있었다. 하늘에는 가벼운 구름이 덮여 있고 미풍이 물결을 스쳐서 파문이 때때로 일었다. 이윽고 이생이 피리를 들고 한번 소리를 내고 났더니, 저녁 구름이 일제히 걷히고 물과 나무가 섬뜩하게 조용해지는 것이 마치 귀신이 온 것만 같았다. 좌객이 모두 번갈아 찬탄하며 천상의 음악도 이보다는 못할 것이라고 생각했다. 그러나 독고생만 한마디 말도 하지 않자 사람들이 모두 그에게 역정을 냈다. 이생도 자기를 업신여기는 것이라 생각하고 속으로 몹시 화가 났다. 한참 후에 이생이 다시 조용히 생각에 잠기며 한 곡조를 연주하니 더욱 절묘해서 놀라 감탄하지 않는 사람이 없었는데, 독고생은 이번에도 아무 말이 없었다. 그를 데려온 이웃 사람은 너무 무안해 후회하면서 사람들에게 말했다.

"독고장이 촌에 묻혀 혼자 살며 성곽에는 거의 나가 보질 않아서 음악 같은 것을 평소에 알지 못해 그렇습니다."

모인 손님들이 함께 독고생을 질책했으나 그는 대꾸조차 하지 않고 그저 미소만 짓고 있었다. 이생이 말했다.

"공이 이러는 것은 제 기예를 경시하는 겁니까? 아니면 고수라도 됩니까?"

독고생이 드디어 천천히 말했다.

"공은 제가 음악을 아는지 모르는지 어찌 아십니까?"

좌객이 모두 이생을 대신해 정색하며 사과하자 독고생이 말했다.

"공은 〈양주(涼州)〉[35]를 한번 불어 보시지요."

곡이 끝나자 독고생이 말했다.

"공의 연주도 매우 오묘하긴 합니다만 곡조에 오랑캐의 음악이 섞여 있으니, 혹시 동료 중에 구자국(龜玆國)[36] 사람

---

35) 〈양주(涼州)〉: 궁조(宮調)에 속하는 악곡(樂曲) 이름.

은 없었습니까?"

이생이 크게 놀라며 일어나 절하고 말했다.

"선생은 신묘하십니다! 저 자신도 그걸 모르고 있었습니다. 본디 제 스승은 사실 구자국 사람이었습니다."

독고생이 또 말했다.

"제13첩(疊)에 〈수조(水調)〉37)가 잘못 들어갔는데 당신은 그걸 알고 있습니까?"

이생이 말했다.

"제가 어리석어서 사실 깨닫지 못했습니다."

독고생이 피리를 꺼내 불려고 하자, 이생이 다른 피리 하나를 꺼내 잘 닦은 후에 드렸더니 독고생이 그 피리를 보고 말했다.

"이것은 전혀 쓸 수 없습니다. 당신이 들고 있는 것이라면 대충 불 수 있을 것입니다."

그러고는 이생의 피리와 바꾸면서 말했다.

"이 피리는 입파(入破)38) 부분에 이르면 필시 터질 텐데

---

36) 구자국(龜玆國) : 지금의 신장 웨이우얼 자치구 쿠처현(庫車縣) 일대에 있었던 고대 서역의 나라 이름.

37) 〈수조(水調)〉 : 상조(商調)에 속하는 당나라 때의 대곡(大曲) 이름.

38) 입파(入破) : 당송 시대의 대곡(大曲)은 전체가 산서(散序)・중서(中序)・파(破)의 세 단락으로 구성되는데, 파 단락의 도입 부분을 '입

아깝지 않겠습니까?"

이생이 말했다.

"아깝지 않습니다."

마침내 독고생이 피리를 부니 그 소리가 울려 퍼져 구름 속으로 들어갔으며, 온 좌중은 전율을 느꼈다. 이생은 가슴을 졸이며 감히 움직이지도 못했다. 제13첩에 이르러 잘못된 곳을 지적하자 이생은 공손히 엎드려 절을 올렸다. 입파에 이르러 피리가 마침내 터지는 바람에 더 이상 곡을 마칠 수 없었다. 이생은 거듭 절했고 다른 사람들도 모두 숨을 죽이고 있다가 이내 돌아갔다. 다음 날 아침에 이생은 연회에 참석했던 손님들과 함께 독고생을 찾아갔는데, 도착해서 보았더니 초가집만 그대로 있었고 독고생은 보이지 않았다.

李子牟者, 唐蔡王第七子也. 性閑音律, 尤善吹笛. 江陵舊俗, 孟春望夕尙影燈, 其時士女緣江, 軿闐縱觀. 子牟客遊荊門, 適逢其會, 因謂朋從曰: "吾吹笛一曲, 能令萬衆寂爾無譁." 於是同遊贊成其事, 子牟卽登樓, 臨軒回[1]奏, 淸聲一發, 百戲皆停, 行人駐愁[2], 坐者起聽. 曲罷良久, 衆聲復喧. 而子牟恃能, 意氣自若. 忽有白叟, 自樓下維舟, 行吟而至, 狀貌古峭, 辭韻淸越. 子牟泊坐客, 爭前致敬. 叟謂子牟曰: "向

파'라고 한다. 또는 전체 대곡의 맨 마지막 부분을 지칭하기도 한다. 입파 후에는 가락이 급하게 변하며 이때에 춤추는 자가 등장한다.

者吹笛,豈非王孫乎?天格絶高,惜樂器常常耳."子牟曰:
"僕之此笛,乃先帝所賜.平生視過萬數,皆莫能如,而叟以
爲常常,豈有說乎?"叟曰:"吾少而習焉,老猶未倦.如君所
有,非吾敢知,王孫以爲不然,當爲一試."子牟以授之,而叟
引氣發聲,聲成而笛裂.四座駭愕,莫測其人.子牟因叩顙
求哀,希逢珍異,叟對曰:"吾之所貯,君莫能吹."卽令小僮
自舟賷至.子牟就視,乃白玉耳.叟付子牟,令其發調,氣力
殆盡,纖響無聞.子牟彌不自寧,虔恭備極.叟乃授之微弄,
座客心骨冷然.叟曰:"吾愍子志尙,試爲一奏."清音激越,
遐韻泛溢,五音六律所不能偕.曲未終,風濤噴騰,雲雨昏
晦.少頃開霽,則不知叟之所在矣.

李舟好事,嘗得村舍烟竹,截爲笛,堅如鐵石.以遺李謩.謩,
開元中吹笛爲第一部,近代無比.有故,自敎坊請假至越州,
公私更燕,以觀其妙.時州客舉進士者十人,皆有資業,乃醵
二千文同會鏡湖,欲邀李生湖上吹之.以費多人少,遂相約
各召一客.會中有一人,以日晚方記得,不遑他請.其鄰居
有獨孤生者,年老,久處田野,人事不知,茅屋數間,嘗呼爲
"獨孤丈".至是遂以應命.到會所,澄波萬頃,景物皆奇.李
生拂笛,漸移舟於湖心.時輕雲蒙籠,微風拂浪,波瀾陡起.
李生捧笛,其聲始發之後,昏曀齊開,水木森然,仿佛如有鬼
神之來.坐客皆更贊咏之,以爲鈞天之樂不如也.獨孤生乃
無一言,會者皆怒.李生爲輕己,意甚忿之.良久,又靜思作
一曲,更加妙絶,無不賞駭.獨孤生又無言.鄰居召至者甚慚
悔,白於衆曰:"獨孤村落幽處,城郭稀至,音樂之類,率所不
通."會客同誚責之,獨孤生不答,但微笑而已.李生曰:"公
如是,是輕薄爲[3]?復是好手?"獨孤生乃徐曰:"公安知僕不
會也?"坐客皆爲李生改容謝之,獨孤曰:"公試吹〈涼州〉."
至曲終,獨孤生曰:"公亦甚能妙,然聲調雜夷樂,得無有龜

茲之侶乎?" 李生大駭, 起拜曰: "丈人神絶! 某亦不自知. 本師實龜茲人也." 又曰: "第十三疊誤入〈水調〉, 足下知之乎?" 李生曰: "某頑蒙, 實不覺." 獨孤生乃取吹之, 李生更有一笛, 拂拭以進, 獨孤視之曰: "此都不堪. 所執者粗通耳." 乃換之, 曰: "此至入破, 必裂, 得無怪惜否?" 李生曰: "不敢." 遂吹, 聲發入雲, 四座震慄. 李生蹙蹐不敢動. 至第十三疊, 揭示謬誤之處, 敬伏將拜. 及入破, 笛遂敗裂, 不復終曲. 李生再拜, 衆皆怗息, 乃散. 明旦, 李生並會客皆往候之, 至則唯茅舍尙存, 獨孤生不見矣.

* 이 고사는《태평광기》권82〈이인(異人)·이자모(李子牟)〉, 권204〈악·이모(李謩)〉에 실려 있다.

1 회(回):《태평광기》명초본에는 "독(獨)"이라 되어 있는데, 문맥상 보다 타당하다.

2 수(愁):《태평광기》명초본에는 "족(足)"이라 되어 있는데, 문맥상 보다 타당하다.

3 위(爲):《태평광기》명초본에는 "기(技)"라 되어 있는데, 문맥상 보다 타당하다.

47-24(1374) 허운봉

허운봉(許雲封)

출《감택요(甘澤謠)》

　　허운봉은 피리를 부는 악공이었다. [당나라] 정원(貞元) 연간(785~805) 초에 위응물(韋應物)은 난대랑(蘭臺郎 : 비서랑)으로 있다가 화주목(和州牧)으로 나가게 되어 자못 실망했다. 어느 날 그는 작은 배를 타고 동쪽으로 내려가다가 밤이 되자 영벽역(靈璧驛)에 정박했다. 그때 구름이 걷혀 하늘은 투명하고 가을 이슬이 맺혔는데, 홀연히 피리 소리가 들려오자 한참 동안 탄식했다. 위 공(韋公 : 위응물)은 음률에 조예가 깊었던지라 그 피리 소리가 천보(天寶) 연간(742~756)에 이원(梨園)의 법곡(法曲)39)에서 이모(李謩)가 연주한 것과 흡사하다고 생각했다. 그래서 마침내 그를 불러 물어보았더니 다름 아닌 이모의 외손자인 허운봉이었다. 허운봉이 말했다.

　　"저는 본디 임성(任城) 사람인데 오래도록 고향으로 돌

---

39) 법곡(法曲) : 가무대곡(歌舞大曲)의 일부분으로, 수당 시대 궁중 연악(燕樂)의 중요한 형식이다. 불교의 법회에서 사용했다고 해서 '법곡'이란 명칭이 붙었다.

아가지 못했습니다. 천보 원년(742)에 제가 태어나 한 달 되었을 때, 황제께서 동쪽 태산(泰山)에서 봉선(封禪)을 마치고 돌아가시던 길에 어가가 임성에 이르렀는데, 외조부는 제가 막 태어났다는 얘기를 듣고 와서 보고는 무척 기뻐했습니다. 그래서 저를 안고 학사(學士) 이백(李白)을 찾아가서 이름을 지어 달라고 청했습니다. 그때 이 공(李公 : 이백)은 술집에 앉아서 큰 소리로 술을 가져오라고 했는데, 외조부가 술을 가지고 갔더니 이 공이 붓을 잡고 취한 채로 저의 가슴 앞에 쓰길, '나무 아래 저 사람은 누구인가? 내가 진정 좋아하는 사람이라 말하지 말라. 대낮까지 이야기하다 보니, 안개비 걷히고 보물이 되었네'라고 했습니다. 미 : 이백의 이 일은 매우 괴벽하다. 외조부가 말하길, '본래 이 공께 이름을 지어 달라고 했는데, 지금 써 준 말은 도무지 모르겠습니다'라고 하자, 이 공이 말하길, '이름이 바로 그 안에 들어 있소. "나무 아래 사람[樹下人]"이란 목자(木子)이니, 목자는 이(李) 자요. "말하지 말라[不語]"란 막언(莫言)이니, 막언은 모(暮) 자요. "좋아하는[好]"이란 딸의 아들[女子]이니, 딸의 아들은 외손자요. "대낮까지 이야기하다[語及日中]"란 언오(言午)이니, 언오는 허(許) 자요. "안개비 걷히고 보물이 되었네[煙霏謝成寶]"란 운(雲)이 봉중(封中)에서 나온다[40]는 뜻이니, 바로 운봉(雲封)이오. 그러니 이는 이모외손허운봉(李暮外孫許雲封)이란 뜻이오'라고 했습니다. 그래서 나중에 제 이름을 짓게 되었다고 합니다. 저는 겨우 열 살 때 고아가 되어 말을 얻어 타고 서쪽 장안(長安)으로 들어갔는데, 외조부는 제가 멀리서 찾아온 것을 불쌍히 여겨 외삼촌들과 함께 공부하게 했습니다. 또한 제가 본디 음률에 밝다고 하면서 횡적(橫笛 : 젓대)을 가르쳐 주었는데, 매번 한 곡을 다 배우면 꼭 등을 두드리며 칭찬했습니다. 마침 이원의 법부(法部 : 법곡을 전문적으로 연주하는 악부)에 소부음성(小部音聲)[41]을 설치했는데, 총 30여 명이었고 모두 열다섯 살 이하였습니다. 천보 14년(755) 6월 모일에 황제께서 여산(驪山)에 잠시 머무실 때, 양귀비(楊貴妃)의 생신을 맞아 소부음성들에게 장생전(長生殿)에서 신곡을 연주하라 하셨는데 아직 곡명이 없었습니다. 그때 마침 남해에서 여지(荔枝)를 진상했기에 곡명을 〈여지향(荔枝香)〉이라 붙였습니다. 좌우 사람들은 환호했고 그 소리가 계곡을 진동시켰습니다. 그해에 안녹산(安祿山)이 반

---

40) 운(雲)이 봉중(封中)에서 나온다 : 《사기(史記)》 권28 〈봉선서(封禪書)〉에 따르면, 한나라 무제가 일찍이 태산(泰山)에서 봉선(封禪)했는데, 밤에는 그곳에 마치 빛이 있는 것 같았고 낮에는 백운(白雲)이 봉중(封中)에서 피어올랐다고 한다.

41) 소부음성(小部音聲) : 15세 미만의 악공들로 구성된 악부(樂部)로, 법곡(法曲)을 전문적으로 익히고 연주했다.

란을 일으키자 어가는 도성으로 돌아갔습니다. 그 후로 우리는 모두 난리 통에 남해까지 흘러들어 와 어언 40년이 다 되어 갑니다. 지금 가까이 있는 친척을 찾아보려고 장차 용구(龍丘)로 가려 합니다."

위 공이 말했다.

"내 유모의 아들은 이름이 천금(千金)이며, 일찍이 천보 연간에 이 공봉(李供奉 : 이백)에게서 피리를 받았는데, 기예가 완성되자 곧 죽었기에 매번 슬피 탄식했네. 그가 예전에 불던 피리가 바로 이 군(李君 : 이모)이 준 것이라 하네."

그러고는 보따리에서 오래된 피리를 꺼내자, 허운봉은 무릎을 꿇고 매우 슬퍼하며 피리를 받아 들고 어루만지며 살펴본 후에 말했다.

"정말로 훌륭한 피리이기는 하지만 제 외조부가 불던 것은 아닙니다."

그러면서 위 공에게 말했다.

"[피리를 만드는] 대나무는 운몽(雲夢)의 남쪽에서 자라는데, 그해 7월 보름 전에 나기 시작하면 이듬해 7월 보름 전에 벱니다. 때가 지났는데도 베지 않으면 그 음이 막히고, 때가 안 되었는데 베면 그 음이 뜹니다. 음이 뜨는 것은 겉은 윤기가 흐르나 속이 마른 것이고, 마른 것은 기(氣)를 온전히 받지 못한 것이며, 기가 온전하지 못하면 그 대나무는 일찍 죽습니다. 한 번 소리를 내면 아홉 번 숨 쉴 동안 소리가 이어지는데, 옛날의 지음(至音)은 한 첩(疊)에 12절(節), 한 절에 12고(敲)가 있습니다. 지금의 유명한 악곡 중에 예를 들어 〈낙매화(落梅花)〉에 담긴 운치는 금곡(金谷)⁴²⁾에서 노닐던 사람들을 감동시켰고, 〈절양류(折楊柳)〉에 실어 보낸 정은 옥관(玉關)에서 수자리 서는 병사를 슬프게 했으니, 진실로 맑은 소리입니다. 그러나 지음과는 달라 신을 강림케 하거나 복을 빌 수는 없습니다. 또 이미 죽은 대나무로 만든 피리는 지음을 만나면 반드시 갈라집니다. 그래서 이것은 외조부가 불던 것이 아님을 알 수 있습니다."

위 공이 말했다.

"그대의 감식을 기리고 싶으니 피리가 깨져도 무방하네."

이에 허운봉이 피리를 들고 〈육주(六州)〉 곡을 연주했는데, 한 첩이 채 끝나기도 전에 쩍 하고 피리의 가운데가 갈라졌다. 위 공은 한참 동안 경탄했으며, 마침내 곡부(曲部 : 궁정 음악을 관리하는 관서)에서 허운봉을 예우했다.

許雲封, 樂工之笛者. 貞元初, 韋應物自蘭臺郞出爲和州牧, 頗不得志. 輕舟東下, 夜泊靈壁驛. 時雲天初瑩, 秋露凝冷, 忽聞笛聲, 嗟嘆良久. 韋公洞曉音律, 謂其笛聲酷似天寶中

---

42) 금곡(金谷) : 진(晉)나라의 석숭(石崇)이 빈객들과 더불어 시를 지으며 연회를 즐긴 금곡원(金谷園)을 말한다.

梨園法曲李謩所吹者. 遂召問之, 乃許雲封, 是李謩外孫也.
雲封曰: "某任城舊土, 多年不歸. 天寶改元, 初生一月, 時
東封回, 駕次至任城, 外祖聞某初生, 相見甚喜. 乃抱詣李白
學士, 乞撰令名. 李公方坐旗亭, 高聲命酒, 外祖送酒, 李公
握管, 醉書某胸前曰: '樹下彼何人? 不語真吾好. 語若及日
中, 煙霏謝成寶.' 眉: 李白此事甚僻. 外祖辭曰: '本於李氏乞
名, 今不解所書之語.' 李公曰: '此即名在其間也. "樹下人"
是木子, 木子, 李字也. "不語"是莫言, 莫言, 謩也. "好"是女
子, 女子, 外孫也. "語及日中"是言午, 言午, 許也. "煙霏謝
成寶"是雲出封中, 乃是雲封也. 即李謩外孫許雲封也.' 後
遂名之. 某纔始十年, 身便孤立, 因乘義馬, 西入長安, 外祖
憫를以遠來, 令齒諸舅學業. 謂某性知音律, 教以橫笛, 每一曲
成, 必撫背賞嘆. 值梨園法部置小部音聲, 凡三十餘人, 皆十
五以下. 天寶十四載六月日, 時驪山駐蹕, 是貴妃誕辰, 上命
小部音聲, 於長生殿奏新曲, 未有名. 會南海進荔枝, 因以曲
名〈荔枝香〉. 左右歡呼, 聲動山谷. 其年祿山叛, 車駕還京.
自後俱逢離亂, 漂流南海, 近四十載. 今者近訪諸親, 將抵龍
丘." 韋公曰: "我有乳母之子, 名千金, 嘗於天寶中受笛李供
奉, 藝成身死, 每所悲嗟. 舊吹之笛, 即李君所賜也." 遂囊出
舊笛, 雲封跪捧悲切, 撫而觀之曰: "信是佳笛, 但非外祖所
吹者." 乃謂韋公曰: "竹生雲夢之南, 以今年七月望前生, 明
年七月望前伐. 過期不伐則其音窒, 未期而伐則其音浮. 浮
者外澤中乾, 乾者受氣不全, 氣不全則其竹夭. 凡發揚一聲,
出入九息, 古之至音者, 一疊十二節, 一節十二敲. 今之名樂
也, 至如〈落梅〉流韻, 感金谷之遊人,〈折柳〉傳情, 悲玉關之
戍客, 誠爲清響. 且異至音, 無以降神而祈福也. 其已夭之
竹, 遇至音必破. 所以知非外祖所吹者." 韋公曰: "欲旌汝
鑒, 笛破無傷." 雲封乃捧笛吹〈六州〉遍, 一疊未盡, 騞然中

裂. 韋公驚嘆久之, 遂禮雲封於曲部.

* 이 고사는 《태평광기》 권204 〈악·허운봉〉에 실려 있다.

47-25(1375) 경옥으로 만든 경쇠

경옥경(輕玉磬)

출《동명기(洞冥記)》미 : 이하는 경쇠다(以下磬).

한(漢)나라 무제(武帝)는 감천궁(甘泉宮) 서쪽에 초선각(招仙閣)을 짓고 그 위에 부금(浮金)과 경옥(輕玉)으로 만든 경쇠를 걸어 두었다. 부금은 저절로 물 위로 떠오르는 쇠를 말하며, 경옥은 그 바탕이 곧고 투명하며 가벼운 옥을 말한다.

漢武帝起招仙閣於甘泉宮西, 其上懸浮金輕玉之磬. 浮金者, 自浮水上, 輕玉者, 其質貞明而輕也.

* 이 고사는 《태평광기》 권229 〈기완(器玩) · 경옥경〉에 실려 있다.

47-26(1376) 녹옥으로 만든 경쇠

녹옥경(綠玉磬)

출《개천전신기》

 [당나라의] 태진비(楊貴妃 : 양귀비)는 예기(藝技)가 많았으며 그중에서도 경쇠 연주에 가장 뛰어났는데, 그 소리가 영롱하고 매우 새로워서 태상시(太常寺)나 이원(梨園)의 뛰어난 악공이라 해도 이를 능가할 수 없었다. 현종(玄宗)이 남전(藍田)의 녹옥(綠玉)을 캐고 다듬어서 경쇠를 만들라고 명하자, 상방(尙方 : 궁중의 기물을 제작하는 관서)에서 순거(簨簴 : 종이나 경쇠를 거는 틀)와 술 따위를 제작했는데, 모두 황금과 진주 등 진귀한 물건으로 장식했다. 또한 짐승을 낚아채려고 뛰어오르는 모습을 한 사자 두 마리를 황금으로 주조해 순거의 받침대로 삼았는데, 그 무게가 각각 200여 근이나 되었다. 그 밖에 채색이 화려하고 제작이 정묘해서 당시에 비할 것이 없었다. 황상이 촉(蜀)으로 행차했다가 도성으로 돌아왔을 때, 악기의 대부분은 망실되었고 이 녹옥 경쇠만 남아 있었다. 황상은 그것을 돌아보며 슬픔에 겨워 차마 앞에 두지 못하고 태상시로 보내게 했다.

太眞妃多曲藝, 最善擊磬, 玲玲然多新聲, 雖太常·梨園之能人, 莫能加也. 玄宗令採藍田綠玉琢爲磬, 尙方造簨簴流蘇之屬, 皆以金珠珍怪之物雜飾之. 又鑄金爲二獅子拏攫騰奮之狀, 各重二百餘斤, 以爲趺. 其他彩繪縟麗, 製作精妙, 一時無比. 及上幸蜀回京, 樂器多亡失, 獨玉磬偶在. 上顧之, 凄然不忍置前, 令送太常寺.

* 이 고사는《태평광기》권204 〈악・태진비(太眞妃)〉에 실려 있다.

47-27(1377) 이사회

이사회(李師誨)

출《상서고실》

　이사회는 변방의 말을 잘 그렸던 이점(李漸)의 손자다. 그는 일찍이 스님의 거처에서 운석(隕石) 한 조각을 얻었는데, 스님이 이렇게 말했다.

　"촉(蜀) 지방에서 아침에 길을 가다가 앞쪽에 별이 떨어지는 것을 보고 마침내 그곳을 파 보았더니, 부러진 경쇠처럼 생긴 돌 조각 하나가 나왔습니다. 그 돌의 가장자리에는 사자 머리가 조각되어 있었고 또한 경쇠처럼 구멍이 있었는데, 끈을 꿰는 곳은 여전히 빛이 나고 반들반들했습니다. 혹시 하늘에서 음악을 연주하다가 악기가 망가져 떨어진 것일까요?"

李師誨者, 畫番馬李漸之孫也. 曾於衲僧處, 得落星石一片, 僧云:"於蜀路早行, 見星墜於前, 遂掘之, 得一片石, 如斷磬. 其石端有雕刻狻猊之首, 亦如磬有孔, 穿縧處尚光滑. 豈天上奏樂, 器毀而墜歟?"

* 　이 고사는《태평광기》권203〈악·이사회〉에 실려 있다.

47-28(1378) 유도강

유도강(劉道强)

출《서경잡기》 미 : 이하는 금이다(以下琴).43)

　제(齊) 땅 사람인 유도강은 금(琴)을 잘 탔으며, 〈단부과학(單鳧寡鶴)〉이라는 곡을 잘 연주했다. 이 곡을 들은 사람은 모두 슬퍼하면서 스스로를 추스를 수 없었다.

齊人劉道强, 善彈琴, 能作〈單鳧寡鶴〉之弄. 聽者皆悲, 不能自攝.

* 이 고사는 《태평광기》 권203 〈악 · 유도강〉에 실려 있다.

---

43) 미 : 이하는 금이다(以下琴) : 문맥상 여기에 "이하금(以下琴)"이라는 미비(眉批)가 있어야 타당한데 빠져 있으므로 보충했다.

47-29(1379) **조 황후(趙后)**

조후(趙后)

출《서경잡기》

    [한나라의] 조 황후[조비연(趙飛燕)]는 "봉황(鳳凰)"이라고 하는 보금(寶琴)을 가지고 있었는데, 모두 금과 옥으로 용·봉황·교룡·난새와 옛 현자·열녀의 모습을 약간 도드라지게 새겨 넣었다. 조 황후는 또한 〈귀봉송원(歸鳳送遠)〉이란 곡을 잘 연주했다.

趙后有寶琴曰"鳳凰", 皆以金玉隱起爲龍鳳螭鸞·古賢烈女之像. 亦善爲〈歸鳳送遠〉之操焉.

*   이 고사는《태평광기》권203 〈악·조후〉에 실려 있다.

47-30(1380) 이면

이면(李勉)

출《상서고실》·《국사보》

    당(唐)나라의 견국공(汧國公) 이면은 아금(雅琴 : 옛 금의 일종)을 좋아했다. 일찍이 오동나무와 가래나무 중에서 가장 좋은 것을 골라 그것들을 섞어 짜서 금을 만들고 "백납금(百衲琴)"이라 불렀으며, 달팽이 껍질로 기러기발을 만들었다. 가장 절묘한 것 중에서 하나는 "향천(響泉)"이라 하고 다른 하나는 "운경(韻磬)"이라 했는데, 그 위에 줄을 한 번 매면 10년 동안 끊어지지 않았다.

唐汧公李勉, 好雅琴. 嘗取桐梓之精者, 雜綴爲之, 名"百衲琴", 用蝸殼爲徽. 其尤絶異者, 一名"響泉", 一名"韻磬", 弦一上, 可十年不斷.

*   이 고사는 《태평광기》 권203 〈악·이면〉에 실려 있다.

47-31(1381) 번씨·노씨·뇌씨
번씨노씨뇌씨(樊氏·路氏·雷氏)

    도성에서는 또한 번씨와 노씨가 만든 금(琴)을 제일로 쳤다. 촉(蜀) 지방의 뇌씨는 금을 깎아 만들면서 늘 스스로 그 등급을 품평했는데, 가장 좋은 것은 옥으로 기러기발을 만들고, 다음 것은 보석으로 기러기발을 만들고, 그다음 것은 황금소라 껍데기로 기러기발을 만들었다.

京中又以樊氏·路氏琴爲第一. 蜀中雷氏斫琴, 常自品第, 上者以玉徽, 次者以寶徽, 又次者以金螺蚌徽.

* 이 고사는 《태평광기》 권203 〈악·이면〉에 실려 있다.

47-32(1382) 장홍정

장홍정(張弘靖)

출《국사보》·《노씨잡설》

    재상 장홍정이 밤에 금(琴)의 명가(名家)들을 불렀는데, 정유(鄭宥)가 두 개의 금(琴)을 아주 절묘하게 조율하는 것을 보았다. 금 두 개를 각각 하나의 평상에 놓고 한쪽에서 궁(宮)을 퉁기면 다른 한쪽에서 궁이 응답하고 각(角)을 퉁기면 각이 응답했는데, 조금이라도 맞지 않으면 응답하지 않았다. 정유의 스승인 동정란(董庭蘭)은 특히 신성(汎聲 : 신씨의 금성)과 축성(祝聲 : 축씨의 금성)에 뛰어났는데, 이를 대호가(大胡笳)[44]와 소호가(小胡笳)라고 했다. 소고(蕭古) 역시 금을 잘 탔는데, "호가제사두(胡笳第四頭 : 호가의 제4인자)"라고 했다. 소고는 무역상(無射商)[45]을 변조(變調)했

---

[44] 대호가(大胡笳) : '호가'는 본래 북방의 호인이 갈댓잎을 말아서 부는 피리를 말하는데, 지금 전해지는 것은 목관(木管)으로 세 개의 구멍이 있다.

[45] 무역상(無射商) : 60조(調) 가운데 하나로, 12율(律)의 하나인 '무역'을 궁(宮 : 중심음)으로 하는 상조(商調)를 말한다. 60조는 궁조(宮調)·상조(商調)·각조(角調)·치조(徵調)·우조(羽調)의 5조에 12율이 돌아가며 중심음이 될 수 있으므로 60조가 된다.

는데, 마침내 그 소리를 사용해 〈소씨구농(蕭氏九弄 : 소씨 9곡)〉을 만들었다.

張相弘靖夜會名家, 觀鄭有調二琴至切. 各置一榻, 動宮則宮應, 動角則角應, 稍不切, 乃不應. 宥師董庭蘭, 尤善汎[1]聲·祝聲, 謂大小胡笳也. 蕭古亦善琴, 云"胡笳第四頭". 犯無射商, 遂用其音爲〈蕭氏九弄〉.

* 이 고사는 《태평광기》 권203 〈악·장홍정〉과 〈동정란(董庭蘭)〉에 실려 있다.
1 신(汎) : 《태평광기》에는 "범(氾)"이라 되어 있고, 오증(吳曾)의 《능개재만록(能改齋漫錄)》 권5에는 "침(沉)"이라 되어 있다.

47-33(1383) 채옹

채옹(蔡邕)

출《한서(漢書)》

　[한나라의] 채옹이 진류(陳留)에 있을 때, 이웃 사람이 술과 음식을 대접하겠다고 채옹을 초대했다. 손님 중에 금(琴)을 타는 사람이 있었는데, 채옹이 대문에 이르러 그 소리를 몰래 듣고 말했다.

　"아! 음악으로 나를 부르면서 살심(殺心)이 있으니 무슨 일인가?"

　마침내 채옹은 돌아갔다. 명을 전하는 자가 주인에게 그 사실을 고하자, 주인이 황급히 뒤쫓아 가서 그 까닭을 물었더니 채옹이 자세히 알려 주었다. 그러자 금을 타던 사람이 말했다.

　"내가 아까 현을 퉁기면서 보니 사마귀가 마침 매미를 향하고 있었는데, 매미가 떠나가려 하자 사마귀가 그 때문에 나아갔다 물러갔다 했습니다. 나는 마음속으로 사마귀가 매미를 놓칠까 봐 걱정했을 뿐입니다."

　채옹이 감탄하며 말했다.

　"그렇다면 충분히 그럴 만하오!"

蔡邕在陳留, 其鄰人有以酒食召邕. 客有彈琴者, 邕至門潛聽之, 曰 : "嘻! 以樂召我, 而有殺心, 何也?" 遂返. 將命者告主人, 主人遽追而問故, 邕具以告. 琴者曰 : "我向鼓弦, 見螳螂方向鳴蟬, 蟬將去, 螳螂爲之一前一却. 吾心唯恐螳螂之失蟬也." 邕嘆曰 : "此足當之矣!"

* 이 고사는 《태평광기》 권203 〈악・채홍〉에 실려 있다. 조선간본(朝鮮刊本) 《태평광기상절(太平廣記詳節)》에는 출전이 "화교(華嶠) 《한서(漢書)》"라 되어 있다.

47-34(1384) 우적

우적(于頔)

출《국사보》

　사공(司空) 우적이 한번은 손님에게 금(琴)을 연주하게 했는데, 음률을 잘 아는 그의 형수가 주렴 뒤에서 듣고 탄식하며 말했다.

　"3분의 1은 쟁(箏) 소리이고 3분의 2는 비파 소리이니 금 본래의 소리가 없구나!"

于司空頔常令客彈琴, 其嫂知音, 聽於簾下, 嘆曰: "三分之中, 一分箏聲, 二分琵琶聲, 無本色韻!"

*　이 고사는 《태평광기》 권203 〈악·우적〉에 실려 있다.

47-35(1385) 치조비

치조비(雉朝飛)

출'양웅(揚雄)《금청영(琴淸英)》'

〈치조비〉라는 금곡(琴曲)은 위녀(衛女)의 보모가 지은 것이다. 위후(衛侯)의 딸이 제(齊)나라 태자에게 시집갔는데, 도중에 태자가 죽었다는 소식을 듣고 보모에게 물었다.

"어찌해야 하나요?"

보모가 말했다.

"그래도 가서 상을 치러야 합니다."

위녀는 상을 마치고 난 후 돌아가려 하지 않았으며 결국 죽고 말았다. 보모는 후회하며 위녀가 스스로 탔던 금(琴)을 가지고 그녀의 무덤 위에서 연주했는데, 그때 갑자기 꿩 두 마리가 함께 무덤 속에서 나오자 보모는 꿩을 어루만지며 말했다.

"네가 정녕 꿩으로 변했단 말이냐?"

말을 마치기도 전에 두 마리의 꿩이 함께 날아올라 순식간에 사라져 버렸다. 보모가 비통해하면서 금을 가지고 악곡을 지었기 때문에 〈치조비〉라고 했다.

〈雉朝飛〉操者, 衛女傅母所作也. 衛侯女嫁於齊太子, 中道聞太子死, 問傅母曰 : "何如?" 傅母曰 : "且往當喪." 喪畢, 不肯歸, 終之以死. 傅母悔之, 取女所自操琴, 於冢上鼓之, 忽有二雉俱出墓中, 傅母撫雉曰: "女果爲雉耶?" 言未卒, 俱飛而起, 忽然不見. 傅母悲痛, 援琴作操, 故曰〈雉朝飛〉.

* 이 고사는 《태평광기》 권461 〈금조(禽鳥)·위녀(衛女)〉에 실려 있다.

47-36(1386) **광릉산**

광릉산(廣陵山)

출《영귀지(靈鬼志)》·《유명록(幽明錄)》·《노씨잡설》·《이목기(耳目記)》

　　혜강(嵇康)이 일찍이 길을 떠났는데, 낙양(洛陽)에서 수십 리 떨어진 곳에 "월화(月華)"라고 하는 역정(驛亭)이 있기에 그 역정에 투숙했다. 그 역정에서는 예전부터 줄곧 사람이 죽어 나갔지만, 혜중산(嵇中散 : 혜강)은 마음가짐이 대범하고 활달해 조금도 두려워하지 않았다. 일경(一更)에 혜중산은 금(琴)을 타면서 먼저 여러 곡조를 연주했는데, 그 청아한 소리가 빼어나게 울려 퍼졌다. 그때 공중에서 칭찬하는 소리가 들리자 혜중산은 금을 매만지며 소리쳤다.

　　"당신은 누구십니까?"

　　그 사람이 대답했다.

　　"나는 불행히도 무고하게 죽임을 당해 형체가 심하게 훼손되었기에 당신을 접견하기가 마땅치 않습니다. 당신의 맑고 온화한 금 연주를 좋아하기 때문에 들으러 왔을 뿐이니, 당신은 괴이하게 여겨 꺼리지 말고 다시 몇 곡 연주해 주셨으면 합니다."

　　혜중산이 다시 금을 연주하자 그 사람은 박자를 맞추었다. 혜중산이 말했다.

"밤도 이미 깊었는데 어찌하여 나타나지 않습니까? 겉모습 따위를 어찌 따지겠습니까?"

그러자 그 사람이 손에 머리를 들고서 말했다.

"당신의 금 연주를 듣다 보니 나도 모르게 마음이 트이고 정신이 깨어나 마치 잠시 다시 살아난 듯 멍합니다." 미 : 마음을 기탁한 경계를 죽었어도 잊지 않으니, 몇 마디 말에서 귀신의 취향을 짐작할 수 있다.

그러고는 함께 음악의 이치에 대해 논했는데, 그 언변이 매우 명석하고 해박했다. 그 사람이 혜중산에게 말했다.

"당신의 금을 한번 보여 주십시오."

그 사람이 〈광릉산〉이라는 곡을 연주하자, 혜중산은 곧장 그 곡을 배웠다. 혜중산이 이전에 배웠던 곡들은 그 사람이 가르쳐 준 〈광릉산〉에 전혀 미치지 못했다. 그 사람은 혜중산에게 그 곡을 다른 사람에게 가르쳐 주지 않겠다고 맹세하게 했다. 날이 밝자 그 사람이 혜중산에게 말했다.

"우리는 비록 오늘 밤에 한 번 만났지만 우정은 천년토록 영원할 것입니다. 이제 길이 이별해야 하니 어찌 슬프지 않을 수 있겠습니까!"

회계군(會稽郡)의 하사령(賀思令)은 금을 잘 연주했다. 그가 한번은 밤에 달빛 아래 앉아 바람을 맞으며 금을 연주하고 있었는데, 갑자기 몸집이 매우 우람한 한 사람이 형구를 차고 애처로운 기색을 띤 채 뜰 가운데로 왔다. 그 사람은 하사령의 솜씨를 칭찬하면서 곧 그와 함께 이야기를 나누었는데, 스스로 혜중산이라고 했다. 그 사람이 하사령에게 말했다.

"그대의 손놀림은 매우 빠르나 옛 연주법에는 들어맞지 않소."

그러고는 하사령에게 〈광릉산〉을 전수했다. 그래서 하사령은 〈광릉산〉을 터득했으며, 지금까지 끊어지지 않고 전해진다.

한고(韓皋)는 천성적으로 음률을 잘 알았다. 일찍이 금을 타는 것을 보다가 〈지식(止息)〉에 이르자 감탄하며 말했다.

"오묘하구나! 혜생(嵇生)이 이것을 만들다니! 혜생은 위(魏)나라와 진(晉)나라의 교체기에 살았는데, 〈지식〉의 소리는 상(商 : 오음의 하나)을 위주로 한다. 상은 가을의 소리이니 가을은 하늘이 장차 초목을 시들어 말라 죽게 하며 한 해가 저물어 가는 때로다! 또한 진나라는 금(金 : 오행의 하나) 기운의 소리를 이어받았으니, 이는 위나라가 말년에 이르렀으며 진나라가 장차 위나라를 대신할 것임을 알 수 있는 까닭이다. 상의 현을 늦추면 궁(宮 : 오음의 하나)과 같은 음이 되는데, 이것은 신하가 임금의 자리를 빼앗는다는 의미이니, 이는 사마씨(司馬氏)가 장차 제위를 찬탈할 것임을 알 수 있는 까닭이다. 사마의(司馬懿)는 위나라 명제(明帝)

의 고명(顧命)을 받았는데,46) 나중에는 도리어 찬탈하려는 마음을 품었으며 조상(曹爽)을 주살한 이후로는 반역의 의도가 더욱 드러났다. 양주도독(揚州都督) 왕릉(王陵)은 초왕(楚王) 조표(曹彪)를 옹립하고자 했으며, 관구검(毌丘儉)·문흠(文欽)·제갈탄(諸葛誕)이 앞뒤로 잇달아 양주도독이 되었는데, 모두 위나라 황실을 바로잡아 부흥하려고 도모하다가 모두 사마의 부자에게 죽임을 당했다. 혜숙야(嵇叔夜 : 혜강)는 양주가 옛 광릉(廣陵)의 땅이었고, 그 네 사람이 모두 위나라 황실의 문무 대신이었으며 또한 모두 광릉에서 패망했기 때문에 그 곡명을 〈광릉산〉이라고 지었으니, 이는 위나라가 망하게 된 것이 광릉에서 비롯했음을 말하는 것이다. 〈지식(止息)〉은 진나라가 비록 급작스럽게 일어나긴 했지만 결국엔 이곳에서 국운이 그치게 될 것임을 말하는 것이다. 그 애처롭고 분하고 슬프고 비참하고 침통하고 절박한 소리가 모두 이 곡에 담겨 있다. 영가(永嘉)의 난47)은 바로 그것에 대한 응험이었도다! 혜숙야는 이 곡을

---

46) 명제(明帝)의 고명(顧命)을 받았는데 : 명제 조예(曹叡)가 붕어할 때 사마의에게 양자인 제왕(齊王) 조방(曹芳)을 보필하도록 부탁한 일을 말한다.

47) 영가(永嘉)의 난 : 서진(西晉) 말 영가 연간(307~313)에 일어난 대란으로, 오호 십육국 가운데 하나인 전조(前趙)의 유총(劉聰)이 낙양

지어 장차 후대의 음악을 아는 이에게 전해 주고자 했으며, 또한 진나라의 화(禍)를 피하고자 귀신에게 기탁했던 것이다."

한고는 음악에서 지극한 경지에 이르렀다고 이를 만하다.

당(唐)나라 건부(乾符) 연간(874~879)에 황소(黃巢)가 양경(兩京: 장안과 낙양)을 점거하자, 장안(長安)의 사대부들 중에서 전란을 피해 북쪽으로 떠난 사람이 많았다. 전(前) 한림대조(翰林待詔) 왕경오(王敬傲)는 장안 사람으로, 바둑을 잘 두고 금(琴)을 잘 탔으며 풍모가 맑고 고상했다. 그는 처음에 병주절도사(幷州節度使) 정종당(鄭從讜)을 배알했으나 예우받지 못했다. 나중에 또 업(鄴)으로 갔는데, 당시 나소위(羅紹威)48)가 새로 위박절도사(魏博節度使)가 되어 한창 전쟁에 힘쓰고 있었다. 왕경오는 업에서 몇 해를 보냈다. 당시 이산보(李山甫)는 문장이 웅건해 한 지역에서 이름을 날리고 있었는데, 마침 도관(道觀)에서 왕경오와 만나게 되었다. 또 이 처사(李處士)라는 사람이 있었는데, 역

(洛陽)을 함락하고 회제(懷帝)를 살해했다.
48) 나소위(羅紹威): 당말 오대의 군벌. 당나라 말에 부친 나홍신(羅弘信)의 뒤를 이어 위박절도사(魏博節度使)가 되었으며, 후량(後梁)이 건국된 후 태조 주온(朱溫: 주전충)의 깊은 신임을 받았다.

시 금을 잘 탔다. 이산보가 두 손님[왕경오와 이 처사]에게 말했다.

"〈유란녹수(幽蘭綠水)〉라는 곡을 들을 수 있겠습니까?"

왕경오가 즉시 명에 응해 연주했는데, 그 소리가 맑고 예스러웠다. 곡이 끝나자 왕경오는 소매로 눈물을 훔치며 말했다.

"함통(咸通) 연간(860~874)에 조정에서 가을밤에 지존(至尊)을 모시던 때가 떠오르는데, 여기에서 떠돌게 될 줄은 생각지도 못했습니다!"

이 처사도 〈백학(白鶴)〉이라는 곡을 연주했다. 그러자 이산보가 붓을 들고 생각을 펴내 시를 지어 주었다.

"〈유란녹수〉는 밝고 맑은 소리이거늘, 선생이 괜스레 마음 씀을 탄식하노라. 세상이 언제 옛날보다 좋은 때가 있었나? 남 앞에서 어찌 굳이 괴롭게 옷깃을 적시는가?"

나머지 구를 완성하기 전에 이산보도 스스로 상심하며 자신의 회재불우(懷才不遇)를 슬퍼했다. 그러자 왕생(王生 : 왕경오)이 따로 한 곡을 연주했는데, 그 품격이 비범해서 좌객들은 더욱 그를 공경했다. 이산보가 마침내 술을 권하며 연주를 멈추게 하자, 각자 술을 가득 따라 여러 잔을 마시고 얼마 후에 옥산(玉山)이 무너지듯 모두 취해 쓰러졌다. 술이 깨고 나서 이산보가 조용히 물었다.

"아까 연주한 곡이 무엇입니까? 이전에 들어 본 적이 없습니다."

왕생이 말했다.

"저희 집에서는 정음(正音)을 익혀 대대로 전수해 왔는데, 금문(金門)49) 아래에서 황제의 명을 기다린 지 모두 4대가 됩니다. 자주 연주하던 악곡은 사람들이 모두 알고 있지만, 오직 혜중산이 전수받은 영윤(伶倫)50)의 곡은 사람들이 모두 이르길, 낙양의 동시(東市)에서 멸절되었고 전수받은 사람이 있는지 알지 못한다고 합니다. 저는 선친에게서 그것을 배웠는데, 이름하여 〈광릉산〉이라 합니다."

이산보는 그를 기이하게 여겼으며, 이로 말미암아 대조(待詔 : 왕경오)를 "왕중산(王中散)"이라 불렀다. 미 : 왕중산의 도술이 덧붙어 나온다. 왕생은 후에 또 상산(常山)을 유람했는데, 당시 절도사 왕용(王鎔)은 젊은 나이에 병권을 잡고 바야흐로 많은 선비를 초대해 자신의 훌륭한 명성을 널리 알리고자 했기 때문에 왕생의 금과 바둑 솜씨 역시 빈객으

---

49) 금문(金門) : 금마문(金馬門)을 말한다. 한나라 미앙궁(未央宮)의 궁문으로, 문 옆에 동마(銅馬)를 세워 놓았기 때문에 '금마문'이라 불렀다. 한 무제가 일찍이 학사(學士)들에게 이곳에서 어명을 기다리게 했다.

50) 영윤(伶倫) : 전설 속 황제(黃帝)의 악관(樂官)으로, 처음으로 음률을 정했다고 한다.

로서 예우를 받았다. 또한 왕용은 왕생에게 금을 타게 할 때면 반드시 후한 선물을 하사했다. 상산에서 10여 년을 지내다가 왕생은 소종(昭宗)이 복위(復位)했다는 소식을 듣고 상산을 떠나 도성으로 돌아갔는데, 그 후로는 그가 어떻게 되었는지 알 수 없었다. 왕경오는 또한 옷소매 속에서 종이를 오려 진짜 벌과 나비를 만들 수 있었는데, 소매를 들어 그것들을 날아가게 하면 사방 자리에 가득했다. 간혹 그것들이 다른 사람의 옷깃이나 소매로 들어가게 되어 손으로 잡으려고 하면 즉시 본래 있던 곳[왕경오의 옷소매 속]으로 돌아갔다. 그래서 당시 사람들은 모두 그가 신선의 도술을 지녔다고 생각했다. 원외랑(員外郞) 장도고(張道古)는 왕경오와 사이가 좋았으며 매번 그의 도예(道藝)를 흠모했는데, 일찍이 〈왕일인전(王逸人傳)〉을 지었다.

평 : 장도고는 이름이 현(睍)이다. 박학하고 고문(古文)에 뛰어났는데, 만 권의 책을 읽었지만 시는 잘 짓지 못했다. 한번은 장초몽(張楚夢)이 마련한 자리에 참석했는데, 그때 오랜 가뭄 끝에 갑자기 큰비가 내리자 빈객들이 모두 기뻐하며 시를 지었다. 장도고는 맨 나중에야 겨우 절구(絶句)를 완성했는데, "심한 가뭄이 오늘까지 이미 오래되었는데, 기쁜 비가 구름에서 쏟아지네. 한 방울도 흘려보내지 않다가, 가득 찼을 때 내려 주었네"라고 했다. 좌객들은 장도고의 문

학적 명성은 중시했지만 그의 시의 졸렬함은 비웃었다.

嵇康嘗行, 去路[1]數十里, 有亭名"月華", 投此亭. 由來殺人, 中散心神蕭散, 了無懼意. 至一更操琴, 先作諸弄, 雅聲逸奏. 空中稱善, 中散撫琴而呼之:"君是何人?"答云:"身不幸非理就終, 形體殘毀, 不宜接見君子. 愛君琴韻淸和, 故來聽耳, 君勿怪惡, 可更作數曲." 中散復爲撫琴, 擊節, 曰:"夜已久, 何不來也? 形骸之間, 復何足計?" 乃手挈其頭曰:"聞君奏琴, 不覺心開神悟, 悅若暫生." 眉:寄意之境, 雖死不忘, 數語可想鬼趣. 遂與共論音聲之趣, 辭甚淸辯. 謂中散曰:"君試以琴見與." 乃彈〈廣陵散〉, 便從受之. 先所受引, 殊不及. 與中散誓, 不得敎人. 天明, 語中散:"雖一遇今夕, 遠同千載. 於此長絶, 能不悵然!"

會稽賀思令, 善彈琴. 嘗夜在月中坐, 臨風撫奏, 忽有一人, 形器甚偉, 著械有慘色, 至其中庭, 稱善, 便與共語, 自云是嵇中散. 謂賀云:"卿下手極快, 但於古法未合." 因授以〈廣陵散〉. 賀因得之, 於今不絶.

韓皐生知音律. 嘗觀彈琴, 至〈止息〉, 嘆曰:"妙哉! 嵇生之爲是也! 其當晉魏之際, 其音主商. 商爲秋聲, 秋也者, 天將搖落肅殺, 其歲之晏乎! 又晉承金運之聲也, 此所以知魏之季, 而晉將代之也. 慢其商弦, 以宮同音, 是臣奪君之義也, 此所以知司馬氏之將篡也. 司馬懿受魏明帝顧託, 後返有篡奪之心, 自誅曹爽, 逆節彌露. 王陵都督揚州, 謀立楚王彪. 毌丘儉·文欽·諸葛誕, 前後相繼爲揚州都督, 咸有匡復魏室之謀, 皆爲懿父子所殺. 叔夜以揚州故廣陵之地, 彼四人者, 皆魏室文武大臣, 咸散敗於廣陵, 故名其曲爲〈廣陵散〉, 言魏氏散亡, 自廣陵始也. 〈止息〉者, 晉雖暴興, 終止息於此也. 其哀憤戚慘·沉痛迫切之音, 盡在於是. 永嘉之亂, 是其應乎! 叔夜撰此, 將貽後代之知音者, 且避晉禍, 所以託之鬼神也." 皋之於音, 可謂至矣.

唐乾符之際, 黃巢盜據兩京, 長安士大夫多避地北遊者. 前翰林待詔王敬傲, 長安人, 能棋善琴, 風骨清峻. 初謁并帥鄭從讜, 不見禮. 後又之鄴, 時羅紹威新立, 方務戰爭. 敬傲在鄴中數歲. 時李山甫文筆雄健, 名著一方, 適於道觀中與敬傲相遇. 又有李處士, 亦善撫琴. 山甫謂二客曰: "〈幽蘭綠水〉, 可得聞乎?" 敬傲卽應命而奏之, 聲淸韻古. 曲終, 潸然返袂云: "憶在咸通, 王庭秋夜, 供奉至尊之際, 不意流離於此也!" 李處士亦爲〈白鶴〉之操. 山甫援毫抒思, 以詩贈曰: "〈幽蘭綠水〉耽淸音, 嘆息先生枉用心. 世上幾時曾好古? 人前何必苦霑襟?" 餘句未成, 山甫亦自黯然, 悲其未遇也. 王生因別彈一曲, 品調非常, 坐客彌加悚敬. 山甫遂命酒停弦, 各引滿數杯, 俄而玉山俱倒. 洎酒醒, 山甫方從容問曰: "向來所操者何曲? 未之前聞也." 王生曰: "某家習正音, 奕世傳受, 待詔金門之下, 凡四世矣. 其常所操弄, 人衆共知, 唯嵇中散所受伶倫之曲, 人皆謂絕於洛陽東市而不知有傳者. 余得自先人, 名之曰〈廣陵散〉也." 山甫異之, 由是目待詔爲"王中散". 眉: 王中散道術附見. 王生後又遊常山, 是時節帥王鎔幼齡秉鉞, 方延多士, 以廣令名, 故待詔之琴棋, 亦見禮於賓榻. 或命揮弦動軫, 必大加錫遺焉. 在常山十數年, 聞昭宗返正, 辭歸帝里, 後不知所終. 敬傲又能衣袖中翦紙爲蜂蝶, 擧袂令飛, 滿於四座. 或入人之襟袖, 以手攬之, 卽復於故所也. 常時咸疑有神仙之術. 張員外道古與相善, 每欽其道藝, 曾著〈王逸人傳〉.

評: 道古名覗. 博學善古文, 讀書萬卷而不能爲詩. 曾在張楚夢座上, 時久旱, 忽大雨, 衆賓皆喜而咏之. 道古最後方成絶句曰:"亢暘今已久, 喜雨自雲傾. 一點不斜去, 極多時下成." 坐客重其文學之名, 而哂其詩之拙.

* 이 고사는《태평광기》권317〈귀(鬼)·혜강(嵇康)〉, 권324〈귀·하사령(賀思令)〉, 권203〈악·한고(韓皋)〉와〈왕중산(王中散)〉에 실려 있다.
1 노(路):《태평광기》명초본에는 "낙(洛)"이라 되어 있는데, 문맥상 보다 타당하다.

47-37(1387) 보슬

보슬(寶瑟)

출《전기》 미 : 슬이다(瑟).51)

　　중승(中丞) 노매(盧邁)에게 보슬(寶瑟) 네 개가 있었는데, 각각의 가치가 수십만 냥에 달했으며 한옥(寒玉)·석경(石磬)·향천(響泉)·화지(和至)라는 명칭이 있었다.

盧中丞邁有寶瑟四, 各直數十萬, 有寒玉·石磬·響泉·和至之號.

* 이 고사는 《태평광기》 권203 〈악·슬(瑟)〉에 실려 있다.

51) 미 : 슬이다(瑟) : 문맥상 여기에 "슬(瑟)"이라는 미비(眉批)가 있어야 타당한데 빠져 있으므로 보충했다.

47-38(1388) 저승의 음악
명음록(冥音錄)
미 : 쟁이다(箏).52)

　여강현위(廬江縣尉) 이간(李侃)은 농서(隴西) 사람이다. 그는 최씨(崔氏)라는 첩을 두었는데 그녀는 본래 광릉(廣陵)의 창기로 딸 둘을 낳았으며, 이간이 죽고 나서는 여강에서 살았다. 최씨는 본디 음악을 몹시 좋아했기에 비록 빈곤하게 생활을 꾸려 나갔지만 늘 악기를 연주하며 노래하는 것으로 즐거움을 삼았다. 최씨에게는 채노(蔡奴)라고 하는 여동생이 있었는데, 그녀는 쟁(箏) 연주에 뛰어나 고금의 절묘한 기예를 지녔지만 열일곱 살에 시집도 가기 전에 죽었다. 최씨의 두 딸은 어렸을 때 채노의 기예를 배웠다. 큰딸은 타고난 머리가 그다지 총명하지 못했는데, 어렸을 때 그녀에게 기예를 가르치면서 조금이라도 미진한 부분이 있으면 그때마다 어머니 최씨가 회초리로 때렸지만 그녀는 끝내 오묘함을 터득하지 못했다. 그래서 큰딸은 매번 마음속으로 이모를 떠올리며 말했다.

52) 미 : 쟁이다(箏) : 문맥상 여기에 "쟁(箏)"이라는 미비(眉批)가 있어야 타당한데 빠져 있으므로 보충했다.

"이모는 살아생전에 그토록 총명했는데 죽어서는 어찌 아무런 소식도 없나요? 이모의 힘으로 날 도와서 내 마음과 눈을 뜨게 해 대강이라도 다른 사람을 따라갈 수 있게 해 줄 수는 없나요?"

큰딸은 명절과 매월 초하루가 될 때마다 술잔을 들어 땅에 부으면서 슬피 오열하며 눈물을 흘렸는데, 그렇게 한 지가 8년이나 되었다. [당나라] 개성(開成) 5년(840) 4월 3일에 큰딸이 밤에 자다가 놀라 일어나 소리쳐 울면서 어머니에게 말했다.

"방금 전 꿈에 이모가 나타나 내 손을 잡고 울면서 말하길, '나는 인간 세상을 떠난 후로 저승의 명부(名簿)에서 교방(敎坊)에 소속되어 박사 이원빙(李元憑)에게 악곡을 전수했다. 이원빙이 누차 나를 헌종 황제(憲宗皇帝)께 천거하자 황제께서 날 불러 1년 동안 궁에 기거하게 하셨으며, 미 : 이것에 근거하면 저승의 궁전은 천문만호(千門萬戶)뿐만이 아니다. 생각해 보니 태평성대의 영령은 필시 왕조가 바뀐 후에나 쉬는 것일까? 또 나를 목종 황제(穆宗皇帝)의 궁중에서 당직을 서게 하면서 쟁으로 여러 비빈들을 가르치게 하시는 바람에 1년 동안 궁중을 출입했다. 상제(上帝 : 문종)께서 정주(鄭注)53)를 주

---

53) 정주(鄭注) : 당나라 문종(文宗) 때의 대신(大臣)으로, 봉상절도사

살하신 뒤 천하에 대대적인 연회[54]를 베푸시자, 당나라 여러 황제의 궁중에서 가무에 뛰어난 예기(藝妓)를 서로 뽑아 신요(神堯: 고조)와 태종(太宗)의 두 궁에 바치는 바람에 나는 다시 헌종 황제를 모실 수 있게 되었다. 한 달마다 닷새에 한 번씩 장추전(長秋殿)에서 당직을 서고 그 나머지 날은 내 마음대로 놀러 다니며 구경할 수 있었지만 다만 궁궐을 나갈 수는 없었다. 그래서 너의 간절한 마음을 내가 이미 알고는 있었지만 찾아올 방법이 없었다. 근자에 양양 공주(襄陽公主: 고조의 딸)께서 날 수양딸로 삼고 몹시 어여뻐 여기셔서 나에게 돌아가서 너의 소원을 이루어 주라고 허락하셨으니 너는 서둘러 준비해라. 저승의 법은 지엄하므로 혹시라도 황제께서 이 일을 들으시면 틀림없이 큰 벌을 받을 것이다'라고 했습니다."

다음 날 큰딸은 방 하나를 깨끗이 청소하고 빈자리를 마련한 뒤 술과 과일을 차려 놓았는데 마치 보이는 것이 있는 것 같았다. 그러고는 쟁을 들고 자리에 앉아 눈을 감은 채 쟁을 탔는데 손가락의 움직임에 따라 곧바로 터득했다. 이모

(鳳翔節度使)로 있다가 군대를 이끌고 도성으로 들어와 환관 세력을 소탕하려다가 실패해 감군(監軍) 장중청(張仲淸)에게 살해당했다.
54) 대대적인 연회: 원문은 "대포(大酺)". 천자가 특별한 날을 경축하기 위해 백성에게 베푼 성대한 연회를 말한다.

는 처음에 그녀에게 인간 세상의 곡을 가르쳐 주었는데, 옛날에는 열흘에 한 곡도 터득하지 못하던 그녀가 그날은 하루에 10곡을 터득했다. 그 곡들의 명칭과 종류는 거의 살아 있는 사람의 생각에서 나온 것이 아니었다. 곡조가 너무 애달프고 구슬퍼서 아득히 부엉이가 울고 귀신이 소리치는 것 같았으므로 듣는 사람 중에 흐느껴 울지 않는 자가 없었다. 그 곡에는 〈영군악(迎君樂)〉, 협 : 정상조(正商調), 28첩(疊). 〈곡림탄(槲林嘆)〉, 협 : 분사조(分絲調), 44첩. 〈진왕상금가(秦王賞金歌)〉, 협 : 소석조(小石調), 28첩. 〈광릉산(廣陵散)〉, 협 : 정상조, 28첩. 〈행로난(行路難)〉, 협 : 정상조, 28첩. 〈상강홍(上江虹)〉, 협 : 정상조, 28첩. 〈진성선(晉城仙)〉, 협 : 소석조, 28첩. 〈사죽상금가(絲竹賞金歌)〉, 협 : 소석조, 28첩. 〈홍창영(紅窓影)〉 협 : 곡명이 멋지다. 쌍주조(雙柱調), 40첩. 이 있었다. 그녀가 10곡을 다 배우고 나자 이모가 애처롭게 그녀에게 말했다.

"이것은 모두 궁중에서 새로 지은 곡인데 황제께서 특히 좋아하시는 바다. 〈곡림탄〉과 〈홍창영〉 등의 곡은 연회가 열릴 때마다 공을 날리고 접시를 돌리면서 주흥을 돋우어 긴 밤의 즐거움을 누릴 때 연주한다. 목종께서 수문사인(修文舍人) 원진(元稹)에게 칙명을 내려 그 곡의 가사 수십 수를 짓게 하셨는데 매우 아름답다. 미 : 저승에서도 예전 그대로 군신(君臣) 관계라니 기이하도다! 연회가 무르익으면 목종께서는 궁인들에게 번갈아 그 가사를 노래하게 하셨으며, 친히 옥여의(玉如意 : 옥으로 만든 등긁이)를 들고 두드려 박자를 맞추셨다. 목종께서 그 곡조를 매우 비밀로 하셨기 때문에 감히 발설하지 못했다. 저승과 이승은 길이 다르고 사람과 귀신의 길도 다르지만, 지금 인간 세상의 일과 서로 연결된 것은 또한 만대(萬代)에 한 번 있는 기회로 결코 우연이 아니다."

이모는 해 질 녘에 작별하고 떠났다가 며칠 후에 다시 와서 말했다.

"듣자 하니 양주(揚州)의 연수(連帥 : 절도사)가 너를 얻고자 한다는데, 혹시라도 연주에 틀린 곳이 있을지 모르니 너는 한 곡 한 곡 연주해 보아라."

그러고는 또 〈사귀악(思歸樂)〉이라는 곡 하나를 남겨 주었다. 얼마 되지 않아 주부(州府)에서 그 소문을 듣고 최씨의 큰딸을 불러 시험해 보고는 과연 그녀를 양주로 보내게 했다. 염찰사(廉察使)인 옛 재상 이덕유(李德裕)가 그 일을 논의하고 표문을 올렸는데, 그녀는 얼마 후에 죽었다.

廬江尉李侃者, 隴西人. 有外婦崔氏, 本廣陵倡家, 生二女, 侃旣死, 因寓家廬江. 崔氏性酷嗜音, 雖貧苦求活, 常以弦歌自娛. 有女弟蒻奴, 善鼓箏, 爲古今絶技, 年十七, 未嫁而卒. 二女幼傳其藝. 長女性不甚慧, 幼時每敎其藝, 小有未至, 其母輒加鞭箠, 終莫究其妙. 每心念姨曰: "姨之生乃聰明, 死何蔑然?而不能以力祐助,使我心開目明,粗及流輩哉?"每至節朔,輒舉觴酹地,哀咽流涕,如此者八歲.開成五年四月三日,因夜寐,驚起號泣,謂母曰:"向者夢姨執手泣曰:'我自辭人世,在陰司簿屬敎坊,授曲於博士李元憑.元憑屢薦我於憲宗皇帝,帝召居宮一年,眉:據此,則陰府宮殿不啻千門萬戶矣.意昭代之靈,必易姓而後歇耶?以我更直穆宗皇帝宮中,以箏導諸妃,出入一年.上帝誅鄭注,天下大酺,唐氏諸帝宮中,互選妓樂,以進神堯・太宗二宮,我復得侍憲宗.每一月之中,五日一直長秋殿,餘日得肆遊觀,但不得出宮禁耳.汝之情懇,我乃知也,但無由得來.近日襄陽公主以我爲女,思念頗至,私許我歸,成汝之願,汝早圖之.陰中法嚴,帝或聞之,當獲大譴.'"翼日,乃灑掃一室,列虛筵,設酒果,仿佛如有所見.因執箏就坐,閉目彈之,隨指有得.初授人間之曲,十日不得一曲,此一日獲十曲.曲之名品,殆非生人之意,聲調哀怨,幽幽然鴉啼鬼嘯,聞者莫不歔欷.曲有〈迎君樂〉,夾:正商調,二十八疊.〈槲林嘆〉,夾:分絲調,四十四疊.〈秦王賞金歌〉,夾:小石調,二十八疊.〈廣陵散〉,夾:正商調,二十八疊.〈行路難〉,夾:正商調,二十八疊.〈上江虹〉,夾:正商調,二十八疊.〈晉城仙〉,夾:小石調,二十八疊.〈絲竹賞金歌〉,夾:小石調,二十八疊.〈紅窗影〉夾:名佳,雙柱調,四十疊.十曲畢,慘然謂女曰:"此皆宮闈中新翻曲,帝尤所愛重者.〈槲林嘆〉・〈紅窗影〉等,每宴飲,卽飛球舞盞,爲佐酒長夜之歡.穆宗敕修文舍人元稹撰其詞數十首,甚美.眉:冥中依舊君臣,異哉!宴酣,令宮人遞歌之,帝親執玉如意,擊節而和之.甚秘其調,故不敢洩.幽明路異,人鬼道殊,今者人事相接,亦萬代一時,非偶然也."至暮訣去,數日復來曰:"聞揚州連帥欲取汝,恐有謬誤,汝可一一彈之."又留一曲曰〈思歸樂〉.無何,州府聞之,召試有驗,果令送至揚州.廉使故相李德裕議表其事, 女尋卒.

* 이 고사는 《태평광기》 권489 〈잡전기(雜傳記)·명음록〉에 실려 있다.

47-39(1389) 나흑흑

나흑흑(羅黑黑)

출《조야첨재(朝野僉載)》 미 : 이하는 비파다(以下琵琶).

[당나라] 태종(太宗) 때 서역에서 한 호인(胡人)을 바쳤는데 비파를 잘 탔다. 그가 한 곡을 지었는데, 그가 타는 비파의 현과 술대는 보통 비파보다 배나 두꺼웠다. 황상은 늘 변방 사람이 중국 사람을 능가하게 하고 싶지 않았기에, 성대한 주연을 마련해 나흑흑에게 휘장 너머에서 그 사람의 연주를 듣고 한 번 만에 터득하게 했다. 황상이 호인에게 말했다.

"이 곡은 우리 궁인도 연주할 수 있다."

황상이 커다란 비파를 가져오게 해 휘장 아래에서 나흑흑에게 타게 했는데, 나흑흑은 한 음도 빠뜨리지 않았다. 호인은 그를 궁녀라고 생각하면서 경탄하며 떠났다. 서역에서 이 일을 듣고 귀항(歸降)한 나라가 수십 국이었다.

평 : 유월석(劉越石 : 유곤)55)은 입으로 [노래와 풀피리를

---

55) 유월석(劉越石) : 유곤(劉琨). 동진(東晉) 때의 명장이자 문학가·음악가였다. 일찍이 전조(前趙)의 군대가 진양성(晉陽城)을 포위하고

불에 군대를 삼았고, 조남중(趙南仲: 조규)56)은 차가운 눈초리로 군대를 삼았으며, 나흑흑과 조운(朝雲)57)은 비파와 젓대로 군대를 삼았다.

太宗時, 西國進一胡, 善彈琵琶. 作一曲, 琵琶弦撥倍粗. 上每不欲番人勝中國, 乃置酒高會, 使羅黑黑隔帷聽之, 一遍而得. 謂胡人曰: "此曲吾宮人能之." 取大琵琶, 遂於帷下令黑黑彈之, 不遺一字. 胡人謂是宮女也, 驚嘆辭去. 西國聞之, 降者數十國.
評: 劉越石以口爲軍, 趙南仲以眼爲軍, 羅黑黑・朝雲以琵琶與篪爲軍.

* 이 고사는 《태평광기》 권205 〈악・나흑흑〉에 실려 있다.

공격했는데, 유곤이 성에 올라 청아한 노래를 부르고 한밤중에 호가(胡笳: 풀피리)를 불었더니, 적군이 그 소리를 듣고 고향 생각에 눈물을 흘리며 전의를 상실해 철군했다고 한다.

56) 조남중(趙南仲): 조규(趙葵). 남송 때의 명장이자 화가・문인이었다. 일찍이 금나라와 원나라에 항거해 많은 전공을 세웠다.

57) 조운(朝雲): 본서 47-57(1407)에 조운에 관한 고사가 나온다.

47-40(1390) 배낙아

배낙아(裵洛兒)

출《국사이찬》

[당나라] 정관(貞觀) 연간(627~649)에 비파를 연주하던 배낙아가 처음으로 술대를 쓰지 않고 손으로 연주했는데, 민간에서 말하는 "추비파(搊琵琶 : 손으로 타는 비파)"가 바로 이것이다.

貞觀中, 彈琵琶裵洛兒始廢撥用手, 俗所謂 "搊琵琶" 是也.

* 이 고사는 《태평광기》 권205 〈악·배낙아〉에 실려 있다.

47-41(1391) 양귀비

양비(楊妃)

출《담빈록》

[당나라] 개원(開元) 연간(713~741)에 중관(中官 : 환관) 백수정(白秀貞)이 촉(蜀)에 사신으로 갔다가 돌아오면서 비파를 얻어 바쳤다. 그 비파는 줄을 거는 몸체와 바탕이 모두 사라나무와 박달나무로 되어 있었는데, 옥처럼 매끄럽고 거울처럼 빛이 반짝였으며 금색 실과 붉은 무늬로 한 쌍의 봉황이 그려져 있었다. 양귀비는 매번 이 비파를 안고 이원(梨園)에서 연주했는데, 그 처량하고 맑은 음색이 멀리 구름 밖까지 퍼져 나가는 것 같았다. 제왕(諸王)과 공주, 괵국부인(虢國夫人 : 양귀비의 언니) 이하로 모두들 다투어 양귀비에게서 비파를 배웠다. 그들은 매번 곡을 다 배우고 나면 모두 많은 예물을 바쳤다.

開元中, 中官白秀貞自蜀使回, 得琵琶以獻. 其槽邏皆桫檀爲之, 溫潤如玉, 光耀可鑒, 有金縷紅文, 影成雙鳳. 楊妃每抱是琵琶, 奏於梨園, 音韻凄清, 飄如雲外. 而諸王貴主, 自虢國以下, 競爲貴妃琵琶弟子. 每受曲畢, 皆廣有進獻.

* 이 고사는 《태평광기》 권205 〈악·양비〉에 실려 있다.

47-42(1392) 단사

단사(段師)

출《유양잡조》

  옛 비파의 현은 곤계(鵾鷄)[58]의 힘줄을 사용했다. [당나라] 개원(開元) 연간(713~741)에 비파 연주에 뛰어난 단사는 가죽 현을 사용했는데, 하회지(賀懷智)가 술대가 부서져라 그 비파를 탔지만 소리조차 낼 수 없었다.

古琵琶弦用鵾鷄筋. 開元中, 段師能彈琵琶, 用皮弦, 賀懷智破撥彈之, 不能成聲.

* 이 고사는 《태평광기》 권205 〈악 · 단사〉에 실려 있다.

58) 곤계(鵾鷄) : 목이 길고 주둥이가 붉은 학과 비슷한 닭.

47-43(1393) 한중왕 이우

한중왕우(漢中王瑀)

출《전기》

[당나라의] 한중왕(漢中王) 이우(李瑀)가 강곤륜(康崑崙)59)의 비파 연주를 보고 말했다.

"비(琵) 소리가 많고 파(琶) 소리가 적으니 아직 54현의 큰 비파는 탈 수 없겠다."

낮은 음에서 높은 음으로 활주(滑奏)하는 것을 "비"라 하고, 높은 음에서 낮은 음으로 활주하는 것을 "파"라 한다.

평 : 강거국(康居國)의 악공인데도 이우가 이처럼 비판했으니, 그 도예(道藝)가 모두 끝이 없음을 알 수 있다.

漢中王瑀見康昆侖彈琵琶, 云 : "琵聲多, 琶聲少, 亦未可彈五十四弦大弦也." 自下而上謂之"琵", 自上而下謂之"琶". 評 : 康國工也, 而瑀譏之若此, 可見道藝俱無盡.

59) 강곤륜(康崑崙) : 강거국(康居國 : 서역 36국 가운데 하나) 출신의 곤륜노(崑崙奴)를 말한다. 곤륜노는 아랍 지역 출신의 피부색이 검은 노비를 지칭한다.

* 이 고사는《태평광기》권205〈악·한중왕우〉에 실려 있다.

47-44(1394) 황보직

황보직(皇甫直)

출《유양잡조》

촉장(蜀將) 황보직은 음률을 잘 식별했는데, 도기(陶器)를 두드려 보면 그것을 만든 시기를 알 수 있었다. 그는 비파 연주를 좋아했다. [당나라] 원화(元和) 연간(806~820)에 한 번은 한 곡조를 지어서 시원한 바람을 쐬며 연못가에서 연주했는데, 본래 황종(黃鐘 : 12율의 첫째 음)인 소리가 유빈(蕤賓 : 12율의 넷째 음)이 되는 것이었다. 그래서 현을 바꿔서 두세 번 연주했지만 소리는 여전히 유빈이었다. 황보직은 매우 당혹하고 즐겁지 않으면서 불길한 징조라고 스스로 생각했다. 이틀 뒤에 다시 연못가에서 연주했는데 소리는 전과 같았다. 시험 삼아 다른 곳에서 연주했더니 황종의 소리가 났다. 그래서 황보직은 유빈의 음조를 고쳐서 밤에 다시 연못가에서 연주했다. 그때 근처 기슭에서 파동이 느껴졌는데, 어떤 물건이 물고기가 뛰는 것처럼 물을 격동시키다가 현에서 손을 떼면 사라졌다. 황보직은 마침내 수차로 연못의 물을 다 빼내고 진흙을 파헤쳐 며칠 동안 찾은 끝에 진흙 밑의 1척 남짓 되는 곳에서 쇳조각 하나를 발견했는데, 바로 방향(方響)[60]의 유빈 음을 내는 철편이었다.

평 : 철편도 이처럼 같은 음률을 좋아하는데, 하물며 사람의 마음은 쇳조각이 아님에랴!

蜀將皇甫直別音律, 擊陶器, 能知時月. 好彈琵琶. 元和中, 嘗造一調, 乘涼臨水池彈之, 本黃鐘而聲入蕤賓. 因更弦, 再三奏之, 聲猶蕤賓也. 直甚惑, 不悅, 自意不祥. 隔日, 又奏於池上, 聲如故. 試彈於他處, 則黃鐘也. 直因切調蕤賓, 夜復鳴於池上. 覺近岸波動, 有物激水如魚跳, 及下弦則沒矣. 直遂車水竭池, 窮泥索之數日, 泥下尺餘, 得鐵一片, 乃方響蕤賓鐵也.

評 : 片鐵何如, 猶憐同調, 況人心匪鐵乎!

* 이 고사는 《태평광기》 권205 〈악·황보직〉에 실려 있다.

60) 방향(方響) : 상하 2단으로 된 받침대에 장방형의 철판이나 옥판을 각각 여덟 개씩 올려놓고 두 개의 채로 쳐서 소리를 내는 타악기.

47-45(1395) 왕기

왕기(王沂)

출《조야첨재》

　　왕기는 평소에 관현악기를 연주할 줄 몰랐는데, 갑자기 아침에 잠이 들어 밤이 되어서야 깨어나더니 비파를 찾아 연주해 몇 곡을 완성했다. 곡명은 〈작탁사(雀啅蛇)〉·〈호왕조(胡王調)〉·〈호과원(胡瓜苑)〉이었다. 이 곡들은 사람들이 들어 보지 못했는데, 듣는 사람 중에 눈물을 흘리지 않는 이가 없었다. 그의 여동생이 배우기를 청하자 몇 소절을 가르쳐 주었는데, 순식간에 모두 잊어버려서 더 이상 그 곡을 완성하지 못했다.

王沂平生不解弦管, 忽旦睡, 至夜乃寤, 索琵琶弦之, 成數曲, 一名〈雀啅蛇〉, 一名〈胡王調〉, 一名〈胡瓜苑〉. 人不識聞, 聽之者莫不流淚. 其妹請學之, 乃敎數聲, 須臾總忘, 不復成曲.

* 　이 고사는《태평광기》권205〈악·왕기〉에 실려 있다.

47-46(1396) 관 별가와 석 사마

관별가 · 석사마(關別駕 · 石司馬)

출《북몽쇄언》

[당나라] 소종(昭宗) 말년에 도성의 이름난 창기들은 모두 강성한 제후의 소유였다. 그들을 모시며 비파를 연주하는 악공(樂工) 관소홍(關小紅)은 "관 별가"로 불렸다. [오대] 양(梁: 후량)나라 태조(太祖)가 관 별가를 요구했는데, 얼마 후 그녀가 도착하자 태조가 말했다.

"너는 〈수불채상(手不採桑)〉을 연주할 줄 아느냐?"

관 별가는 고개를 숙이고 그 곡을 연주했다. 그녀가 나가려고 할 때 태조는 다시 친근한 사람을 위해 비파를 연주하고 술을 마시게 했다. 관 별가는 이로 인해 실망하다가 오래되지 않아 죽었다.

또 비파를 잘 타는 석총(石潨)이라는 사람이 있었는데 "석 사마"로 불렸다. 그는 스스로 말하길, 일찍부터 상국(相國) 영호도(令狐綯)의 칭찬을 받아서 그의 아들인 영호환(令狐渙) · 영호풍(令狐渢)과 함께 나란히 물 수(氵) 변이 있는 이름을 짓게 되었다고 했다. 미: 영호도의 아낌이 이와 같도다! 석총은 전란이 일어난 뒤에 촉(蜀)으로 들어가서 관가의 악적(樂籍)에 소속되지 않은 채 주로 여러 고관(高官)의 집을 돌아다녔는데, 그들은 모두 석총을 빈객으로 대우해 주었다. 하루는 군교(軍校) 여러 명이 모여서 술을 마시며 즐기고 있을 때 석총이 한창 호금(胡琴)을 타고 있었는데, 좌중에서 음률을 알지 못하는 자들이 시끄럽게 웃고 떠들면서 거의 귀를 기울이지 않았다. 그러자 석총은 박달나무로 만든 호금을 내리치더니 욕하며 말했다.

"나는 일찍이 조정에서 재상을 모시고 연주했는데, 오늘 건아(健兒)들을 위해 연주해도 내 연주를 듣지 않으니, 이 얼마나 고달픈가!" 미 : 건아를 어찌 재상에 비교하겠는가!

당시 식자들은 이를 탄식했다.

昭宗末, 京都名娼妓兒, 皆爲强諸侯所有. 供奉彈琵琶樂工 關小紅, 號"關別駕". 梁太宗¹求之, 旣至, 謂曰:"爾解彈〈手 不採桑〉乎?" 關俯而奏之. 及出, 又爲親近者俾其彈而飮酒. 由是失意, 不久而殂. 復有琵琶石潓者, 號"石司馬". 自言早 爲相國令狐綯見賞, 俾與諸子澳·瀛, 漣水邊作名. 眉 : 令狐 之憐愛如此! 亂後入蜀, 不隸樂籍, 多遊諸大官家, 皆以賓客 待之. 一日會軍校數員, 飮酒作歡, 潓方鼓胡琴, 在坐非知音 者, 諠譁語笑, 殊不傾聽. 乃撲檀槽而詬曰:"某曾爲中朝宰 相供奉, 今日與健兒彈而不我聽. 何其苦哉!" 眉 : 健兒那比宰 相! 於時識者嘆訝之.

* 이 고사는《태평광기》권205 〈악·관별가〉에 실려 있다.
1 종(宗):《태평광기》명초본에는 "조(祖)"라 되어 있는데 타당하다.

47-47(1397) 완함

완함(阮咸)

출《국사이찬》·《노씨잡설》미 : 완함이다(阮咸).

   [당나라의] 태자빈객(太子賓客) 원행충(元行沖)이 태상소경(太常少卿)으로 있을 때 어떤 사람이 옛 무덤에서 청동 기물을 얻었는데, 비파와 비슷하고 몸체가 아주 둥근 형태였다. 이것에 대해 아는 사람이 없었는데, 원행충이 그것을 보고 말했다.

   "이것은 완함이 만든 악기다."

   그러고는 장인에게 그것을 나무로 바꾸게 했는데 그 소리가 청아했다. 오늘날 "완함"이라고 부르는 것이 바로 이것이다.

   《진서(晉書)》에서는 완함이 비파를 잘 탔다고 한다. 후에 어떤 사람이 완함의 묘를 파서 비파를 얻었는데, 흙을 구워서 만든 것이었다. 당시 사람들은 그것이 무엇인지 알지 못했기에 완함의 묘에서 얻었다고 해서 "완함"이라 이름 붙였다. 근자에 완함에 능한 사람이 적지 않은데, 금(琴)으로 음률을 맞춰 보면 대부분이 같다.

元行沖賓客爲太常少卿時, 有人於古墓中得銅物, 似琵琶而身正圓. 莫有識者, 元視之曰 : "此阮咸所造樂也." 乃令匠人改以木, 爲聲淸雅. 今呼爲"阮咸"者是也.
《晉書》稱阮咸善彈琵琶. 後有發咸墓者, 得琵琶, 以瓦爲之.
時人不識, 以爲於咸墓中所得, 因名"阮咸". 近有能者不少,
以琴合調, 多同.

* 이 고사는《태평광기》권203〈악・완함〉에 실려 있다.

47-48(1398) 현종과 영왕 부자
현종 · 영왕부자(玄宗 · 寧王父子)

출《갈고록》·《잡조(雜俎)》 미 : 이하는 갈고다(以下羯鼓). 61)

[당나라] 현종은 천부적으로 음률에 정통했는데, 모든 관악기와 현악기에 대해 반드시 오묘한 경지에 이르렀다. 특히 갈고(羯鼓)62)를 좋아해 늘 말했다.

"갈고는 팔음(八音)63)의 으뜸이니 다른 악기는 이에 견줄 수 없다."

한번은 2월 초하루 아침에 현종이 세수하고 머리를 빗고 났을 때 밤새 내리던 비가 막 개어 경치가 산뜻하고 아름다웠는데, 소전(小殿)의 내원(內院)에서 버드나무와 살구나무

---

61) 미 : 이하는 갈고다(以下羯鼓) : 문맥상 여기에 "이하갈고(以下羯鼓)"라는 미비(眉批)가 있어야 타당한데 빠져 있으므로 보충했다.

62) 갈고(羯鼓) : 혁부(革部)에 속하는 타악기로, 장구와 크기나 모양이 거의 같다. 장구는 오른쪽은 말가죽을 매어 채로 치고, 왼쪽은 쇠가죽을 매어 손으로 치는 데 반해, 갈고는 양쪽 다 말가죽으로 매어 양손에 채를 들고 친다. 두 손에 채를 들고 친다고 해서 양장고(兩杖鼓)라고도 한다. 원래 서역(西域)의 악기다.

63) 팔음(八音) : 금(金) · 석(石) · 사(絲) · 죽(竹) · 포(匏) · 토(土) · 혁(革) · 목(木)으로 만든 여덟 가지 악기.

가 싹을 틔우려고 하자 그것을 보고 감탄하며 말했다.

"이런 경치를 마주 대하고 어찌 그것과 더불어 감상하지 않을 수 있겠는가!"

그러자 좌우 신하들이 서로 눈짓하며 술을 준비하라고 명했으나, 고역사(高力士)만은 사람을 보내 갈고를 가져오게 했다. 황상이 난간에 기대어 한 곡을 신나게 두드렸는데, 곡명은 〈춘광호(春光好)〉로 황상이 직접 지은 것이었다. 황상은 아주 만족한 표정을 지었다. 버드나무와 살구나무를 돌아보았더니 모두 이미 싹을 틔웠기에 그것을 가리키고 웃으면서 비빈과 내관(內官)에게 말했다.

"이번 일로 어찌 나를 '천공(天公)'이라고 부르지 않을 수 있겠느냐?"

그러자 모두들 만세를 외쳤다. 황상은 또 〈추풍고(秋風高)〉를 지어 매번 가을 하늘이 드높고 구름 한 점 없이 맑으면 곧장 그 곡을 연주했는데, 그러면 반드시 멀리서 바람이 서서히 불어와 정원의 낙엽이 팔랑이며 떨어졌다.

현종이 한번은 제왕(諸王)들을 살펴보았는데, 영왕[寧王 : 현종의 형 이헌(李憲)]은 한여름에 땀을 흘리면서 북통에 가죽을 씌우고 있었으며 읽는 책은 구자악(龜玆樂)64)의 악

---

64) 구자악(龜玆樂) : 중국에 전래된 서역 음악의 하나로 구자기(龜玆

보였다. 황상이 그것을 알고 기뻐하며 말했다.

"천자의 형제라면 마땅히 이 즐거움을 최고로 즐겨야지!"

여양왕(汝陽王) 이진(李璡)은 어릴 적 이름이 화노(花奴)이고 영왕의 장자다. 그는 용모가 준수했으며 천성적으로 특히 민첩하고 총명했다. 현종은 특별히 그를 총애해 직접 갈고 연주를 전수해 주었다. 현종은 매번 출행할 때마다 그를 데리고 다니면서 잠시도 떨어지지 않았다. 이진이 한번은 아견모(砑絹帽 : 흰 광택이 나는 명주 비단 모자)를 쓰고 악곡을 연주했는데, 황상이 직접 붉은 무궁화 한 송이를 꺾어 그의 모자 위에 얹었다. 모자와 꽃은 둘 다 아주 매끄러운 것이어서 한참 후에야 비로소 얹었는데, 이진이 〈무산향(舞山香)〉 한 곡을 연주하는 동안 꽃이 떨어지지 않았다. 미 : 그 모양은 이른바 "정두항(定頭項 : 머리와 목을 고정한다)"으로, 움직이지 않고 있기가 어렵다. 황상은 크게 기뻐하고 웃으면서 그에게 황금 그릇을 하사했으며 아울러 칭찬의 말을 했다.

"화노는 인간 세상의 사람이 아니라 필시 신선이 유배되어 내려온 것이로다!"

영왕이 겸사(謙謝)하면서 이어서 그의 단점을 지적하자

伎)·고차기(庫車伎)라고도 한다. 수나라 때는 칠부기(七部伎) 중 하나였고, 당나라 때는 십부기(十部伎) 중 하나로 고려기(高麗伎)·천축기(天竺伎)·소륵기(疏勒伎) 등과 함께 연주되었다.

황상이 웃으며 말했다.

"형님은 지나치게 염려하실 필요 없습니다. 무릇 제왕의 상(相)은 모름지기 영특하고 출중한 기질이 있어야 하며, 그렇지 않으면 심후하고 포용력 있는 도량을 갖추어야 합니다. 화노는 단지 수려함이 출중하며 행동거지가 고상하고 우아해 당연히 공경(公卿)들 사이에서 훌륭한 명성을 얻고 있을 뿐입니다."

영왕이 또 현종에게 겸사하며 말했다.

"만약 그러하다면 신이 졌습니다."

황상이 말했다.

"이 한 가지는 아만(阿瞞) 미 : 아만은 현종의 어릴 적 이름이다. 역시 형님에게 졌습니다."

영왕이 또 겸사하자 황상이 웃으며 말했다.

"아만이 이긴 게 많으니 형님은 겸양하지 않으셔도 됩니다."

그러자 사람들이 모두 기뻐하며 경하했다. 현종은 천성이 호방해서 금(琴)을 몹시 싫어했다. 일찍이 현종이 금을 타는 소리를 듣다가 연주가 끝나지도 않았는데 금을 타던 악공에게 나가라고 꾸짖으며 내관에게 말했다.

"속히 화노를 불러 갈고를 가져와서 나의 더럽혀진 귀를 씻게 하라."

唐玄宗天縱知音, 凡管弦, 必造其妙. 尤愛羯鼓, 常云:"八
音之領袖, 諸樂不可爲比." 嘗遇二月初詰旦, 巾櫛方畢, 時
宿雨始晴, 景色明麗, 小殿內亭, 柳杏將吐, 睹而嘆曰:"對此
景物, 豈可不與他判斷之乎!" 左右相目, 將命備酒, 獨高力
士遣取羯鼓. 上臨軒縱擊一曲, 曲名〈春光好〉, 上自製也.
神思自得. 及顧柳杏, 皆已發拆, 指而笑謂嬪嬙內官曰:"此
一事, 不喚我作'天公'可乎?" 皆呼萬歲. 又製〈秋風高〉, 每至
秋空回[1]徹, 纖翳不起, 卽奏之, 必遠風徐來, 庭葉徐下.
玄宗嘗伺察諸王, 寧王夏中揮汗鞔鼓, 所讀書乃龜玆樂譜
也. 上知之, 喜曰:"天子兄弟, 當極此樂!"
汝陽王璡, 小名花奴, 寧王長子也. 姿容秀出, 性尤敏慧. 玄
宗特鍾愛焉, 自傳授之. 每隨遊幸, 頃刻不捨. 璡嘗戴砑絹
帽打曲, 上自摘紅槿花一朵, 置於帽上. 其二物皆極滑, 久之
方安, 遂奏〈舞山香〉一曲, 而花不墜. 眉: 本色所謂"定頭項",
難在不搖動也. 上大喜笑, 賜金器, 因誇曰:"花奴非人間人,
必神仙謫墜也!" 寧王謙謝, 隨而短斥之, 上笑曰:"大哥不必
過慮. 夫帝王之相, 且須英特越逸之氣, 不然, 有深沉包育之
度. 花奴但明秀邁人, 舉止閑雅, 當得公卿間令譽耳." 寧王
又謝之, 而曰:"若此, 臣乃輸之." 上曰:"此一條, 阿瞞 眉:
阿瞞, 玄宗小名. 亦輸大哥矣." 寧王又謙謝, 上笑曰:"阿瞞贏
處多, 大哥亦不用攙揖." 衆皆歡賀. 玄宗性俊邁, 酷不好琴.
曾聽彈正弄, 未及畢, 叱琴待詔出去, 謂內官曰:"速召花奴
將羯鼓來, 爲我解穢."

* 이 고사는 《태평광기》 권205 〈악·현종〉에 실려 있다.

1 회(回):《태평광기》와 《갈고록(羯鼓錄)》에는 "형(迥)"이라 되어 있
   는데, 문맥상 보다 타당하다.

47-49(1399) **황번작**

황번작(黃幡綽)

출《갈고록》

황번작(黃幡綽)도 음률에 조예가 있었는데, 황상[현종]이 한번은 사람을 시켜 그를 불러오게 했으나 제때에 도착하지 않았다. 황상이 노해 잇달아 사자를 보내 그를 찾아오게 했다. 황번작은 이미 당도했지만 궁전 옆에서 황상이 갈고를 연주하는 소리를 듣고 한사코 알자(謁者)를 제지하며 [자신이 온 것을] 고하지 못하게 했다. 잠시 후에 황상이 또 시종관에게 물었다.

"황번작이 왔느냐?"

하지만 황번작은 또 알자를 제지했다. 황상이 연주하던 곡을 끝내고 다시 곡을 바꿔서 막 몇 소절을 연주했을 때 황번작이 곧장 달려 들어갔다. 황상이 물었다.

"어디에서 오는 길이냐?"

황번작이 말했다.

"멀리 떠나는 친구가 있어서 성 밖까지 배웅하러 갔습니다."

황상은 고개를 끄덕였다. 갈고 연주를 끝내고 황상이 말했다.

"다소 늦었기에 망정이지 내가 아까 화났을 때 네가 도착했다면 필시 화를 당했을 것이다. 그러나 방금 생각해 보니 너는 궁에 들어와서 50여 일 동안 명을 받들다가 잠시 하루 외출한 것이니, 다른 곳에 다녀온 것을 허락하지 않을 수 없다."

황번작이 감사의 절을 올리고 났더니 내관 중에 서로 마주 보고 얘기하며 웃는 사람이 있었다. 황상이 그 이유를 캐물었더니, 황번작이 아까 당도했는데도 갈고 소리를 들으며 때를 기다렸다가 들어간 일을 자세히 아뢰었다. 황상이 황번작에게 그 이유를 묻자 그가 말했다.

"황상께서 한창 화가 나셨을 때와 화가 풀어지셨을 때를 아는데 모두 조금의 착오도 없었습니다." 미 : 음률을 아는 것이 이런 경지에 이르렀다면 신에 가깝다.

현종은 그를 남다르다고 여기면서 다시 목소리를 높여 그에게 말했다.

"내 마음속의 일을 어찌 시종관 따위가 갈고 소리를 듣고 헤아릴 수 있단 말이냐? 그러면 지금은 내 마음이 어떤지 말해 보겠느냐?"

그러자 황번작은 섬돌 아래로 달려 내려가 북쪽을 향해 허리를 굽힌 채 큰 소리로 외쳤다.

"칙명을 받들어 금계(金鷄)65)를 세우겠습니다."

현종은 크게 웃으며 화를 멈추었다.

黃幡綽亦知音, 上曾使人召之, 不時至. 上怒, 絡繹遣使尋捕之. 綽旣至, 及殿側, 聞上理鼓, 固止謁者, 不令報. 俄頃, 上又問侍官: "奴來未?" 綽又止之. 曲罷, 復改曲, 纔三數十聲, 綽卽走入. 上問: "何處來?" 曰: "有親故遠適, 送至城外." 上頷之. 鼓畢, 上謂曰: "賴稍遲, 我向來怒意, 至必禍焉. 適方思之, 長入供奉五十餘日, 暫一日出外, 不可不許他東西過往." 綽拜謝畢, 內官有相偶語笑者. 上詰之, 具言綽尋至, 聽鼓而候其時入. 上問綽, 綽語: "上方怒, 解怒之際, 皆無少差誤." 眉: 審音至此, 近於神矣. 上奇之, 復厲聲謂之曰: "我心脾骨下事, 安有侍官奴聽小鼓能料之耶? 今且謂我如何?" 綽遂走下階, 面北鞠躬, 大聲曰: "奉敕監[1]金鷄." 上大笑而止.

* 이 고사는 《태평광기》 권205 〈악·현종〉에 실려 있다.
1 감(監): 《태평광기》와 《갈고록(羯鼓錄)》에는 "수(豎)"라 되어 있는데, 문맥상 보다 타당하다.

65) 금계(金鷄): 옛날 대사면 때의 의식의 일종으로, 긴 장대를 세워 놓고 그 꼭대기에 금빛의 닭 모양을 올려놓은 뒤 죄인들을 모아 놓고 사면령을 읽었다.

47-50(1400) 이귀년

이귀년(李龜年)

출《전기》

    이귀년은 갈고(羯鼓)에 뛰어났는데, 현종(玄宗)이 그에게 물었다.

"경은 채를 몇 개나 부러뜨렸는가?"

이귀년이 대답했다.

"신은 지금까지 50개의 채를 부러뜨렸습니다."

황상이 말했다.

"그대는 아직 멀었네. 나는 세 궤짝의 채를 부러뜨렸네."

李龜年善羯鼓, 玄宗問 : "卿打多少枚?" 對曰 : "臣打五十杖訖." 上曰 : "汝殊未. 我打却三豎櫃也."

*   이 고사는 《태평광기》 권205 〈악 · 이귀년〉에 실려 있다.

47-51(1401) 송경

송경(宋璟)

출《갈고록》

　개부(開府) 송경은 비록 강직해서 사람들과 잘 어울리지 못했으나, 음악을 매우 좋아했으며 특히 갈고(羯鼓)에 뛰어났다. 송경이 처음 은총을 받았을 때 현종(玄宗)과 함께 갈고에 대해 논하면서 말했다.

　"몸통은 청주(靑州)의 석말(石末)과 노산(魯山)의 화옹(花甕)을 쓰고 손바닥으로 치면 모름지기 '붕긍(朋肯)' 하는 소리가 나야 하니, 이것은 한진(漢震 : 북의 명칭)의 제1고(鼓)입니다."

　송경이 또 말했다.

　"머리는 청산(靑山)의 봉우리 같아야 하고, 손은 흰 빗방울이 떨어지는 듯해야 합니다."66) 미 : 정이천[程伊川 : 정이(程頤)]은 임금과 신하가 서로 뜻이 맞지 않는 것은 송 개부와 같은 일단의 학문이 부족했기 때문이라 했다.

---

66) 머리는 청산(靑山)의 봉우리 같아야 하고, 손은 흰 빗방울이 떨어지는 듯해야 합니다 : "봉우리 같다"는 움직이지 않는 것을 뜻하고, "빗방울 떨어지는 듯하다"는 손놀림이 빠르다는 뜻이다.

이것에 따르면 갈고에 능한 일은 송 개부(宋開府 : 송경)의 집에 모두 전수된 것으로 보인다. 동도유수(東都留守) 정숙명(鄭叔明)의 할머니는 송 개부의 딸이었는데, 지금 [낙양] 존현리(尊賢里)의 정씨(鄭氏) 저택에 있는 작은 누각이 바로 송 부인(宋夫人)이 갈고를 연습하던 곳이다.

宋開府璟, 雖耿介不群, 亦深好聲樂, 尤善**羯鼓**. 始承恩顧, 與玄宗論鼓事, 曰 : "**磉**用青州石末·魯山花甕, 掌下須有'**朋肯**'聲, 此是漢震第一鼓也." 又曰 : "頭如青山峰, 手如白雨點." 眉 : 程伊川君臣不相得, 爲少宋開府一段學問. 按此卽**羯鼓**之能事, 開府之家悉傳之. 東都留守鄭叔明祖母, 卽開府之女, 今尊賢里鄭氏第有小樓, 卽宋夫人習鼓之所也.

* 이 고사는 《태평광기》 권205 〈악·송경〉에 실려 있다.

47-52(1402) 두홍점
두홍점(杜鴻漸)
출《갈고록》

　[당나라] 대종(代宗) 때 재상 두홍점도 갈고(羯鼓)에 능했다. 그는 영태(永泰) 연간(765~766)에 촉수(蜀帥 : 서천절도사)가 되자 이주(利州)의 서쪽 경계에 당도해 가릉현(嘉陵縣)의 역로(驛路)를 바라보며 한천(漢川)으로 들어갔다. 서남쪽에서 오다가 처음 가릉강(嘉陵江)과 만나는 곳은 산수가 절경을 이루었다. 그날 밤은 달빛 또한 아름다웠기에 두홍점은 종사(從事) 양염(楊炎)·두종(杜悰) 등과 함께 역참의 누각에 올라 강에 비친 달을 바라보며 술을 마시다가 마침내 가동에게 갈고를 가져오게 해서 몇 곡을 연주했는데, 사방의 산에서 원숭이와 새들이 모두 놀라 날아가고 소리 지르며 달아났다. 종사들이 모두 이상해하며 말했다.
　"옛날에 기(夔 : 순임금 때의 악관)가 부(拊 : 소고처럼 생긴 고대 악기)를 치자 온갖 짐승들이 뜰에서 춤을 추었는데, 이 소리에는 어찌 멀리 달아납니까?"
　그러자 두홍점이 말했다.
　"이곳 별장 근처의 화암각(花巖閣)에서 매번 청명한 풍경이 펼쳐질 때마다 나는 즉시 화암각에 올라 이 악기를 연주했네. 처음에 보았더니 냇가에 방목하고 있는 양 떼 중에서 갑자기 몇 마리가 계속해서 왔다 갔다 했는데, 나는 그것이 갈고 때문에 그렇다고 여기지 않았네. 그런데 갈고 연주를 멈추면 양들도 움직임을 멈췄고, 다시 연주하면 양들도 다시 움직였네. 마침내 갈고의 빠르기와 높낮이를 조절했더니 양들이 모두 그 소리에 응해 움직였네. 얼마 후에 개 두 마리가 집에서 달려와서 짖다가 양 떼 옆에 이르더니 점차 소리를 그치고 머리를 쳐드는 것이 마치 그 소리를 듣는 것 같았네. 잠시 후에는 또 목과 꼬리를 흔들며 소리에 맞추어 움직였네. 이로써 음악에 따라 춤을 추게 하는 것이 결코 어려운 일이 아님을 알게 되었네. 근래의 선비 중에서 갈고를 익히는 사람은 없고, 오직 복야(僕射) 한고(韓皐)만이 갈고에 능하면서도 그다지 재주를 드러내지 않는데, 그가 악주절도사(鄂州節度使)로 있을 때 황학루(黃鶴樓)에서 한두 차례 연습하는 소리를 들었을 뿐이네."

代宗朝, 宰相杜鴻漸亦能羯鼓. 永泰中, 帥蜀, 行至利州西界, 望嘉驛[1]路入漢川矣. 自西南來, 始會嘉陵江, 頗有山水景致. 其夜月色又佳, 乃與從事楊炎·杜悰輩登驛樓, 望江月行酒, 遂命家僮取鼓, 奏數曲, 四山猨鳥, 皆驚飛嗷走. 從事悉異之, 曰:"昔夔之搏拊, 百獸舞庭, 此豈遠耶?" 鴻漸因言:"此有別墅近花巖閣, 每遇風景清明, 即時或登閣奏此. 初見群羊牧於川下, 忽數頭躑躅不已, 某不謂以鼓然也. 及止鼓亦止, 復鼓之亦復然. 遂以疾徐高下而節之, 無不應之而變. 旋有二犬, 自其家走而吠之, 及群羊側, 遂漸止聲仰首, 若有所聽. 少選, 又復宛頸搖尾, 亦從而變態. 是知率舞固無難矣. 近士林中無習之者, 唯僕謝²韓皐善, 亦不甚露, 爲鄂州節度使時, 聞於黃鶴樓一兩習而已."

* 이 고사는 《태평광기》 권205 〈악·두홍점〉에 실려 있다.

1 가역(嘉驛):《갈고록(羯鼓錄)》에는 "가릉역(嘉陵驛)"이라 되어 있는데, 문맥상 타당하다.

2 사(謝):《태평광기》와《갈고록》에는 "야(射)"라 되어 있는데 타당하다.

47-53(1403) 이완

이완(李琬)

출《갈고록》

[당나라] 광덕(廣德) 연간(763~764)에 이완은 관리 선발에 응시하기 위해 장안(長安)으로 가서 무본리(務本里)에 묵었다. 한번은 밤에 갈고(羯鼓) 소리를 들었는데 곡조가 사뭇 절묘했다. 그래서 달빛 아래에서 그곳을 찾아 걷다가 한 작은 집에 이르렀는데, 문이 몹시 낮고 좁았다. 이완이 문을 두드리고 만나기를 청해 갈고를 연주하던 사람에게 말했다.

"당신이 치던 곡이 혹시 〈야파사계(耶婆娑鷄)〉가 아니오? 비록 매우 정련되긴 하지만 종결부가 없으니 어찌 된 일이오?"

그러자 갈고를 연주하던 사람이 그를 남다르다고 여기며 말했다.

"당신은 진실로 음률을 아는 분이군요. 이 일은 아는 사람이 없습니다. 저는 태상시(太常寺)의 악공인데, 조부가 이 기예를 전수해 주었으며 특히 이 곡에 능했습니다. 근자에 장통유(張通儒)67)가 장안으로 쳐들어와서 저의 집안이 뿔뿔이 흩어졌는데, 부친이 하서(河西)에서 돌아가시는 바람에 이 곡은 마침내 끊어졌습니다. 지금 저는 다만 옛 악보 몇 권에 의지해 찾고 있지만 모두 종결부의 곡조가 없기에 밤마다 [갈고를 치면서] 종결부를 찾아내고 있는 중이었습니다."

이완이 말했다.

"지금 남아 있는 곡으로 뜻을 다 표현할 수 있소?"

악공이 말했다.

"다 표현할 수 있습니다."

이완이 말했다.

"뜻을 다 표현했다면 곡이 끝난 것인데, 또 무엇을 찾는단 말이오?"

악공이 말했다.

"소리가 끝나지 않은 것을 어찌합니까?"

이완이 말했다.

"충분히 해결할 수 있소. 대저 어떤 곡에 이런 경우가 있다면 모름지기 다른 곡으로 마무리를 지으면 그 소리를 끝마칠 수 있소. 대저 〈야파사계〉는 마땅히 〈굴자급편(屈柘急遍)〉을 이용해서 마무리를 지어야 하오."

악공이 가르쳐 준 대로 했더니, 과연 음이 서로 어우러졌

---

67) 장통유(張通儒) : 안사(安史)의 난 때의 적장으로, 안녹산(安祿山)이 그를 서경유수(西京留守)로 삼아 장안(長安)을 점거하게 했다.

으며 소리와 뜻이 모두 마무리되었다. 협 : 예를 들면 〈자지(柘枝 : 악곡명)〉는 〈혼탈(渾脫)〉을 이용해 마무리하고, 〈감주(甘州)〉는 〈급료(急了)〉를 이용해 마무리하는 따위를 말한다.

廣德中, 李琬調集至長安, 居務本里. 嘗夜聞羯鼓, 曲頗工妙. 於月下步尋, 至一小宅, 門戶極卑陋. 叩門請謁, 謂鼓工曰: "君所擊者, 豈非〈耶婆娑鷄〉? 雖至精能而無尾, 何也?" 工大異之曰: "君固知音者. 此事無有知, 某太常工人也, 祖父傳此藝, 尤能此曲. 近者張儒[1]入長安, 某家流散, 父沒河西, 此曲遂絶. 今但按舊譜數本尋之, 竟無結尾之聲, 因夜夜求之也." 琬曰: "曲下意盡乎?" 工曰: "盡." 琬曰: "意盡卽曲盡, 又何索焉?" 工曰: "奈聲不盡何?" 琬曰: "可言矣. 夫曲有如此者, 須以他曲解之, 方可盡其聲也. 夫〈耶婆娑鷄〉當用〈屈柘急遍〉解." 工如所敎, 果相諧協, 聲意皆盡. 夾 : 如〈柘枝〉用〈渾[2]〉解, 〈甘州〉用〈急了〉解之類也.

* 이 고사는 《태평광기》 권205 〈악·이완〉에 실려 있다.

1 장유(張儒): 《갈고록(羯鼓錄)》에는 "장통유(張通孺)"라 되어 있고, 《구당서》와 《신당서》에는 "장통유(張通儒)"라 되어 있는데, "장통유(張通儒)"가 타당한 것으로 보인다.

2 혼(渾): 《갈고록》의 주(注)에는 "혼탈(渾脫)"이라 되어 있는데, 문맥상 타당하다. '혼탈'은 악곡의 명칭이다.

47-54(1404) 동고

동고(銅鼓)

출《영표녹이(嶺表錄異)》

　남이(蠻夷)의 악기에 동고라는 것이 있는데, 모양은 요고(腰鼓)와 같으며 한쪽에만 북면이 있다. 동고의 면은 2척 정도 되는 원형이고 북면과 몸통이 연결되어 있는데, 전부 구리로 주조되어 있다. 몸통 둘레로 곤충과 물고기와 화초의 형상이 새겨져 있고, 몸통 전체가 똑같이 2푼 이하의 두께다. 그 주조 기술이 기묘해서 그것을 쳤을 때 맑게 퍼지는 울림은 타고(鼉鼓 : 악어가죽으로 만든 북)의 울림에 뒤지지 않는다. [당나라] 정원(貞元) 연간(785~805)에 표국(驃國 : 지금의 미얀마 경내에 있었던 고대 국가)에서 악기를 진상했는데, 그중에 옥라동고(玉螺銅鼓)가 있었다. 미 : 옥라는 흰 소라로, 옥을 다듬어서 만든 것은 아니다. 이로써 남만 추장의 집에 모두 이 동고가 있음을 알 수 있다.

　희종(僖宗) 조에 정속(鄭續)이 번우[番禺 : 당시 광주(廣州)의 치소(治所)]를 진수하고 있을 때, 임애(林藹)라는 사람이 고주태수(高州太守)를 맡고 있었다. 어떤 목동이 소를 치고 있었는데, 밭 가운데서 두꺼비[蛤] 미 : 합(蛤)은 바로 합마(蛤蟆 : 두꺼비)다. 가 우는 소리가 들렸다. 목동이 잡으려 했다가 두꺼비가 한 구멍 속으로 뛰어들어 가자 그곳을 팠더니 깊고 컸는데, 바로 만족 추장의 무덤이었다. 두꺼비는 온데간데없었다. 무덤 속에서 동고 하나를 얻었는데, 비췻빛 녹색으로 여러 곳이 흙에 부식되어 떨어져 나가 있었다. 그 위에는 많은 개구리와 거북의 형상이 약간 도드라지게 주조되어 있었는데, 아마도 밭에서 울던 두꺼비는 바로 동고의 정령인 것 같았다. 마침내 임애가 그 동고를 얻게 된 연유를 장계로 올리면서 광수(廣帥 : 광주절도사, 정속)에게 바쳐 무기고에 걸어 놓았는데 지금까지도 남아 있다.

蠻夷之樂, 有銅鼓焉, 形如腰鼓, 而一頭有面. 鼓面圓二尺許, 面與身連, 全用銅鑄. 其身遍有蟲魚花草之狀, 通體均勻, 厚二分以來. 爐鑄奇巧, 擊之響亮, 不下鳴鼉. 貞元中, 驃國進樂, 有玉螺銅鼓. 眉 : 玉螺, 螺之白者, 非琢玉所爲也. 卽知南蠻酋首之家, 皆有此鼓也.

僖宗朝, 鄭續鎭番禺日, 有林藹者, 爲高州太守. 有牧兒, 因放牛, 聞田中有蛤 眉 : 蛤卽蛤蟆. 鳴. 牧童遂捕之, 蛤跳入一穴, 掘之深大, 卽蠻酋冢也. 蛤乃無蹤. 穴中得一銅鼓, 其色翠綠, 土蝕數處損缺. 其上隱起, 多鑄蛙龜之狀, 疑鳴蛤卽鼓精也. 遂狀其緣由, 納於廣帥, 懸於武庫, 今尙存焉.

* 이 고사는 《태평광기》 권205 〈악·동고〉와 〈정속(鄭續)〉에 실려 있다.

47-55(1405) 서월화

서월화(徐月華)

출《가람기》미 : 공후다(箜篌).

후위(後魏 : 북위)의 고양왕(高陽王) 원옹(元雍)은 존귀함으로는 신하 가운데 최고였고 사치함으로는 짝할 자가 없었다. 기녀 500명은 비단옷이 바람에 나부꼈다. 원옹이 죽은 뒤에 여러 기녀들을 모두 불도(佛道)에 귀의시켰지만 간혹 시집간 이도 있었다. 미인 서월화는 공후 연주에 뛰어났는데, 〈명비출새(明妃出塞)〉[68]라는 노래를 잘 연주해 그것을 들은 사람이라면 감동하지 않는 이가 없었다. 영안(永安) 연간(528~530)에 서월화는 위장군(衛將軍) 원사강(原士康)의 측실이 되었는데, 원사강의 저택 역시 청양문(淸陽門) 밖 가까이에 있었다. 서월화가 공후를 연주하면서 노래를 부르면 그 구슬픈 소리가 구름에까지 울려 퍼졌는데, 이것을 들은 행인들이 순식간에 시장을 이룰 정도로 몰려들었다. 서월화는 늘 원사강에게 말했다.

68) 〈명비출새(明妃出塞)〉: 한나라 원제(元帝)의 후궁 왕소군(王昭君 : 명비)이 흉노의 선우(單于)에게 시집가게 되어 국경을 넘어가는 내용의 슬픈 노래.

"고양왕에게는 수용(修容)과 염자(豔姿)라고 하는 두 명의 미희가 있었는데, 둘 다 초승달 같은 눈썹과 새하얀 치아를 한 고결한 모습이 경국지색(傾國之色)이었습니다. 수용은 〈녹수가(綠水歌)〉를 잘 불렀고 염자는 〈축봉무(逐鳳舞)〉를 잘 추었는데, 둘 다 후궁 중에서 사랑을 독차지했고 미희들 중에서 총애가 으뜸이었습니다."

원사강은 이 말을 듣고 늘 서월화에게 〈녹수(綠水)〉와 〈문봉(文鳳)〉이란 곡을 노래하게 했다.

後魏高陽王雍, 貴極人臣, 奢侈無匹. 妓女五百, 羅綺從風. 及雍薨後, 諸妓女悉令入道, 或有出家者. 美人徐月華善箜篌, 能爲〈明妃出塞〉之歌, 聞者莫不動容. 永安中, 與衛將軍原士康爲側室, 士康宅亦近淸陽外. 徐鼓箜篌而歌, 哀聲入雲, 行路聽者, 俄而成市. 徐常語士康云: "王有二美姬, 一名修容, 一名豔姿, 並蛾眉皓齒, 潔貌傾城. 修容能爲〈綠水歌〉, 豔姿善爲〈逐鳳舞〉, 並愛傾後室, 寵冠諸姬." 士康聞此, 常令徐歌〈綠水〉·〈文鳳〉之曲焉.

* 이 고사는 《태평광기》 권236 〈사치(奢侈)·위고양왕옹(魏高陽王雍)〉에 실려 있다.

47-56(1406) 전승기

전승기(田僧起)

출《유양잡조》미 : 갈잎 피리다(笳).

  후위(後魏 : 북위)에 전승기라는 자가 있었는데, 갈잎 피리로 〈장사가(壯士歌)〉와 〈항우음(項羽吟)〉을 잘 불었다. 장군 최연백(崔延伯)은 출정해서 매번 적과 대치할 때면, 전승기에게 〈장사가〉를 불게 한 뒤에 단기(單騎)로 적진에 쳐들어갔다.

魏有田僧起, 能吹笳爲〈壯士歌〉·〈項羽吟〉. 將軍崔延伯出師, 每臨敵, 令僧起爲〈壯士〉聲, 遂單馬入陣.

* 이 고사는 《태평광기》권205 〈악·서월화(徐月華)〉에 실려 있다.

47-57(1407) 조운

조운(朝雲)

출《북사(北史)》 미 : 젓대다(篪).

후위(後魏 : 북위) 하간왕(河間王) 원침(元琛)에게 조운이란 시비(侍婢)가 있었는데, 젓대를 잘 불었으며 〈단선가(團扇歌)〉와 〈농상성(隴上聲)〉이란 곡을 잘 연주했다. 원침이 진주자사(秦州刺史)로 있을 때, 여러 강족(羌族)들이 반란을 일으키자 자주 토벌에 나섰으나 항복시키지 못했다. 그래서 원침은 조운을 가난한 노파로 변장시켜 젓대를 불면서 구걸하게 했는데, 강족들이 그 소리를 듣고 모두 눈물을 흘리면서 서로 말했다.

"어찌하여 고향을 버리고 산골짜기에서 도적이 되었단 말인가?"

그러고는 서로를 이끌고 와서 투항했다. 그래서 진주의 백성이 말했다.

"날쌘 말과 건장한 사내도 젓대를 부는 노파만 못하다."

後魏河間王琛有婢朝雲, 善吹篪, 能爲〈團扇歌〉·〈隴上聲〉. 琛爲秦州刺史, 諸羌外叛, 屢討之不降. 琛令朝雲假爲貧嫗, 吹篪而乞, 諸羌聞之, 悉皆流涕, 迭相謂曰 : "何爲棄墳井, 在山谷爲寇耶?" 相率歸降. 秦民語曰 : "快馬健兒不如老嫗吹篪."

* 이 고사는 《태평광기》 권236 〈사치·원침(元琛)〉에 실려 있다.

47-58(1408) 이위

이위(李蔚)

출《계원총담(桂苑叢譚)》

 [당나라] 함통(咸通) 연간(860~874)에 승상(丞相) 이위는 대량절도사(大梁節度使)에서 회해절도사(淮海節度使)로 전임되어 치적이 날로 알려졌다. 하루는 절우(浙右 : 절서)의 소교(小校) 설양도(薛陽陶)가 탁지(度支)의 조운미(租運米) 운반을 감독해 입성했다는 소식을 들었는데, 이 공(李公 : 이위)은 그 성명 가운데 예전에 주애 이 상[朱崖李相 : 이덕유(李德裕)]의 좌우에서 함께 일하던 사람과 같은 자가 있는 것을 기뻐하며, 마침내 사람을 보내 알아보게 했더니 과연 그의 옛 동료였다. 이 공은 마치 옛 물건을 얻은 듯이 매우 기뻐하며, 관아의 소장(小將)에게 곡물 운반을 대신 맡게 하고 별관에 설양도를 머물게 했다. 하루는 이 공이 설양도를 불러 노닐면서 옛날에 노관(蘆管 : 갈대 피리)을 불던 일을 물었더니 설양도가 노관을 꺼내 정자에서 연주했는데, 미 : 노관은 매우 작아서 하나의 필률(觱篥 : 피리) 속에 보통 세 개의 노관을 넣을 수 있다. 그 소리가 하늘에서 저절로 내려온 것만 같아서 마음이 느긋하고 한가로워졌다. 이 공은 그를 크게 칭찬하며 선물을 아주 풍성하게 주었다. 처음에 이 공은

희마정(戱馬亭)의 서쪽에 연못과 정자를 지었지만 좋은 이름을 찾지 못하고 있었는데, 이로 인해 그 정자를 "상심정(賞心亭)"이라 했다. 그 정자는 진필(秦畢)의 난[69] 이후로 가축을 키우는 우리가 되어 버렸다. 아! 공손홍(公孫弘)의 동각(東閣)[70]을 유굴리(劉屈氂)[71]가 나중에 마구간으로 만들어 버린 것과 또한 무엇이 다르겠는가!

咸通中, 丞相李蔚自大梁移鎭淮海, 政績日聞. 一旦, 聞浙右小校薛陽陶監押度支運米入城, 公喜其姓名有同曩日朱崖李相左右者, 遂令試詢之, 果是舊人矣. 公甚喜, 如獲古物, 乃命衙庭小將代押運糧, 留止別館. 一日, 公召陽陶遊, 詢及往日蘆管之事, 薛因出管於亭中奏之, 眉: 其管絶微, 每於一觱篥中, 常容三管也. 聲如天際自然而來, 情思寬閑. 公大加賞, 於是錫賚甚豊. 初, 公於戱馬亭西構池亭畢, 未有嘉名, 因目

---

[69] 진필(秦畢)의 난 : 진언(秦彦)과 필사탁(畢師鐸)의 반란. 당나라 희종(僖宗) 광계(光啓) 3년(887) 4월에 양주(揚州) 아장(牙將) 필사탁이 군사를 일으켜 회남절도사(淮南節度使) 고병(高騈)을 죽이고 선흡관찰사(宣歙觀察使) 진언을 영입해 회남절도사로 삼았는데, 5월에 여주자사(廬州刺史) 양행밀(楊行密)에게 진압되었다.

[70] 공손홍(公孫弘)의 동각(東閣) : 한나라의 공손홍이 재상으로 있을 때, 동각을 짓고 현사(賢士)들을 불러들였다.

[71] 유굴리(劉屈氂) : 한나라 무제의 조카로 재상을 지냈다. 훗날 죄를 지어 처형당했다.

曰"賞心". 其亭自秦畢亂逆, 乃爲芻豢之地. 嗟呼! 公孫弘之東閣, 劉屈氂後爲馬廐, 亦何異哉!

* 이 고사는 《태평광기》 권204 〈악・이위〉에 실려 있다.

47-59(1409) 산을 몰아가는 방울

구산탁(驅山鐸)

출《옥당한화(玉堂閑話)》 미 : 방울이다(鐸).

의춘현(宜春縣)의 경계에 있는 종산(鐘山)에는 수십 리나 되는 협곡이 있는데, 그 협곡 사이를 흐르는 물이 바로 의춘강(宜春江)이다. 굽이치는 물은 맑고 투명하며 그 깊이를 헤아릴 수 없다. 일찍이 어떤 어부가 낚시를 하다가 황금 사슬 하나를 건졌는데, 그것을 잡아당겼더니 수백 척이나 되었고 그 끝에 방울처럼 생긴 종이 있었다. 어부가 그것을 들었더니 벼락같은 소리가 나면서 대낮이 어두워지고 산천이 진동하더니 종산의 한쪽 면이 500여 장(丈)이나 무너져 내렸다. 어부들은 모두 배가 가라앉는 바람에 물속에 빠져 죽었다. 미 : 어부가 이미 빠져 죽었다면 이 일은 또 누가 보았는가? 그 산의 무너져 내린 곳은 마치 칼로 자른 듯한데 지금도 남아 있다. 어떤 식자(識者)가 말했다.

"이것은 바로 진시황(秦始皇)이 구산(驅山)[72]할 때 사용

---

[72] 구산(驅山) : 진시황이 바다를 건너가서 일출을 보려고 다리를 놓고자 했는데, 한 신인(神人)이 나타나 산에 있는 바위를 몰아 모두 바다로 들어가게 해서 다리를 놓아 주었다고 한다.

했던 방울이다."

宜春界鐘山, 有硤數十里, 其水卽宜春江也. 廻環澄澈, 深不可測. 曾有漁人垂釣, 得一金鎖, 引之數百尺, 而獲一鐘, 又如鐸形. 漁人擧之, 有聲如霹靂, 天晝晦, 山川振動, 鐘山一面, 崩摧五百餘丈. 漁人皆沉舟落水. 眉：漁人旣沉矣, 此事又誰見之? 其山摧處如削, 至今存焉. 或有識者云："此卽秦始皇驪山之鐸也."

* 이 고사는 《태평광기》 권399 〈수(水)·구산탁〉에 실려 있다.

권48 서부(書部)

서(書)

48-1(1410) 문자의 시작
서시(書始)
출《서단(書斷)》

고문(古文)은 황제(黃帝)의 사관 창힐(蒼頡)이 만든 것이다. 창힐은 머리에 네 개의 눈이 있어서 천지신명에 통했다. 그래서 위로는 규성(奎星)73)의 둥글고 굽이진 형세를 관찰하고, 아래로는 거북의 무늬와 새의 발자국 형상을 살폈으며, 온갖 아름다운 문양을 널리 모으고 합해 문자를 만들었는데 이를 "고문"이라 했다.

대전(大篆)은 주(周)나라 선왕(宣王)의 태사(太史) 사주(史籀)가 만든 것이다. 고문과 같게도 하고 다르게도 해서 그것을 "전(篆)"이라 불렀다. 전(篆)은 전한다[傳]는 뜻이니, 사물의 이치를 전해 무궁하게 적용한다는 말이다. 그것으로 사람들을 가르쳤으며 이를 "사서(史書)"라고 불렀는데, 모두 9000자였다. 주문(籀文)도 사주가 만든 것으로 고문·대전과 약간 다른데, 후대 사람들이 그 이름으로 서체를 칭했다. 견풍(甄酆)이 육서(六書)74)를 정하면서 첫 번째를 "대

---

73) 규성(奎星): 북두칠성의 방형(方形)을 이루는 네 별로, 예로부터 문장의 성쇠를 주관하는 신으로 받들었다. 괴성(魁星)이라고도 한다.

전"이라 하고 두 번째를 "기자(奇字)"라 했는데, 기자가 주문이다.

소전(小篆)은 진(秦)나라 승상(丞相) 이사(李斯)가 만들었다. 대전에 첨삭을 가하고 주문과의 이동(異同)을 고찰해 이를 "소전"이라 했는데, 또한 "진전(秦篆)"이라고도 한다. 진시황(秦始皇)은 화씨벽(和氏璧)을 쪼아서 옥새를 만들고 이사에게 글씨를 쓰게 했다. 지금 태산(泰山)·역산(嶧山)과 진망(秦望) 등에 있는 비문은 모두 그가 남긴 필적이다.

팔분(八分)은 진(秦)나라 때 상곡(上谷) 사람 왕차중(王次仲)이 만든 것이다. 진시황은 왕차중의 글자를 보고 그것이 간략해서 급할 때 사용하기에 좋다고 생각해, 매우 기뻐하면서 사자를 보내 그를 불러오게 했으나 그는 세 번의 초징에 모두 나아가지 않았다. 그래서 진시황은 크게 노해 함거(檻車 : 죄수 호송 수레)를 만들어 왕차중을 압송해 오게 했는데, 도중에 그가 큰 새로 변해 날아가면서 산에 깃촉 두 개를 떨어뜨렸기 때문에 그 산에 "대핵(大翮)"과 "소핵(小翮)"이란 명칭이 생겨났다. 《위토기(魏土記)》에 따르면, 그 두 산은 저양성(沮陽城)에서 동북쪽으로 60리 떨어진 곳에

---

74) 육서(六書) : 고문(古文) · 기자(奇字) · 전서(篆書) · 예서(隸書) · 무전(繆篆) · 충서(蟲書)를 말한다.

있다고 한다.

예서(隸書)는 진(秦)나라 하규(下邽) 사람 정막(程邈)이 만든 것이다. 정막은 자가 원잠(元岑)이며 처음에 현(縣)의 관리로 있었는데, 죄를 짓자 진시황이 그를 운양(雲陽)의 감옥에 가두었다. 그는 감옥에서 10년 동안 깊이 연구한 끝에 대전과 소전에 첨삭을 가하고 번잡한 것을 없애서 3000자를 만들어 상주했다. 진시황은 훌륭하다고 여겨 그를 어사(御史)로 기용했다. 당시에는 상주할 일이 번다해서 전서[소전]로는 쓰기가 어려웠기에, 마침내 그 글자를 사용하면서 예인(隸人 : 옥리)의 보조 서체[隸人佐書]라고 여겼기 때문에 "예서"라고 했다.

장초(章草)는 한나라 황문영사(黃門令史) 사유(史游)가 만든 것이다. 장제(章帝) 때 사유가 《급취장(急就章 : 아동이 글자를 빨리 익히기 위한 문장을 수록한 책)》을 지으면서 예서체를 해체해 간략하게 기록했다. 미 : 장제가 이 서체를 좋아해 사용했기 때문에 "장초"라고 했다.

행서(行書)는 후한의 영천(潁川) 사람 유덕승(劉德升)이 만든 것이다. 행서는 바로 정자체를 약간 변화시킨 것으로 간편하게 쓰는 데 주안점을 두었는데, 널리 알려져 유행했기 미 : 널리 알려졌다는 것은 서첩(書帖)을 말한다. 때문에 이를 "행서"라 불렀다고 한다. 또 "압서(狎書)"라고도 한다. 당시 호소(胡昭)와 종요(鍾繇)는 모두 그의 서법을 본받았는데,

호소의 서체는 통통하고 종요의 서체는 야위었지만 각각 그 장점을 지니고 있었다.

비백(飛白)은 후한의 좌중랑(左中郞) 채옹(蔡邕)이 만든 것으로, 해서(楷書)를 변화시킨 것이다. 본래는 궁전의 편액에 쓰던 서체로서, 필세(筆勢)가 굳세고 글자가 약간 가볍고 꽉 차지 않기 때문에 "비백"이라 불렀다. 왕승건(王僧虔)이 말하길, "비백은 팔분을 가볍게 쓴 것이다. 채옹이 홍도문(鴻都門)에서 장인이 빗자루로 회칠하는 것을 보고 마침내 이를 창안해 냈다"라고 했다.

평 : 살펴보니 양흔(羊欣)의 《필법(筆法)》에서 이르길, "채백개(蔡伯喈 : 채옹)는 숭산(嵩山)에 들어가서 서법을 공부하다가 석실(石室) 안에서 소서[素書 : 도서(道書)] 한 권을 찾아냈는데, 그 책은 팔각수망전(八角垂芒篆)[75]으로 쓰여 있었고 이사와 사주의 필세를 사용한 것이었다. 채백개는 그것을 얻고 세끼 식사도 하지 않은 채 크게 소리 지르며 기뻐했는데, 마치 수십 명을 마주 대하고 있는 듯했다. 채백개는 그것을 3년 동안 독송한 끝에 그 뜻에 통달했다. 채백

---

75) 팔각수망전(八角垂芒篆) : 옛 전서체 가운데 하나로, 글자꼴이 팔각형이고 가시랭이가 드리워진 모양이다.

개는 태학(太學)에 오경(五經)을 직접 써 놓았는데, 이를 구경하는 사람들이 시장처럼 많았다"라고 했다. 옛사람은 한 가지 작은 기예일지라도 이처럼 고심했는데, 지금 사람은 대강 한두 가지의 전고(典故)를 기억하면 곧장 경세제민(經世濟民)의 학문을 지녔다고 여기고, 겨우 활을 잡고 화살을 쏠 수 있으면 곧장 변방을 다스릴 인재라고 추천하니, 어찌 실질을 실추하고 명성을 손상하지 않을 수 있겠는가? 채옹의 딸 채염(蔡琰)은 매우 현숙하고 서법에도 뛰어났다.

초서(草書)는 후한의 징사(徵士)[76] 장백영[張伯英 : 장지(張芝)]이 만든 것이다. 양(梁)나라 무제(武帝)의 〈초서장(草書狀)〉에서 말하길, "채옹이 이르기를, '옛날 진(秦)나라 때 제후들이 패권을 다투느라 우격(羽檄)[77]을 급히 전달하고 봉화를 바라보며 역참으로 내달렸는데, 전서나 예서가 쓰기 어려워서 급한 일을 처리할 수 없었으므로, 마침내 급보를 빨리 알릴 수 있는 서체를 만들었다'라고 했는데, 대개 지금의 초서가 바로 이것이다"라고 했다.

---

76) 징사(徵士) : 조정의 부름을 받고도 벼슬길에 나아가지 않고 은거하는, 학문과 덕행이 높은 선비.
77) 우격(羽檄) : 새의 깃털을 꽂아 다급한 상황을 알리던 격문.

평 : 살펴보니 《서단(書斷)》에서 이르길, "전서·주서·팔분·예서·장초·초서·비백·행서를 통틀어 '팔체(八體)'라 하는데, 오직 왕 우군(王右軍 : 왕희지)만이 팔체에 두루 뛰어났다"라고 했다.

古文者, 黃帝史蒼頡所造也. 頡首有四目, 通於神明. 仰觀奎星圜曲之勢, 俯察龜文鳥迹之象, 博采衆美, 合而爲字, 是曰"古文".
大篆者, 周宣王太史史籒所作也. 或同或異, 謂之"篆". 篆者, 傳也, 傳其物理, 施之無窮. 用以敎授, 謂之"史書", 凡九千字. 籒文亦史籒所作, 與古文·大篆小異, 後人以名稱書. 甄酆定六書, 一曰"大篆", 二曰"奇字", 奇字者, 籒文也.
小篆者, 秦丞相李斯所作也. 增損大篆, 異同籒文, 謂之"小篆", 亦曰"秦篆". 始皇以和氏之璧, 琢而爲璽, 令斯書其文. 今泰山·嶧山及秦望等碑, 並其遺筆.
八分者, 秦時人上谷王次仲所作也. 始皇得次仲文, 簡略, 赴急疾之用, 甚喜, 遣使召之, 三徵不至. 始皇大怒, 製檻車送之, 於道化爲大鳥飛去, 落二翮於山, 故山有大翮·小翮之名矣. 按《魏土記》, 二山在沮陽城東北六十里.
隷書者, 秦下邽人程邈所作也. 邈字元岑, 始爲縣吏, 得罪, 始皇幽繫雲陽獄中. 覃思十年, 增減大小篆, 去其繁複, 爲三千字, 奏之. 始皇善之, 用爲御史. 以奏事煩多, 篆字難成, 乃用其字, 以爲隷人佐書, 故曰"隷書".
章草, 漢黃門令史史游所作也. 章帝時, 史游作《急就章》, 解散隷體, 粗書之. 眉 : 章帝愛而用之, 故名"章草".
行書者, 後漢穎川劉德升所造也. 行書卽正書之小變, 務從簡易, 相聞流行, 眉: 相聞謂書帖也. 故謂之"行書"云. 又云"狎書". 當時胡昭·鍾繇, 並師其法, 而胡肥鍾瘦, 各有其美.

飛白者, 後漢左中郎蔡邕所作, 變楷制也. 本是宮殿題署, 勢旣勁, 文字宜輕微不滿, 名爲"飛白". 王僧虔云: "飛白, 八分之輕者. 邕在鴻都門見匠人施堊帚, 遂創意焉."

評: 按羊欣《筆法》云: "伯喈入嵩山學書, 於石室內得一素書, 八角垂芒篆寫, 李斯並史籀用筆勢. 伯喈得之, 不食三時, 乃大叫喜歡, 若對數十人. 伯喈因讀誦三年, 便妙達其旨. 伯喈自書五經於太學, 觀者如市." 古人一藝之微, 苦心如此, 今人略記故典一二事, 便謂有經濟學, 甫能操弓發矢, 便推邊才, 如何不賣實而損名也? 邕有女, 名琰, 甚賢, 亦工書.

草書者, 後漢徵士張伯英所造也. 梁武帝〈草書狀〉曰: "蔡邕云: '昔秦之時, 諸侯爭長, 羽檄相傳, 望烽走驛, 以篆·隸難, 不能救急, 遂作赴急之書.' 蓋今之草書是也."

評: 按《書斷》云: "篆·籀·八分·隸書·章草·飛白·行書·草書, 通謂之'八體', 惟王右軍兼工."

* 이 고사는 《태평광기》 권206 〈서·고문(古文)〉, 〈대전(大篆)〉, 〈주문(籀文)〉, 〈소전(小篆)〉, 〈이사(李斯)〉, 〈팔분(八分)〉, 〈예서(隸書)〉, 〈행서(行書)〉, 〈유덕승(劉德升)〉, 〈비백(飛白)〉, 〈채옹(蔡邕)〉, 〈초서(草書)〉, 권209 〈서·팔체(八體)〉, 권397 〈산(山)·대핵산(大酈山)〉에 실려 있다.

48-2(1411) 급현의 무덤에서 나온 책
급총서(汲冢書)

출《상서고실》

급총서는 대개 [전국 시대] 위(魏)나라 안리왕(安釐王) 때 위군(衛郡) 급현(汲縣)의 어떤 농부가 옛 무덤 속에서 발견한 것으로 보인다. 이것은 죽간(竹簡)에 옻칠로 쓴 과두문자(科斗文字: 올챙이 모양의 글자)로 여러 경서와 사서를 기록했는데, 지금의 판본과 대조해 보면 다른 곳이 많다. 그 농부는 성이 부씨(不氏)였다. 협: 부씨의 자(字)는 "표(彪)"로 불렀고 그 이름은 준(準)이라 했다. 〈춘추후서(春秋後序)〉와 《문선(文選)》중의 주에 나온다.

汲冢書, 蓋魏安釐王時, 衛郡汲縣耕人於古冢中得之. 竹簡漆書科斗文字, 雜寫經史, 與今本校驗, 多有異同. 耕人姓不. 夾: 不字呼作"彪", 其名曰準. 出〈春秋後序〉·《文選》中注.

* 이 고사는 《태평광기》 권206 〈서·급총서〉에 실려 있다.

48-3(1412) **왕융**

왕융(王融)

출《법서요록(法書要錄)》

[남조] 송(宋)나라 말에 왕융은 고금의 여러 서체를 연구해 모두 64서체를 만들어 냈다. 당시 젊은이들이 이 서체를 모방해 집집마다 소장하느라 종이가 귀해졌다. 또한 풍서(風書)·어서(魚書)·충서(蟲書)·조서(鳥書)는 7국[전국시대] 때의 서체인데, 왕원장(王元長:왕융)은 이러한 서체를 모두 예서(隷書)로 바꾸었기에 훗날 사람들의 비난을 받게 되었다. 상동왕(湘東王)은 저양현령(沮陽縣令) 위중(韋仲)에게 이 서체를 91종으로 정하게 하고, 다음으로 공조(功曹) 사선훈(謝善勛)에게 9서체를 보태게 해서, 도합 100개의 서체를 만들었다. 그 가운데 팔괘체(八卦體)를 서체의 첫째로 삼고 모든 서체를 대자(大字)와 소자(小字) 두 가지로 나누었는데, 큰 글자는 한 글자의 직경이 1장(丈)이나 되었으며, 작은 글자는 사방 1촌(寸)에 1000자가 들어갔다.

宋末, 王融圖古今雜體, 有六十四書. 少年倣效, 家藏紙貴. 而風·魚·蟲·鳥是七國時書, 元長皆作隷字, 故貽後來所誥[1]. 湘東王遣沮陽令韋仲定爲九十一種, 次功曹謝善勛增其九法, 合成百體. 其中以八卦爲書第一, 以大小爲兩法, 徑丈一字, 方寸千言.

* 이 고사는《태평광기》권207〈서·왕융〉에 실려 있다.
1 고(誥):《태평광기》와《법서요록(法書要錄)》에는 "힐(詰)"이라 되어 있는데, 문맥상 보다 타당하다.

48-4(1413) 소하

소하(蕭何)

출'양흔(羊欣)《필진도(筆陣圖)》'

전한(前漢)의 소하는 전서(篆書)와 주문(籒文)에 뛰어났다. 전전(前殿)이 완성되자 소하는 석 달 동안 심사숙고한 끝에 그 편액에 글씨를 썼는데, 이를 구경하는 사람들이 물결을 이루었다. 소하는 독필(禿筆 : 모지랑붓. 끝이 닳아서 무딘 붓)을 사용해 글씨를 썼다.

前漢蕭何善篆・籒. 爲前殿成, 覃思三月, 以題其額, 觀者如流. 何使禿筆書.

* 이 고사는 《태평광기》 권206 〈서・소하〉에 실려 있다.

48-5(1414) 진경좌

진경좌(陳驚座)

출'왕승건(王僧虔)《명서록(名書錄)》'

 후한(後漢)의 두릉(杜陵) 사람 진준(陳遵)은 전서(篆書)와 예서(隸書)에 뛰어났는데, 매번 그가 글씨를 쓰면 좌중이 모두 경탄했기에 당시 사람들이 그를 "진경좌"라 불렀다.

後漢杜陵陳遵, 善篆隸, 每書, 一坐皆驚, 時人謂爲"陳驚座".

* 이 고사는《태평광기》권209〈서·정막이하(程邈以下)〉에 실려 있다.

48-6(1415) 초현과 초성
초현 · 초성(草賢 · 草聖)
출《서단》· '원앙(袁昂)《서평(書評)》'

최원(崔瑗)은 최인(崔駰)의 아들로, 자는 자옥(子玉)이고 안평(安平) 사람이며 벼슬은 제북상(濟北相)에 이르렀다. 문장이 세상의 으뜸이었고 장초서(章草書)에 뛰어났다. 그는 두도(杜度)를 스승으로 모셨는데, 아름다운 운치는 스승을 뛰어넘었고 정교한 점과 획은 막힘없이 변화무쌍해서 가히 "얼음이 물보다 차다"고 이를 만했다. 왕은(王隱)은 그를 "초현(草賢 : 초서의 현인)"이라 불렀다.

장지(張芝)는 자가 백영(伯英)이며, 뜻이 고상해 벼슬하지 않았다. 초서에 뛰어났는데 그 정교하고 힘찬 경지는 아무도 따를 자가 없었다. 집 안에 있는 모든 옷감은 반드시 먼저 글씨를 쓴 후에 빨았으며, 연못가에서 글씨 연습을 하느라 연못이 모두 먹물로 변했다. 매번 글씨를 쓸 때면, "바빠서 겨를이 없어 휘갈겨 썼다"라고 말했다. 위중장[韋仲將 : 위탄(韋誕)]은 그를 "초성(草聖 : 초서의 성인)"이라 불렀으며, 또 이렇게 말했다.

"[초서는] 최씨(崔氏 : 최원)의 살과 장씨(張氏 : 장지)의 뼈를 갖추어야 한다."

또 영천(潁川) 사람 호소(胡昭)는 자가 공명(孔明)이다. 진서(眞書:해서)와 행서(行書)에도 절묘했다. 양흔(羊欣)이 말했다.

"호소는 장지의 뼈를 얻었고, 색정(索靖)은 그의 살을 얻었으며, 위탄(韋誕)은 그의 힘줄을 얻었다."

장지의 막냇동생 장창(張昶)은 자가 문서(文舒)이고 황문시랑(黃門侍郎)을 지냈다. 그 역시 장초에 뛰어났는데, 글씨가 장백영(張伯英:장지)과 비슷했기에 당시 사람들이 그를 "아성(亞聖)"이라 불렀다. 지금 세상 사람들이 말하는 "지서(芝書)"는 대부분이 장창의 것이다.

崔瑗, 崔駰子, 字子玉, 安平人, 官至濟北相. 文章蓋世, 善章草書. 師於杜度, 媚趣過之, 點畫精微, 神變無礙, 可謂"冰寒於水"也. 王隱謂之"草賢".
張芝, 字伯英, 高尙不仕. 善草書, 精勁絶倫. 凡家之衣帛, 皆先書而後練, 臨池學書, 池水盡墨. 每書云:"匆匆不暇草." 韋仲將謂爲"草聖". 又云:"崔氏之肉, 張氏之骨." 又潁川胡昭, 字孔明. 眞・行亦妙. 羊欣云:"胡昭得張芝骨, 索靖得其肉, 韋誕得其筋." 季弟昶, 字文舒, 爲黃門侍郎. 亦善章草, 書類伯英, 時人謂之"亞聖". 今世人所云"芝書", 多是昶也.

* 이 고사는《태평광기》권206〈서・최원(崔瑗)〉과〈장지(張芝)〉, 권209〈서・한단순이하(邯鄲淳以下)〉에 실려 있다.

48-7(1416) 팔분서
팔분서(八分書)
출《서단》·《서평》

사의관(師宜官)은 남양(南陽) 사람이다. [후한] 영제(靈帝)가 서법을 좋아해 천하의 글씨 잘 쓰는 사람 수백 명을 홍도문(鴻都門)에 초징했는데, 팔분서에서는 사의관이 최고였다. 그의 글씨 가운데 큰 것은 한 글자의 직경이 1장(丈)이나 되었으며, 작은 것은 사방 1촌(寸)에 1000글자가 들어갔다. 〈경구비(耿球碑)〉는 사의관이 쓴 것이다. 그는 자신의 재능을 매우 자부했고 본래 술을 좋아했는데, 간혹 빈손으로 주막에 가서 벽에 글씨를 써서 그것을 내보이면 구경꾼이 구름처럼 몰려들었으며, 이로 인해 술이 많이 팔렸다. 술을 실컷 마시고 나면 글씨를 깎아 내 지워 버렸다. 미:지금 사람은 글씨로 술 내기를 할 수 있는가? 또 글씨로 술을 팔 수 있는가? 이전 시대에는 그래도 문묵(文墨:시문과 서화)을 중시했음을 잘 알 수 있다.

양곡(梁鵠)은 자가 맹황(孟皇)이며 안정(安定) 사람이다. 어려서부터 서법을 좋아해 사의관에게서 서법을 전수받았으며, 팔분서에 뛰어나 이름이 알려졌다. 그 역시 홍도문에 초징되었다가 선부랑(選部郞:이부랑)으로 전임되었는데, 영제가 그를 중시했다. 위(魏)나라 무제(武帝)는 그의 글씨를 매우 좋아해 늘 휘장 안에 걸어 두거나 벽에 못 박아 두고서 사의관의 글씨보다 낫다고 생각했다. 당시 한단순(邯鄲淳)도 왕차중(王次仲)의 서법을 터득했는데, 한단순은 작은 글씨에 뛰어났고 양곡은 큰 글씨에 뛰어났다. 그러나 [한단순의 필세는] 양곡의 곡진한 운필(運筆) 기세만 못했다.

좌백(左伯)은 자가 자읍(子邑)이고 동래(東萊) 사람이다. 그는 특히 팔분서에 뛰어나 모홍(毛弘)과 명성을 나란히 했는데, 한단순과는 약간 달랐다. 그 역시 한나라 말에 이름을 날렸으며, 또한 종이 만드는 데에도 매우 뛰어났다. 한나라가 흥기하고 나서 종이가 죽간(竹簡)이나 목간(木簡)을 대신했는데, 화제(和帝) 때에 이르러 채윤(蔡倫)이 종이를 만드는 데 뛰어났으며, 좌자읍(左子邑 : 좌백)은 특히 그 오묘함을 터득했다. 그래서 [남조 제나라의] 소자량(蕭子良)이 왕승건(王僧虔)에게 답하는 서신에서 말했다.

"자읍의 종이는 곱고 매끈해 빛이 나고, 중장(仲將)의 먹은 한 점마다 옻칠처럼 검고, 백영(伯英) 미 : 중장은 위탄(韋誕)의 자이고, 백영은 장지(張芝)의 자다. 의 붓은 정신과 생각을 다 표현하게 하니, 이런 절묘한 물건은 오래전에 만들어졌으나 도저히 따라갈 수가 없다."

師宜官, 南陽人. 靈帝好書, 徵天下工書於鴻都門者數百人, 八分稱宜官爲最. 大則一字徑丈, 小則方寸千言. 〈耿球碑〉是宜官書. 甚自矜重, 而性嗜酒, 或時空至酒家, 因書其壁以售之, 觀者雲集, 酒因大售. 至飮足, 則鏟滅之. 眉 : 今人能以書博酒否? 能以書售酒否? 具知上世猶重文墨.

梁鵠, 字孟皇, 安定人. 少好書, 受法於師宜官, 以善八分書知名. 亦在鴻都門下, 遷選部郎, 靈帝重之. 魏武甚愛其書, 常懸帳中, 又以釘壁, 以爲勝宜官也. 於時邯鄲淳亦得次仲法, 淳宜爲小字, 鵠宜爲大字. 不如鵠之用筆盡勢也.

左伯, 字子邑, 東萊人. 特工八分, 名與毛弘等列, 小異於邯鄲淳. 亦擅名漢末, 又甚能作紙. 漢興, 有紙代簡, 至和帝時, 蔡倫工爲之, 而子邑尤得其妙. 故蕭子良答王僧虔書云 : "子邑之紙, 姸妙光輝, 仲將之墨, 一點如漆, 伯英 眉 : 仲將, 韋誕字. 伯英, 張芝字. 之筆, 窮聲¹盡思, 妙物遠矣, 邈不可追."

* 이 고사는《태평광기》권206〈서·사의관(師宜官)〉,〈양곡(梁鵠)〉,〈좌백(左伯)〉에 실려 있다.

1 성(聲) :《서단(書斷)》권하(卷下)에는 "신(神)"이라 되어 있는데, 문맥상 보다 타당하다.

48-8(1417) 종요와 종회
종요·종회(鍾繇·鍾會)
출《필진도》·《서단》·《서평》

　위(魏)나라의 종요는 자가 원상(元常)이다. 그는 젊어서 유승(劉勝)을 따라 포독산(抱犢山)으로 들어가서 3년 동안 서법을 공부한 끝에 마침내 위(魏)나라 태조(太祖:무제)·한단순(邯鄲淳)·위탄(韋誕) 등과 함께 운필(運筆)에 대해 논의했다. 그때 종요가 위탄에게 채백개(蔡伯喈:채옹)의 필법에 대해 물었으나, 위탄은 아까워서 그에게 가르쳐 주지 않았다. 그래서 종요가 스스로 가슴을 치며 피를 토하자, 태조가 급히 오령단(五靈丹)으로 그를 구해 살려 냈다. 그 후 위탄이 죽자 종요는 사람을 시켜 그의 묘를 도굴하게 해서 마침내 채백개의 필법을 얻었는데, 이로 인해 종요의 필법은 더욱 절묘해졌다. 종요는 정심해서 서법을 공부했는데, 누워 있을 때는 이불 위에 손가락으로 글씨 연습을 하느라 이불 홑청이 뚫어졌으며, 측간에 가서는 골똘히 생각하느라 종일토록 돌아오는 것을 잊어버릴 정도였다. 또한 온갖 사물을 볼 때마다 모두 그 형상을 글씨로 표현해 보곤 했다. 종요는 삼색서(三色書)[78)]에 뛰어났으며, 가장 절묘한 것은 팔분서(八分書)였는데 〈위수선비(魏受禪碑)〉가 최고다.

평 : 사광(師曠)은 눈에 연기를 쐬어 멀게 함으로써 음악에 정통했고, 종원상(鍾元常 : 종요)은 피를 토함으로써 서법에 정진했으니, 전심전력하지 않고 학문을 이루는 자는 없다.

종회는 자가 사계(士季)이며 종원상(鍾元常 : 종요)의 아들이다. 그는 서법에 뛰어났으며 부친의 기풍을 지니고 있었는데, 힘과 기골을 좀 더 갖추었다. 한번은 종회가 순욱(荀勖)의 글씨를 위조해 순욱의 모친 종 부인(鍾夫人)에게서 보검을 가져온 적이 있었다. 그 후 종회의 형제가 천만금을 들여 저택을 지어 아직 이사하지 않았을 때, 순욱이 그의 새집에 종원상의 모습을 몰래 그려 놓았는데, 종회 형제는 집에 들어가서 그것을 보고 크게 애통해했으며 종신토록 그 집에 들어가지 않았다. 순욱의 그림 역시 종회와 같은 경우다.

평 : 종 진서(鍾鎭西 : 종회)는 다른 사람의 글씨를 절묘

---

78) 삼색서(三色書) : 명석서(銘石書)·장정서(章程書 : 팔분서)·행압서(行狎書 : 행서)를 말한다.

하게 모방할 수 있었기 때문에 등애(鄧艾)의 상주문을 고친 일이 있었는데, 이를 아는 사람이 없었다.

魏鍾繇, 字元常. 少隨劉勝入抱犢山, 學書三年, 遂與魏太祖·邯鄲淳·韋誕等議用筆. 繇乃問蔡伯喈筆法於韋誕, 誕惜不與. 乃自搥胸嘔血, 太祖以五靈丹救之, 得活. 及誕死, 繇令人盜掘其墓, 遂得之, 由是繇筆更妙. 繇精思學書, 臥畫被穿過表, 如廁終日忘歸. 每見萬類, 皆書象之. 繇善三色書, 最妙者八分, 有〈魏受禪碑〉爲最.

評: 師曠薰目以精音, 元常嘔血以進筆, 學未有不專而成者.

鍾會, 字士季, 元常子. 善書, 有父風, 稍備筋骨. 會嘗詐爲荀勖書, 就勖母鍾夫人取寶劍. 會兄弟以千萬造宅, 未移居, 勖乃潛畫元常形象, 會兄弟入見, 便大感慟, 終身不入. 勖書[1]亦會之類也.

評: 鍾鎭西絶能效人書, 故改易鄧艾上章事, 莫有知者.

* 이 고사는 《태평광기》 권206 〈서·종요〉와 〈종회〉에 실려 있다.

1 서(書): 《서단(書斷)》 권중(卷中)에는 "화(畫)"라 되어 있는데, 문맥상 보다 타당하다.

48-9(1418) 위탄

위탄(韋誕)

출《서단》

위(魏)나라의 위탄은 자가 중장(仲將)이며 경조(京兆) 사람으로 벼슬은 시중(侍中)에 이르렀다. 그는 장백영(張伯英: 장지)을 스승으로 삼고 한단순(邯鄲淳)의 서법까지 공부해 여러 서체에 두루 뛰어났는데, 그중에서 제서(題署: 편액이나 대련 등에 쓰는 글)에 특히 정통했다. 명제(明帝)는 능운대(凌雲臺)가 막 완성되었을 때, 아직 글씨를 쓰기 전에 잘못해서 먼저 편액을 달아 버렸다. 그래서 위탄을 바구니에 담고 긴 밧줄에 도르래를 달아 끌어 올려 편액에 글씨를 쓰게 했는데, 편액이 지면에서 25장(丈)이나 떨어져 있었다. 위탄은 몹시 두려워하면서 자손들에게 대자해서(大字楷書)를 공부하지 말라고 경계시켰다. 원앙(袁昂)이 그의 필법을 품평해 말했다.

"마치 용이 낚아채고 호랑이가 움켜잡는 듯하며, 칼을 뽑아 들고 쇠뇌를 잡아당기는 것 같다."

처음 청룡(青龍) 연간(233~237)에 낙양(洛陽)·허(許)·업(鄴)의 세 도읍지에 궁궐과 대관(臺觀)이 막 완성되자, 황제는 칙명을 내려 위중장(韋仲將: 위탄)에게 그 편액들을 큰 글씨로 쓰게 해서 영원한 법식으로 삼고자 했다. 그래서 그에게 황제가 쓰는 붓과 먹을 주었으나, 그는 모두 사용하기에 적당치 않다고 여겨 상주했다.

"채옹(蔡邕)은 서법에 뛰어남을 자부하고 이사(李斯)와 조희(曹喜)의 필법을 겸비했지만, 고운 비단이 아니면 함부로 붓을 대지 않았습니다. 대저 무슨 일을 잘하려면 반드시 그 도구를 잘 갖추어야 합니다. 만약 장지(張芝)의 붓과 좌백(左伯)의 종이와 신의 먹, 이 세 가지를 다 겸비하고 거기에 또한 신의 손을 더한 연후라야 제대로 된 글씨가 나올 수 있습니다."

그의 아들 위웅(韋熊)은 자가 소계(少季)이고 역시 서법에 뛰어났다.

평 : 왕승건(王僧虔)의 《명서록(名書錄)》에 따르면, 조희(曹喜)는 후한 부풍(扶風) 사람으로 전서와 예서에 뛰어났으며 이사(李斯)의 서법과 약간 달랐는데, 채옹(蔡邕)이 그의 전서의 서법을 취했다.

魏韋誕, 字仲將, 京兆人, 官至侍中. 伏膺於張伯英, 兼邯鄲淳之法, 諸書並善, 題署尤精. 明帝凌雲臺初成, 誤先釘榜, 未題署. 以籠盛誕, 轆轤長絙引上, 使就榜題, 去地二十五丈. 誕危懼, 戒子孫無爲大字楷法. 袁昂評云 : "如龍拿虎據, 劍拔弩張." 初, 靑龍中, 洛陽・許・鄴三都, 宮觀始就, 詔令仲將大爲題署, 以爲永制. 給御筆墨, 皆不任用, 因奏 : "蔡邕自矜能書, 兼斯‧喜之法, 非紈素不妄下筆. 夫欲善其事, 必利其器. 若用張芝筆‧左伯紙及臣墨, 兼此三者, 又得臣手, 然後可以逞." 子熊, 字少季, 俱善書.

評 : 按王僧虔《名書錄》, 曹喜, 後漢扶風人, 善篆隷, 小異李斯, 蔡邕採其篆法.

* 이 고사는《태평광기》권206〈서‧위탄〉에 실려 있다.

48-10(1419) 왕희지

왕희지(王羲之)

출《필진도》·《서단》·《도서회수(圖書會粹)》·《법서요록》·《국사이찬》·《상서고실》

진(晉)나라의 왕희지는 자가 일소(逸少)이며 왕광(王曠)의 아들이다. 일곱 살 때 서법에 뛰어났다. 열두 살에 부친의 베개 속에서 전대의《필설(筆說)》을 보고 몰래 꺼내 읽었더니 부친이 말했다.

"너는 어찌하여 내가 비밀리에 간직하고 있는 서책을 몰래 꺼냈느냐?"

왕희지가 웃으면서 대답하지 않자 모친이 말했다.

"너는 운필법(運筆法)을 보았느냐?"

부친은 왕희지가 어려서 책을 비밀리에 간직할 수 없다고 걱정해서 그에게 말했다.

"네가 성인이 되기를 기다렸다가 너에게 주마."

그러자 왕희지는 절을 하고 그 책을 청하면서 말했다.

"지금 그 책을 사용하게 해 주십시오. 만약 제가 성인이 될 때까지 기다린다면, 소자의 어릴 적 총명함을 가리게 될까 걱정됩니다." 미 : 어떻게 이런 의기를 지닌 아이가 있단 말인가?

부친은 기뻐하면서 마침내 그 책을 주었는데, 왕희지는 한 달도 되지 않아 곧장 서법에 큰 진전이 있었다. 위 부인

(衛夫人 : 왕희지의 스승)이 왕희지의 글씨를 보고, 미 : 살펴보니, 위 부인은 이구(李矩)의 처이자 이충(李充)의 어머니로, 이름은 삭(鑠)이고 자는 무의(茂猗)다. 혹자는 서부인(徐夫人)[79]의 예를 들어 위 부인이 남자라고 의심하는데 이는 잘못이다! 태상(太常) 왕책(王策)에게 말했다.

"이 아이는 틀림없이 운필의 비결(秘訣)을 보았을 것입니다. 근자에 이 아이의 글씨를 보았더니 노숙한 지혜가 있었습니다."

그러면서 눈물을 흘리며 말했다.

"이 아이는 틀림없이 내 명성을 가릴 것이로다!"

진(晉)나라 성제(成帝) 때 왕희지는 〈제북교문(祭北郊文)〉을 썼는데, 나중에 축판(祝板 : 축문을 써 놓은 목판)을 바꾸려고 장인이 축판을 깎으면서 보았더니 글씨가 3푼이나 나무 속으로 들어가 있을 정도로 글씨에 힘이 넘쳤다. 33세에는 〈난정서(蘭亭序)〉를 썼다. 37세에는 《황정경(黃庭經)》을 썼는데, 다 쓰고 나자 공중에서 이런 말이 들렸다.

"그대의 글씨가 나를 감동시켰으니, 하물며 사람들임에

---

[79] 서부인(徐夫人) : 전국 시대 조(趙)나라 사람으로, 여자가 아니라 남자다. '서'는 성이고 '부인'은 이름이다. 명검의 주조로 유명했는데, 자객 형가(荊軻)가 진왕(秦王)을 암살하려 할 때 사용한 비수를 그가 주었다고 한다.

라! 나는 천대문성(天臺文星)[80]이다." 미 : [한나라 유향(劉向)이] 천록각(天祿閣)에서 책을 교감할 때 태을신(太乙神)이 강림했고,[81] [왕희지가]《황정경》을 완성하자 천대문성이 말을 했으니, 신명(神明)이 문묵(文墨)을 중시함이 이와 같도다!

그의 부인 치씨(郗氏)도 서법에 뛰어났다. 왕희지에게는 일곱 명의 아들이 있었는데, 그중에서 왕헌지(王獻之)가 가장 이름이 알려졌으며, 왕현지(王玄之)·왕응지(王凝之)·왕휘지(王徽之)·왕조지(王操之)도 모두 초서에 뛰어났다.

평 :《상서고실(尙書故實)》에 따르면, 왕희지는 숙부 왕이(王廙)에게서 서법을 배웠다. 왕이는 자가 세장(世將)이고 동진(東晉) 이래로 서화가 으뜸이었는데, 명제(明帝)가 그의 그림을 스승 삼았고 왕 우군(王右軍 : 왕희지)이 그의 서법을 배웠다.

왕희지가 장초(章草)로 서신을 써서 유양(庾亮)에게 답

---

[80] 천대문성(天臺文星) : 하늘의 문창성(文昌星)이란 뜻. 문창성은 문곡성(文曲星)이라고도 하며, 인간의 문재(文才)를 주관한다고 한다.
[81] [한나라 유향(劉向)이] 천록각(天祿閣)에서 책을 교감할 때 태을신(太乙神)이 강림했고 : 이 고사는《태평광기》권106〈감응(感應)·유향〉에 나온다.

했는데, 유양의 동생 유익(庾翼)이 그것을 보고 탄복하면서 왕희지에게 편지를 보냈다.

"내가 일전에 장백영(張伯英 : 장지)의 장초 여덟 장을 가지고 있었는데, 강남으로 넘어오면서 난리 통에 잃어버려서 묘적(妙迹)이 영원히 끊어졌다고 늘 한탄했습니다. 그런데 그대가 형께 보낸 답신을 문득 보았더니, 정신이 환히 밝아지는 듯하면서 예전에 보았던 것을 금방 되찾은 것 같습니다."

왕희지는 회계내사(會稽內史)를 그만두고 즙산(戢山) 미 : 즙(戢)은 측(側)과 입(入)의 반절이다. 아래에서 살았는데, 어느 날 아침에 10개 남짓한 육각죽선(六角竹扇)을 팔러 시장으로 나가는 한 노파를 보고 물었다.

"이것을 팔려고 하시오? 하나에 몇 전이나 하오?"

노파가 대답했다.

"20전쯤 합니다."

왕 우군(王右軍 : 왕희지)은 붓을 꺼내 부채마다 다섯 글자씩을 적어 넣었다. 그러자 노파가 크게 원망하며 말했다.

"온 식구의 아침밥이 모두 이것에 달려 있는데, 어찌하여 이것에 글자를 써서 망가뜨렸습니까?"

왕희지가 대답했다.

"손해는 없을 것이오. 그저 왕 우군이 글자를 썼다고만 말하고 100냥을 달라 하시오."

이윽고 노파가 시장으로 들어가서 왕희지의 말대로 했더니 사람들이 다투어 사 갔다. 며칠 뒤에 노파가 다시 부채 몇 개를 가지고 왕희지를 찾아와서 글씨를 써 달라고 청했으나, 왕희지는 웃으면서 대답하지 않았다. 또 왕희지가 일찍이 직접 표문(表文)을 써서 목제(穆帝)에게 올렸을 때, 목제는 곧장 사람을 시켜 비슷한 색깔의 종이를 찾아 그 길이와 폭을 왕희지의 표문과 같게 한 뒤에 장익(張翼)에게 모방해 쓰게 했는데, 왕희지의 표문과 조금도 다르지 않았다. 그러고는 표문 뒤에 비답(批答)을 적어 돌려주었다. 왕희지는 처음에는 그 사실을 알아채지 못했으나, 나중에 다시 살펴보고 나서야 탄식하며 말했다.

"소인배가 진짜를 어지럽힌 것이 이럴 줄이야!"

왕희지는 본디 거위를 좋아했다. 산음현(山陰縣)의 담양촌(曇䃴村)에 한 도사가 좋은 거위 10여 마리를 기르고 있었다. 왕희지는 이른 새벽에 작은 배를 타고 일부러 거위를 보러 갔는데, 크게 마음에 들어 좋아하면서 도사에게 거위를 팔라고 했으나, 도사는 거위를 내놓지 않았다. 왕희지는 온갖 방법을 다해 설득했지만 거위를 얻을 수 없었다. 도사가 말했다.

"저는 본디 도를 좋아해서 오래전부터 하상공(河上公)의 《노자(老子)》를 쓰려고 흰 비단을 일찌감치 준비해 두었으나 서법에 능한 사람이 없었습니다. 부군(府君)께서 만약 번

거롭겠지만 《노자》의 〈도경(道經)〉과 〈덕경(德經)〉 각 두 장을 직접 써 주신다면 곧장 이 오리 전부를 드리겠습니다."

미 : 도사가 범속하지 않다. 왕희지는 반나절 동안 머물면서 도사를 위해 《노자》를 다 쓰고 난 뒤에 거위를 장에 담아 돌아와서 크게 기뻐했다. 또 한번은 한 문하생의 집을 찾아갔는데, 문하생이 훌륭한 음식을 대접하자 왕희지는 매우 감격해 글씨를 써서 보답하려 했다. 마침 보았더니 아주 반들반들하고 깨끗한 비자나무로 만든 새 안석 하나가 있자, 왕희지는 곧장 그것에 초서와 해서를 절반씩 섞어 글씨를 써 주었다. 문하생이 군으로 돌아가는 왕희지를 전송하고 집으로 돌아올 때쯤에 그의 부친이 이미 왕희지의 글씨를 하나도 남김없이 모두 깎아 내 버렸다. 문하생은 돌아와서 보고는 며칠 동안 놀라고 한스러워했다.

진(晉)나라 목제 영화(永和) 9년(353) 늦봄 3월 3일에 한번은 산음에 놀러 가서 태원(太原) 사람 승공(承公) 손통(孫統), 흥공(興公) 손작(孫綽), 광한(廣漢) 사람 도생(道生) 왕빈지(王彬之), 진군(陳郡) 사람 안석(安石) 사안(謝安), 고평(高平) 사람 중희(重熙) 치담(郗曇), 태원 사람 숙인(叔仁) 왕온(王蘊), 도림(道林) 스님 지둔(支遁) 및 왕일소(王逸少 : 왕희지)의 아들 왕응지(王凝之)·왕휘지(王徽之)·왕조지(王操之) 등 41명과 함께 수불계(修祓禊)[82]의 예를 올렸다. 왕희지는 붓을 들어 서문을 짓고 흥이 일어 잠견지

(蠶繭紙)에 서수필(鼠鬚筆 : 쥐 수염 붓)로 글씨를 썼는데, 부드러우면서도 힘찬 것이 고금에 없을 정도로 뛰어났다. 서문은 모두 28행 324자이고, 중복된 글자는 모두 다른 서체로 썼는데, 그 가운데 '지(之)' 자가 가장 많다.

오늘날에 전해지는 왕희지의 〈고서문(告誓文)〉은 초고여서 연월일이 기재되어 있지 않다. 그 진본(眞本)은 "유영화십년삼월계묘구월신해(維永和十年三月癸卯九月辛亥)"라 적혀 있는데, 그 글씨 또한 진필(眞筆)이다. [당나라] 개원(開元) 연간(713~741) 초에 윤주(潤州) 강녕현(江寧縣)의 와관사(瓦棺寺)에서 법당을 수리할 때, 장인이 치문(鴟吻 : 망새) 안의 죽통(竹筒) 속에서 이것을 발견해 한 스님에게 주었다. 개원 8년(720)에 이르러 현승(縣丞) 이연업(李延業)이 이것을 구해 기왕[岐王 : 이범(李範)]에게 바쳤고 기왕은 다시 천자께 헌상했는데, 천자는 이것을 궁 안에 두고 밖에 내놓지 않았다. 혹자는 이르길, 그 후에 천자가 그것을 다시 기왕에게 빌려주었는데, 개원 12년(724)에 기왕부(岐王府)에 불이 나서 도서가 모두 재로 변했을 때 이 글씨도 타 버렸다고 한다.

---

82) 수불계(修祓禊) : 음력 3월 삼짇날 물가에 가서 흐르는 물에 몸을 깨끗이 씻고 신께 빌어 재앙을 없애고 복을 기원하는 행사를 말한다.

평 : 한유(韓愈)는 왕 우군이 속된 글씨로 아름다운 자태를 추구해 고문(古文)을 논하지 않고 편방(偏旁)을 강구하지 않았다고 비판했다.

晉王羲之, 字逸少, 曠子也. 七歲善書. 十二, 見前代《筆說》於其父枕中, 竊而讀之, 父曰:"爾何來竊吾所秘?" 羲之笑而不答, 母曰:"爾看用筆法?" 父見其小, 恐不能秘之, 語羲之曰:"待爾成人, 吾授也." 羲之拜請:"今而用之. 使待成人, 恐蔽兒之幼令也." 眉:那有此志氣童子? 父喜, 遂與之, 不期月, 書便大進. 衛夫人見, 眉:按衛夫人, 李矩妻, 李充母, 名鑠, 字茂猗. 或以徐夫人一例, 疑爲男子, 誤矣! 語太常王策曰:"此兒必見用筆訣. 近見其書, 便有老成之智." 涕流曰:"此子必蔽吾名!" 晉帝時, 書〈祭北郊文〉, 更祝板, 工人削之, 筆入木三分. 三十三, 書〈蘭亭序〉. 三十七, 書《黃庭經》, 書訖, 空中有語:"卿書感我, 而況人乎! 吾是天臺文星." 眉:天祿校書而太乙降, 黃庭成經而臺星語, 神明之重文墨如此! 妻郗氏亦工書. 有七子, 獻之最知名, 玄之·凝之·徽之, 操之並工草.
評 : 按《尙書故實》, 羲之學書於叔父廙. 廙字世將, 渡江以來書畫第一, 明帝師其畫, 右軍學其書.
羲之書以章草答庾亮, 亮弟翼見之嘆伏, 因與羲之書云:"吾昔有伯英章草八紙, 過江顚沛, 遂乃亡失, 常嘆妙迹永絶. 忽見足下答家兄書, 煥若神明, 頓還舊觀." 羲之罷會稽, 住戢眉:戢, 側入切. 山下, 旦見一老姥, 把十許六角竹扇出市, 王聊問:"此欲貨耶? 一枚幾錢?" 答云:"二十許." 右軍取筆書扇, 扇五字, 姥大悵惋云:"擧家朝飡, 俱仰於此, 云何書壞?"

王答曰:"無所損. 但道是王右軍書字, 請一百." 既入市, 人競市之. 後數日, 復以數扇來詣, 請更書, 王笑而不答. 又義之曾自書表與穆帝, 帝乃令索紙色類, 長短闊狹, 與王表相似, 使張翼寫效, 一毫不異. 乃題後答之. 義之初不覺, 後更相看, 迺嘆曰:"小人亂眞乃爾!" 義之性好鵝. 山陰曇礦村有一道士, 養好者十餘. 王淸旦乘小船, 故往看之, 意大願樂, 乃告求市易, 道士不與. 百方譬說, 不能得之. 道士言:"性好道, 久欲寫河上公《老子》, 縑素早辦, 而無人能書. 府君若能自屈, 書〈道〉·〈德〉各兩章, 便合群以奉." 眉:道士不俗. 義之停半日, 爲寫畢, 籠鵝而歸, 大以爲樂. 又嘗詣一門生家, 設佳饌供給, 意甚感之, 欲以書相報. 見有一新榧几, 至滑淨, 王便書之, 草正相半. 門生送王歸郡, 比還家, 其父已刮削都盡. 兒還去看, 驚懊累日.

晉穆帝永和九年, 暮春三月三日, 嘗遊山陰, 與太原孫統承公·孫綽興公·廣漢王彬之道生·陳郡謝安石[1]·高平郄[2]曇重熙·太原蘊[3]叔仁·釋支遁道林, 並逸少子凝·徽·操之等四十一人, 修祓禊之禮. 揮毫製序, 興樂而書, 用蠶繭紙·鼠鬚筆, 遒媚勁健, 絶代更無. 凡二十八行, 三百二十四字, 字有重者, 皆別體, 就中'之'字最多.

王羲之〈告誓文〉, 今所傳卽其稿本, 不具年月日朔. 其眞本"維永和十年三月癸卯九月辛亥", 而書亦眞. 開元初, 潤州江寧縣瓦棺寺修講堂, 匠人於鴟吻內竹筒中得之, 與一沙門. 至八年, 縣丞李延業求得, 上岐王, 王以獻上, 留內不出. 或云, 其後却借岐王, 十二年, 王家失守[4], 圖書悉爲灰燼, 此書亦見焚矣.

評:韓愈譏右軍俗書趁姿媚, 以不論古文, 不講偏旁也.

* 이 고사는《태평광기》권207〈서·왕희지〉, 권209〈서·왕희지〉에

실려 있다.

1 사안석(謝安石) : 《법서요록(法書要錄)》에는 "사안안석(謝安安石)"이라 되어 있는데, 문맥상 타당하다.
2 극(郄) : 《법서요록》에는 "치(郗)"라 되어 있는데 타당하다.
3 온(蘊) : 《법서요록》에는 "왕온(王蘊)"이라 되어 있는데, 문맥상 타당하다.
4 수(守) : 《태평광기》에는 "화(火)"라 되어 있는데, 문맥상 보다 타당하다.

48-11(1420) 순여

순여(筍輿)

출《상서고실》

순여는 서법에 능했으며 일찍이 〈이골방(狸骨方)〉을 쓴 적이 있었다. 왕 우군(王右軍 : 왕희지)이 이를 모방해서 썼는데, 지금은 그것을 〈이골첩(狸骨帖)〉이라 부른다.

왕희지(王羲之)의 〈차선첩(借船帖)〉은 서법 중에서 특히 뛰어난 것이다. 도성에 손영(孫盈)이란 서화 거간이 있었는데 명성이 자자했다. 손영의 부친 손중용(孫仲容)도 서화의 감별에 뛰어나고 품평에 정통해 당시 호족들이 소장하고 있던 보물들은 대부분 그의 손을 거쳤는데, 진위(眞僞)가 그의 눈을 피할 방법이 없었다. 왕 공(王公 : 왕희지)의 〈차선첩〉은 손영이 소장하고 있었는데, 사람들이 후한 값으로 구하고자 했으나 결국 얻지 못했다. 노주절도사(潞州節度使) 노 공(盧公)은 손영이 급박한 때를 기다렸다가 그를 구제해 주고서 오랫동안 거금을 치르고서야 비로소 그것을 얻었다.

왕 우군이 한번은 술에 취해 몇 글자를 썼는데, 점과 획이 용의 발톱과 비슷했다. 그래서 나중에 마침내 용조서(龍爪書)가 생겨났는데, 과두(科斗)[83] · 옥근(玉筋 : 소전의 일종) · 언파(偃波)[84]와 같은 서체의 여러 유파가 모두 25종이었다.

荀興能書, 嘗寫〈狸骨方〉. 右軍臨之, 至今謂之〈狸骨帖〉. 羲之〈借船帖〉, 書之尤工者也. 京師書儈孫盈者, 名甚著. 盈父曰仲容, 亦鑒書畫, 精於品目, 豪家所寶, 多經其手, 眞僞無逃焉. 公¹〈借船帖〉, 是孫盈所蓄, 人以厚價求之, 不果. 盧潞州公時其急切, 減而賑之, 久滿百千, 方得.
右軍嘗醉書數字, 點畫類龍爪. 後遂有龍爪書, 如科斗·玉筯·偃波之類, 諸家共二十五般.

* 이 고사는 《태평광기》 권207 〈서·순여〉, 권209 〈서·노주노(潞州盧)〉와 〈팔체(八體)〉에 실려 있다.

1 공(公):《상서고실(尙書故實)》에는 "왕공(王公)"이라 되어 있는데, 문맥상 의미가 분명하다.

83) 과두(科斗) : '과두(蝌蚪)'와 같다. 옛 서체의 일종으로, 모양이 올챙이와 같다 해서 붙은 이름이다.

84) 언파(偃波) : 옛 서체의 일종으로, 글자가 서로 이어져 있는 모양이 물결과 같다 해서 붙은 이름이다. 판문(版文)에서 주로 사용했다.

48-12(1421) 왕헌지

왕헌지(王獻之)

출《서단》·《도서회수》

    왕헌지는 자가 자경(子敬)이고, 또한 초서와 예서에 뛰어났다. 어려서 부친에게서 서법을 배웠고, 후에는 장지(張芝)의 서법을 익혔다. 그 이후로 왕헌지는 이전의 서체를 바꾸어 따로 새로운 서체를 만들고 자신의 생각대로 막힘없이 글씨를 썼는데, 그 오묘함이 자연의 법칙에 부합했다. 처음에 사안(謝安)이 그를 장사(長史)로 초빙했다. [진(晉)나라] 태원(太元) 연간(376~396)에 새로 태극전(太極殿)을 세우고 난 뒤에 사안은 왕자경에게 편액을 쓰게 해서 만대의 보배로 삼을 생각이었으나, 말을 꺼내기가 쉽지 않았다. 그래서 사안은 위중장(韋仲將 : 위탄)이 능운대(凌雲臺)의 현판에 글씨를 쓴 일을 왕자경에게 말했더니, 왕자경이 그 뜻을 알아채고 정색하며 말했다.

    "중장은 위(魏)나라의 대신인데, 어찌 그런 일이 있었겠습니까? 만약 그런 일이 있었다면 위나라의 국덕(國德)이 길지 못했던 이유를 알 수 있습니다."

    사안은 결국 왕자경에게 강요하지 않았다. 왕자경이 대여섯 살 때 서법을 배울 무렵에 왕 우군(王右軍 : 왕희지)이 그의 뒤에서 몰래 붓을 잡아당겼으나 빼앗을 수 없자 감탄하며 말했다.

"이 아이는 마땅히 크게 이름을 날릴 것이다!"

그러고는 마침내 〈악의론(樂毅論)〉을 써서 그에게 주었다.

평 : 〈악의론〉은 [당나라] 장안(長安) 연간(701~704)에 태평 공주(太平公主)가 상주해 그것을 외부로 빌려 내가서 모사(摹寫)했는데, 이로 인해 결국 망실되었다.

왕희지(王羲之)가 회계내사(會稽內史)로 있을 때 밖에 나가 놀던 왕자경(王子敬 : 왕헌지)은 백토로 막 칠한 북쪽 관사의 벽을 보았는데, 희고 깨끗해서 보기 좋았다. 왕자경은 사람을 시켜 빗자루를 가져오게 해서 진흙물을 적셔 벽에 사방 1장(丈)쯤 되는 두 글자를 썼는데, 음영이 아름답게 조화를 이루어 그 필세(筆勢)가 아주 보기 좋았기에 날마다 구경꾼들이 시장을 이룰 정도였다. 왕희지도 그 훌륭함에 감탄했다. 왕자경은 서법을 좋아해서 어떠한 경우에도 현묘한 경지에 이르렀다. 한 젊은 호사가가 일부러 아주 깨끗한 흰 종이로 반소매 옷[褂] 미 : 계(褂)는 아마도 반소매 옷 따위인 것 같다. 을 만들어 그것을 입고 왕자경을 찾아갔더니, 왕자경이 곧장 종이옷에 글씨를 썼는데, 초서와 해서 등 여러 서체를 모두 갖추어 양쪽 소매와 테두리까지 두루 썼다. 젊은이는 왕자경 주변의 사람들이 자신의 종이옷을 빼앗으려는 기색을 느껴 그것을 들고 달아났다. 주변에 있던 사람들이 과연 문밖까지 그를 쫓아와서 다투는 바람에 종이옷이 찢어져, 젊은이는 겨우 한쪽 소매만 얻었을 뿐이었다. 왕자경이 오흥태수(吳興太守)로 있을 때, 양흔(羊欣)의 부친 양불의(羊不疑)는 오정현령(烏程縣令)으로 있었다. 양흔은 당시 열대여섯 살로 서법에 이미 뜻을 두고 있었는데, 왕자경이 그 사실을 알고 오정현으로 가서 그의 서재로 들어갔더니, 양흔은 새로 만든 흰 비단 속옷을 입고 낮잠을 자고 있었다. 이에 왕자경은 그의 속옷과 허리띠에 글씨를 썼다. 양흔은 깨고 나서 기뻐하며 마침내 이를 보배롭게 간직했다가 훗날 조정에 바쳤다.

평 : 《서단(書斷)》에 따르면, [남조] 송(宋)나라의 소사화(蕭思話)는 난릉(蘭陵) 사람으로, 양흔에게서 서법을 배웠는데 그 멋진 풍류가 거의 뒤지지 않았다. 원앙(袁昂)이 평하길, "양흔의 진서(眞書 : 해서)와 공임지(孔琳之)의 초서, 소사화의 행서와 범엽(范曄)의 전서는 각자 한 시대의 묘품(妙品)이다"라고 했다. 진(陳)나라 때 영흔사(永欣寺)의 스님 지영(智永)은 왕 우군의 후손으로 그의 초서는 묘품의 경지에 들었고, 같은 시대의 정점(丁覘)은 예서에 뛰어났는데, 당시의

사람들이 이르길, "정점의 진서와 지영의 초서"라고 했다.

王獻之, 字子敬, 亦善草隷. 幼學於父, 習於張芝. 爾後改變制度, 別創其法, 率爾師心, 冥合天矩. 初, 謝安請爲長史. 太元中, 新起太極殿, 安欲使子敬題榜, 以爲萬代寶, 而難言之. 乃說韋仲將題靈[1]雲臺之事, 子敬知其旨, 乃正色曰: "仲將, 魏之大臣, 寧有此事? 使其有此, 知魏德之不長." 安遂不之逼. 子敬年五六歲時學書, 右軍從後潛掣其筆, 不脫, 乃嘆曰: "此兒當有大名!" 遂書〈樂毅論〉與之.
評: 〈樂毅論〉, 長安中, 太平公主奏借出外榻寫, 因此遂失. 羲之爲會稽, 子敬出戲, 見北館新白土壁, 白淨可愛. 子敬令取掃帚, 沾泥汁中, 書壁爲方丈二字, 晻曖斐亹, 極有勢好, 日日觀者成市. 羲之亦嘆其美. 子敬好書, 觸遇造玄. 有一好事年少, 故作精白紙械, 眉: 械, 疑半臂之屬. 着往詣子敬, 便取械書之, 草正諸體悉備, 兩袖及標略周. 年少覺王左右有凌奪之色, 掣械而走. 左右果逐及於門外, 鬪爭分裂, 少年纔得一袖而已. 子敬爲吳興, 羊欣父不疑爲烏程令. 欣時年十五六, 書已有意, 爲子敬所知. 往縣入齋, 欣著新白絹裙, 晝眠. 子敬乃書其裙幅及帶. 欣覺歡樂, 遂寶之, 後以上朝廷.
評: 按《書斷》, 宋蕭思話, 蘭陵人. 學於羊欣, 風流媚好, 殆欲不減. 袁昂評云: "羊眞·孔草, 蕭行·范篆, 各一時之妙." 陳永欣寺僧智永, 右軍之孫, 草書入妙, 同時丁覘善隷, 時人云: "丁眞·永草."

* 이 고사는 《태평광기》 권207 〈서·왕헌지〉, 〈소사화(蕭思話)〉, 〈승지영(僧智永)〉, 권209 〈서·이왕진적(二王眞迹)〉에 실려 있다.

1 영(靈): 《서단(書斷)》에는 "능(凌)"이라 되어 있는데 타당하다.

48-13(1422) 대안도와 강흔
대안도 · 강흔(戴安道 · 康昕)

　진(晉)나라의 대안도[대규(戴逵)]는 은거하면서 벼슬하지 않았다. 그는 어린 시절에 계란 물에 흰 기와 가루를 반죽해서 정현(鄭玄)의 비문을 짓고 비석에 직접 글씨를 쓰고 새겼는데, 문장이 매우 아름답고 서법도 절묘했다.

　또 강흔이라는 사람이 있었는데, 역시 초서와 예서에 뛰어났다. 왕자경(王子敬 : 왕헌지)이 한번은 방산정(方山亭)의 벽에 몇 줄을 제사(題辭)했는데, 강흔이 그것을 몰래 고쳤다. 왕자경은 나중에 그곳에 들렀을 때 [그것을 보고도] 의심하지 않았다. 강흔은 자가 군명(君明)이고 외국 사람으로, 임기현령(臨沂縣令)을 지냈다.

晉戴安道隱居不仕. 總角時, 以鷄子汁溲白瓦屑, 作鄭玄碑, 自書刻之, 文旣奇麗, 書亦絶妙.
又有康昕, 亦善草隷. 王子敬嘗題方山亭壁數行, 昕密改之. 子敬後過不疑. 昕, 字君明, 外國人, 官臨沂令.

* 이 고사는 《태평광기》 권207 〈서 · 대안도 강흔〉에 실려 있는데, 《태평광기》 명초본에는 출전이 "《서단(書斷)》"이라 되어 있다.

48-14(1423) 왕승건

왕승건(王僧虔)

출《담수(譚藪)》·《남사(南史)》

낭야(琅琊) 사람 왕승건은 경사(經史)에 널리 통달하고 초서와 예서에도 뛰어났다. [남조 제나라] 태조(太祖 : 고제)가 왕승건에게 말했다.

"내 글씨는 경에 비해 어떠하오?"

왕승건이 말했다.

"신의 정서(正書 : 해서)는 첫째이고 초서는 셋째이며, 폐하의 초서는 둘째이고 정서는 셋째이니, 신은 둘째가 없고 폐하는 첫째가 없습니다."

황상이 크게 웃으며 말했다.

"경은 말을 참 잘하는구려!"

또 고제(高帝 : 태조)가 한번은 왕승건과 글씨의 우열을 겨루고 나서 말했다.

"누가 제일이오?"

왕승건이 대답했다.

"신의 글씨는 신하들 가운데 제일이고, 폐하의 글씨는 황제들 가운데 제일입니다."

고제가 웃으며 말했다.

"경은 가히 임기응변에 뛰어나다고 할 만하오!"

琅琊王僧虔, 博通經史, 兼善草隸. 太祖謂虔曰 : "我書何如卿?" 曰 : "臣正書第一, 草書第三, 陛下草書第二, 正書第三, 臣無第二, 陛下無第一." 上大笑曰 : "卿善爲詞也!" 又帝嘗與僧虔賭書畢, 帝曰 : "誰爲第一?" 僧虔對曰 : "臣書人臣中第一, 陛下書帝中第一." 帝笑曰 : "卿可謂善自謀矣!"

* 이 고사는 《태평광기》 권207 〈서·왕승건〉에 실려 있다.

48-15(1424) 소자운

소자운(蕭子雲)

출《상서고실》·《국사보》

[남조] 양(梁)나라의 소자운은 자가 경교(景喬)다. 무제(武帝)가 그에게 말했다.

"채옹(蔡邕)의 글씨는 '비(飛)'하되 '백(白)'하지 않고, 왕희지(王羲之)의 글씨는 '백'하되 '비'하지 않은데, '비'와 '백' 사이는 경의 헤아림에 달렸을 뿐이오."

무제가 사원을 짓고 소자운에게 비백체로 '소(蕭)' 자를 크게 쓰게 했다. 이약(李約)은 가산을 모두 처분해 강남에서 그 '소' 자를 구입해서 동락(東洛 : 낙양)으로 돌아온 뒤, 작은 정자 하나를 짓고 그 글자를 감상하면서 그 정자를 "소재(蕭齋)"라 불렀다.

평 : 혹자는 소사(蕭寺 : 사원의 별칭)라는 명칭이 여기에서 비롯했다고 말한다. 요컨대 소량(蕭梁 : 양나라) 때 가장 많은 사원을 지었는데, 오로지 소자운의 이름을 따온 것은 아니다. 만약 지금 사람이 "소재(蕭齋 : 서재의 별칭)"라고 칭한다면 그것의 승사(僧寺)처럼 청정한 뜻을 취한 것이다.

梁蕭子雲, 字景喬. 武帝謂曰 : "蔡邕飛而不白, 羲之白而不飛, 飛白之間, 在卿斟酌耳."

武帝造寺, 令蕭子雲飛白大書'蕭'字. 李約竭産, 自江南買歸東洛, 建一小亭以玩, 號曰"蕭齋".

評 : 或曰蕭寺之名始此. 要之蕭梁造寺最多, 不專以子雲名也. 若今人稱"蕭齋", 取其淸淨如僧寺耳.

* 이 고사는《태평광기》권207 〈서·소자운〉에 실려 있다.

48-16(1425) 스님 지영과 지과

승지영 · 지과(僧智永 · 智果)

출《상서고실》·《법서요록》·《서단》

[남조] 양(梁)나라의 주흥사(周興嗣)가 《천자문(千字文)》을 편찬했는데, 거기에 왕 우군(王右軍 : 왕희지)의 글씨가 들어 있다는 사실은 사람들이 모두 알지 못한다. 처음에 양나라 무제(武帝)가 제왕(諸王)에게 글을 가르치기 위해 은철석(殷鐵石)에게 대왕(大王 : 왕희지)의 글씨 중에서 중복되지 않은 1000자를 모사(摹寫)하게 했다. 그런데 각 글자가 여기저기 분산되어 있어서 잡다하고 순서가 없었다. 그래서 무제가 주흥사를 불러 말했다.

"경은 재사(才思)가 뛰어나니 나를 위해 그것을 운문으로 만들어 보시오."

주흥사는 하룻밤 사이에 편집해서 진상했는데, 귀밑머리가 모두 허옇게 세어 버렸다. 무제는 그에게 아주 후한 상을 내렸다. 왕 우군의 후손인 지영 선사는 직접 800부를 베껴 적어 그것을 사람들에게 나눠 주고, 강남의 여러 절에 각각 한 부씩 남겨 두었다. 영 공(永公 : 지영)은 오흥(吳興)의 영흔사(永欣寺)에 머물면서 일찍이 누각 위에서 서법을 공부했는데, 과업을 이루고 내려올 때쯤에는 독필(禿筆 : 모지랑

붓. 끝이 닳아서 못쓰게 된 붓)의 끄트머리를 담아 놓은 항아리 10개가 쌓여 있었다. 또 누각 위에서 글씨를 베껴 썼는데, 버린 붓의 끄트머리를 커다란 대나무 상자에 넣어 두었다. 대나무 상자는 한 섬 남짓이 들어갔는데, 다섯 개의 대나무 상자가 모두 가득 찼다. 글씨를 구하러 찾아오거나 편액에 글씨를 부탁하는 사람들이 시장처럼 몰려들었다. 그로 인해 그가 머무는 방의 문지방에 구멍이 나자 철판으로 감쌌는데, 이를 "철문한(鐵門限 : 쇠 문지방)"이라 불렀다. 후에 지영 선사는 독필의 끄트머리를 묻고 "퇴필총(退筆冢)"이라 불렀으며 직접 묘지명을 지었다.

같은 영흔사의 스님 지과는 회계(會稽) 사람으로, 명석서(銘石書 : 비석에 새기는 서체)에 뛰어났는데 서체가 심히 가늘면서도 힘찼다. 수(隋)나라 양제(煬帝)가 그것을 매우 훌륭히 여겼다.

梁周興嗣編次《千字文》, 而有王右軍者, 人皆不曉. 其始乃梁武敎諸王書, 令殷鐵石於大王書中, 搨一千字不重者. 每字片紙, 雜碎無序. 武帝召興嗣謂曰 : "卿有才思, 爲我韻之." 興嗣一夕編綴進上, 鬢髮皆白. 而賞錫甚厚. 右軍孫智永禪師, 自臨八百本, 散與人外, 江南諸寺各留一本. 永公住吳興永欣寺, 嘗於樓上學書, 業成方下, 積有秃筆頭十甕. 又於閣上臨書, 所退筆頭, 置之於大竹籠. 籠受一石餘, 而五籠皆滿. 人來覓書, 並請題額者如市. 所居戶限爲穿穴, 乃用鐵葉裹之, 謂爲"鐵門限". 後取筆頭瘞之, 號爲"退筆冢", 自製銘志.
同寺僧智果, 會稽人, 工書銘石, 甚爲瘦健. 隋煬帝甚善之.

* 이 고사는 《태평광기》 권207 〈서・승지영〉과 〈승지과〉에 실려 있다.

48-17(1426) 난정서를 구입하다
구난정서(購蘭亭序)

출《법서요록》

　　왕희지(王羲之)의 〈난정서〉는 지영(智永) 스님의 제자인 변재(辨才)가 일찍이 침실 들보 위에 감실을 뚫어서 〈난정서〉를 보관했는데, 스승이 살아 계실 때보다 더욱 아끼고 귀중히 여겼다. [당나라] 정관(貞觀) 연간(627~649)에 태종(太宗)은 정사를 돌보다가 틈이 날 때면 진지하게 글씨를 감상했는데, 왕희지의 진서(眞書 : 해서)와 초서가 실린 서첩을 거의 다 구입해 갖추었지만 미 : 태종이 구입한 왕희지의 글씨 가운데 진서와 행서는 총 290장인데 70권으로 장정했고, 초서는 20장인데 80권으로 장정했다. 태종은 매번 정사를 돌보다가 틈이 나면 때때로 그것들을 열람했다. 일설에는 대왕(大王 : 왕희지)의 진적(眞迹) 3600장은 대부분 1장(丈) 1척 길이로 한 두루마리를 만들었다고 한다. 오직 〈난정서〉만 얻지 못했다. 그러다가 그 서첩을 찾던 중에 그것이 변재의 수중에 있음을 알게 되었다. 그래서 칙명을 내려 변재를 내도량(內道場 : 궁중의 사원이나 도관)으로 불러들여 공양하게 했으며 하사품도 풍족히 내렸다. 며칠 후에 태종은 글씨에 대해 말하던 차에 〈난정서〉에 대해 물으면서 온갖 수단과 방법을 다 동원해 변재를 유도했다. 하지만 변재는 분명하게 말했다.

"예전에 스승님을 모실 때는 실제로 늘 그것을 볼 수 있었지만, 스승님이 돌아가신 뒤로 거듭 난리를 겪는 와중에 사라져 버려 어디에 있는지 모릅니다."

태종은 결국 변재를 월주(越州)로 되돌려 보냈다. 하지만 나중에 다시 조사해 보았더니 〈난정서〉는 여전히 변재의 수중에서 벗어나지 않았기에, 다시 칙명을 내려 변재를 내 도량으로 불러들여 〈난정서〉에 대해 거듭 물었다. 이렇게 하기를 세 차례나 했지만 변재는 끝내 꼭꼭 감춰 두고 내놓지 않았다. 그러자 황상이 측근 신하에게 말했다.

"왕 우군(王右軍 : 왕희지)의 글씨는 짐이 특별히 보배로 여기는 것인데, 그의 진적 중에서 〈난정서〉만 한 것이 없소. 그래서 그 서첩을 구해서 보고자 오매불망 노심초사했소. 지금 이 스님은 나이가 많고 〈난정서〉도 쓸모가 없으니, 만약 지략 있는 선비가 계책을 세워서 그것을 구한다면 반드시 얻을 수 있을 것이오."

상서좌복야(尙書左僕射) 방현령(房玄齡)이 말했다.

"신이 듣기에 감찰어사(監察御史) 소익(蕭翼)이란 자는 양(梁)나라 원제(元帝)의 증손자로, 지금 위주(魏州) 신현(莘縣) 출신인데 재예(才藝)가 있고 권모(權謀)가 풍부하다 하니, 이번 임무를 충분히 감당할 수 있을 것입니다."

태종이 마침내 소익을 불러 만나 보았더니 소익이 아뢰

었다.

"만약 신을 공적인 사신으로 삼는다면 도의상 사리에 맞지 않습니다. 신은 청컨대 사적인 신분으로 그를 찾아가고자 하는데, 반드시 이왕(二王 : 왕희지와 왕헌지 부자)의 잡첩(雜帖) 서너 통이 필요합니다."

태종은 그의 말대로 필요한 것을 그에게 주었다. 소익은 드디어 관을 바꿔 쓰고 미복(微服) 차림으로 낙수(洛水)로 가서, 상인의 배를 따라 월주로 내려갔다. 그는 또 누런 적삼을 입었는데 옷이 너무 헐렁하고 초라해서 마치 산동(山東)의 서생과 같은 모습이었다. 해가 저물 무렵에 절로 들어가서 복도를 따라가며 벽화를 구경하다가 변재의 승원에 이르러 문 앞에서 멈추었다. 변재가 멀리서 소익을 보고 물었다.

"어디서 오신 단월(檀越 : 시주)이신지요?"

소익이 앞으로 나아가 절하며 말했다.

"제자(弟子)는 북쪽 사람으로 누에씨를 조금 가지고 팔러 왔는데, 여러 절들을 마음껏 구경하다가 운 좋게도 선사님을 만나게 되었습니다."

인사가 끝나자 서로 말이 통하고 마음이 맞았다. 변재는 소익을 맞이해 방으로 들어가서 함께 바둑을 두고 금(琴)을 연주하고 투호(投壺)와 악삭(握槊 : 쌍륙)을 하면서 문학과 역사에 대해 얘기했는데, 뜻이 아주 잘 맞았다. 그러자 변재가 말했다.

"머리가 허옇게 셀 때까지 사귀어도 금방 사귄 사이처럼 생소한 경우가 있고, 길을 가다가 우연히 만나 서로 수레 덮개를 기울이고 잠깐 이야기해도 오랫동안 사귄 사이처럼 친한 경우도 있다는데, 이제부터는 서로의 행적에 얽매이지 맙시다."

그러고는 바로 소익을 붙들어 밤에 묵도록 하고 항면주(缸面酒)를 차렸다. 미 : 강동(江東)에서 "항면"이라 하는 것은 하북(河北)에서 "옹두(甕頭)"라고 부르는 것과 같은데, 막 익은 술을 말한다. 한창 즐거움이 무르익은 후에 운(韻)을 찾아 시를 짓고 서로 읊으면서 서로를 너무 늦게 알게 된 것을 안타까워했다. 밤새도록 마음껏 즐기다가 다음 날 소익이 떠나자 변재가 말했다.

"단월은 한가할 때 다시 오십시오."

그래서 소익은 술을 가지고 다시 절로 가서 흥이 나면 시를 지었는데, 이렇게 하기를 서너 차례 거듭했다. 시 짓고 술 마시기에 힘쓰는 사이에 그들의 습관이 아주 비슷해졌다. 열흘 정도 지나서 소익은 양나라 원제가 직접 그린 〈직공도(職貢圖)〉를 변재에게 보여 주었는데, 변재는 감탄하면서 칭찬해 마지않았다. 이렇게 해서 글씨에 대해 이야기하게 되자 소익이 말했다.

"제자는 이전에 왕희지 부자의 해서 필법을 전수받았고 또한 어려서부터 그것에 푹 빠져서, 지금도 왕희지 부자의 서첩 몇 개를 가지고 다닌답니다."

그러자 변재가 기뻐하며 말했다.

"내일 올 때 그걸 가져와서 보여 주시오."

소익은 때에 맞추어 가서 그 서첩을 꺼내 변재에게 보여 주었다. 그러자 변재가 그것을 자세히 살펴보더니 말했다.

"왕희지 부자의 친필이 맞긴 맞지만 가장 좋은 것은 아니오. 빈도(貧道)에게도 진품이 하나 있는데 보통 것과는 아주 많이 다르오."

소익이 물었다.

"어떤 서첩입니까?"

변재가 대답했다.

"〈난정서〉요."

소익이 웃으며 말했다.

"난리를 여러 번 겪었는데 진품이 어찌 남아 있을 수 있겠습니까? 분명 향탑(響搨)[85]으로 만든 위작일 것입니다."

변재가 말했다.

"지영 선사께서 살아 계실 때 보배처럼 간직하시다가 돌아가실 때 나에게 직접 주셨소. 주고받음이 확실한데 어찌

---

85) 향탑(響搨) : 서화(書畫) 등을 모사(摹寫)할 때 그림이나 글씨의 가장자리 선을 그어서 베껴 내는 것으로, 쌍구(雙鉤)라고도 한다.

착오가 있겠소? 내일 와서 봐도 좋소."

다음 날 소익이 오자 변재는 들보 위의 감실 속에서 〈난정서〉를 꺼냈다. 소익은 그것을 보고 나서 일부러 흠을 잡고 지적하며 말했다.

"과연 향탑으로 베껴 쓴 것입니다."

두 사람은 의견이 분분해 결국 결론을 내리지 못했다. 변재는 소익에게 〈난정서〉를 보여 준 후에 그것을 다시 들보 위에 두지 않고, 소익이 가지고 있던 왕희지 부자의 여러 서첩들과 함께 일단 책상에 놓아두었다. 변재는 당시 나이가 80여 세나 되었는데도 매일 창 아래에서 글씨를 몇 번씩 베껴 쓰면서 연습했는데, 늙었지만 이처럼 성실히 배우기를 좋아했다. 그 후로 소익이 자주 왕래하자 변재의 시동과 제자들은 아무도 그를 의심하지 않았다. 나중에 변재가 영사교(靈沍橋) 남쪽에 있는 엄천(嚴遷)의 집에 재(齋)를 올리러 가자, 소익은 마침내 가만히 변재의 방 앞으로 가서 시동에게 말했다.

"내가 수건을 책상 위에 두고 왔다."

시동이 바로 문을 열어 주자, 소익은 드디어 책상 위에서 〈난정서〉와 어부(御府)에서 가져온 왕희지 부자의 서첩을 가지고 곧바로 영안역(永安驛)으로 가서 역장에게 말했다.

"나는 어사(御史)로서 칙명을 받들고 이곳에 왔다. 지금 묵칙(墨敕)[86]을 가지고 있으니 속히 너의 도독(都督)에게 알려라."

도독 제선행(齊善行)이 그 소식을 듣고 말을 달려 와서 배알했다. 이에 소익이 칙서를 선독하고 자기가 온 까닭을 자세히 알려 주자, 제선행은 급히 사람을 보내 변재를 불러오게 했다. 변재는 그때까지도 엄천의 집에 있었고 아직 절로 돌아가지 않았는데, 갑자기 부름을 당해 무슨 영문인지 알지 못했다. 그를 부르러 온 사람이 또 말했다.

"시어사(侍御史)께서 보고자 하십니다."

변재가 가서 어사를 뵈었더니 바로 자신의 방에서 함께 있었던 소생(蕭生 : 소익)이었다. 소익이 말했다.

"일찍이 칙명을 받들어 〈난정서〉를 구하러 왔는데, 지금 이미 〈난정서〉를 얻었기 때문에 작별을 고하고자 스님을 부른 것이오."

변재는 그 말을 듣고 곧바로 기절했다가 한참이 지나서야 깨어났다. 소익은 곧장 역참에서 말을 달려 남쪽을 출발해 도성에 도착해서 황제께 아뢰었다. 태종은 크게 기뻐하면서 방현령이 사람을 잘 천거했다며 그에게 채색 비단 1000단(段 : 1단은 반 필)을 상으로 주었다. 그리고 소익을

---

86) 묵칙(墨敕) : 황제가 직접 내리는 칙서로, 거기에 찍힌 옥새의 빛이 검기 때문에 '묵칙'이라 한다.

원외랑(員外郞)으로 발탁하고 5품(五品)을 더해 주었으며, 은병(銀甁)과 금실을 새겨 넣은 병과 마노(瑪瑙)로 만든 주발을 하나씩 주면서 그것을 모두 진주로 채워 주었다. 또한 궁중의 마구간에 있는 좋은 말 두 필과 보배로 장식한 안장과 고삐, 그리고 가택과 장원도 한 채씩 하사했다. 미: 〈난정서〉가 제값을 받았다고 할 만하다. 태종은 처음에는 노승[변재]이 〈난정서〉를 비밀스럽게 아낀 것에 화가 났지만, 얼마 후에 그의 연로함을 감안해 차마 형벌을 내리지 못했다. 몇 달 후에는 그에게 하사품으로 비단 3000단과 곡식 3000섬을 주면서 월주에서 지급하도록 칙명을 내렸다. 변재는 하사품을 감히 자신이 사용하지 못하고 그것으로 3층 보탑(寶塔)을 세웠는데, 탑이 매우 정교하고 아름다웠으며 아직까지도 남아 있다. 노승은 여러 가지 일들로 놀라는 바람에 병이 심해져서 억지로라도 밥을 먹지 못하고 오직 미음만 마시다가 1년 남짓 지나서 죽었다. 태종은 향탑을 담당하는 조모(趙模)・한도정(韓道政)・풍승소(馮承素)・제갈진(諸葛眞) 네 명에게 각각 〈난정서〉를 몇 부씩 향탑하도록 명해 황태자와 제왕(諸王)과 측근 신하들에게 하사했다. 정관 23년(649)에 태종은 옥체가 좋지 않아서 옥화궁(玉華宮)의 함풍전(含風殿)으로 행차했는데, 붕어하기 전에 고종(高宗)에게 말했다.

"내가 너에게 물건 하나를 청하고자 한다. 너는 진실로 효자이니 어찌 이 아비의 마음을 저버릴 수 있겠느냐? 네 뜻은 어떠하냐?"

고종이 슬픔에 목이 메어 눈물을 흘리면서 귀 기울여 명을 들었더니 태종이 말했다.

"내가 원하는 것은 〈난정서〉이니 내가 가져갈 수 있게 해다오."

그 후에 〈난정서〉는 옥갑(玉匣)에 담겨서 소릉(昭陵: 태종의 능)에 묻혔다. 오늘날 조모 등이 향탑한 것은 한 부의 가치가 수만 전에 달한다.

王羲之〈蘭亭序〉, 僧智永弟子辨才, 嘗於寢房伏梁上, 鑿爲暗檻, 以貯〈蘭亭〉, 保惜貴重於師在日. 貞觀中, 太宗以聽政之暇, 銳志玩書, 臨義之眞草書帖, 購募備盡, 眉: 太宗購得義之字, 眞行凡二百九十紙, 裝爲七十卷, 草書二十紙, 裝爲八十卷. 每聽政之暇, 時閱之. 一說有大王眞迹三千六百紙, 率以一丈一尺爲一軸. 唯未得〈蘭亭〉. 尋討此書, 知在辨才之所. 乃敕追師入內道場供養, 恩賚優洽. 數日後, 因言次, 乃問及〈蘭亭〉, 方便善誘, 無所不至. 辨才確稱: "往日侍奉先師, 實常獲見, 自師沒後, 薦經喪亂, 墜失不知所在." 遂放歸越中. 後更推究, 不離辨才之處, 又敕追辨才入內, 重問〈蘭亭〉. 如此者三度, 竟靳固不出. 上謂侍臣曰: "右軍之書, 朕所偏寶, 就中之迹, 莫如〈蘭亭〉. 求見此書, 勞於寤寐. 此僧耆年, 又無所用, 若得一智略之士, 設謀取之, 必獲." 尙書左僕射房玄齡曰: "臣聞監察御史蕭翼者, 梁元帝之曾孫, 今貫魏州莘縣, 負才藝, 多權謀, 可充此使." 太宗遂召見, 翼奏曰: "若作公使, 義無得理. 臣請私行詣彼, 須得二王雜帖三數通." 太宗依給. 翼遂改冠微服, 至洛潭, 隨商人船, 下至越州. 又衣黃衫, 極寬長潦倒, 得山東書生之體. 日暮入寺, 巡廊以觀壁畫, 過辨才院, 止於門前. 辨才遙見翼, 乃問曰:"何處檀越?"翼就前禮拜云:"弟子是北人, 將少許蠶種來賣, 歷寺縱觀, 幸遇禪師." 寒溫既畢, 語議便合. 因延入房內, 即共圍棋撫琴, 投壺握槊, 談說文史, 意甚相得. 乃曰:"白頭如新, 傾蓋如舊, 今後無形迹也." 便留夜宿, 設缸面酒. 眉: 江東云"缸面", 猶河北稱"甕頭", 謂初熟酒也. 酣樂之後, 探韻賦詩, 彼此諷咏, 恨相知之晚. 通宵盡歡, 明日乃去. 辨才云:"檀越閑卽更來." 翼乃載酒赴之, 興後作詩, 如此者數四. 詩酒爲務, 其俗混然. 經旬朔, 翼示師梁元帝自書〈職貢圖〉, 師嗟賞不已. 因談論翰墨, 翼曰:"弟子先傳二王楷書法, 弟子自幼來耽玩, 今亦數帖自隨." 辨才欣然曰:"明日來, 可把此看." 翼依期而往, 出其書以示辨才. 辨才熟詳之曰:"是卽是矣, 然未佳善也. 貧道有一眞迹, 頗是殊常." 翼問曰:"何帖?" 才曰:"〈蘭亭〉." 翼笑曰:"數經亂離, 眞迹豈在? 必是響搨僞作耳." 辨才曰:"禪師在日保惜, 臨亡之時, 親付於吾. 付受有緒, 那得參差? 可明日來看." 及翼到, 師自於屋梁上檻內出之. 翼見訖, 故駁瑕指纇曰:"果是響搨書也." 紛競不定. 自示翼之後, 更不復安於伏梁上, 並蕭翼二王諸帖, 並借留置於几案之間. 辨才時年八十餘, 每日於窗下臨學數遍, 其老而篤好也如此. 自是翼往還既數, 童弟等無復猜疑. 後辨才出赴邑[1]汜橋南嚴遷家齋, 翼遂私來房前, 謂童子曰:"翼遺却帛子在床上." 童子卽爲開門, 翼遂於案上取得〈蘭亭〉及御府二王書帖, 便赴永安驛, 告驛長曰:"我是御史, 奉敕來此. 今有墨敕, 可報汝都督知." 都督齊善行聞之, 馳來拜謁. 蕭翼因宣示敕旨, 具告所由, 善行走使人召辨才. 辨才仍在嚴

遷家, 未還寺, 遽見追呼, 不知所以. 又遣云:"侍御須見." 及
師來見御史, 乃是房中蕭生也. 蕭翼報云:"奉敕遣來取〈蘭
亭〉,〈蘭亭〉今已得矣, 故喚師來別." 辨才聞語而便絶倒, 良
久始甦. 翼便馳驛南[2]發, 至都奏御. 太宗大悅, 以玄齡擧得
其人, 賞錦綵千段. 擢拜翼爲員外郞, 加五品, 賜銀甁一·金
縷甁一·瑪瑙碗一, 並實以珠, 內廐良馬兩匹, 兼寶裝鞍轡,
宅莊各一區. 眉:〈蘭亭〉可謂得價. 太宗初怒老僧之秘悋, 俄
以其年耄, 不忍加刑. 數月後, 仍賜物三千段, 穀三千石, 便
敕越州支給. 辨才不敢入己用, 迺造三層寶塔, 塔甚精麗, 至
今猶存. 老僧因驚悸患重, 不能强飯, 唯歠粥, 歲餘乃卒. 帝
命供奉榻書人趙模·韓道政·馮承素·諸葛眞等四人, 各
榻數本, 以賜皇太子·諸王·近臣. 貞觀二十三年, 聖躬不
豫, 幸玉華宮含風殿, 臨崩, 謂高宗曰:"吾欲從汝求一物.
汝誠孝也, 豈能違吾心耶? 汝意何如?" 高宗哽咽流涕, 引耳
聽受, 太宗曰:"吾所欲得〈蘭亭〉, 可與我將去." 後用玉匣貯
之, 藏於昭陵. 今趙模等所榻者, 一本尙直錢數萬.

* 이 고사는 《태평광기》 권208 〈서·구난정서〉에 실려 있다.

1 읍(邑) : 《법서요록(法書要錄)》에는 "영(靈)"이라 되어 있는데 타당하다.

2 남(南) : 《법서요록》에는 "이(而)"라 되어 있다.

48-18(1427) 왕방경

왕방경(王方慶)

출《담빈록》

 [당나라] 용삭(龍朔) 2년(662)에 고종(高宗)이 봉각시랑(鳳閣侍郎 : 중서시랑) 왕방경에게 말했다.

 "경의 집에는 분명 서첩이 있을 것이오."

 왕방경이 아뢰었다.

 "신의 10대 재종백조(再從伯祖) 왕희지(王羲之)의 글씨는 선친이 40여 장을 가지고 있었는데 정관(貞觀) 12년(638)에 선친이 이미 바쳤고, 남아 있던 한 권도 신이 근자에 이미 바쳤습니다. 신의 11대조 왕도(王導), 10대조 왕흡(王洽), 9대조 왕순(王詢), 8대조 왕담수(王曇首), 7대조 왕승작(王僧綽), 6대조 왕중보(王仲寶), 5대조 왕건(王騫), 고조 왕규(王規), 증조 왕포(王褒), 그리고 9대 삼종백조(三從伯祖)인 진(晉)나라의 중서령(中書令) 왕헌지(王獻之) 이하 28명의 글씨를 합해 모두 10권이 아직 남아 있습니다."

 황상은 무성전(武成殿)으로 납시어 여러 신하들을 불러 그것을 가져오게 해서 구경했으며, 아울러 봉각사인(鳳閣舍人 : 중서사인) 최융(崔融)에게 서(序)를 쓰게 하고 직접 그것을 《보장집(寶章集)》이라 이름 붙여 왕방경에게 하사했으니, 조야(朝野)가 이를 영화롭게 여겼다.

龍朔二年, 高宗謂鳳閣侍郞王方慶曰 : "卿家合有書法." 方慶奏曰 : "臣十代再從伯祖羲之, 先有四十餘紙, 貞觀十二年, 先臣進訖, 有一卷, 臣近已進訖. 臣十一代祖導, 十代祖洽, 九代祖詢, 八代祖曇首, 七代祖僧綽, 六代祖仲寶, 五代祖騫, 高祖規, 曾祖褒, 並九代三從伯祖晉中書令獻之已下二十八人書, 共十卷, 見在." 上御武成殿, 召群臣, 取而觀之, 仍令鳳閣舍人崔融作序, 自爲《寶章集》, 以賜方慶, 朝野榮之.

* 이 고사는 《태평광기》 권209 〈서 · 왕방경〉에 실려 있다.

48-19(1428) 당 태종

당태종(唐太宗)

출《상서고실》

당나라 태종이 정관(貞觀) 14년(640)에 친히 진서(眞書 : 해서)와 초서(草書)로 병풍에 글씨를 써서 여러 신하들에게 보여 주었는데, 필력에 힘이 넘쳐 한 시대의 최고라고 할 만했다. 태종은 일찍이 조정 신하들에게 말했다.

"나는 옛사람의 글씨를 접할 때 거의 그 형세를 배우려 하지 않고 오직 그 필력만을 배우고자 하니, 필력을 얻게 되면 형세는 저절로 생겨날 뿐이오."

태종이 한번은 3품 이상의 관리들을 불러 현무문(玄武門)에서 연회를 베풀었는데, 태종이 붓을 쥐고 비백서(飛白書)를 쓰자 여러 신하들이 술기운에 태종의 글씨를 손에 넣으려고 서로 다투었다. 그때 산기상시(散騎常侍) 유계(劉洎)가 어상(御床)에 올라가 손을 내뻗어서 글씨를 낚아챘다. 글씨를 얻지 못한 자들은 모두 유계가 어상에 올라갔으니 마땅히 죽을죄에 해당한다고 말하면서 국법에 회부하길 청했다. 그러자 태종이 웃으며 말했다.

"예전에 듣기로 첩여(婕妤)가 어연(御輦)에 오르기를 거절했다는데,[87] 지금은 산기상시가 어상에 올랐구려!"

唐太宗貞觀十四年, 自眞草書屛風, 以示群臣, 筆力遒勁, 爲一時之絶. 嘗謂朝臣曰:"吾臨古人之書, 殊不學其形勢, 惟在骨力, 及得骨力, 而形勢自生耳." 嘗召三品已上, 賜宴於玄武門, 帝操筆作飛白書, 衆臣乘酒, 就太宗手中相競. 散騎常侍劉洎登御床引手, 然後得之. 其不得者, 咸稱洎登床, 罪當死, 請付法. 太宗笑曰:"昔聞婕妤辭輦, 今見常侍登床!"

* 이 고사는《태평광기》권208〈서·당태종〉에 실려 있다.

87) 첩여(婕妤)가 어연(御輦)에 오르기를 거절했다는데 : '첩여'는 한나라 성제(成帝)의 빈첩인 반 첩여(班婕妤)를 말한다. 성제가 그녀에게 함께 수레에 타자고 하자 그녀가 빈첩은 천자와 함께 수레에 탈 수 없다고 사양했다 한다.

48-20(1429) 구양순

구양순(歐陽詢)

출《서단》·《국사이찬》

당(唐)나라의 솔갱령(率更令) 구양순은 자가 신본(信本)이다. 팔체(八體 : 고문·대전·소전·예서·비백·팔분·행서·초서)에 모두 능했으며, 필력이 힘차고 기험(奇險)했다. 고려(高麗 : 고구려)에서 그의 서법을 좋아해 사신을 파견해서 그의 글씨를 청했는데, 신요(神堯 : 고조)가 감탄하며 말했다.

"구양순 서법의 명성이 멀리 동쪽 오랑캐에게까지 전해질 줄은 생각지도 못했도다!"

구양솔갱(歐陽率更 : 구양순)이 한번은 출타했다가 색정(索靖)이 쓴 옛 비문을 보았는데, 말을 멈추고 그것을 살펴보다가 한참이 지나서야 떠났다. 그런데 몇 걸음 갔다가 다시 말에서 내려 멈춰 서서 보았으며, 피곤해지자 담요를 깔고 앉아서 보았다. 이렇게 그 옆에서 밤을 지내고 사흘이 지나서야 떠나갔다. 오늘날 개원통보(開元通寶)라는 동전은 무덕(武德) 4년(621)에 주조한 것으로, 그 글씨는 바로 구양솔갱이 쓴 것이다. 그의 아들 구양통(歐陽通)도 서법에 뛰어났는데, 글씨가 부친보다 가늘고 약하다.

唐率更令歐陽詢, 字信本. 八體盡能, 筆力勁險. 高麗愛其書, 遣使請焉, 神堯嘆曰:"不意詢之書名, 遠播夷狄!" 率更嘗出行, 見古碑, 索靖所書, 駐馬觀之, 良久而去. 數步, 復下馬停立, 疲則布毯坐觀. 因宿其旁, 三日而後去. 今開通元寶錢, 武德四年鑄, 其文乃歐陽率更書也. 子通, 亦善書, 瘦怯於父.

* 이 고사는 《태평광기》 권208 〈서·구양순〉과 〈구양통(歐陽通)〉에 실려 있다.

48-21(1430) 우세남과 저수량

우세남 · 저수량(虞世南 · 褚遂良)

출《서단》·《국사이찬》

우세남은 자가 백시(伯施)이고 회계(會稽) 사람이다. 수(隋)나라에서 벼슬해 비서랑(秘書郎)이 되었는데, 양제(煬帝)가 그의 강직함을 싫어했기 때문에 10여 년 동안 줄곧 7품관으로 있었다. 당(唐)나라에서는 관직이 비서감(秘書監)에 이르렀다. 행서와 초서는 본래 지영(智永)을 스승으로 삼았는데, 만년에 이르러서는 필세가 더욱 힘차고 빼어났다. 우세남은 항렬이 일곱째였기에 서법가들이 그를 "우칠(虞七)"이라 불렀다.

저수량은 하남(河南) 사람이다. 어렸을 때는 우 감(虞監 : 우세남)을 스승으로 따랐고, 장성해서는 왕 우군(王右軍 : 왕희지)을 스승으로 본받았다. 저수량이 일찍이 우 감에게 물었다.

"제 글씨를 지영 선사와 비교하면 어떠합니까?"

우 감이 말했다.

"내가 듣기로 그의 글씨는 한 글자의 가치가 5만 냥이라 하니, 그대가 어찌 그와 같을 수 있겠는가?"

저수량이 말했다.

"구양순(歐陽詢)과 비교하면 어떠합니까?"

우 감이 말했다.

"내가 듣기로 구양순은 종이와 붓을 가리지 않고도 모두 뜻대로 쓸 수 있다고 하니, 그대가 어찌 그와 같을 수 있겠는가?"

저수량이 말했다.

"그렇다면 제가 어떻게 더 이상 여기에 뜻을 두겠습니까?"

우 감이 말했다.

"만약 손과 붓이 서로 조화되어 함께 글씨를 이루어 낸다면 그것 역시 정말로 귀한 것이지."

그러자 저수량은 기뻐하며 물러갔다.

虞世南, 字伯施, 會稽人也. 仕隋爲秘書郎, 煬帝嫉其鯁直, 一爲七品十餘年. 仕唐至秘書監. 行草本師智永, 及其暮, 加以遒逸. 世南行七, 書家稱爲"虞七".
褚遂良, 河南人. 少則伏膺虞監, 長則師祖右軍. 遂良嘗問虞監曰:"某書何如永師?" 曰:"吾聞彼一字直五萬, 官豈得若此?" 曰:"何如歐陽詢?" 虞曰:"聞詢不擇紙筆, 皆能如志, 官豈得若此?" 褚曰:"旣然, 某何更留意於此?" 虞曰:"若使手和筆調, 遇合作者, 亦深可貴尙." 褚喜而退.

* 이 고사는 《태평광기》 권208 〈서·우세남〉과 〈저수량〉에 실려 있다.

48-22(1431) 고정신
고정신(高正臣)
출《서단》

고정신은 광평(廣平) 사람으로 관직이 위위경(衛尉卿)에 이르렀다. 그는 왕 우군(王右軍 : 왕희지)의 서법을 익혔는데, [당나라] 예종(睿宗)이 그의 글씨를 좋아했다. 장회소(張懷素)는 예전부터 고정신과 오랜 친분이 있었는데, 조정 관리들이 고정신을 찾아와 글씨를 청하면 간혹 장회소가 고정신을 빙자해서 대신 써 주곤 했다. 한번은 고정신이 어떤 손님에게 15장을 써 주었는데, 장회소가 장난으로 그중 다섯 장을 바꿔치기하고서 고정신에게 보여 주게 했지만, 고정신은 재차 보고도 바뀐 것을 깨닫지 못했다. 손님이 말했다

"어떤 사람이 공의 글씨를 바꿔치기했습니다."

그러자 고정신이 웃으며 말했다.

"분명 장 공(張公 : 장회소)일 것이오."

그러고는 자세히 살펴보고 석 장을 골라냈다. 그러자 손님이 말했다.

"아직도 더 있습니다."

고정신은 다시 살펴봤지만 끝내 분간해 내지 못했다. 한

번은 고정신이 어떤 사람에게 병풍에 글씨를 써 주기로 약속했는데, 그 사람은 기일이 지나도록 병풍을 얻지 못했다. 그 사람은 곧 회남(淮南)으로 출사(出使)하게 되었기에 작별하면서 몹시 안타까워했다. 그러자 고정신이 말했다.

"저의 친구 미 : 친구는 장회소를 가리킨다. 가 신주(申州)에 있는데 저의 글씨와 똑같으니, 당신은 그에게 가서 써 달라고 하면 됩니다."

한번은 육간지(陸柬之)가 고정신을 위해 직첩(職牒)을 써 주었는데, 고정신은 마음에 들지 않아서 그것을 휴대하지 않고 관직에 부임했다. 나중에 쥐가 그 직첩을 훼손하자 고정신이 그것을 장 공에게 보여 주며 말했다.

"요놈의 쥐가 내 뜻을 잘도 아는구려."

두 사람의 풍격이 맞지 않음이 줄곧 이런 정도까지 이르렀다.

평 : 《서단(書斷)》에 따르면, 비서소감(秘書少監) 왕소종(王紹宗)은 왕자경(王子敬 : 왕헌지)을 스승으로 본받았고 육간지를 흠모했으니, 육간지도 악필이 아니었음을 알 수 있다.

高正臣, 廣平人, 官至衛尉卿. 習右軍之法, 睿宗愛其書. 張懷素先與高有舊, 朝士就高乞書, 或憑書之. 高常爲人書十五紙, 張乃戲換其五紙, 又令示高, 再看不悟. 客曰 : "有人換公書." 高笑曰:"必張公也." 乃詳觀之, 得其三紙. 客曰: "猶有在." 高又觀之, 竟不能辨. 高嘗許人書一屛障, 逾時未獲. 其人乃出使淮南, 臨別大悵惋. 高曰:"正臣故人 眉:故人指懷素. 在申州, 正與僕書一類, 公可便往求之." 陸柬之嘗爲高書告身, 高嘗嫌之, 不將入秩. 後爲鼠所傷, 乃持示張公曰:"此鼠甚解正臣意." 風調不合, 一至於此.

評:按《書斷》, 王少監紹宗, 祖述子敬, 欽羨柬之, 則知柬之亦非惡札.

* 이 고사는《태평광기》권208〈서·고정신〉에 실려 있다.

48-23(1432) 스님 회소
승회소(僧懷素)
출《국사보》

　장사(長沙)의 스님 회소는 초서를 좋아했는데, 스스로 초성삼매(草聖三昧)88)를 터득했다고 말했다. 버린 붓이 무더기로 쌓이자 산 아래에 묻고 "필총(筆冢)"이라 불렀다.

長沙僧懷素好草書, 自言得草聖三昧. 棄筆堆積, 埋於山下, 號曰"筆冢".

* 이 고사는《태평광기》권208〈서·승회소〉에 실려 있다.

---

88) 초성삼매(草聖三昧) : '삼매'란 범어(梵語) '사마디(samadhi)'의 음역으로, 오직 한 가지 일에만 마음을 집중하는 경지를 말한다.

48-24(1433) 정 광문
정광문(鄭廣文)

출《상서고실》

정건(鄭虔)은 광문관박사(廣文館博士)를 지냈다. 서법을 공부하면서 종이가 없음을 걱정하다가 자은사(慈恩寺)에 감잎을 보관해 둔 몇 칸짜리 방이 있다는 것을 알고, 마침내 승방을 빌려 머물면서 날마다 붉은 잎을 가져다 글씨를 익혔는데, 여러 해가 지나자 그 잎을 거의 다 사용했다. 후에 자신이 지은 시를 직접 쓰고 그림을 그려서 1권으로 묶어 바쳤더니, 현종(玄宗)이 어필(御筆)로 그 서첩의 끝에 "정건삼절(鄭虔三絶)"이라 써 주었다.

鄭虔任廣文博士. 學書而病無紙, 知慈恩寺有柿葉數間屋, 遂借僧房居止, 日取紅葉學書, 歲久殆遍. 後自寫所製詩並畫, 同爲一卷封進. 玄宗御筆書其尾曰"鄭虔三絶".

* 이 고사는 《태평광기》 권208 〈서·정광문〉에 실려 있다.

48-25(1434) 이양빙

이양빙(李陽冰)

출《국사보》

　　이양빙은 소전(小篆)에 뛰어났다. 강주(絳州)에 [비석에 쓴] 전자(篆字)가 있었는데, 옛것과 같지 않아서 사람들이 자못 괴이하게 여겼다. 이양빙은 그것을 보고 그 아래에서 잠을 자며 며칠 동안이나 떠날 수 없었다. 조사해 본 결과 그 글씨는 당(唐)나라 초의 것이었으며, 글씨를 쓴 사람의 성명은 기재되어 있지 않았다. 비석에 "벽락(碧落)"이라는 두 글자가 있었으므로 당시 사람들은 그것을 "벽락비(碧落碑)"라고 불렀다.

　　평 : 서원여(舒元輿)의 《옥저전지(玉筯篆志)》에서 이사(李斯)와 이양빙의 서법을 논했는데, 그 시에서 이르길, "이사가 떠난 지 천 년 후, 이양빙이 당나라 때 태어났네. 이양빙이 또 떠나면, 나중엔 누구와 함께할까? 천 년 후에 사람이 있다면, 누가 그를 기다릴 수 있을까? 천 년 후에 사람이 없다면, 전서는 여기에서 멈출 것이네. 아, 주인이여, 날 위해 보배로 간직하시라!"라고 했다.

李陽冰善小篆. 絳州有篆字, 與古不同, 頗爲怪異. 李陽冰見之, 寢臥其下, 數日不能去. 驗其書, 是唐初, 不載書者名姓. 碑有"碧落"二字, 時人謂之"碧落碑".

評 : 舒元興《玉筯篆志》論李斯·李陽冰之書, 其詞曰 : "斯去千年, 冰生唐時. 冰復去矣, 後來與誰? 後千年有人, 誰能待之? 後千年無人, 篆止於斯. 嗚呼主人, 爲吾寶之!"

* 이 고사는《태평광기》권208〈서·이양빙〉에 실려 있다.

48-26(1435) 장욱

장욱(張旭)

출《국사보》·《유한고취(幽閑鼓吹)》

    장욱은 초서의 필법을 터득했는데, 후에 최막(崔邈)과 안진경(顏眞卿)에게 전수했다. 장욱이 말했다.

    "처음에 나는 공주와 짐꾼이 길을 다투었다는 얘기를 듣고 필법의 의미를 깨달았으며, 나중에는 공손씨[公孫氏 : 당나라 교방의 예인 공손대낭(公孫大娘)]가 검기무(劍器舞)를 추는 것을 보고 필법의 신묘함을 깨달았다."

    그는 술에 취하면 번번이 초서를 썼는데, 붓을 휘두르고 고함을 지르면서 머리를 먹물에 적셔 글씨를 썼기에 세상에서는 그를 "장전(張顚 : 장씨 미치광이)"이라 불렀다. 장욱은 술이 깬 후에 자기가 쓴 글씨를 보고 신기하다고 여기면서 다시는 얻을 수 없다고 했다. 후배들이 필법에 대해 논할 때 구양순(歐陽詢)·우세남(虞世南)·저수량(褚遂良)·설직(薛稷)에 대해서는 간혹 이견이 있긴 하지만, 장 장사(張長史 : 장욱)[89]에 대해서는 이견이 없었다.

---

[89] 장 장사(張長史) : 장욱을 말한다. 장욱은 일찍이 좌솔부장사(左率府長史)와 금오장사(金吾長史)를 지냈기 때문에 "장 장사"로 불렸다.

장욱은 처음 벼슬길에 올라 소주(蘇州)의 상숙현위(常熟縣尉)가 되었다. 임관되고 열흘 후에 어떤 노인이 소장(訴狀)을 제출하자 장욱이 판결을 내렸는데, 며칠 지나지 않아서 노인이 다시 왔다. 그러자 장욱이 화를 내며 질책해 말했다.

"감히 쓸데없는 일로 누차 관아를 소란스럽게 만들다니!"

노인이 말했다.

"사실 소인은 일을 따지려고 온 것이 아니라, 다만 젊은 나리의 필적이 기묘한 것을 보고 상자 속의 보배로 여길 만큼 귀하기 때문에 왔을 뿐입니다." 미 : 고상한 일이다.

장 장사는 이상하게 여기며 그가 어떻게 글씨를 아끼게 되었는지 물었더니 노인이 대답했다.

"선친에게서 서법을 전수받았고 아울러 저술도 있습니다."

장 장사가 그것을 보았더니 진실로 천하의 명필이었다. 이로부터 그는 필법의 오묘함을 갖추어 한 시대의 으뜸이 되었다.

張旭草書得筆法, 後傳崔邈·顏眞卿. 旭言:"始吾聞公主與擔夫爭路而得筆法之意, 後見公孫氏舞劍器而得其神." 飮醉輒草書, 揮筆大叫, 以頭搵水墨中而書之, 天下呼爲"張顚". 醒後自視, 以爲神異, 不可復得. 後輩言筆札者, 歐·虞·褚·薛, 或有異論, 至長史無間言.

旭釋褐爲蘇州常熟尉. 上後旬日, 有老父過狀, 判去, 不數日復至. 乃怒而責曰:"敢以閑事屢擾公門!" 老父曰:"某實非論事, 但睹少公筆迹奇妙, 貴爲篋笥之珍耳." 眉:雅事. 長史異之, 因詰其何得愛書, 答曰:"先父受書, 兼有著述." 長史取視之, 信天下工書者也. 自是備得筆法之妙, 冠於一時.

* 이 고사는 《태평광기》 권208 〈서·장욱〉에 실려 있다.

48-27(1436) 노홍선

노홍선(盧弘宣)

출《노씨잡설》

이덕유(李德裕)가 재상으로 있을 때 어떤 사람이 서첩을 바쳤는데, 이덕유는 그것을 가지고 감상하면서 그 글씨를 매우 좋아했다. 노홍선은 당시 탁지낭중(度支郎中)으로 있었는데, 서법에 뛰어나다는 명성이 있었다. 그래서 이덕유는 그를 불러들여 자신이 얻은 서첩을 꺼내 그에게 살펴보게 했다. 노홍선이 서첩을 들고 오래도록 대답하지 않자 이덕유가 말했다.

"어떠한가?"

노홍선이 황공한 모습으로 말했다.

"이것은 제가 근년에 소왕(小王 : 왕헌지)의 서첩을 모사(摹寫)한 것입니다."

태위(太尉 : 이덕유)는 그를 더욱 중시했다.

李德裕作相日, 人獻書帖, 德裕得之執玩, 頗愛其書. 盧弘宣時爲度支郎中, 有善書名. 召至, 出所獲, 令觀之. 弘宣持帖, 久之不對, 德裕曰:"何如?" 弘宣有恐悚狀曰:"是某頃年所臨小王帖." 太尉彌重之.

* 이 고사는 《태평광기》 권209 〈서·노홍선〉에 실려 있다.

48-28(1437) 진원강

진원강(陳元康)

출《노씨잡설》미 : 절묘한 기예가 덧붙어 나온다(絶技附見).

　　북제(北齊)의 하양(河陽) 사람 진원강은 문서를 담당하는 하급 관리였는데 책을 암기하는 데 뛰어났다. 한번은 눈이 내리는 밤에 태조[太祖 : 고환(高歡)]가 명을 내려 군사 문서를 짓게 하자, 진원강이 순식간에 수십 장의 문서를 작성했는데 붓이 굳을 틈도 없었다. 당시 사람들이 그를 두고 말했다.

　　"삼최(三崔)와 양장(兩張)도 진원강 한 사람만 못하다."

　　삼최는 최섬(崔暹)·최계서(崔季舒)·최앙(崔昂)이고, 양장은 장덕미(張德微)·장찬(張纂)이다.

北齊河陽陳元康, 刀筆吏也, 善暗書. 嘗雪夜, 太祖命作軍書, 頃爾數十紙, 筆不暇凍. 時人爲之語曰 : "三崔·兩張, 不如一陳元康." 三崔, 暹·季舒·昂也, 兩張, 德微·纂也.

* 이 고사는 《태평광기》 권173 〈준변(俊辯)·진원강〉에 실려 있는데, 출전이 "《담수(談藪)》"라 되어 있다.

권49 화부(畫部)

화(畫)

49-1(1438) **열예**
열예(烈裔)
출'왕자년《습유기》'

    진(秦)나라의 열예는 건소국(騫霄國) 사람이었는데, 진시황(秦始皇) 때 본국에서 그를 진나라에 바쳤다. 그는 단사와 먹을 입에 머금었다가 벽에 뿜어 용과 짐승을 그렸으며, 사방 1촌 안에 오악(五嶽)과 사독(四瀆)과 열국(列國)을 다 갖추어 그렸다.

秦有烈裔者, 騫霄國人. 秦皇帝時, 本國進之. 口含丹墨, 噀壁以成龍獸, 方寸內有五岳·四瀆·列國備焉.

*   이 고사는 《태평광기》 권210 〈화·열예〉에 실려 있다.

49-2(1439) 경군

경군(敬君)

출'유향(劉向) 《설원(說苑)》'

   [춘추 시대] 제(齊)나라의 경군은 그림에 뛰어났다. 제나라 왕이 9층의 누대를 세우고 경군을 불러 그림을 그리게 했다. 경군은 오래도록 고향에 돌아가지 못하자, 자신의 처를 그리워한 나머지 그녀의 초상을 그려 마주했다. 제나라 왕은 그녀의 아름다움을 보고 백만금을 하사하고 마침내 경군의 처를 맞아들였다.

齊敬君善畫. 齊王起九重臺, 召敬君畫. 君久不得歸, 思其妻, 遂畫眞以對之. 齊王因睹其美, 賜金百萬, 遂納其妻.

*   이 고사는 《태평광기》 권210 〈화ㆍ경군〉에 실려 있다.

49-3(1440) 모연수

모연수(毛延壽)

출《서경잡기》

 전한(前漢)의 원제(元帝)는 후궁이 너무 많아서 늘 만나 볼 수 없자, 화공에게 후궁들의 초상을 그리게 해서 그 초상을 보고 불러들여 총애했다. 여러 궁인들은 모두 화공에게 뇌물을 주었는데, 많이 준 자는 10만이었고 적게 준 자도 5만을 내려가지 않았다. 그러나 왕장(王嬙)만은 그렇게 하려 하지 않아 결국 부름을 받을 수 없었다. 나중에 흉노가 연지(閼氏 : 흉노 군주의 정처)로 삼을 미인을 구하자, 황상은 초상을 보고 왕소군(王昭君 : 왕장)을 보내게 했다. 그런데 왕소군이 떠날 때 불러서 보았더니 용모가 아름다웠다. 원제는 후회했지만 이미 결정한 뒤였고 외국에 대한 신의를 중시했기 때문에 다시 바꾸지 못했다. 그래서 그 일을 철저히 조사해서 화공을 모두 저잣거리에서 처형했으며, 그 가산을 몰수했더니 모두 엄청난 액수였다. 화공 중에 두릉(杜陵)의 모연수(毛延壽)는 사람의 모습을 그릴 때 미추(美醜)와 노소(老少)를 막론하고 반드시 핍진하게 그렸다. 안릉(安陵)의 진창(陳敞)은 소나 말의 여러 자세를 다양하게 잘 그렸지만, 사람 모습의 미추는 모연수에 미치지 못했다. 하두(下

杜)의 양망(陽望)도 그림을 잘 그렸는데, 특히 배색에 뛰어났다. 이들은 모두 같은 날 저잣거리에서 처형당했다. 그래서 도성의 화공이 보기 드물게 되었다. 미 : 미색을 좋아하고 재주를 아끼지 않았으니 진정 용렬한 군주다.

前漢元帝, 後宮旣多, 不得常見, 乃令畫工圖形, 按圖召幸之. 諸宮人皆賂畫工, 多者十萬, 少者不減五萬. 唯王嬙不肯, 遂不得召. 後匈奴求美人爲閼氏, 上按圖召昭君行. 及去, 召見, 貌美. 帝悔之, 而業已定, 重信於外國, 不復更人. 乃窮按其事, 畫工皆棄市, 籍其家資, 皆巨萬. 畫工杜陵毛延壽, 爲人形, 醜好老少, 必得其眞. 安陵陳敞雜畫牛馬衆勢, 人形醜好, 不在[1]延壽. 下杜陽望亦善畫, 尤善布色. 同日棄市. 京師畫工, 於是差希. 眉 : 重色而不憐才, 眞庸主也.

* 이 고사는 《태평광기》 권210 〈화·모연수〉에 실려 있다.
1 재(在) : 《서경잡기(西京雜記)》 권2에는 "체(逮)"라 되어 있는데, 문맥상 보다 타당하다.

49-4(1441) 조기

조기(趙岐)

출《한서》

    후한(後漢)의 두릉(杜陵) 사람 조기는 자가 빈경(邠卿)이다. 재예(才藝)가 많았으며 그림에 뛰어났다. 그는 스스로 영성(郢城) 안에 수장(壽藏 : 생전에 만들어 놓은 무덤)을 만들고, [춘추 시대의] 계찰(季札)·자산(子産)·안영(晏嬰)·숙향(叔向) 네 사람을 그려 손님의 위치에 두고 자신은 주인의 위치에 배치했으며, 각각의 그림에 찬송을 지었다.

後漢杜陵趙歧, 字邠卿. 多才藝, 善畫. 自爲壽藏於郢城中, 畫季札·子産·晏嬰·叔向四人居賓位, 自居主位, 各爲贊誦.

* 이 고사는 《태평광기》 권210 〈화·조기〉에 실려 있는데, 출전이 "범엽(范曄) 《후한서(後漢書)》"라 되어 있다.

49-5(1442) 유포

유포(劉褒)

출《박물지》

    후한(後漢)의 유포는 환제(桓帝) 때 사람이다. 일찍이 〈운한도(雲漢圖)〉를 그렸는데, 사람들이 그것을 보고 열기를 느꼈다. 또 〈북풍도(北風圖)〉를 그렸는데, 사람들이 그것을 보고 서늘함을 느꼈다. 그는 관직이 촉군태수(蜀郡太守)에 이르렀다.

後漢劉褒, 桓帝時人. 曾畫〈雲臺閣[1]〉, 人見之覺熱. 又畫〈北風圖〉, 人見之覺凉. 官至蜀郡太守.

* 이 고사는《태평광기》권210〈화 · 유포〉에 실려 있다.

1 운대각(雲臺閣) :《태평광기》명초본에는 "운한도(雲漢圖)"라 되어 있는데, 문맥상 보다 타당하다.《역대명화기(歷代名畫記)》권3의 〈술고지비화진도(述古之秘畫珍圖)〉에도 "〈운한도〉유포(〈雲漢圖〉劉褒)"라 되어 있다.

49-6(1443) 장형

장형(張衡)

출'곽씨(郭氏)《이물지(異物志)》'

  후한(後漢)의 장형은 자가 평자(平子)로, 남양(南陽) 서악(西鄂) 사람이다. 옛날 건주(建州) 만성현(滿城縣)의 산에 "해신(駭神)"이라고 하는 짐승이 있었는데, 돼지 몸에 사람 머리를 하고 생김새가 추악해서 온갖 귀신들도 모두 싫어했다. 그 짐승은 물가의 바위 위에 나와 있는 것을 좋아했는데, 장평자(張平子 : 장형)가 그 모습을 그리러 갔더니 물 속으로 들어가서 나오지 않았다. 어떤 사람이 이르길, 그 짐승은 자신을 그리는 것을 두려워하기 때문에 나오지 않는다고 했다. 그래서 종이와 붓을 버렸더니 과연 그 짐승이 나왔다. 장평자는 두 손을 맞잡고 움직이지 않은 채로 몰래 발가락으로 그 모습을 그렸다. 지금 그곳을 "파수담(巴獸潭)"이라 부른다.

後漢張衡, 字平子, 南陽西鄂人. 昔建州滿城縣山有獸, 名"駭神", 豕身人首, 狀貌醜惡, 百鬼惡之. 好出水邊石上, 平子往寫之, 獸入水中不出. 或云, 此獸畏寫之, 故不出. 遂去紙筆, 獸果出. 平子拱手不動, 潛以足指畫之. 今號"巴獸潭".

* 이 고사는《태평광기》권210〈화ㆍ장형〉에 실려 있다.

49-7(1444) 서막

서막(徐邈)

출《제해기(齊諧記)》

위(魏)나라의 서막은 자가 경산(景山)이다. 본디 술을 좋아했고 그림에 뛰어났다. 위나라 명제(明帝)가 낙수(洛水)에 놀러 가서 흰 수달을 보고 좋아했으나 얻을 수 없었다. 서막이 말했다.

"수달은 숭어를 몹시 좋아해 죽음도 피하지 않습니다."

마침내 서막이 판자에 숭어를 그려 물가에 걸어 두었더니, 수달들이 다투어 달려들어 한꺼번에 잡을 수 있었다.

魏徐邈, 字景山. 性嗜酒, 善畫. 魏明帝遊洛水, 見白獺愛之, 不可得. 邈曰:"獺嗜鯔魚, 乃不避死." 遂畫板作鯔魚, 懸岸, 群獺競來, 一時執得.

* 이 고사는《태평광기》권210〈화·서막〉에 실려 있다.

49-8(1445) 조불흥

조불흥(曹不興)

출《상서고실》

   [삼국 시대] 강좌(江左 : 오나라)의 화가 조불흥은 50척이 나 되는 비단에 한 사람의 모습을 그렸는데, 생각이 민첩하 고 손놀림이 빨라 순식간에 완성했다. 머리와 얼굴과 손과 발, 가슴과 어깨와 등이 그 척도를 잃지 않았다. 진(陳)나라 의 사혁(謝赫)은 그림에 뛰어났는데, 일찍이 비각(秘閣)의 소장품을 열람하다가 조불흥이 그린 용머리를 보고 탄복하 면서 진짜 용을 본 것 같다고 여겼다.

江左畫人曹不興, 運五十尺絹畫一像, 心敏手疾, 須臾立成. 頭面手足, 胸臆肩背, 無失尺度. 陳朝謝赫善畫, 嘗閱秘閣, 嘆伏曹不興所畫龍首, 以爲若見眞龍.

*   이 고사는 《태평광기》 권210 〈화 · 조불흥〉에 실려 있다.

49-9(1446) 왕헌지

왕헌지(王獻之)

출《명화기(名畫記)》

 진(晉)나라의 왕헌지는 초서와 예서에 이미 뛰어났고 아울러 그림에도 절묘했다. 환온(桓溫)이 일찍이 그에게 부채에 그림을 그리게 했는데, 잘못해서 붓을 떨어뜨리자 즉시 [그 얼룩을 이용해] 검은 얼룩무늬 암소를 그렸는데 지극히 절묘했다. 또 부채 위에 〈박우부(駁牛賦)〉를 썼다.

晉王獻之, 草隸旣工, 兼妙於畫. 桓溫嘗令畫扇, 誤落筆, 就成烏駁牸牛, 極妙絶. 又書〈駁牛賦〉於扇上.

* 이 고사는 《태평광기》 권210 〈화·왕헌지〉에 실려 있다.

49-10(1447) 고개지

고개지(顧愷之)

출《명화기》

진(晉)나라의 고개지는 자가 장강(長康)이고 어릴 적 자가 호두(虎頭)이며 진릉(晉陵) 사람이다. 재기(才氣)가 넘쳤고 특히 회화에 뛰어났다. 한번은 고개지가 그림 상자 하나를 잠시 환현(桓玄)에게 맡겼는데, 그 안에는 모두 절묘한 솜씨로 그려서 보배로 감춰 놓은 그림들이 들어 있었다. 환현은 그 사실을 알고 꺼냈지만 열어 보지 않았다고 거짓말했다. 고개지는 도난당한 것을 의심하지 않은 채 단지 이렇게 말했다.

"절묘한 그림이 신통함을 부려 변화해 날아가 버렸으니, 마치 사람이 신선이 되어 하늘로 올라간 것과 같다."

고개지는 삼절(三絶)로 유명했으니, 바로 재절(才絶)과 화절(畫絶)과 치절(癡絶)이었다. 또 한번은 고개지가 이웃 여자를 좋아해 그녀를 벽에 그려 놓고 심장 부위에 못을 박았다. 그녀는 심장이 아파서 고장강(顧長康 : 고개지)에게 고했는데, 고장강이 그 못을 뽑았더니 바로 나았다. 또 한번은 고장강이 은중감(殷仲堪)의 초상을 그리고자 했는데, 은중감은 평소에 눈병이 있었기에 한사코 사양하자 고장강이 말했다.

"명부(明府 : 은중감)께서는 걱정하지 마십시오. 만약 눈동자를 분명하게 찍은 다음에 비백(飛白)으로 그 위를 스치게 그리면 마치 엷은 구름이 해를 가린 것과 같을 것입니다."

고장강은 인물을 그릴 때 몇 년 동안 눈동자를 찍지 않았다. 사람들이 그 까닭을 묻자 고장강이 대답했다.

"자태의 미추는 본래 그림의 오묘함과는 무관합니다. 정신을 전해 참모습을 그리는 것은 바로 이것[눈동자] 속에 있습니다."

또 배해(裵楷)의 초상을 그리면서 뺨 위에 수염 세 올을 그려 넣고 말했다.

"배해는 준수하고 활달하며 식견이 있으니, 이것을 갖추면 보는 사람들이 반드시 훨씬 뛰어나다고 느낄 것이다."

또 사유여[謝幼輿 : 사곤(謝鯤)]를 바위 사이에 그렸는데, 사람들이 그 까닭을 묻자 고장강이 말했다.

"'한 언덕과 한 골짜기'90)라고 했으니, 이 사람은 당연히 바위 계곡 사이에 배치해야 합니다."

---

90) 한 언덕과 한 골짜기 : 원문은 "일구일학(一丘一壑)". 《한서(漢書)》〈서전 상(敍傳上)〉에서 나온 말로, "한 언덕에서 은거하고 한 골짜기에서 낚시한다"는 뜻이다. 본래는 은자의 거처를 말하지만, 나중에는 대부분 산수에 마음을 두는 경우에 사용한다.

흥녕(興寧) 연간(363~365)에 와관사(瓦棺寺)가 처음 세워지자, 스님들이 법회를 열고 조정 관리와 일반인들을 초청해 희사금을 모금하는 글을 돌렸다. 당시 사대부 중에 10만 전을 넘게 보시한 사람이 없었는데, 고장강 혼자만 100만 전을 내겠다고 적었다. 고장강은 평소 가난했기 때문에 사람들은 그가 허풍을 떤다고 생각했다. 나중에 절의 스님이 약정한 대로 보시해 달라고 청하자 고장강이 말했다.

"벽 하나만 준비해 주십시오."

고장강은 법당의 문을 닫고 한 달이 넘도록 나오지 않으면서 유마힐(維摩詰)의 존상 하나를 그렸는데, 다 그리고 나서 유마힐의 눈동자를 찍으려 할 때 스님들에게 말했다.

"첫날 보러 오는 사람에게는 10만 전을 보시하라 청하고, 둘째 날 보러 오는 사람에게는 5만 전을 보시하라 청하고, 셋째 날 보러 오는 사람에게는 알아서 보시하라고 하십시오."

법당의 문을 열자 그림의 빛이 온 절을 비추었으며, 보시하려는 사람들이 절을 가득 메워서 삽시간에 100만 전이 모였다.

〈청야유서원도(清夜遊西園圖)〉는 고장강이 그린 그림으로, 양(梁)나라의 제왕(諸王)이 쓴 발문(跋文)이 있다. [당나라] 정관(貞觀) 연간(627~649)에 하남군공(河南郡公) 저수량(褚遂良)과 여러 명사들이 제(題)한 것도 모두 남아 있다. 이 그림은 본래 장유소(張惟素)의 집안에서 소장하고 있었는데, 원화(元和) 연간(806~820)에 종원상[鍾元常 : 종요(鍾繇)]이 쓴 《도덕경(道德經)》과 함께 모두 진상해 궁중으로 들어갔다. 나중에 중귀인(中貴人 : 환관) 최담준(崔譚峻)이 이 그림을 궁중에서 가지고 나와 다시 민간에 유전되었다. 장유소의 아들인 전(前) 경주종사(涇州從事) 장주봉(張周封)이 도성에 있을 때 하루는 어떤 사람이 그 그림을 가지고 와서 팔자, 장주봉이 깜짝 놀라며 급히 비단 몇 필과 바꾸었다. 1년이 지난 뒤에 갑자기 매우 다급하게 문을 두드리는 소리가 들렸는데, 까닭을 물어보니 몇 사람이 함께 말했다.

"구 중위[仇中尉 : 구사량(仇士良)]께서 흰 비단 300필로 공의 〈청야유서원도〉와 바꾸길 원합니다."

장주봉은 그들의 위협이 두려워서 급히 그림을 내주었다. 그들은 다음 날 과연 비단을 가지고 왔다. 그러나 나중에야 이 일이 사기였음을 알게 되었다. 한 호족이 강회대감원(江淮大監院)에서 관직을 얻고자 했는데, 당시 염철사(鹽鐵使)를 맡고 있던 왕회(王淮)는 서화를 몹시 좋아했기에 그 사람에게 말했다.

"나를 위해 이 그림을 수소문해서 얻어 준다면 그대의 청탁을 이뤄 주겠네."

그래서 그 호족이 계책을 꾸며 그 그림을 얻어주었던 것이었다. 왕회의 집안이 화를 만난 뒤에 그 그림은 다시 어느

분(粉) 파는 가게로 흘러들어 갔는데, 시랑(侍郞) 곽승하(郭承嘏)의 문지기가 그 그림을 300전에 사들였다가 곽 공(郭公: 곽승하)이 죽은 뒤에 그 그림은 다시 떠돌다가 영호도(令狐綯)의 집안으로 들어갔다. 선종(宣宗)이 한번은 상국(相國: 영호도)에게 어떤 유명한 그림이 있냐고 물었더니, 상국은 그 그림이 있다고 대답했다. 이후에 그 그림은 진상되어 황궁으로 들어갔다.

晉顧愷之, 字長康, 小字虎頭, 晉陵人. 多才氣, 尤工丹靑. 曾以一廚畫暫寄桓玄, 皆其妙跡所珍秘者. 玄聞取之, 誑云不開. 愷之不疑被竊, 直云: "妙畫通神, 變化飛去, 猶人之登仙也." 愷之有三絶, 才絶·畫絶·癡絶. 又嘗悅一鄰女, 乃畫女於壁, 當心釘之. 女患心痛, 告於長康, 康遂拔釘, 乃愈. 又嘗欲寫殷仲堪眞, 仲堪素有目疾, 固辭, 長康曰: "明府無病. 若明點瞳子, 飛白拂上, 便如輕雲蔽日." 畫人物, 數年不點目睛. 人問其故, 答曰: "四體姸蚩, 本無關於妙處. 傳神寫貌, 正在阿堵中." 又畫裵楷眞, 頰上乃加三毛, 云: "楷俊朗, 有鑒識, 具此, 觀之者定覺殊勝." 又畫謝幼輿於一巖中, 人問其故, 云: "'一丘一壑', 此子宜置巖壑中." 興寧中, 瓦棺寺初置, 僧衆設刹會, 請朝賢士庶宣疏募緣. 時士大夫莫有過十萬者, 長康獨注百萬. 長康素貧, 衆以爲大言. 後寺僧請勾疏, 長康曰: "宜備一壁." 閉戶不出一月餘, 所畫維摩一軀, 工畢, 將欲點眸子, 乃謂僧衆曰: "第一日觀者, 請施十萬, 第二日觀者, 請施五萬, 第三日觀者, 可任其施." 及開戶, 光照一寺, 施者塡咽, 俄而及百萬.

〈淸夜遊西園圖〉, 顧長康畫, 有梁朝諸王跋尾. 貞觀中, 褚河南諸賢題處具在. 本張惟素家收得, 元和中, 並鍾元常寫《道德經》, 同進入內. 後中貴人崔譚峻自禁中將出, 復流傳人間. 惟素子周封前涇州從事在京, 一日有人將此圖求售, 周封驚異之, 遽以絹數匹易得. 經年, 忽聞款門甚急, 問之, 見數人同稱: "仇中尉願以三百素絹易公〈淸夜圖〉." 周封憚其迫脅, 遽以圖授之. 明日, 果賚絹至. 後方知詐僞. 乃是一豪士求江淮大監院, 時王淮判鹽鐵, 酷好書畫, 謂此人曰: "爲余訪得此圖, 然遂公所請." 因爲計取耳. 及王家事起, 復流一粉鋪家, 郭侍郞承嘏閹者以錢三百市得, 郭公卒, 又流傳至令狐家. 宣宗嘗問相國有何名畫, 相國具以圖對. 後進入內.

* 이 고사는 《태평광기》 권210 〈화·고개지〉에 실려 있는데, 후반부의 고사는 출전이 "《상서고실(尙書故實)》"이라 되어 있다.

49-11(1448) 고광보

고광보(顧光寶)

출《팔조화록(八朝畫錄)》

고광보는 그림에 뛰어났다. 건강(建康)에 육개(陸漑)라는 사람이 있었는데, 여러 해 동안 학질을 앓으면서 온갖 치료를 다 했지만 모두 효과가 없었다. 고광보가 한번은 육개를 찾아갔더니, 육개가 그를 불러들여 침상 앞에서 만났다. 고광보는 육개의 병을 알고 나서 마침내 붓을 가져오라고 명해 먹으로 사자 한 마리를 그려서 바깥문에 붙이라고 한 뒤에 육개에게 말했다.

"이 사자는 움직였다 하면 곧바로 영험함을 보이니, 마음을 다해 지극정성으로 기도한다면 내일엔 틀림없이 효험이 있을 것입니다."

육개는 문밖에 그림을 붙이게 하고 하인을 보내 향을 사르고 절하게 했다. 이윽고 그날 저녁 한밤중에 문밖에서 바스락 소리가 나더니 한참이 지나자 들리지 않았다. 다음 날 그려 놓은 사자의 입 속과 가슴 앞에 피가 흐르고 있었으며, 문밖에 이르기까지 모두 핏자국이 찍혀 있었다. 육개의 병은 바로 나았으며, 당시 사람들은 이를 기이해했다.

顧光寶能畫. 建康有陸漑, 患瘧經年, 醫療皆無效. 光寶常詣漑, 漑引見於臥前. 光寶知漑患, 遂命筆, 以墨圖一獅子, 令於外戶榜之, 謂漑曰:"此出手便靈異, 可虔誠啓心至禱, 明日當有驗." 漑命張戶外, 遣家人焚香拜之. 已而是夕中夜, 戶外有窸窣之聲, 良久乃不聞. 明日, 所畫獅子口中臆前, 有血淋漓, 及於戶外, 皆點焉. 漑病乃愈, 時人異之.

* 이 고사는《태평광기》권210〈화·고광보〉에 실려 있다.

49-12(1449) 종병

종병(宗炳)

출《명화기》

[남조] 송(宋)나라의 종병은 자가 소문(少文)으로, 서화에 뛰어났고 산수를 좋아했다. 그는 서쪽으로 형산(荊山)과 무산(巫山)을 지났고, 남쪽으로 형산(衡山)에 올랐다가 형산에 집을 지었으나 병 때문에 강릉(江陵)으로 돌아온 뒤에 탄식하며 말했다.

"늙은 데다가 병까지 들어서 명산을 두루 유람하기 어려울까 걱정되니, 마땅히 마음을 깨끗이 하고 도를 관조하면서 누워서 유람해야겠구나!"

그러고는 유람하면서 지났던 곳을 모두 벽에 그려 놓고 앉아서나 누워서나 바라보았다.

宋宗炳, 字少文, 善書畫, 好山水. 西涉荊·巫, 南登衡嶽, 因結宇衡山, 以疾還江陵, 嘆曰:"老疾俱至, 名山恐難遍遊, 當澄懷觀道, 臥以遊之!"凡所遊歷, 皆圖於壁, 坐臥向之.

* 이 고사는《태평광기》권210〈화·종병〉에 실려 있다.

49-13(1450) 원천

원천(袁蒨)

출'사혁(謝赫)《화품(畫品)》'

 [남조] 제(齊)나라의 남강군수(南康郡守) 유증(劉繪)의 여동생이 파양왕[鄱陽王 : 소보인(蕭寶夤)]의 왕비가 되었는데, 두 사람 사이의 금슬이 매우 돈독했다. 나중에 파양왕이 명제(明帝)에게 주살당하자, 왕비는 너무 심하게 애통해하다가 결국 간질병을 얻게 되었다. 진군(陳郡) 사람 원천은 사람의 얼굴을 잘 그렸는데, 실물과 다름이 없었다. 그래서 유증이 원천에게 파양왕의 형상을 그리게 하고, 아울러 파양왕이 생전에 총애하던 희첩들이 함께 거울을 비춰 보는 모습을 그리게 했는데, 그 모습이 마치 함께 잠자리에 들려는 것 같았다. 그러고는 은밀히 유모 할멈을 시켜 그 그림을 왕비에게 보여 주게 했더니, 왕비는 보자마자 침을 뱉으면서 욕을 해 댔다.

 "이놈을 늦게 죽이다니!"

 그리하여 왕비는 비통한 마음이 마침내 가라앉았으며 병도 낫게 되었다.

齊南康郡守劉繪妹爲鄱陽王妃, 伉儷甚篤. 王爲明帝所誅, 妃追傷過切, 遂成癇病. 陳郡袁蒨善圖畫人面, 與眞無別.

乃令畫王形象, 並圖王平生所寵姬共照鏡, 狀如偶寢. 密令嫗嬭示妃, 妃見, 乃唾之, 因罵曰:"斫老奴晚!" 於是悲情遂歇, 病亦痊除.

* 이 고사는《태평광기》권211〈화·원천〉에 실려 있다.

49-14(1451) 양자화

양자화(楊子華)

출《명화기》

    북제(北齊)의 양자화는 세조(世祖 : 무성제) 때 직각장군(直閤將軍)과 원외산기시랑(員外散騎侍郞)을 역임했다. 그가 한번은 벽에 말을 그렸는데, 밤에 들었더니 마치 말이 물과 풀을 찾기라도 하는 듯이 이를 갈며 길게 우는 소리가 들렸다. 또 흰 비단에 용을 그렸는데, 그것을 펼치면 구름이 자욱이 서렸다. 세조는 그를 중시해 궁궐 안에 머물게 했으며, 세상에서는 그를 "화성(畫聖)"이라 불렀다. 그는 칙명이 없으면 다른 사람에게 그림을 그려 줄 수 없었다.

北齊楊子華, 世祖時, 任直閤將軍·員外散騎侍郞. 常畫馬於壁, 夜聽, 聞啼齧長鳴, 如索水草聲. 圖龍於素, 舒之輒雲氣縈集. 世祖重之, 使居禁中, 天下號爲"畫聖". 非有詔, 不得與外人畫.

*   이 고사는《태평광기》권211〈화·양자화〉에 실려 있다.

49-15(1452) 장승요

장승요(張僧繇)

출《명화기》·《조야첨재》

  [남조] 양(梁)나라의 장승요는 오중(吳中) 사람이다. 천감(天監) 연간(502~519)에 무릉왕[武陵王 : 소기(蕭紀)]의 국시랑(國侍郎)이 되었고, 우군장군(右軍將軍)과 오흥태수(吳興太守)를 지냈다. 무제(武帝)는 사원을 단장할 때 대부분 장승요에게 그림을 그리라고 명했다. 당시 제왕(諸王)이 지방의 봉지(封地)에 있었는데, 무제는 그들이 보고 싶으면 장승요를 보내 그들의 모습을 그려 오게 해서 직접 만나는 것처럼 마주 보았다. 강릉(江陵)의 천황사(天皇寺)는 [남제] 명제(明帝) 때 세워졌고 그 안에 백당(柏堂)이 있었는데, 장승요가 그곳에 노사나상(盧舍那像)91)과 중니십철(仲尼十哲)92)을 그렸더니, 무제가 이상히 여겨 물었다.

---

91) 노사나상(盧舍那像) : '노사나'는 범어 '로사나(Losana)'의 음역이다. 삼신불(三身佛)의 하나로, 햇빛이 세계를 비추는 것에 비유해 광명불(光明佛)이라고도 한다.

92) 중니십철(仲尼十哲) : 공자(孔子)와 그의 제자 중 덕행(德行)에 뛰어난 안연(顏淵 : 안회)·민자건(閔子騫)·염백우(冉伯牛 : 염경)·중궁(仲弓 : 염옹), 언어(言語)에 뛰어난 재아(宰我)·자공(子貢), 정사

"불문(佛門) 안에 어찌하여 공성(孔聖 : 공자)을 그렸는가?"

장승요가 말했다.

"훗날 틀림없이 이것의 덕을 보게 될 것입니다."

훗날 후주(後周 : 북주)가 불법(佛法)을 훼멸하면서 천하의 사원과 불탑을 불태웠는데, 이 불전(佛殿)에만 선니(宣尼 : 공자)의 상이 있었기 때문에 훼멸하지 않았다. 미 : 장승요는 선인(仙人)인데 유희로 그림을 그렸을 뿐이다. 또 장승요는 금릉(金陵)의 안락사(安樂寺)에 용 네 마리를 그려 놓고 눈동자를 찍지 않은 채 매번 말했다.

"눈동자를 찍으면 즉시 살아서 날아가 버릴 것이다."

사람들은 그의 말을 터무니없다고 생각하며 눈동자를 찍으라고 청했다. [그래서 눈동자를 찍었더니] 잠시 후 벼락이 내리쳐 벽이 깨지면서 눈동자를 찍은 용 두 마리는 구름을 타고 하늘로 솟구쳐 올라갔고, 미처 눈동자를 찍지 않은 용은 그대로 있었다. 이전에 오(吳)나라의 조불흥(曹不興)이 청계룡(靑溪龍)을 그렸는데, 장승요는 그것을 보고 조잡하다고 생각해서 용천정(龍泉亭)에 더 많은 청계룡을 그려 놓

(政事)에 뛰어난 염유(冉有 : 염구)·계로(季路 : 자로), 문학(文學)에 뛰어난 자유(子游)·자하(子夏)를 말한다.

았다. 그 밑그림은 비각(祕閣)에 보관해 두었는데, 당시에는 그것을 중시하지 않았다. 그런데 태청(太淸) 연간(547~549)에 이르러 용천정에 벼락이 내리쳐 그 벽에 그려 놓았던 용들이 사라지자, 그제야 그 그림의 신묘함을 알게 되었다. 또 장승요는 천축(天竺)의 두 호승(胡僧)을 그렸는데, 후경(侯景)의 난 때 그 그림이 둘로 찢어졌다. 한 호승의 그림은 당(唐)나라의 우상시(右常侍) 육견(陸堅)이 보물로 간직하고 있었는데, 육견이 병들어 위독했을 때 꿈에 호승이 나타나 말했다.

"나에게 수년간 찢어져 헤어진 동료가 있는데, 지금 낙양(洛陽)의 이씨(李氏) 집에 있습니다. 만약 그를 찾아서 합쳐 주신다면 반드시 법력(法力)으로 당신을 돕겠습니다."

육견이 돈과 비단을 써서 다른 호승 그림의 소재를 찾은 끝에 과연 그것을 구입했더니, 그의 병도 곧 나았다. 또 윤주(潤州)의 흥국사(興國寺)에서는 비둘기가 불전의 대들보 위에 살면서 부처님의 존상(尊像)을 더럽히는 것을 고민했다. 그래서 장승요는 동쪽 벽에 해동청 한 마리를 그리고 서쪽 벽에 새매 한 마리를 그렸는데, 모두 머리를 기울여 처마 밖을 노려보고 있는 모습이었다. 그 이후로는 비둘기 등이 더 이상 감히 오지 못했다.

梁張僧繇, 吳人也. 天監中, 爲武陵王國[1]·將軍[2]·吳興太守. 武帝修飾佛寺, 多命僧繇畫之. 時諸王在外, 武帝思之,遣僧繇傳寫儀形,對之如面也. 江陵天皇寺,明帝置,內有柏堂,僧繇畫盧舍那像及仲尼十哲,帝怪問:"釋門內如何畫孔聖?"僧繇曰:"後當賴此耳." 及後周滅佛法,焚天下寺塔,獨此殿有宣尼像,乃不毀拆. 眉:仙人也,遊戲丹青耳. 又金陵安樂寺畫四龍,不點眼睛,每云:"點之卽飛去." 人以爲妄誕,因請點之. 須臾,雷電破壁,二龍乘雲騰上天,未點睛者見在. 初,吳曹不興圖青溪龍,僧繇見而鄙之,乃廣其像於龍泉亭. 其畫留在秘閣,時未之重. 至太淸中,雷震龍泉亭,遂失其壁,方知神妙. 又畫天竺二胡僧,因侯景亂,散拆爲二. 一僧爲唐右常侍陸堅所寶,堅疾篤,夢胡僧告云:"我有同侶,離拆多年,今在洛陽李家. 若求合之,當以法力助君." 陸以錢帛求於其處,果購得之,疾亦尋愈. 又潤州興國寺,苦鳩鴿棲梁上穢汗尊容. 僧繇乃東壁上畫一鷹,西壁上畫一鷂,皆側首向簷外看. 自是鳩鴿等不復敢來.

* 이 고사는 《태평광기》 권211 〈화·장승요〉에 실려 있다.

1 국(國):《역대명화기(歷代名畫記)》권7에는 "국시랑(國侍郞)"이라 되어 있는데, 의미가 보다 분명하다.

2 장군(將軍):《역대명화기》권7에는 "우군장군(右軍將軍)"이라 되어 있는데, 의미가 보다 분명하다.

49-16(1453) 밑그림

화본(畫本)

출《명화기》

    수(隋)나라의 전 군[田君 : 전승량(田僧亮)]과 양 군[楊君 : 양계단(楊契丹)]은 정 법사(鄭法士)와 함께 도성의 광명사(光明寺)에서 작은 불탑에 그림을 그렸다. 정 법사는 동쪽 벽과 북쪽 벽에 그림을 그렸고, 전 군은 서쪽 벽과 남쪽 벽에 그렸으며, 양 군은 바깥쪽 사방 벽에 그렸는데, 당시에 이들을 "삼절(三絕)"이라 불렀다. 양 군이 대자리로 자기가 그린 곳을 가려 놓았더니, 정 법사가 몰래 그것을 들춰 보고 나서 양 군에게 말했다.

    "그대의 그림은 결코 따라 배울 수 없을 정도로 뛰어난데, 무얼 하러 수고롭게 가리는가?"

    정 법사가 또 양 군에게 밑그림을 달라고 하자, 양 군은 정 법사를 데리고 조당(朝堂)으로 가서 궁궐·관리·인마(人馬)·수레 등을 가리키며 말했다.

    "이것이 바로 나의 밑그림이오."

    이로 인해 정 법사는 깊이 탄복했다.

隋田·楊二君與鄭法士同於京師光明寺畫小塔. 鄭圖東壁北壁, 田圖西壁南壁, 楊畫外邊四面, 是稱"三絕". 楊以簟蔽

畫處, 鄭竊觀之, 謂楊曰:"卿畫終不可學, 何勞障蔽?" 鄭又求楊畫本, 楊引鄭至朝堂, 指以宮闕·衣冠·人馬·車乘曰:"此是吾之畫本也." 由是鄭深伏.

* 이 고사는《태평광기》권211〈화·정법사(鄭法士)〉에 실려 있다.

49-17(1454) 염입덕과 염입본

염입덕 · 염입본(閻立德 · 閻立本)

출《당화단(唐畫斷)》·《대당신어(大唐新語)》·《국사이찬》

당(唐)나라 태종(太宗) 때 염입본은 형 염입덕과 함께 이름을 나란히 했다. 그는 일찍이 칙명을 받들어 태종의 어진(御眞)을 그렸다. 나중에 어떤 솜씨 좋은 화가가 현도관(玄都觀)의 동전(東殿) 앞에 태종의 어진을 모사(摹寫)해서 구오(九五)[93]의 강한 기운을 누르고자 했는데, 여전히 영명하고 위풍당당한 위엄을 우러러볼 만했다. 염입덕은 〈직공도(職貢圖)〉[94]를 창안해 이방 인물들의 기이한 모습을 그렸으며, 염입본은 국왕들을 그렸는데 그 초벌 그림이 민간에 남아 있다. 당시 남산(南山)에 사람을 해치는 맹수가 있자 태종이 용맹한 자에게 그것을 포획하게 했지만 잡을 수 없었는데, 괵왕(虢王) 이원봉(李元鳳)이 화살 한 방에 죽였다. 태종이 괵왕을 장하게 여겨 염입본에게 그 모습을 그리게

---

93) 구오(九五) : 역괘(易卦)의 6효(爻) 중 아래에서 다섯 번째의 양효(陽爻)로, 임금의 지위를 상징한다.

94) 〈직공도(職貢圖)〉 : 중국에 조공하러 오는 외국 사신의 모습과 복식 등을 그린 그림.

했는데, 괵왕의 안장 얹은 말과 종복들을 모두 너무나 사실적으로 묘사했기에 놀라 탄복하지 않는 사람이 없었다. 그는 또 〈진부십팔학사도(秦府十八學士圖)〉95)와 〈능연각공신도(凌煙閣功臣圖)〉96) 등을 그렸는데, 이 역시 전대의 작품들보다 훨씬 빛나는 것이었다. 오직 〈직공도〉와 〈노부도(鹵簿圖)〉97) 등은 염입덕과 함께 제작했다. 조군(趙郡)의 이사진(李嗣眞)이 이들을 평가해 이르길, "대안(大安)과 박릉(博陵)은 난형난제(難兄難弟)다"라고 했다. 미 : 대안공(大安公)은 염입덕이고, 박릉자(博陵子)는 염입본이다.

태종이 한번은 측근 신하들과 함께 춘원(春苑)의 연못에서 뱃놀이를 했는데, 연못 속에서 기이한 새들이 물결을 따라 한가롭게 노닐고 있었다. 태종은 여러 번 격찬하면서 좌중의 사람들에게 시를 지으라 명하고 염입본을 불러 그 광경을 그리게 했다. 그래서 누각 밖에서 어명을 전하며 소리쳤다.

---

95) 〈진부십팔학사도(秦府十八學士圖)〉: 태종 이세민(李世民)이 진왕(秦王)으로 있을 때 그의 막부에 있던 18명의 학사를 그린 그림.

96) 〈능연각공신도(凌烟閣功臣圖)〉: '능연각'은 나라에 공훈을 세운 공신들의 초상을 모셔 두는 누각이다.

97) 〈노부도(鹵簿圖)〉: 제왕이나 장상(將相)이 행차할 때의 의장(儀仗)을 그린 그림.

"화사(畫師) 염입본은 들라!" 미 : 위중장(韋仲將 : 위탄)이 능운대(凌雲臺)의 현판에 글씨를 쓴 일98)과 짝이 된다.

당시 염입본은 주작낭중(主爵郎中)으로 있었는데, 땀을 흘리며 허겁지겁 달려와 연못가에서 몸을 숙인 채 손으로 물감을 털면서 몹시 창피해했다. 얼마 후에 염입본은 아들을 경계시키며 말했다.

"나는 어려서부터 독서를 좋아해 다행히 고루함을 면했으며, 그림에 인연이 있어서 자못 동료들을 따라갈 정도는 되었다. 그러나 단지 그림으로만 인정을 받았기에 노복이나 하는 일을 직접 하고 있으니, 이보다 큰 치욕이 없다! 너는 마땅히 이 점을 깊이 경계해 그림 따윌랑 배우지 마라."

고종(高宗) 때에 이르러 염입본은 우승상(右丞相)이 되었고, 강각(姜恪)은 변방의 장수로서 공을 세워 좌승상(左丞相)이 되었다. 그래서 당시 사람들이 이를 두고 말했다.

"좌상(左相 : 강각)은 사막에서 위세를 떨쳤고, 우상(右相 : 염입본)은 화단(畫壇)에서 명성을 날렸다."

염입본은 집안 대대로 그림에 뛰어났다. 그가 한번은 형주(荊州)에 갔을 때 장승요(張僧繇)의 옛 그림을 보고 말했

---

98) 위중장(韋仲將 : 위탄)이 능운대(凌雲臺)의 현판에 글씨를 쓴 일 : 본서 48-9(1418) 〈위탄(韋誕)〉에 나온다.

다.

"정녕 헛되이 명성을 얻었을 뿐이다."

다음 날 다시 가서는 말했다.

"그래도 근래의 뛰어난 화가다."

다음 날 또다시 가서는 말했다.

"뛰어난 명성 아래엔 정녕 헛된 선비란 없다."

염입본은 앉아서 누워서 그 그림을 살펴보다가 아예 그 밑에서 유숙하면서 열흘 동안 떠나지 못했다. 미 : 구양솔갱(歐陽率更 : 구양순)이 색정(索靖)이 쓴 비문을 살펴본 일[99]과 짝이 된다.

또 양(梁)나라의 장승요가 〈취승도(醉僧圖)〉를 그렸는데, 도사(道士)들이 매번 이 그림을 가지고 스님들을 놀렸기에 스님들은 이를 치욕스러워했다. 그래서 스님들은 수십만 냥의 돈을 거둬서 염입본에게 주고 〈취도사도(醉道士圖)〉를 그려 달라고 했다. 지금 이 두 그림이 모두 세상에 전한다.

唐太宗朝, 閻立本與兄立德齊名. 嘗奉詔寫太宗眞容. 後有佳手, 傳寫於玄都觀東殿前間, 以鎭九五岡之氣, 猶可以仰

---

99) 구양솔갱(歐陽率更 : 구양순)이 색정(索靖)이 쓴 비문을 살펴본 일 : 본서 48-20(1429) 〈구양순(歐陽詢)〉에 나온다.

神武之英威也. 立德創〈職貢圖〉, 異方人物, 詭怪之狀, 立本畫國王, 粉本在人間. 時南山有猛獸害人, 太宗使驍勇者捕之, 不得, 虢王元鳳一箭而斃. 太宗壯之, 使立本圖狀, 鞍馬僕從, 皆寫其眞, 無不驚服. 有〈秦府十八學士〉·〈凌烟閣功臣〉等圖, 亦輝映前古. 唯〈職貢〉·〈鹵簿〉等圖, 與立德同製之. 趙郡李嗣眞序云:"大安·博陵, 難兄難弟." 眉:大安公立德, 博陵子立本.

太宗嘗與侍臣泛春苑池, 中有異鳥, 隨波容與. 太宗擊賞數四, 詔座者爲咏, 召閣立本寫之. 閣外傳呼云:"畫師閣立本!" 眉:與韋仲將書凌雲臺榜事的對. 時爲主爵郞中, 奔走流汗, 俯臨池側, 手揮丹靑, 不堪愧赧. 旣而戒其子曰:"吾少好讀書, 幸免牆面, 緣情染翰, 頗及儕流. 唯以丹靑見知, 躬厮養之務, 辱莫大焉! 汝宜深戒, 勿習此也." 至高宗朝, 閣立本爲右丞相, 姜恪以邊將立功爲左相. 時人爲之語曰:"左相宣威沙漠, 右相馳譽丹靑."

立本家代善畫. 至荆州, 視張僧繇舊迹, 曰:"定虛得名耳." 明日又往, 曰:"猶是近代佳手." 明日又往, 曰:"名下定無虛士." 坐臥觀之, 留宿其下, 十日不能去. 眉:與歐陽率更觀索靖碑的對. 又梁張僧繇作〈醉僧圖〉, 道士每以此嘲僧, 群僧恥之. 於是聚錢數十萬, 貨閣立本作〈醉道士圖〉. 今並傳於代.

* 이 고사는 《태평광기》 권211 〈화·염입본〉에 실려 있다.

49-18(1455) 왕유

왕유(王維)

출《화단(畫斷)》·《국사보》

    당(唐)나라의 상서우승(尙書右丞) 왕유는 남전(藍田)의 옥산(玉山)에 집을 짓고 망천(輞川)에 머물며 살았다. 왕유의 형제는 과명(科名 : 과거 시험의 명성)과 문학으로 당대의 으뜸이었기 때문에 당시 사람들이 "조정엔 좌상[左相 : 왕유의 동생 왕진(王縉)]의 붓, 천하엔 우승(右丞 : 왕유)의 시"라고 칭송했다. 그가 그린 산수(山水)와 송석(松石)은 그 필치가 마치 살아 있는 듯해서 풍격이 특출하다. 왕유는 일찍이 스스로 시를 지어 읊었다.

    "이 세상에선 잘못해 시인이 되었지만, 전생에 이 몸은 응당 화가였으리라."

    그가 그림에 대해 자부함이 이와 같았다. 왕유는 필서자(畢庶子)·정광문(鄭廣文)과 함께 자은사(慈恩寺)의 동원(東院)에 각각 작은 벽화 하나씩을 그렸는데, 당시에 이를 "삼절(三絶)"이라 불렀다.

    또 왕유는 일찍이 초국방(招國坊)에 있는 유경휴(庾敬休)의 저택에 갔다가 집 벽에 그려진 〈주악도(奏樂圖)〉를 보았다. 왕유가 그 그림을 자세히 보며 웃자, 어떤 이가 그 까닭을 물었더니 왕유가 말했다.

"이것은 〈예상우의곡(霓裳羽衣曲)〉 제3첩(疊) 제1박(拍) 부분을 그린 것이오." 미 : 왕 우승(王右丞 : 왕유)이 음악을 안다는 사실뿐만 아니라 옛 화가가 그림을 그릴 때의 마음을 볼 수 있다. 지금 사람은 모두 부끄러울 뿐이다.

호사가가 악공을 모아 확인해 보았더니 조금도 차이가 없었다.

唐王右丞維, 家於藍田玉山, 遊止輞川. 兄弟以科名文學冠絶當代, 故時稱"朝廷左相筆, 天下右丞詩"者也. 其畫山水松石, 踪似具生, 而風標特出. 常自題詩云 : "夙世[1]謬詞客, 前身應畫師." 其自負也如此. 慈恩寺東院, 與畢庶子・鄭廣文, 各畫一小壁, 時號"三絶".
又維嘗至招國坊庾敬休宅, 見屋壁有畫〈奏樂圖〉. 維熟視而笑, 或問其故, 維曰 : "此〈霓裳羽衣曲〉第三疊第一拍." 眉 : 不惟右丞知樂, 亦見古畫家下筆之情. 今人盡懷羅耳. 好事者集樂工驗之, 無一差者.

* 이 고사는 《태평광기》 권211 〈화・왕유〉에 실려 있다.
1 숙세(夙世) : 《당조명화록(唐朝名畫錄)》에는 "당세(當世)"라 되어 있는데, 문맥상 보다 타당하다.

49-19(1456) 한간

한간(韓幹)

출《화단》·《유양잡조》

당(唐)나라의 한간은 경조(京兆) 사람이다. 현종(玄宗) 천보(天寶) 연간(742~756)에 궁궐로 불려 와 공봉(供奉 : 황제의 좌우에서 시봉하는 관리)이 되었다. 황상은 한간에게 진굉(陳閎)을 스승으로 삼아 말을 그리게 했는데, 그의 말 그림이 스승과 다른 것을 괴이하게 여겨 그 이유를 캐물었더니 한간이 아뢰었다.

"신에게는 본디 스승이 있으니, 폐하 궁중의 마구간에 있는 말들이 모두 신의 스승입니다."

황상은 그를 매우 남다르다고 여겼다. 미 : 양생(楊生 : 양계단)의 밑그림[100]과 같다.

건중(建中) 연간(780~783) 초에 어떤 사람이 말을 끌고 마의(馬醫)를 찾아와서 말의 다리에 병이 났다고 하면서 2000냥을 주며 치료해 달라고 했다. 마의는 그 말과 같은 털빛과 골상(骨相)을 한 번도 본 적이 없었기에 웃으며 말했

---

100) 양생(楊生 : 양계단)의 밑그림 : 본서 49-16(1453) 〈화본(畫本)〉에 나온다.

다.

"당신의 말은 한간이 그린 말과 너무나도 흡사한데, 실제 말 중에 본래 이런 말은 없습니다."

마의는 그 말의 주인에게 말을 끌고 시장 문을 한 바퀴 돌라고 하면서 그 뒤를 따라갔다. 그러다가 문득 한간을 만나게 되었는데, 한간 역시 그 말을 보고 놀라며 말했다.

"저건 정말로 내가 그린 말이다!"

그래서 한간은 아무리 생각나는 대로 그린 것이라 하더라도 필시 암암리에 비슷한 것을 보았기 때문이라는 사실을 알게 되었다. 한간이 그 말을 어루만졌더니 말이 넘어질 듯하다가 앞발을 다쳤다. 한간은 마음속으로 이상해하면서 자신이 그린 말의 밑그림을 살펴보았더니, 다리에 흑점 하나의 결함이 있었다. 한간은 그제야 그림이 신령과 통했음을 알게 되었다. 마의가 받은 돈은 여러 주인을 거치는 동안 진흙 동전으로 변해 버렸다.

唐韓幹, 京兆人也. 唐玄宗天寶中, 召入供奉. 上令師陳閎畫馬, 怪其不同, 詔因詰之, 奏云: "臣自有師, 陛下內廄馬, 皆臣之師也." 上甚異之. 眉: 與楊生畫本同.
建中初, 曾有人牽馬訪醫, 稱馬患腳, 以二千求治. 其馬毛色骨相, 馬醫未嘗見, 笑曰: "君馬酷似韓幹所畫者, 眞馬中固無也." 因請馬主繞市門一匝, 馬醫隨之. 忽值韓幹, 幹亦驚曰: "眞是吾設色者!" 乃知隨意所匠, 必冥會所肯也. 遂摩挲, 馬若蹶, 因損前足. 幹心異之, 視其所畫馬本, 腳有一點黑缺, 方知畫通靈矣. 馬醫所獲錢, 用歷數主, 乃成泥錢.
* 이 고사는 《태평광기》 권211 〈화 · 한간〉에 실려 있다.

49-20(1457) 위숙문

위숙문(韋叔文)

출《문기록(聞奇錄)》

당(唐)나라의 진사(進士) 위숙문은 말을 잘 그렸다. 어느 한가한 날에 위숙문은 우연히 말 두 필을 그렸는데 미처 색깔을 칠하지 못했다. 그는 과거를 보러 가다가 화악묘(華岳廟) 앞을 지나갈 때 마치 꿈을 꾸듯 정신이 멍해졌는데, 사당 앞에서 어떤 사람이 그에게 인사하며 말했다.

"금천왕(金天王)께서 삼가 부르십니다."

위숙문이 자기도 모르게 말에서 내려 사당으로 들어가서 대전에 올라 금천왕을 배알했더니 금천왕이 말했다.

"그대에게 아주 훌륭한 말 두 필이 있는 것을 알고 있는데, 지금 내가 그것을 청하고자 하오. [그 대가로] 내년 봄에 이름을 바꾸면 급제할 것이오."

위숙문이 말했다.

"저는 타고 다니는 말만 있습니다."

금천왕이 말했다.

"분명 있으니 잘 생각해 보시오."

위숙문이 가만히 생각해 보니 자기가 그린 말 두 필이 있기에 즉시 대답했다.

"말이 있긴 한데 털빛을 아직 칠하지 않았습니다."

금천왕이 말했다.

"칠해 줄 수 있겠소?"

위숙문이 말했다.

"그렇게 하겠습니다."

위숙문은 사당에서 나와 급히 객점에서 말 그림에 색을 입혀서 금천왕에게 바쳤다. 그는 다음 해 봄에 이름을 바꾸고 급제했다.

唐進士韋叔文善畫馬. 暇日, 偶畫二馬而未設色. 赴擧, 過華岳廟前, 怳然如夢, 見廟前人謁己云 : "金天王奉召." 叔文不覺下馬而入, 升殿見王, 王曰 : "知君有二馬甚佳, 今將求之. 來春改名而第矣." 叔文曰 : "己但有所乘者爾." 王曰 : "有, 試思之." 叔文暗思有二畫馬, 卽對曰 : "有馬, 毛色未就." 曰 : "可以爲惠?" 叔文曰 : "諾." 出廟, 急於店中添色以獻之. 來春改名而第.

* 이 고사는 《태평광기》 권213 〈화·위숙문〉에 실려 있다.

49-21(1458) 이사훈

이사훈(李思訓)

출《화단》

　　당(唐)나라의 제위장군(諸衛將軍) 이사훈과 그의 아들 이소도(李昭道)는 모두 산수화의 오묘함을 터득했는데, 당시 사람들이 "대이 장군(大李將軍)"과 "소이 장군(小李將軍)"이라고 부른 사람이 바로 이들이다. 천보(天寶) 연간(742~756)에 현종(玄宗)이 이사훈을 불러 대동전(大同殿)의 벽과 가리개에 그림을 그리게 했는데, 다른 날 주대(奏對: 신하가 천자의 물음에 대답하는 것)하는 자리에서 현종이 말했다.

　　"경이 그린 가리개에서 밤에 물소리가 들리오."

唐諸衛將軍李思訓, 子昭道, 俱得山水之妙, 時人云"大李將軍"·"小李將軍"是也. 天寶中, 玄宗召思訓, 畫大同殿壁兼掩障, 異日, 因奏對, 詔云 : "卿所畫掩障, 夜聞水聲."

*　이 고사는《태평광기》권211〈화·이사훈〉에 실려 있다.

49-22(1459) 오도현

오도현(吳道玄)

출《당화단》·《독이지》·《노씨잡설》·《명화기》

당(唐)나라의 오도현은 자가 도자(道子)이고 양적(陽翟) 사람이다. 어려서 고아가 되어 가난했으나, 천부적인 재능을 가지고 태어나 회화의 오묘함에 통달했다. 그가 정처 없이 동락(東洛:낙양)을 떠돌아다닐 때, 현종(玄宗)이 그의 명성을 듣고 궁궐로 불러들여 공봉(供奉)으로 삼았다. 그는 주로 장승요(張僧繇)를 본받았는데, 변화무쌍함과 호방함이 장승요를 뛰어넘었기에, 장회관(張懷瓘)은 그를 장승요의 후신이라 여겼다. 일찍이 오도현이 경공사(景公寺)에 〈지옥변상도(地獄變相圖)〉를 그렸는데, 경공사의 스님 현종(玄縱)이 말했다.

"오생(吳生:오도현)이 이것을 그린 후로 도성 사람들이 모두 와서 구경했는데, [지옥에서 받을] 벌을 두려워해 공덕을 쌓았으며, 동시(東市)와 서시(西市)의 백정과 술장수는 물고기와 짐승 고기를 팔지 않았소." 미:상교(象敎:불교)가 어찌 무익하겠는가?

또 현종은 천보(天寶) 연간(742~756)에 갑자기 촉중(蜀中)의 가릉강(嘉陵江)의 산수가 생각나자, 오도현에게 역참의 말을 타고 가서 그려 오게 했다. 오도현이 돌아온 날에 현종이 그곳의 경치를 물었더니 오도현이 아뢰었다.

"신은 밑그림은 그려 오지 않았고, 모두 마음속에 담아 왔습니다."

현종은 오도현을 보내 대동전(大同殿)의 벽에 그리게 했는데, 가릉강 300리에 걸친 산수를 하루 만에 다 그렸다. 당시 이 장군(李將軍 : 이사훈)이 산수화로 명성을 떨치고 있었는데, 역시 대동전의 벽에 그림을 그리게 했더니 몇 달 만에 비로소 완성했다. 그러자 현종이 말했다.

"이사훈이 몇 개월에 걸쳐 이룬 솜씨와 오도현이 하루 만에 완성한 작품이 모두 절묘하다."

또 오도현은 궁전 내에 용 다섯 마리를 그렸는데, 용의 비늘이 살아 움직이는 것 같았으며, 매번 큰비가 오려고 하면 그림에서 안개가 피어났다.

또 개원(開元) 연간(713~741)에 장군 배민(裵旻)이 모친상을 당했는데, 모친의 명복을 빌기 위해 오도자(吳道子 : 오도현)를 찾아가서 동도(東都 : 낙양) 천궁사(天宮寺)의 벽에 신령과 귀신 몇 폭을 그려 달라고 청했다. 오도자가 대답했다.

"그림을 그리지 않은 지 이미 오래되었지만, 만약 장군께서 뜻이 있으시거든 저를 위해 옷을 차려입고 검무를 한번 보여 주십시오. 어쩌면 장군의 용맹한 기세에 힘입어 제가 명계(冥界)의 신령들과 통하게 될지도 모르겠습니다."

그래서 배민은 상복을 벗고 평상시대로 옷을 차려입고는 나는 듯이 말을 달리면서 좌우로 검을 휘두르다가 구름 속으로 던졌는데, 수십 장(丈)이나 높이 올라가더니 번개처럼 아래로 떨어졌다. 배민은 손에 칼집을 들고 검을 받았는데, 검이 정확하게 칼집 안으로 들어갔다. 이를 구경하던 수백 수천 명의 사람들 중에 놀라서 전율하지 않는 이가 없었다. 마침내 오도자가 붓을 쥐고 벽화를 그리자 갑자기 바람이 불었는데 천하의 장관이었다. 미 : 검무를 춰서 글자에 신통하고 또 그림에도 신통하는 것은 모두 '세(勢)' 자 하나에서 힘을 얻기 때문이다. 오도자가 평생 그린 그림 가운데 이보다 만족스러운 것은 없었다.

또 오도자가 어떤 스님을 찾아갔는데 스님이 예의를 갖추지 않자, 붓과 벼루를 청해 벽 위에 나귀 한 마리를 그려놓고 떠났다. 어느 날 밤에 승방 안의 가구들이 모두 밟혀 부서져, 감당할 수 없을 정도로 골치가 아팠다. 스님은 오도자가 그린 그림 때문임을 알고 오도자에게 절에 와 달라고 간절히 청하며 자신의 잘못을 빌었더니, 오도자가 그림을 그린 벽에 칠을 해서 지웠다. 미 : 스님은 어찌하여 스스로 칠해서 지우지 않았는가?

노능가(盧稜伽)는 오도현의 제자다. 한번은 오생이 도성의 총지사(總持寺) 삼문(三門 : 세 칸으로 된 대문)에 그림을 그려 많은 재물을 얻은 적이 있었다. 그러자 노능가는 장엄사(莊嚴寺) 삼문에 몰래 그림을 그렸는데, 예리한 사고를 다 펼쳐 자못 절묘한 경지에 이르렀다. 하루는 오생이 문득 그 그림을 보고 경탄하며 말했다.

"이 사람의 필력(筆力)은 평소에 나만 못했는데 지금은 나와 비슷해졌으니, 이 사람은 여기에 정신을 다 소진했구나!"

한 달이 지나서 과연 노능가는 죽었다.

평 : 《회남자(淮南子)》에 따르면, [전국 시대] 송(宋)나라 경공(景公)이 궁장(弓匠)에게 활을 만들게 했는데, 궁장은 9년이 지나서야 완성해서 바쳤다. 그 궁장은 집으로 돌아간 후 사흘 만에 죽었는데, 대개 궁장이 마음과 힘을 모두 그 활에 쏟아부었기 때문이었다. 후에 경공이 그 활로 화살을 쏘았더니, 화살이 서패산(西霸山)을 넘어 팽성(彭城)의 동쪽까지 날아갔는데, 그러고도 힘이 남아서 화살의 깃털 부분까지 바위에 박혔다.

唐吳道玄, 字道子, 陽翟人也. 少孤貧, 天授之性, 窮丹靑之妙. 浪跡東洛, 玄宗知其名, 召入供奉. 大略師張僧繇, 千變萬狀, 縱橫過之, 張懷瓘以爲僧繇後身. 嘗於景公寺畫〈地獄變相〉, 本寺僧玄縱云:"自吳生畫此後, 都人咸觀, 皆懼罪修善, 兩市屠沽, 魚肉不售." 眉 : 象敎何嘗無益? 又玄宗天寶中,忽思蜀中嘉陵江山水, 遂假吳生驛遞, 令往寫貌. 及回日, 帝問其狀, 奏云:"臣無粉本, 並記在心." 遣於大同殿圖之, 嘉陵江三百里山水, 一日而畢. 時有李將軍山水擅名, 亦畫大同殿壁, 數月方畢. 玄宗云:"李思訓數月之功, 吳道玄一日之跡, 皆極其妙也." 又畫殿內五龍, 鱗甲飛動, 每欲大雨, 即生煙霧.

又開元中, 將軍裴旻居母喪, 詣道子, 請於東都天宮寺畫神鬼數壁, 以資冥助. 道子答曰:"廢畫已久, 若將軍有意, 為吾纏結, 舞劍一曲, 庶因猛勵, 就通幽冥." 旻於是脫去縗服, 若常時裝飾, 走馬如飛, 左旋右抽, 擲劍入雲, 高數十丈, 若電光下射. 旻引手執鞘承之, 劍透室而入. 觀者數千百人, 無不驚慄. 道子於是援毫圖壁, 颯然風起, 為天下之壯觀. 眉:舞劍而通字又通畫, 總得力一'勢'字. 道子平生所畫, 得意無出於此.

又道子訪僧, 僧不加禮. 遂請筆硯, 於壁上畫驢一頭而去. 一夜, 僧房家具並踏破, 被惱亂不可堪. 僧知是道子, 懇邀到院求法, 乃塗却畫處. 眉:僧何不自塗?

盧稜伽, 吳道玄弟子也. 吳生嘗於京師畫總持寺三門, 大獲衆貨. 稜伽乃竊畫莊嚴寺三門, 銳思開張, 頗臻其妙. 一日, 吳生忽見之, 驚嘆曰:"此子筆力, 常時不及我, 今乃類我, 是子也, 精爽盡此矣!"居一月, 稜伽果卒.

評:《淮南子》:宋景公造弓, 九年乃成而進之. 弓人歸家, 三日而卒, 蓋匠者心力盡於此弓矣. 後公用此弓發矢, 矢越西霸之山, 彭城之東, 餘勁中石飲羽焉.

* 이 고사는 《태평광기》 권212 〈화·오도현〉과 〈노능가(盧稜伽)〉, 권225 〈기교(伎巧)·궁인(弓人)〉에 실려 있다.

49-23(1460) 금교도

금교도(金橋圖)

출《개천전신기》

  [당나라] 현종(玄宗)이 태산(泰山)에 봉선(封禪)하고 돌아오는 길에 어가가 상당(上黨)에 머물자, 노주(潞州)의 노인들이 술과 마실 것을 병에 담아 등에 짊어지고 원근에서 현종을 영접해 알현했다. 황상은 친히 모두에게 그 노고를 위로하면서 그들이 바친 물품을 받았고, 차등을 두어 상을 내렸다. 노인 가운데 이전에 황상과 서로 알고 지내던 자가 있었는데, 황상은 술과 음식을 하사하면서 그와 함께 옛이야기를 나누었다. 어가가 금교를 지나갈 때 황상은 오도현(吳道玄)·위무첨(韋無忝)·진굉(陳閎)을 불러 함께 〈금교도〉를 그리게 했다. 성상(聖上)의 어용과 황상이 탄 조야(照夜)라는 백마는 진굉이 맡아서 그렸다. 미: 진굉은 초상을 그리는 데 으뜸이었다. 교량과 산수, 수레와 인물, 초목과 새, 의장과 장막은 오도현이 맡아서 그렸다. 개와 말과 나귀와 노새, 소와 양과 낙타, 고양이와 원숭이와 돼지 등 네발 달린 짐승은 위무첨이 맡아서 그렸다. 그림이 완성되자 당시에 이를 "삼절(三絶)"이라 불렀다.

玄宗封泰山回, 車駕次上黨, 潞之父老, 負擔壺漿, 遠近迎謁. 上皆親加存問, 受其獻餽, 錫賚有差. 父老有先與上相識者, 上悉賜以酒食, 與之話舊. 及車駕過金橋, 遂召吳道玄·韋無忝·陳閎, 令同製〈金橋圖〉. 聖容及上所乘照夜白馬, 陳閎主之. 眉 : 陳閎寫眞第一手. 橋梁山水, 車輿人物, 草樹鷹鳥, 器丈帷幕, 吳道玄主之. 狗馬驢騾, 牛羊橐駝, 猫猴猪貀, 四足之屬, 韋無忝主之. 圖成, 時謂"三絶".

* 이 고사는《태평광기》권212 〈화·금교도〉에 실려 있다.

49-24(1461) 주방

주방(周昉)

출《화단》

　당(唐)나라의 주방은 자가 경현(景玄)이고 경조(京兆) 사람이다. 조주장사(趙州長史)에 임명되었을 때 마침내 정수기(程修己)를 20년 동안 스승으로 모셨는데, 정수기는 무릇 그림의 60가지 병폐를 일일이 구두로 가르쳐 주면서 그 오묘함을 전수했다. 곽 영공[郭令公 : 곽자의(郭子儀)]의 사위인 시랑(侍郎) 조종(趙縱)이 일찍이 한간(韓幹)에게 초상을 그리게 했는데, 사람들이 모두 훌륭하다고 칭찬했다. 조종은 후에 또 주방에게 청해서 초상을 그리게 했는데, 두 사람은 모두 뛰어난 명성을 지니고 있었다. 한번은 곽 영공이 자리에 두 그림을 나란히 놓았지만 우열을 가릴 수 없었다. 마침 조 부인(趙夫人 : 곽자의의 딸)이 친정에 다니러 오자 곽 영공이 물었다.

　"이것은 누구의 초상이냐?"

　조 부인이 대답했다.

　"조랑(趙郞 : 조종)입니다."

　곽 영공이 물었다.

　"어떤 것이 가장 비슷하냐?"

조 부인이 말했다.

"두 그림 모두 비슷하지만 뒤의 그림이 낫습니다."

곽 영공이 또 물었다.

"어째서 그렇게 말하느냐?"

조 부인이 말했다.

"앞의 그림[한간이 그린 것]은 그저 조랑의 겉모습만을 그려 냈지만, 뒤의 그림[주방이 그린 것]은 조랑의 정신과 성정과 웃고 말하는 자태까지 그려 냈기 때문입니다." 미: 지금 사람은 초상을 그릴 때 반드시 단정히 앉아 똑바로 쳐다보게 하니 정신이 삭막하다.

곽 영공은 이날 두 그림의 우열을 정하고 수백 필의 비단을 주방에게 보내 주게 했다.

唐周昉, 字景玄, 京兆人. 任趙州長史, 遂師事程修己二十年, 凡畫之六十病, 一一口授, 以傳其妙. 郭令公婿趙縱侍郎嘗令韓幹寫眞, 衆皆稱美. 後又請昉寫眞, 二人皆有能名. 令公嘗列二畫於座, 未能優劣. 因趙夫人歸省, 令公問云 : "此何人?" 對曰 : "趙郎." "何者最似?" 云 : "兩畫總似, 後畫者佳." 又問 : "何以言之?" 云 : "前畫空得趙郎狀貌, 後畫兼移其神思·情性·笑言之姿." 眉: 今人寫眞, 必令端坐審視, 神氣索然矣. 是日定二畫之優劣, 令送錦彩數百匹.

* 이 고사는 《태평광기》 권213 〈화·주방〉에 실려 있다.

49-25(1462) 관휴

관휴(貫休)

출《야인한화(野人閑話)》

    당(唐)나라의 스님 관휴는 무주(婺州) 난계(蘭溪) 사람으로, 시에 능하고 글씨에 뛰어났으며 그림에 절묘했다. [오대십국 전촉의] 왕씨(王氏)가 나라를 세웠을 때 촉(蜀)으로 들어와 용화사(龍華寺)의 정사(精舍)에 기거했다. 그는 붓을 휘둘러 수묵으로 16나한(羅漢)과 부처님과 두 명의 대사(大士: 보살)를 그렸는데, 거대한 바위에 구름이 둘러 있고 마른 소나무에 덩굴이 감겨 있었으며, 여러 고풍스러운 모습이 다른 사람의 그림과는 달랐다. 어떤 사람이 말했다.

    "꿈에서 본 것을 깬 후에 그렸으니 '응몽나한(應夢羅漢)'이라 불러야겠군요."

    [후촉의] 위한림학사(偽翰林學士) 구양형(歐陽炯)도 일찍이 그 그림을 보고 다음과 같은 시가를 지어 주었다.

    "서악(西嶽)의 고승 관휴, 고독한 마음 드높아 맑은 가을 하늘을 능가하네. 하늘이 수묵으로 나한을 그리게 하니, 웅장하고 예스러운 모습 붓끝에서 탄생했네. 때때로 큰 폭의 비단 보시받으면 높은 벽에 진흙 바르고, 미: 매번 옛날의 벽화가 오래가기 어려운 것을 의아해했는데, 비단을 사용했기 때문임을 비로소 알게 되었다. 눈 감고 향 피우며 선방(禪房)에 앉았네. 홀연히 꿈속에서 나한의 진짜 모습을 보고, 가사(袈裟)를 벗어 던지고 신필(神筆)을 찍었네. 팔뚝 높이 들어 공중에 휘저으니, 쓱쓱 붓끝이 거침없이 치달리네. 잠깐 사이에 두세 명의 나한이 완성되니, 화공이 시일을 허비하는 것과는 같지 않았네. 괴석은 깊은 골짜기와 고목에 배치하고, 고승은 가부좌를 틀고 줄지어 앉았네. 모습은 야윈 학 같지만 정신은 건강하고, 정수리는 엎드린 무소 같고 두개골은 크네. 소나무 뿌리에 의지하고 바위 틈새에 기대어, 허리 구부리고 움직이려 하네. 불제자는 소리 내지 않고 경을 읽지만 그 소리가 들리는 듯하고, 산사의 동자는 꾸벅꾸벅 졸며 꿈꾸는 것 같네. 미 : 시 속에 그림이 있다. 법랍(法臘 : 스님이 출가한 후의 햇수)이 몇 년이나 되었는지 알 수 없으나, 한 손으로 턱을 괴고 한쪽 어깨를 드러냈네. 입을 열면 혹 사람과 얘기하는 듯하고, 좌정하면 다시 막 좌선(坐禪)에 든 듯하네. 책상 앞에 누워 있는 코끼리는 코[鼻] 미 : 비(鼻)는 음이 피(避)다. 를 낮게 드리우고, 벼랑 가에서 노는 원숭이는 팔을 비스듬히 뻗었네. 파초꽃 속은 엷은 홍색으로 쓸어 내렸고, 이끼 무늬는 짙은 비취색으로 아롱졌네. 단단한 대나무 지팡이와 낮은 소나무 평상, 눈처럼 흰 눈썹은 길이가 한 촌(寸)이네. 줄 풀린 범협(梵夾)[101]은 두세 조각, 실로 기운 납의(衲衣)엔 천만 개의 꿰맨 자국. 숲에선 나뭇잎이 어지러이 떨어지고, 타다 남은 한 줄기 향은 연기마저 끊어졌네. 가죽옷과 나막신은 걸쳐 본 적 없고, 어린 대로 짠 방석에 오래도록 앉아 있네. 휴 공(休公 : 관휴)! 휴 공! 빼어난 기예는 능가할 자가 없으니, 명성이 바다 끝까지 자자하네. 오언 칠언 시가는 천 수(首)요, 대전 소전 서법은 삼십 가(家)라네. 당나라 역대로 명사가 많았으니, 소자운(蕭子雲)과 오도자(吳道子 : 오도현)라. 만약 서화로 휴 공에 비하자면, 아마도 당시엔 헛되이 살다 갔으리. 휴 공! 휴 공! 처음 강남에서 진(秦) 땅으로 들어온 이래, 지금 촉(蜀)에 와서도 친한 사람 없었네. 시와 그림 모두 절묘해, 뭇사람 다투어 당신을 보려 하네. 와관사(瓦棺寺) 안의 유마힐(維摩詰)[102], 사위성(舍衛城) 중의 벽지불(辟支佛)[103]. 만약 이 그림을 가지고 비교해 보면, 분명

---

101) 범협(梵夾) : 옛 인도인들은 다라수(多羅樹) 잎이나 종이를 직사각형으로 자르고 좌우에 두 개의 작은 구멍을 뚫고 경문(經文)을 쓴 다음에 그것을 겹겹이 쌓아 두 개의 나무판자 사이에 놓고 구멍에 끈을 꿰어 묶어서 보관했는데, 이러한 형식의 서책(書冊)을 '범협'이라 한다. 일반적으로 범어(梵語)로 쓴 불경을 가리킨다.

102) 유마힐(維摩詰) : 유마 거사. 《유마경(維摩經)》의 주인공으로, 무구칭(無垢稱)·정명(淨名)이라 번역한다.

103) 벽지불(辟支佛) : 홀로 깨달은 자라는 뜻으로, 독각(獨覺)·연각(緣覺)이라 번역한다. 스승 없이 홀로 수행해 깨달은 자, 가르침에 의하지 않고 독자적으로 깨달은 자를 말한다.

인간 세상에서 제일이리라."

唐沙門貫休, 婺州蘭溪人也, 能詩, 善書, 妙畫. 王氏建國時, 來居蜀中龍華之精舍. 因縱筆, 用水墨畫羅漢一十六身, 並一佛二大士, 巨石縈雲, 枯松帶蔓, 其諸古貌, 與他人畫不同. 或曰 : "夢中所睹, 覺後圖之, 謂之'應夢羅漢'." 僞翰林學士歐陽炯亦曾觀之, 贈以歌曰 : "西嶽高僧名貫休, 孤情峭拔凌淸秋. 天敎水墨畫羅漢, 魁岸古容生筆頭. 時捐大絹泥高壁, 眉 : 每疑古時畫壁難久, 乃知乃用絹也. 閉目焚香坐禪室. 忽然夢裏見眞儀, 脫去袈裟點神筆. 高攙節腕當空擲, 窸窣毫端任狂逸. 逡巡便是兩三軀, 不似畫工虛費日. 怪石安排嵌復枯, 眞僧列坐連跏趺. 形如瘦鶴精神健, 頂似伏犀頭骨粗. 倚松根, 傍巖縫, 曲錄腰身長欲動. 看經弟子擬聞聲, 瞌睡山童疑有夢. 眉 : 詩中有畫. 不知夏臘幾多年, 一手搯頤偏袒肩. 口開或若共人語, 身定復疑初坐禪. 案前臥象低垂鼻, 眉 : 鼻, 音避. 崖畔戱猿斜展臂. 芭蕉花裏刷輕紅, 苔蘚文中暈深翠. 硬笻杖, 矮松床, 雪色眉毛一寸長. 繩開梵夾兩三片, 綾補衲衣千萬行. 林間亂葉紛紛墮, 一印殘香斷煙火. 皮穿木屐不曾拖, 笋織蒲團鎭長坐. 休公! 休公! 逸藝無人加, 聲譽喧喧遍海涯. 五七字句一千首, 大小篆書三十家. 唐朝歷歷多名士, 蕭子雲兼吳道子. 若將書畫比休公, 祇恐當時浪生死. 休公! 休公! 始自江南來入秦, 於今到蜀無交親. 詩名畫手皆奇絶, 覷你凡人爭是人. 瓦棺寺裏維摩詰, 舍衛城中辟支佛. 若將此畫比量看, 總在人間爲第一."

* 이 고사는 《태평광기》 권214 〈화·관휴〉에 실려 있다.

49-26(1463) 황전

황전(黃筌)

출《야인한화》

옛날에 오도자(吳道子 : 오도현)가 종규(鍾馗) 하나를 그렸는데, 남색 적삼을 입고, 한쪽 발만 신발을 신고, 한쪽 눈은 애꾸이고, 허리에 홀(笏) 하나를 꽂고, 머리는 두건으로 싸맸으나 흐트러진 머리카락이 귀밑털까지 드리웠고, 왼손으로는 귀신 하나를 잡고, 오른손 검지로는 귀신의 눈을 파내고 있었다. 필적이 힘차고 굳세서 실로 당나라 그림의 신묘함을 담고 있다. 어떤 사람이 이를 얻어 [오대십국] 위촉(僞蜀 : 후촉)의 군주에게 바쳤는데, 촉주는 이를 매우 아끼고 소중히 여겨 늘 침실에 걸어 두었다. 하루는 황전을 불러 이 그림을 보게 했는데, 황전은 보자마자 그 절묘함을 칭찬했다. 맹창(孟昶 : 후촉 군주)이 말했다.

"이 종규가 만약 엄지로 귀신의 눈을 파내고 있다면 훨씬 더 힘 있어 보일 테니, 한번 나를 위해 고쳐 보시오."

황전은 사저로 돌아가길 청해 며칠 동안 그 그림을 보았지만 [고쳐 그리기에는] 부족했기에, 따로 흰 비단을 이어 또 하나의 종규를 그리면서 엄지로 귀신의 눈을 파내고 있는 모습으로 그린 뒤에, 오도자의 그림과 함께 바쳤다. 맹창이 물었다.

"내가 경에게 이 그림을 고치라 했거늘 어찌하여 따로 그렸소?"

황전이 말했다.

"오도자가 그린 종규는 온몸의 힘과 기색과 눈빛이 모두 검지에 있지 엄지에 있지 않기 때문에 감히 고칠 수 없었습니다. 제가 그린 것은 비록 고인(古人 : 오도자)에는 미치지 못하지만 온몸의 힘과 뜻이 모두 엄지에 있습니다." 미 : 지금 사람은 자기 생각대로 옛날에 만든 것을 함부로 바꾸는 경우가 많으니, 이것을 보고 부끄러워할 만하다.

맹창은 매우 기뻐하며 황전의 능력을 칭찬하고, 마침내 그에게 채색 비단과 은그릇을 하사해 그의 뛰어난 식견을 표창했다.

昔吳道子畫一鍾馗, 衣藍衫, 鞹一足, 眇一目, 腰一笏, 巾裹而蓬髮垂鬢, 左手捉一鬼, 以右手第二指挖鬼眼睛. 筆迹遒勁, 實有唐之神妙. 或收得以獻僞蜀主, 甚愛重之, 常懸於內寢. 一日, 召黃筌令看之, 筌一見, 稱其絶妙. 昶謂曰: "此鍾馗若母指挖鬼眼睛, 更校有力, 試爲我改之." 筌請歸私第, 數日看之不足, 別絣絹素, 畫一鍾馗, 以母指挖鬼眼睛, 並吳本一時進納. 昶問曰: "比令卿改之, 何爲別畫?" 筌曰: "吳道子所畫鍾馗, 一身之力, 氣色眼貌, 俱在第二指, 不在母指, 所以不敢輒改. 筌今所畫, 雖不及古人, 一身之力, 意思並在母指." 眉: 今人以私意改易古制者, 多矣. 視此可愧. 昶甚悅, 賞筌之能, 遂以彩段銀器, 旌其別識.

* 이 고사는《태평광기》권214〈화·황전〉에 실려 있다.

49-27(1464) 성화

성화(聖畫)

출《선실지(宣室志)》

운화사(雲花寺)에는 성화전(聖畫殿)이 있는데, 장안(長安)에서는 그것을 "칠성화(七聖畫)"라고 부른다. 처음 불전을 지었을 때 절의 스님은 화공을 불러 그림을 그리게 해서 꾸미고자 했는데, 그 공임이 맞지 않아서 실행하지 못했다. 며칠 후에 젊은이 두 명이 절을 찾아와서 스님을 뵙고 말했다.

"듣자 하니 이 절에서 화공을 구한다고 하는데, 저희가 그림을 잘 그립니다. 저희는 감히 대가를 구하지 않을 것이니, 공력을 다해 보아도 되겠습니까?"

절의 스님이 먼저 그들의 작품을 보고자 했더니 젊은이가 말했다.

"저희 형제는 모두 일곱 명인데, 일찍이 장안에서 그림을 그린 적이 없으니 어찌 작품이 있겠습니까?"

절의 스님이 그의 말을 터무니없다고 생각하며 다소 난처해하자 젊은이가 말했다.

"저희는 이미 스님께 공임을 받지 않기로 했으니, 만약 저희의 그림이 스님의 마음에 들지 않는다면, 그때 가서 벽에 흙손질을 해서 지워 버려도 늦지 않을 것입니다."

절의 스님은 그들이 공임을 요구하지 않는 점을 이롭게 여겨 그림을 그리라고 허락했다. 하루 뒤에 과연 일곱 명이 오더니 각자 물감과 비단을 들고 불전으로 들어가면서 스님에게 말했다.

"지금부터 이레 동안 문을 절대 열지 마시고 음식도 신경 쓰지 마십시오. 바람과 햇빛에 그림이 상할까 두려우니 문을 진흙으로 막아서 작은 틈도 없게 해 주십시오."

스님은 그의 말을 따랐다. 이렇게 엿새가 지나는 동안 고요히 아무런 소리도 들리지 않자 스님들이 서로 말했다.

"이는 틀림없이 변고가 생긴 것이다!"

그러고는 함께 문을 봉한 진흙을 떼어 내고 문을 열었더니, 일곱 마리의 비둘기가 훨훨 창공을 향해 날아갔다. 미 : 이는 또한 서법가 왕차중(王次仲)의 일[104]과 짝이 된다. 불전 안에는 그림이 분명히 그려져 있었는데, 사방 모퉁이 중에서 오직 서북쪽 벽만 아직 덜 그린 상태였다. 나중에 다른 화공이 와서 그것을 보고 깜짝 놀라며 신필(神筆)이라 여겼으며, 감히 그 그림을 이어서 그리는 자가 없었다.

---

104) 서법가 왕차중(王次仲)의 일 : 본서 48-1(1410) 〈서시(書始)〉에 나온다.

雲花寺有聖畫殿, 長安中謂之"七聖畫". 初, 殿宇旣製, 寺僧召畫工, 將命施彩飾, 會酬價不相當, 未果. 後數日, 有二少年詣寺來謁曰: "聞此寺將命畫工, 某善畫者. 不敢利其價, 願輸功可乎?" 寺僧欲先閱其跡, 少年曰: "某弟兄凡七人, 未嘗畫於長安中, 寧有跡乎?" 寺僧以爲妄, 稍難之, 少年曰: "旣不納師之直, 苟不可師意, 圬其壁, 未晚也." 寺僧利其無直, 許之. 後一日, 七人果至, 各挈彩繪, 將入殿, 且謂僧曰: "從此去七日, 愼勿啓門, 亦不勞飮食. 畏風日所侵鑠, 可以泥錮吾門, 無使有纖隙." 僧從其語. 如是凡六日, 闃無有聞, 僧相語曰: "此必他怪也!" 遂相與發其封, 戶旣啓, 有七鴿, 翩翩望空飛去. 眉: 又與畫家王次仲的對. 其殿中彩繪儼若, 四隅唯西北埔未盡其飾焉. 後畫工來見之, 驚爲神筆, 無敢繼其色者.

* 이 고사는 《태평광기》 권213 〈화・성화〉에 실려 있다.

49-28(1465) **염광**

염광(廉廣)

출《대당기사(大唐奇事)》

  염광은 노(魯) 지방 사람이다. 한번은 태산(泰山)에서 약초를 캐다가 비바람을 만나 나무 아래에 머물러 있었다. 밤중이 되어 비가 개자 발길 닿는 대로 걷다가 갑자기 한 사람을 만났는데 마치 은사(隱士) 같았다. 그 사람은 염광과 얘기를 주고받다가 스스로 그림을 잘 그린다고 하면서 그에게 화법을 가르쳐 줄 수 있다고 했다. 그러면서 품속에서 오색 붓 한 자루를 꺼내 염광에게 주면서 말했다.

  "이 붓을 가지고 마음대로 그림을 그리면 분명 신령과 통할 것이네."

  염광이 감사의 절을 올리고 나자 그 사람은 홀연히 보이지 않았다. 염광은 그 일을 비밀로 하고 감히 경솔히 시험해 보지 않았다. 후에 염광은 중도현(中都縣)으로 갔는데, 본디 그림을 좋아하던 현령(縣令) 이씨(李氏)가 술을 마시다가 조용히 염광에게 물었는데, 염광은 비밀을 지키며 말하지 않았다. 그러나 이씨가 한사코 부탁하자 염광은 어쩔 수 없이 벽 위에 귀병(鬼兵) 100여 명을 그렸는데, 미:그릴 만한 것이 많은데 하필이면 귀병이란 말인가! 그 모습이 마치 적을 향해 나아가는 것 같았다. 중도현의 현위(縣尉) 조씨(趙氏)가 그 사실을 알고 또 완강하게 그에게 그림을 그려 달라고 했다. 그래서 염광은 또 조씨의 청사 벽 위에 귀병 100여 명을 그렸는데, 그 모습이 마치 전쟁을 하는 것 같았다. 그날 밤에 두 곳에 그린 귀병이 모두 나가서 전쟁을 했다. 두 사람은 이런 괴이한 일을 보고 마침내 벽에 그려진 귀병을 지워 버렸다. 염광도 두려워서 하비현(下邳縣)으로 도망쳤는데, 하비현의 현령이 그 일을 알고 또 염광에게 그림을 그려 달라고 간절히 청했다. 그래서 염광이 그 요사스런 일을 말했더니 현령이 말했다.

"귀병을 그리면 싸운다고 하니, 사물을 그린다면 분명 싸우지 않을 것이오."

그러고는 용을 한 마리를 그리라고 했다. 염광이 용을 다 그리자마자 구름과 안개가 일어나고 회오리바람이 갑자기 불면서 그림 속의 용이 홀연 구름을 타고 올라갔으며, 비가 퍼부어 연일 그치지 않았다. 현령은 염광이 요술을 부린다고 의심해 그를 옥에 가두고 심문했다. 미 : 염광은 그림을 그리면서 기이한 것을 좋아하다가 화를 자초했다. 염광은 감옥 안에서 소리쳐 울면서 뒤늦게 산신(山神)에게 고했다. 그날 밤에 산신이 꿈에 나타나 말했다.

"그대가 커다란 새 한 마리를 그려서 소리쳐 그것을 타고 날아가면 화를 면할 수 있을 것이네."

염광은 새벽이 되자 몰래 커다란 새 한 마리를 그리고 시험 삼아 소리쳤더니 과연 새가 날개를 펼쳤다. 염광은 그것을 타고 날아가서 곧장 태산 아래에 이르렀다. 잠시 후에 다시 산신이 나타나 염광에게 말했다.

"본래 그대에게 작은 붓 한 자루를 주었던 것은 그대에게 복을 주고자 함이었는데, 오히려 스스로 화를 불러들이고 말았으니 마땅히 그 붓을 돌려주어야겠네."

염광이 품에서 붓을 꺼내 돌려주었더니 신은 잠시 후에 사라졌다. 그리하여 염광은 더 이상 그림을 그릴 수 없게 되었다. 미 : 이는 강엄(江淹)이 꿈에 붓을 받은 일[105]과 짝으로 삼을 만하다.

廉廣者, 魯人也. 因採藥泰山, 遇風雨, 止於樹下. 及夜半雨晴, 信步而行, 俄逢一人, 有若隱士. 與廣相詢問, 自稱能畫, 可奉君法. 因懷中取一五色筆以授廣, 云: "持此隨意而畫, 當通靈." 廣拜謝訖, 忽不見. 廣秘其事, 不敢輕試. 後至中都縣, 李令者性好畫, 於飮酒間, 從容問廣, 廣秘而不言. 李苦祈之, 不得已, 乃於壁上畫鬼兵百餘, 眉 : 可畫多矣, 何必鬼兵! 狀若赴敵. 其尉趙知之, 亦堅命之. 廣又於趙廨中壁上, 畫鬼兵百餘, 狀若擬戰. 其夕, 兩處所畫之鬼兵俱出戰. 二君

---

[105] 강엄(江淹)이 꿈에 붓을 받은 일 : 《태평광기》 권277 〈몽(夢)・양강엄(梁江淹)〉에 나온다.

旣見此異, 遂皆毀其壁. 廣亦懼而逃往下邳, 下邳令知其事, 又切請廣畫. 廣因述爲妖之事, 宰曰 : "畫鬼兵卽戰, 畫物必不戰也." 因命畫一龍. 廣纔絶, 雲蒸霧起, 飄風倏至, 畫龍忽乘雲而上, 雨滂沱連日不止. 令疑廣有妖術, 收廣下獄, 窮詰之. 眉 : 廣畫以好奇取禍. 廣於獄內號泣, 追告山神. 其夜, 夢神言曰 : "君當畫一大鳥, 叱而乘之飛, 卽免矣." 廣及曙, 乃密畫一大鳥, 試叱之, 果展翅. 廣乘之飛去, 直至泰山下. 尋復見神, 謂廣曰 : "本與君一小筆, 欲爲致福, 反自致禍, 君當見還." 廣乃懷中探筆還之, 神尋不見. 廣因不復能畫. 眉 : 與江淹夢筆事堪作對.

* 이 고사는《태평광기》권213〈화·염광〉에 실려 있다.

49-29(1466) 범 산인

범산인(范山人)

출《유양잡조》

    이숙첨(李叔詹)은 일찍이 범 산인[106]이라는 사람을 알고 있었다. 이숙첨이 그를 집에 머물도록 했는데, 그가 때때로 길흉을 말하면 반드시 들어맞았으며 추보(推步)[107]와 금주(禁咒)[108]에도 뛰어났다. 그는 반년을 머물다가 갑자기 이숙첨에게 말했다.

    "저는 장차 떠나려 합니다. 제게 한 가지 재주가 있어서 그것으로 이별의 선물을 해 드리고 싶은데 이른바 '수화(水畫)'라는 것입니다." 미 : 절묘한 기예가 덧붙어 나온다.

    그러고는 뒤 대청의 땅을 파서 연못을 만들었는데, 넓이는 사방 1장(丈)이었고 깊이는 1척 남짓 되었으며, 삼을 태운 재를 바닥에 바르고 날마다 물을 길어서 연못을 가득 채웠다. 물이 더 이상 줄지 않을 때까지 기다렸다가 염료와 묵

---

106) 범 산인 : '산인'은 도사나 술사를 말한다.

107) 추보(推步) : 천체의 운행을 관측해 길흉을 예측하는 술법을 말한다.

108) 금주(禁咒) : 주문으로 귀신을 제압하는 술법을 말한다.

과 벼루를 갖추어 먼저 붓을 잡고 한참 동안 이를 맞부딪치더니[109] 물 위에 붓을 놀렸다. 이숙첨이 가서 보았더니 물빛이 흐리게 보일 뿐이었다. 이틀이 지나서 범 산인이 네 폭의 고운 비단을 연못 위에 엎어 놓았다가 한 식경(食頃)이 지나서 그것을 꺼내 보았더니, 고송(古松)과 괴석(怪石), 사람과 집과 나무 등이 갖추어지지 않은 것이 없었다. 이숙첨이 경이로워하며 한사코 캐물었더니 범 산인이 단지 이렇게 말했다.

"색채에 주문을 걸어서 가라앉거나 흩어지지 않도록 하는 데 능할 뿐입니다."

李叔詹常識一范山人. 停於私第, 時語休咎必中, 兼善推步禁咒. 止半年, 忽謂李曰:"某將去. 有一藝, 欲以爲別, 所謂 '水畫'也." 眉: 絶技附見. 乃請後廳上掘地爲池方丈, 深尺餘, 泥以麻灰, 日汲水滿之. 候水不耗, 具丹靑墨硯, 先援筆叩齒良久, 乃縱毫水上. 就視, 但見水色渾渾耳. 經二日, 摺以縠絹四幅, 食頃, 擧出觀之, 古松怪石, 人物屋木, 無不備也. 李驚異, 苦詰之, 唯言:"善能禁彩色, 不令沈散而已."

* 이 고사는 《태평광기》 권213 〈화·범산인〉에 실려 있다.

---

109) 이를 맞부딪치더니 : 원문은 "고치(叩齒)". 도가에서 행하는 의식의 하나로, 왼쪽 이를 부딪치는 것은 하늘의 북을 울리는 것을 의미하고 오른쪽 이를 부딪치는 것은 하늘의 경쇠를 두드리는 것을 의미한다.

49-30(1467) 왕흡

왕흡(王洽)

출《화단》

당(唐)나라의 왕흡은 발묵(潑墨)에 뛰어났는데, 당시 사람들은 그를 "왕묵(王墨)"이라 불렀다. 그는 강호(江湖)를 두루 돌아다녔으며 산수·송백(松柏)·잡목을 잘 그렸는데, 성품이 자유분방하고 술을 좋아했다. 그는 매번 병풍에 그림을 그리려 할 때면, 거나하게 취한 후에 먼저 먹물을 뿌리고는 소리 지르거나 읊조리면서 손과 발로 문질렀는데, 손과 발이 스치거나 머물면 그 형상을 따라서 산이 되고 돌이 되고 물이 되고 나무가 되었다. 마음과 뜻에 따라 순식간에 조화를 부리는 듯했다. 그림이 완성되고 나면 구름과 노을이 엷게 끼어 있고 바람과 비가 쓸고 지나간 듯이 먹물의 흔적이 보이지 않았다.

唐王洽善潑墨, 時人謂之"王墨". 多遊江湖, 善畫山水·松柏·雜樹, 性疏野好酒. 每欲圖障, 興酣之後, 先已潑墨, 或叫或吟, 脚蹙手抹, 或拂或幹, 隨其形象, 爲山爲石, 爲水爲樹. 應心隨意, 倏若造化. 圖成, 雲霞澹之, 風雨掃之, 不見其墨汚之迹也.

* 이 고사는 《태평광기》 권213 〈화·왕묵(王墨)〉에 실려 있다.

49-31(1468) 장조

장조(張藻)

출《화단》·《명화기》

    당(唐)나라의 장조는 송석(松石)과 산수로써 당대에 이름을 떨쳤는데, 소나무 그림은 고금을 통틀어 특출했다. 그는 운필(運筆)에 뛰어나서 늘 양손에 붓 하나씩을 쥐고 동시에 그려 나갔는데, 한 손으로는 살아 있는 가지를 그리고 다른 손으로는 마른 가지를 그렸다. 미 : 절묘한 기예가 덧붙어 나온다. 그 기운은 안개보다 짙었고, 기세는 비바람보다 세찼다. 그 소나무 줄기와 그루터기의 비늘 같은 껍질의 형질은 자유자재로 거침이 없었다. 또 훗날 한 선비의 집에 장조가 그린 송석장(松石障 : 소나무와 바위를 그려 놓은 병풍)이 있었는데, 벽(癖)이 생길 정도로 그림을 좋아했던 병부원외랑(兵部員外郞) 이약(李約)이 그 사실을 알고 구입하고자 했다. 그러나 그 집의 부인이 이미 그것을 뜯어서 삶아 옷의 안감으로 만든 뒤였다. 이약은 측백나무 두 그루와 바위 하나가 그려져 있는 그림 두 폭만 얻을 수 있어서 오랫동안 탄식했다.

唐張藻, 松石山水, 擅當代名, 唯松樹特出古今. 能用筆, 常以手握雙管, 亦一時齊下, 一爲生枝, 一爲枯枝. 眉 : 絶技附見. 氣傲烟霧, 勢逾風雨. 其槎枿鱗皴之質, 隨意縱橫. 又後士人家有張藻松石障, 兵部李員外約好畫成癖, 知而購之. 其家弱妻已練爲衣裏矣. 唯得兩幅, 雙柏一石在焉, 嗟惋久之.

* 이 고사는 《태평광기》 권212 〈화・장조〉에 실려 있다.

49-32(1469) 그림에 대한 고찰

화고(畫考)

출《담빈록》

　　진(晉)나라 이전의 그림은 눈으로 보지 못한 바이고, 진나라 이후로는 고장강(顧長康 : 고개지)·장승요(張僧繇)·육탐미(陸探微)와 같은 훌륭한 인재가 간혹 출현해 이들이 삼조(三祖)가 되었다. 후대에 비록 화가가 있긴 했지만 이들을 능가하지는 못했다. 옛날에 소무제[蕭武帝 : 양나라 무제 소연(蕭衍)]는 박학하고 옛것을 좋아했는데, 역대 그림을 수집해 회화에 능한 조정 신하에게 작가들의 성명을 상세히 밝히고 품제(品第)를 정하게 한 후에 비부(秘府)에 보관해 놓고 감상했다. 후경(侯景)의 난이 일어나자 원제(元帝)는 천도하면서 왕부(王府 : 비부)의 도서를 모두 형(荊) 지방으로 싣고 갔으며, 후에 북주(北周)의 군대가 쳐들어오자 황제가 이를 모두 태워 버렸다. 북주와 수(隋)나라를 거쳐 국조(國朝 : 당나라)에 이르기까지 거듭 서화를 구입해 수집한 결과 조금씩 다시 세상에 나오기 시작했으며, 얼마 되지 않아 드디어 비부를 가득 채우게 되었다. 장안(長安) 연간(701~704) 초에 장역지(張易之)는 천하의 이름난 화공들을 불러 모아 그림을 보수해야 한다고 상주했다. 그러고는 은밀히 같은 색의 오래된 비단에다 화공마다 각자 잘 그리는 그림을 그리게 해서 함께 일을 꾸몄는데, 오래된 족자와 구별할 수 없었기 때문에 몰래 그것들을 바꿔치기했다. 장역지가 처형당한 후에 그 그림들은 소보(少保) 설직(薛稷)이 소장했고, 설직이 패망한 후에는 기왕[岐王: 이범(李範)]에게 들어갔다. 기왕은 애당초 그 그림들에 대해 상주하지 않았기에 혼자 몰래 근심하다가 또 태워 버렸다. 이에 서화의 진기한 작품이 남김없이 사라져 버렸다. 미 : 사라지지 않는 아름다움은 없다.

晉以前, 目所不睹, 晉以來, 顧長康·張僧繇·陸探微, 異才間出, 是爲三祖. 後世雖有作者, 蔑以加焉. 昔蕭武帝博學好古, 鳩集圖畫, 令朝臣攻丹靑者, 詳其名氏, 並定品第, 藏於秘府, 以備閱玩. 及侯景之亂, 元帝遷都, 而王府圖書, 悉歸荊土, 洎周師來伐, 帝悉焚之. 歷周·隋至國朝, 重加購募, 稍稍復出, 無何, 遂盈秘府. 長安初, 張易之奏召天下名工, 修葺圖畫. 潛以同色故帛, 令各推所長, 共成一事, 仍舊縹軸, 不得而別也, 因而竊換. 張氏誅後, 爲少保薛稷所收, 稷敗後, 悉入岐王. 初不奏聞, 竊有所慮, 因又焚之. 於是圖畫奇迹, 蕩然無遺矣. 眉 : 無美不盡.

* 이 고사는 《태평광기》 권214 〈화·잡편(雜編)〉에 실려 있다.

49-33(1470) 풍소정

풍소정(馮紹正)

출《명황잡록》

  당(唐)나라 개원(開元) 연간(713~741)에 관보(關輔)110) 지역에 큰 가뭄이 들었고 도성이 특히 심했는데, 산택에 두루 기우제를 지냈으나 감응이 없었다. 그래서 황상은 용지(龍池)에 새로 전각 한 채를 세우고 소부감(少府監) 풍소정을 불러 사방의 벽에 각각 용 한 마리씩을 그리게 했다. 풍소정은 먼저 서쪽 벽에 백룡을 그렸는데, 기이한 형상을 하고 꿈틀거리는 것이 떨쳐 날아오를 듯한 기세였다. 그림을 채 절반도 그리지 않았는데 바람과 구름이 붓끝을 따라 피어나는 것 같았다. 황상과 시종관들은 벽 아래에서 구경하고 있었는데, 용 비늘이 모두 젖어 있었다. 또 색을 다 칠하기도 전에 흰 기운이 처마 사이에서 나오는 것 같더니 연못 속으로 들어갔는데, 그 순간 물결이 세차게 일더니 곧이어 천둥과 번개가 쳤다. 황상을 모시고 있던 수백 명은 모두 백룡이 물결 속에서 구름을 타고 하늘로 올라가는 것을 보았다. 잠

---

110) 관보(關輔): 관중(關中)과 삼보(三輔). 삼보는 우부풍(右扶風)·좌풍익(左馮翊)·경조윤(京兆尹)이 다스리는 지역을 말한다.

시 뒤에 사방에 먹구름이 끼고 비바람이 갑자기 일기 시작하더니, 하루도 되지 않아 단비가 경기 지역에 골고루 내렸다.

唐開元, 關輔大旱, 京師尤甚, 遍禱山澤而無感應. 上於龍池, 新創一殿, 因召少府監馮紹正, 令於四壁各圖一龍. 紹正乃先於西壁畫素龍, 奇狀蜿蜒, 如欲振躍. 繪事未半, 若風雲隨筆而生. 上及從官於壁下觀之, 鱗甲皆濕. 設色未終, 有白氣若檐廡間出, 入於池中, 波濤洶湧, 雷電隨起. 侍御數百人, 皆見白龍自波際乘雲氣而上. 俄頃, 陰雨四布, 風雨暴作, 不終日而甘澤遍於畿內.

* 이 고사는 《태평광기》 권212 〈화 · 풍소정〉에 실려 있다.

49-34(1471) **위무첨**

위무첨(韋無忝)

출《화단》

당(唐)나라의 위무첨은 경조(京兆) 사람이다. 그는 현종(玄宗) 때 말과 기이한 짐승을 잘 그려 명성을 떨쳤다. 그는 일찍이 외국에서 바친 사자를 그린 적이 있었는데, 진짜 사자와 아주 흡사했다. 후에 사자는 본국으로 돌려보내고 사자의 그림만 남아 있어서 때때로 그것을 구경했는데, 온갖 짐승들은 그 그림을 보면 모두 두려워했다.

唐韋無忝, 京兆人也. 玄宗朝, 以畫馬異獸擅其名. 曾貌外國所獻獅子, 酷似其眞. 後獅子放歸本國, 唯畫圖在, 時因觀覽, 百獸見之皆懼.

* 이 고사는 《태평광기》 권212 〈화・위무첨〉에 실려 있다.

권50 기교부(伎巧部)

기교(伎巧)

50-1(1472) 노반

노반(魯般)

출《유양잡조》

노반은 돈황(敦煌) 사람으로 연대는 미상이다. 그의 정교한 솜씨는 조물주의 조화(造化)에 가까웠는데, 양주(凉州)에서 불탑을 지을 때 나무 솔개를 만들어 매번 그것의 쐐기 부분을 세 번 두드린 후 그것을 타고 집으로 돌아가곤 했다. 얼마 되지 않아 그의 아내가 임신하자 그의 부모가 캐물었더니 아내가 그 이유를 자세히 설명했다. 후에 노반의 부친은 기다렸다가 그 솔개를 얻어 쐐기 부분을 10여 번 두드린 후 그것을 타고 오회(吳會 : 오군과 회계군)까지 갔는데, 오나라 사람들이 그를 요물로 여겨 죽였다. 노반은 다시 나무 솔개를 만들어 그것을 타고 가서 결국 부친의 시신을 거두었다. 노반은 오나라 사람들이 자기 부친을 죽인 것을 원망하며 숙주성(肅州城) 남쪽에 나무 선인(仙人)을 만들어 손을 들어 동남쪽을 가리키게 했다. 오 땅에 3년 동안 큰 가뭄이 들자 점쟁이가 말했다.

"이는 노반이 한 것입니다."

그래서 엄청난 재물을 가지고 와서 사과하자, 노반이 나무 선인의 한 손을 잘랐더니 그달에 오중(吳中)에 큰비가 내렸다. 6국 시기[전국 시기]의 공수반(公輸班)도 나무 솔개를 만들어 그것을 타고 송(宋)나라 성을 정탐했다.

평 : 노반(魯班)과 노반(魯般)과 노(魯)나라 사람 공수반까지 도합 세 사람이다.

魯般, 敦煌人, 莫詳年代. 巧侔造化, 於涼州造浮圖, 作木鳶, 每擊楔三下, 乘之以歸. 無何, 其妻有娠, 父母詰之, 妻具說其故. 父後伺得鳶, 楔十餘下, 乘之, 遂至吳會, 吳人以爲妖, 遂殺之. 般又爲木鳶乘之, 遂獲父尸. 怨吳人殺其父, 於肅州城南, 作木仙人, 擧手指東南. 吳地大旱三年, 卜曰 : "般所爲也." 賫物巨千謝之, 般爲斷其一手, 其月吳中大雨. 六國時, 公輸班亦爲木鳶, 以窺宋城.
評 : 魯班・魯般・魯人公輸班, 合是三人.

* 이 고사는 《태평광기》 권225 〈기교・노반〉에 실려 있다.

50-2(1473) 호관

호관(胡寬)

출《서경잡기》

　[한나라] 고조(高祖)가 새로운 풍읍(豐邑)을 조성했는데, 길거리와 가옥, 풍물과 경색이 옛날 그대로였다. 남녀노소가 길 어귀에서 서로 손을 잡고 각자 자신들의 집을 알아보았으며, 닭과 개를 네거리 큰길에 풀어놓았더니 역시 다투어 자기 집을 알아보았다. 그것은 장인 호관이 건축한 것이었다. 이주자들이 모두 그 흡사함에 기뻐하며 다투어 선물을 보내 주었는데, 한 달여 만에 아주 많은 돈이 쌓였다.

高祖旣作新豐, 街巷棟宇, 物色如舊. 士女老幼, 相携路首, 各知其室, 放鷄犬於通衢望塗, 亦競識其家. 匠人胡寬所爲也. 移者皆喜其似, 競加賞贈, 月餘, 致累百金.

* 이 고사는 《태평광기》 권225 〈기교·신풍(神豐)〉에 실려 있다.

50-3(1474) 능운대

능운대(凌雲臺)

출《세설》

    능운대의 누관(樓觀)은 지극히 정교하게 만들어졌는데, 먼저 여러 목재를 저울질해 그 무게를 합당하게 한 연후에 건축했기 때문에 한 치도 어긋남이 없었다. 능운대는 굉장히 높아서 항상 바람에 흔들렸지만 결코 무너지지 않았다. 위(魏)나라 명제(明帝)가 능운대에 올랐을 때 그 형세가 위험함을 두려워해 따로 큰 목재로 지지하게 했더니 누관이 곧바로 무너져 버렸다. 논자들은 무게의 힘이 한쪽으로 쏠렸기 때문이라고 했다.

凌雲臺樓觀極精巧, 先稱平衆材, 輕重當宜, 然後造構, 乃無錙銖相負. 臺雖高峻, 恒隨風搖動, 而終無崩殞. 魏明帝登臺, 懼其勢危, 別以大材扶持之, 樓卽便頹壞. 論者謂輕重力偏故也.

* 이 고사는 《태평광기》 권225 〈기교·능운대〉에 실려 있다.

50-4(1475) 진사왕

진사왕(陳思王)

출《황람(皇覽)》

위(魏)나라 진사왕[陳思王 : 조식(曹植)]은 사고력이 뛰어나 압두표(鴨頭杓 : 오리 머리 모양의 술 국자)를 만들어 구불구불한 술 연못에 띄워 놓았다. 진사왕이 누군가에게 술을 권하려고 하면 압두표가 곧장 돌아서 그 사람을 향했다. 진사왕은 또 자루가 길고 곧은 작미표(鵲尾杓 : 까치 꼬리 모양의 술 국자)를 만들었는데, 진사왕이 어느 쪽으로 술을 권해야겠다고 생각하고 작미표를 술통 위에서 돌리면 까치꼬리가 곧장 그쪽을 가리켰다. 미 : 기계 장치가 손이 닿는 곳에 있었다.

魏陳思王有神思, 爲鴨頭杓浮於九曲酒池. 王意有所勸, 鴨頭則廻向之. 又爲鵲尾杓, 柄長而直, 王意有所到處, 於樽上鏇之, 鵲則指之. 眉 : 機在動手處.

* 이 고사는 《태평광기》 권225 〈기교 · 진사왕〉에 실려 있는데, 출전이 빠져 있다.

50-5(1476) 스님 영소

승 영소(僧靈昭)

출《황람》

    북제(北齊)의 스님 영소는 사고가 매우 기발했다. 무성제(武成帝)가 그에게 산정(山亭)에 술잔을 띄우는 연못을 만들게 했는데, 연못에서 작은 배가 매번 황제 앞에 이르러 황제가 손을 뻗어 잔을 집으면 배가 스스로 멈췄으며, 배 위에 있는 작은 나무 인형들이 박수를 치며 관현악기의 소리에 호응했다. 술을 다 마시고 술잔을 배 위에 올려놓으면 곧바로 나무 인형이 노를 저어 돌아갔다. 황제가 만약 다 마시지 않으면 배는 결코 떠나지 않았다. 호 태후(胡太后)가 영소에게 칠보 경대를 만들게 했는데, 경대에는 모두 36개의 방이 있었고, 방마다 부인 인형이 하나씩 있었으며, 각각 손에 열쇠를 들고 있었다. 기계 장치 하나를 누르면 곧바로 36개의 문이 동시에 저절로 닫혔으며, 그 기계 장치를 당기면 모든 문이 다 열리면서 부인 인형이 각각 문 앞으로 나왔다.

北齊沙門靈昭, 甚有巧思. 武成帝令於山亭造流杯池, 船每至帝前, 引手取杯, 船卽自住, 上有木小兒撫掌, 遂與絲竹相應. 飮訖放杯, 便有木人刺還. 上飮若不盡, 船終不去. 胡太后使靈昭造七寶鏡臺, 合有三十六室, 別有一婦人, 手各執鎖. 纔下一關, 三十六戶一時自閉, 若抽此關, 諸門咸啓, 婦人各出戶前.

* 이 고사는 《태평광기》 권225 〈기교·승영소〉와 〈칠보경대(七寶鏡臺)〉에 실려 있다.

50-6(1477) 《수식도경》과 관문전
수식도경·관문전(水飾圖經·觀文殿)
구(俱)《대업습유(大業拾遺)》

 [수나라] 양제(煬帝)는 학사(學士) 두보(杜寶)에게 특별히 칙명을 내려 《수식도경》 15권을 수찬하게 했는데, 막 완성되자 양제는 3월 삼짇날에 곡수(曲水)에서 신하들에게 연회를 베풀면서 수식(水飾)[111]을 구경했다. 미 : 물과 관련한 고사가 대략 갖춰져 있다.

 신귀(神龜)가 팔괘(八卦)를 등에 지고 황하(黃河)에서 나와 복희(伏犧)에게 주는 수식.

 황룡(黃龍)이 도화(圖畫)를 등에 지고 황하에서 나오고, 현귀(玄龜)가 부적을 물고 낙수(洛水)에서 나오고, 농어가 도록(圖籙 : 도참)을 물고 취규수(翠嬀水)에서 나와 모두 황제(黃帝)에게 주는 수식.

 황제가 현호산(玄扈山)에서 재계할 때 봉새가 낙수 가에 내려오는 수식.

 붉은 등껍질의 영귀(靈龜)가 글자를 물고 낙수에서 나와

---

111) 수식(水飾) : 유람선에 장치해 수력 기관으로 조종하는 목각 인형, 또는 그러한 놀이 기구를 장치한 유람선을 말한다.

창힐(蒼頡)에게 주는 수식.

요(堯)와 순(舜)이 황하에서 배를 타고 있을 때 봉황이 도화를 등에 지고 적룡(赤龍)이 도화를 싣고 황하에서 나와 모두 요에게 건네주는 수식.

용마(龍馬)가 갑문(甲文)을 물고 황하에서 나와 순에게 주는 수식.

요와 순이 황하를 유람하다가 다섯 노인[오성(五星)의 정령]과 마주치는 수식.

요가 분수(汾水)의 북쪽에서 네 사람[왕예(王倪)·설결(齧缺)·피의(被衣)·허유(許由)]을 만나는 수식.

순이 뇌택(雷澤)에서 물고기를 잡고, 황하 가에서 질그릇을 빚는 수식.

황룡이 누런 부새도(符璽圖 : 옥새 도안)를 등에 지고 황하에서 나와 순에게 주는 수식.

순이 여러 공인(工人)들과 함께 어울려 노래를 부르자 물고기가 물에서 뛰어오르는 수식.

흰 얼굴의 거인이 물고기 몸을 하고 《하도(河圖)》를 받들어 우(禹)에게 주고 춤을 추며 황하로 들어가는 수식.

우가 홍수를 다스릴 때 응룡(應龍)이 꼬리로 땅을 갈라[물길을 만들어] 터진 물이 흘러갈 곳을 유도하는 수식.

우가 용문협(龍門峽)을 뚫어 황하를 소통시키는 수식.

우가 장강(長江)을 건너갈 때 황룡이 배를 떠받치는 수식.

현이[玄夷 : 아홉 동이(東夷) 가운데 하나]의 창수(蒼水) 사신이 우에게 《산해경(山海經)》을 주는 수식. 미 : 이것에 의거하면, 《산해경》은 또한 백익(伯益)이 지은 것이 아니다.

우가 샘가에서 두 신녀(神女)를 만나는 수식.

제천을(帝天乙 : 탕왕)이 낙수를 유람할 때 누런 물고기 한 쌍이 뛰어올라 붉은 무늬가 있는 검은 옥으로 변하는 수식.

강원[姜嫄 : 제곡(帝嚳)의 비]이 황하 가에서 거인의 발자국을 밟는 수식.

강원이 후직(后稷)을 차가운 얼음 위에 버리자 새들이 날개로 덮어 주는 수식.

[주(周)나라] 문왕(文王)이 영소(靈沼)에 앉아 있을 때 살찐 물고기가 뛰어오르는 수식.

태자(太子) 발(發 : 무왕)이 황하를 건너갈 때 붉은 무늬가 있는 흰 물고기가 무왕(武王)의 배로 뛰어오르는 수식.

무왕이 맹진(孟津)을 건너갈 때 황월(黃鉞)을 쥐고서 양후[陽侯 : 파신(波神)의 이름]가 일으킨 파도를 제압하는 수식.

성왕(成王)이 순임금의 예법을 시행하자 상서로운 빛이 황하를 둘러치는 수식.

목천자(穆天子)가 균천악(鈞天樂 : 천상의 음악)을 현지

(玄池)에서 연주하는 수식.

목천자가 조진(澡津)에서 사냥해 검은담비와 흰 여우를 잡는 수식.

목천자가 요지(瑤池)에서 서왕모(西王母)에게 술을 권하는 수식.

목천자가 구강(九江)을 건너갈 때 자라와 거북이 다리를 놓아 주는 수식.

도수국(塗修國)에서 소왕(昭王)에게 푸른 봉새와 붉은 고니를 바치자 소왕이 욕계(浴溪)에서 연회를 벌이는 수식.

[주나라 영왕(靈王)의 태자] 왕자진[王子晉 : 왕자교(王子喬)]이 이수(伊水)에서 생황을 불자 봉황이 내려오는 수식.

진시황(秦始皇)이 바다로 들어가 해신(海神)을 만나는 수식.

한(漢)나라 고조(高祖)가 망산(芒山)과 탕산(碭山)의 늪에 숨어 있을 때 그 위로 자줏빛 구름이 서리는 수식.

무제(武帝)가 분하(汾河)에 누선(樓船 : 망루가 있는 큰 배)을 띄우는 수식.

무제가 곤명지(昆明池)에서 유람하다가 큰 물고기 모양의 대구(帶鉤)를 잃어버리는 수식.

무제가 낙수를 유람할 때 수신(水神)이 야광주와 용수(龍髓)를 바치는 수식.

한나라 환제(桓帝)가 황하를 유람하다가 황하에서 나온 청우(青牛)와 마주치는 수식.

조만(曹瞞: 위나라 무제 조조)이 초수(譙水)에서 목욕하다가 교룡을 때려죽이는 수식.

위(魏)나라 문제(文帝)가 군대를 일으켰으나 황하가 불어 건너가지 못하는 수식.

두예(杜預)가 [부평진(富平津)에] 하교(河橋)를 만들어 완성하자, 진(晉)나라 무제가 연회 석상에서 술을 들어 두예에게 권하는 수식.

다섯 말이 장강을 헤엄쳐 건너가서 그중 한 마리가 용으로 변하는 수식.112)

선인(仙人)이 예천수(醴泉水)를 마시는 수식.

금인(金人)이 금선(金船)을 타고 있는 수식.

푸른 무늬가 있는 현귀(玄龜)가 천서(天書)를 물고 낙수에서 나오고, 청룡이 천서를 등에 지고 황하에서 나와 모두

---

112) 다섯 말이 장강을 헤엄쳐 건너가서 그중 한 마리가 용으로 변하는 수식: 이것은 본래 서진(西晉) 혜제(惠帝) 태안(太安) 연간(302~303)에 민간에서 떠돌던 동요(童謠)인데, 나중에 낭야왕(琅邪王) 사마예(司馬睿), 여남왕(汝南王) 사마우(司馬祐), 서양왕(西陽王) 사마양(司馬羕), 남돈왕(南頓王) 사마종(司馬宗), 팽성왕(彭城王) 사마석(司馬釋)이 강남으로 건너가서 그중 사마예가 동진(東晉)의 원제(元帝)가 된 것을 말한다.

주공(周公)에게 바치는 수식.

여망(呂望 : 강태공)이 반계(磻溪)에서 낚시하다 벽옥(璧玉)을 얻는 수식.

또 여망이 변계(卞溪)에서 낚시하다 커다란 잉어를 낚아 그것의 배 속에서 병검(兵鈐 : 병법의 요체를 기록한 병서)을 얻는 수식.

제(齊)나라 환공(桓公)이 [사슴 사냥을 나갔다가 어떤 노인에게] 우공곡(愚公谷)의 이름을 묻는 수식.

초(楚)나라 소왕(昭王)이 장강을 건느다가 평실(萍實 : 패자만이 얻을 수 있다고 하는 상서로운 과일)을 얻는 수식.

진(秦)나라 소왕(昭王)이 하곡(河曲)에서 연회를 즐기고 있을 때 금인(金人)이 수심검(水心劍)을 받들고 나아오는 수식.

오(吳)나라 대제(大帝 : 손권)가 조대(釣臺)에 임해 교현(喬玄)을 바라보는 수식.

유비(劉備)가 말을 타고 단계(檀溪)를 건너가는 수식.

담대자우[澹臺子羽 : 담대멸명(澹臺滅明). 공자의 제자]가 장강을 건너갈 때 용 두 마리가 그의 배를 옆에서 호위하는 수식.

치구흔(淄丘訢 : 동해에 살면서 용맹하기로 소문난 사람)이 수신(水神)과 싸우는 수식.

주처(周處)가 교룡을 베는 수식.

굴원(屈原)이 어부를 만나는 수식.

변수(卞隨)가 [천하를 넘겨주겠다는 탕왕의 제의를 거절하고] 영수(潁水)에 투신하는 수식.

허유(許由)가 [구주를 넘겨주겠다는 순임금의 말을 듣고 영수에서] 귀를 씻는 수식.

조간자[趙簡子 : 조앙(趙鞅). 춘추 시대 진(晉)나라의 대부]가 나루터 관리의 딸과 마주치는 수식.

공자(孔子)가 황하에서 목욕하는 여자와 마주치는 수식.

추호(秋胡)의 부인이 [오랜만에 객지에서 돌아온 남편이 자신을 알아보지 못하고 희롱하자 치욕스러워서] 강물로 뛰어드는 수식.

공유(孔愉)가 거북을 놓아주는 수식.

장자(莊子)와 혜시(惠施)가 물고기를 관상하는 수식.

정홍(鄭弘)이 나무하러 갔다가 [약야계(若邪溪)를 건널 때 신인의 도움으로] 순풍을 맞고 돌아오는 수식.

조병(趙炳)이 수레 덮개를 펼치고 [바람을 불게 해] 장강을 건너가는 수식.

양곡(陽谷)의 여자[희화(羲和)]가 해를 목욕시키는 수식.

굴원이 멱라수(汨羅水)에 빠져 죽는 수식.

거령[巨靈 : 하신(河神)의 이름]이 화산(華山)을 가르는 수식.

거대한 고래가 배를 삼키는 수식.

이와 같이 총 72가지 모습의 수식은 모두 나무를 깎아 만든 것이었다. 어떤 것은 배에 올라 있기도 하고, 어떤 것은 산에 올라 있기도 하고, 어떤 것은 평평한 섬에 올라 있기도 하고, 어떤 것은 반석에 올라 있기도 하고, 어떤 것은 궁전에 올라 있기도 했다. 키가 2척 남짓한 목인(木人)은 비단옷을 입고 휘황찬란하게 치장했으며, 만들어 놓은 갖가지 금수와 물고기와 새들은 모두 살아 있는 것처럼 움직이면서 굽이진 물길을 따라 이동했다. 또한 기녀 배를 사이에 두어 수식과 서로 이어지게 했는데, 그 배는 모두 12척으로 길이가 1장이고 너비가 6척이었다. 목인들은 음악을 연주하면서 경쇠와 종을 치고 쟁(箏)과 슬(瑟)을 탔는데, 모두 완전한 곡을 이루었다. 또한 목인들은 온갖 기예를 펼쳐 칼 놀이, 바퀴 돌리기, 장대 오르기, 밧줄 던지기 등을 했는데, 모두 살아 있는 사람이 하는 것과 다름이 없었다. 미 : 지금 사람은 심술은 갈수록 남을 속이지만 지모(智謀)는 갈수록 졸렬하다. 기녀 배의 수식도 조각과 치장이 기묘했으며 굽이진 연못을 선회했는데, 똑같이 수력 기관으로 조종했다. 그 환상적인 기이함은 실로 기상천외한 것이었다. 또 8척 길이의 작은 배 일곱 척을 만들었는데, 키가 2척 남짓한 목인이 그 배를 타고 술을 날랐다. 각 배마다 목인 한 명은 술잔을 받쳐 들고 뱃머리에 서 있고, 또 한 명은 술 사발을 들고 그다음에 서 있고, 또 한 명은 배 뒤에서 배를 조종하고, 또 두 명은 배 중간에서 상앗대를 저으면서 굽이진 연못을 돌며 연회를 즐기는 빈객들을 각자 자리에서 모셨다. 목인들은 술 배를 움직여 연못 기슭을 따라 이동했는데, 그 속도가 수식보다 빨랐다. 그래서 수식이 연못을 한 바퀴 돌 때 술 배는 세 바퀴를 돌아야 함께 같은 장소에 도착할 수 있었다. 술 배는 빈객이 앉아 있는 곳에 도착하면 곧 멈춰 섰는데, 그러면 술을 받쳐 든 목인이 뱃머리에서 손을 내밀었다. 술이 오면 빈객은 술을 받아 다 마신 뒤에 술잔을 돌려주었는데, 그러면 목인은 그 술잔을 받아 몸을 돌려 술 사발을 들고 있는 목인에게서 국자를 가져와 다시 술잔에 가득 술을 따랐다. 술 배는 정해진 법식에 따라 저절로 움직이면서, 빈객이 앉아 있는 곳에 도착할 때마다 모두 앞의 법식대로 했다. 이러한 것은 모두 연못 기슭의 물속에 설치한 기계 장치에 의해 작동되었는데, 이처럼 오묘한 장치는 모두 황곤(黃袞) 미 : 호관(胡寬)과 황곤은 모두 목성(木聖 : 목공과 기계 제조에 탁월한 사람)이었다. 의 고안에서 나온 것이었다. 당시 두보는 칙명을 받들어 《수식도경》을 수찬하면서 훌륭한 공인들의 설계도까지 검토해 완성한 뒤에 양제에게 바쳤다. 양제는 칙명을 내려 두보를 보내 황곤과 만나게 하고, 궁원(宮苑) 안에 이러한 수식을 만들게 했기 때문에 그것을 상세히 볼 수 있었다.

수(隋)나라 양제가 관문전을 축조하게 했는데, 그 앞의 양쪽 곁채에 각각 12칸으로 된 장서실을 짓고, 장서실 앞을 회랑으로 연결해 관문전과 잇닿도록 했으며, 각 칸마다 12개의 보배로운 서가를 배치했다. 양제는 장서실에 행차해 간혹 책을 살펴보기도 했다. 그 12칸의 장서실은 남북으로 통하도록 섬전창(閃電窓 : 채광창의 일종)을 만들어 영롱하게 반짝이며 서로 비추었다. 조각의 솜씨는 기묘함의 극치를 다했다. 황동(黃銅)으로 만든 문고리와 옥으로 치장한 처마 끝, 아름다운 문양을 그려 넣은 천장과 화려하게 채색한 서까래 등이 휘황찬란해 눈부셨다. 장서실의 세 칸마다에는 장방형의 문을 하나씩 만들고 문에는 비단 휘장을 드리웠는데, 그 위에는 비선(飛仙) 두 명을 세워 놓았고 문 밑의 바닥에는 [비선과 연결된] 기계 장치를 해 놓았다. 어가(御駕)가 장차 당도하게 되면 궁인이 향로를 받쳐 들고 어가 앞으로 가는데, 문에서 1장 떨어진 곳에서 궁인이 발로 기계 장치를 밟으면 비선이 문 위에서 내려와 휘장을 들고서 올라간다. 그러면 마치 자동으로 움직이는 것처럼 문이 즉시 열리고 서가 역시 열리는데, 이 모든 것은 하나의 기계 장치의 힘에 의해 작동되었다. 어가가 떠나면 이전처럼 휘장이 내려지고 문이 닫혔다. 여러 방의 출입문은 똑같은 방식으로 작동되었다. 그곳에서 편찬한 책은 말을 엮어 일을 기술하고, 조리가 분명해 질서정연하며, 문장이 간결하면서도 이치가 순통해 서로 간에 뜻이 분명하게 드러났다. 미 : 이 책이 전해지지 않다니 안타깝도다! 또한 바른 정자로 베껴 써서 조금도 착오가 없었으며 장정도 화려하고 정갈해, 가히 세상에 보기 드문 고금의 보물이라 이를 만했다. 한(漢)나라부터 양(梁)나라에 이르기까지 문인들이 지은 저작 중에서 이에 미칠 수 있는 것은 없었다. 새로 편찬한 책의 이름은 대부분 양제가 친히 지었으며, 책 하나를 바칠 때마다 반드시 상을 내렸다.

煬帝別敕學士杜寶修《水飾圖經》十五卷, 新成, 以三月上巳日, 會群臣於曲水, 以觀水飾. 眉：水中故事略備. 有神龜負八卦出河, 授於伏犧. 黃龍負圖出河, 玄龜銜符出洛水, 鱸魚銜籙圖出翠嬀之水, 並授黃帝. 黃帝齋於玄扈, 鳳鳥降於洛上. 丹甲靈龜銜書出洛, 授蒼頡. 堯與舜坐舟於河, 鳳凰負圖, 赤龍載圖出河, 並授堯. 龍馬銜甲文出河, 授舜. 堯與舜遊河, 值五老人. 堯見四子於汾水之陽. 舜漁於雷澤, 陶於河濱. 黃龍負黃符璽圖出河, 授舜. 與百工相和而歌, 魚躍於水. 白面長人而魚身, 捧《河圖》授禹, 舞而入河. 禹治水, 應龍以尾畫地, 導決水之所出. 鑿龍門疏河. 禹過江, 黃龍負舟. 玄夷蒼水使者授禹《山海經》. 眉：據此,《山海經》又非伯益所作. 遇兩神女於泉上. 帝天乙觀洛, 黃魚雙躍, 化爲黑玉赤文. 姜嫄於河濱履巨人之迹. 棄后稷於寒冰之上, 鳥以翼覆之. 王坐靈沼, 於牣魚躍. 太子發渡河, 赤文白魚躍入王舟. 武王渡孟津, 操黃鉞以麾陽侯之波. 成王舉舜禮, 榮光幕河. 穆天子奏鈞天樂於玄池. 獵於澡津, 獲玄貉白狐. 觴西王母於瑤池之上. 過九江, 黿龜爲梁. 塗修國獻昭王青鳳丹鵠, 飲於浴溪. 王子晉吹笙於伊水, 鳳凰降. 秦始皇入海, 見海神. 漢高祖隱芒碭山澤, 上有紫雲. 武帝泛樓船於汾河. 遊昆明池, 去大魚之鈎. 遊洛, 水神上明珠及龍髓. 漢桓帝遊河，值青牛自河而出．曹瞞浴譙水，擊水蛟．魏文帝興師，臨河不濟．杜預造河橋成，晉武帝臨會，舉酒勸預．五馬浮渡江，一馬化爲龍．仙人酌醴泉之水．金人乘金船．蒼文玄龜銜書出洛，青龍負書出河，並進於周公．呂望釣磻溪，得玉璜．又釣卞溪，獲大鯉魚，腹中得兵鈐．齊桓公問愚公名．楚王渡江，得萍實．秦昭王宴於河曲，金人捧水心劍造之．吳大帝臨釣臺望喬玄．劉備乘馬渡檀溪．澹臺子羽過江，兩龍夾舟．淄丘訴與水神戰．周處斬蛟．屈原遇漁父．卞隨投潁水．許由洗耳．趙簡子值津吏女．孔子值浴河女子．秋胡妻赴水．孔愉放龜．莊惠觀魚．鄭弘樵徑還風．趙炳張蓋過江．陽谷女子浴日．屈原沉汨羅水．巨靈開山．長鯨吞舟．若此等總七十二勢，皆刻木爲之．或乘舟，或乘山，或乘平洲，或乘盤石，或乘宮殿．木人長二尺許，衣以綺羅，裝以金碧，及作雜禽獸魚鳥，皆能運動如生，隨曲水而行．又間以妓航，與水飾相次，亦作十二航，航長一丈，闊六尺．木人奏音聲，擊磬撞鐘，彈箏鼓瑟，皆得成曲．及爲百戲，跳劍舞輪，升竿擲繩，皆如生無異．眉：今人心術愈詐，智術愈拙．其妓航水飾，亦雕裝奇妙，周旋曲池，同以水機使之．奇幻之異，出於意表．又作小舸子，長八尺，七艘，木人長二尺許，乘此船以行酒．每一船，一人擎酒杯，立於船頭，一人捧酒鉢次立，一人撑船在船後，二人盪槳在中央，遶曲水池，廻曲之處，各坐侍宴賓客．其行酒船，隨岸而行，行疾於水飾．水飾行繞池一匝，酒船得三遍，乃得同止．酒船每到坐客之處，即停住，擎酒木人於船頭伸手．遇酒，客取酒飲訖，還杯，木人受杯，回身向酒鉢之人取杓，斟酒滿杯，船依式自行，每到坐客處，例皆如前法．此並約岸水中安機，如斯之妙，皆出自黃袞．眉：胡寬・黃袞，皆木聖也．之思．寳時奉敕撰《水飾圖經》，及檢校良工圖畫，既成，奏進．敕遣寳共黃袞相知，於苑內造此水飾，故得委悉見之.

隋煬帝令造觀文殿, 前兩廂爲書堂, 各十二間, 堂前通爲閣道承殿, 每一間十二寶廚. 帝幸書堂, 或觀書. 其十二間內, 南北通爲閃電窓, 零籠相望. 雕刻之工, 窮奇極妙. 金鋪玉題, 綺井華榱, 輝映溢目. 每三間開一方戶, 戶垂錦幔, 上有二飛仙, 當戶地口施機. 轝駕將至, 則有宮人擎香爐, 在轝前行, 去戶一丈, 脚踐機發, 仙人乃下閣, 捧幔而升, 閣扇卽開, 書廚亦啓, 若自然, 皆一機之力. 轝駕出, 垂閉復常. 諸房式樣如一. 其所撰之書, 屬辭比事, 條貫有序, 文略理暢, 互相明發. 眉：惜乎此書不傳! 及抄寫眞正, 無點竄之誤. 裝翦華淨, 可謂曠世之名寶. 自漢訖梁, 文人撰著, 無能及者. 其新書之名, 多是帝自製, 每進一書, 必加賞賜.

* 이 고사는《태평광기》권226〈기교・수식도경〉과〈관문전〉에 실려 있다.

50-7(1478) 십이진거
십이진거(十二辰車)

출《조야첨재》

[당나라] 측천무후(則天武后) 여의년(如意年 : 692)에 해주(海州)에서 십이진거[113]를 만드는 한 장인(匠人)을 바쳤다. 회전하는 십이진거의 수레 끌채가 정남향에 오게 되면, 오문(午門 : 남문)이 열리면서 말 머리의 인형이 나왔다. 이렇게 사방을 회전하면서 [시각을 알리는 데] 한 치도 어긋남이 없었다.

則天如意中, 海州進一匠, 造十二辰車. 廻轅正南, 則午門開, 馬頭人出. 四方廻轉, 不爽毫釐.

* 이 고사는 《태평광기》 권226 〈기교·십이진거〉에 실려 있다.

---

113) 십이진거 : 기계 장치를 해서 회전하며 12시간을 가리키도록 만든 수레.

50-8(1479) 양무렴

양무렴(楊務廉)

출《조야첨재》

   [당나라의] 장작대장(將作大匠) 양무렴은 착상이 매우 교묘했다. 그는 일찍이 심주(沁州)의 저자에서 나무를 깎아 스님을 만들었는데, 그 나무 스님은 손에 바리때를 들고 스스로 다니면서 탁발할 수 있었다. 그 바리때는 안에 동전이 가득 차면 기계 장치가 곧 작동해 저절로 "보시(布施)!"라는 소리를 냈다. 미 : 지금 사람이 만약 이런 기계 장치를 만들면 온 사원에 모두 설치할 것이다. 저잣거리의 사람들은 다투어 구경하면서 그 소리를 내게 하려고 동전을 보시해 하루에 수천 냥이나 되었다.

將作大匠楊務廉, 甚有巧思. 常於沁州市內刻木作僧, 手執一碗, 自能行乞. 碗中錢滿, 關鍵忽發, 自然作聲云"布施!". 眉 : 今人若有此機, 遍寺院皆設矣. 市人競觀, 欲其作聲, 施錢日盈數千矣.

* 이 고사는 《태평광기》 권226 〈기교·양무렴〉에 실려 있다.

50-9(1480) 마대봉
마대봉(馬待封)
출《기문》

  [당나라] 개원(開元) 연간(713~741) 초에 법가(法駕 : 황제의 수레)를 수리했는데, 동해(東海)의 마대봉은 정교한 기술에 정통했다. 그래서 [법가에 사용하는] 지남거(指南車)114) · 기리고(記里鼓)115) · 상풍조(相風鳥)116) 등을 마대봉이 모두 개조했는데, 그 기술이 옛사람을 뛰어넘었다. 마대봉은 또 황후를 위해 화장대를 만들었는데, 중간에 경대(鏡臺)를 세우고 경대 밑을 2층으로 만들어 모두 문을 달았다. 황후가 머리를 감고 빗으려고 경대 달린 화장대를 열면, 경대 아래의 문이 자동으로 열리면서 나무로 만든 목부인이 손에 수건과 빗을 들고 나왔는데, 황후가 그것을 받고 나면 목부인은 즉시 돌아갔다. 연지와 분, 눈썹먹과 머리 꽃

---

114) 지남거(指南車) : 방향을 지시하기 위해 고안한 수레로, 목각 인형이 항상 남쪽을 가리킨다.
115) 기리고(記里鼓) : 기리거(記里車)라고도 한다. 거리를 계산하기 위해 고안한 수레로, 일정한 거리를 가면 목각 인형이 북을 친다.
116) 상풍조(相風鳥) : 새 모양으로 만든 일종의 풍향계(風向計).

장식 등 화장에 쓰는 물건들도 모두 목부인이 들고 계속 가져다주었는데, 황후가 받고 나면 목부인은 즉시 돌아갔고 경대 문도 다시 닫혔다. 이렇게 황후를 시중드는 것은 모두 목부인이 맡아 했다. 황후가 화장을 다 끝내면 경대의 여러 문이 모두 닫혔으며, 그런 다음에 시녀가 가져갔다. 그 화장대는 금은으로 장식하고 채색 그림을 그려 놓았으며, 목부인의 의복과 장식은 정묘함의 극치에 이르렀다. 마대봉은 수년간 일했지만 황제는 그에게 필요한 비용만 지급하라고 칙명을 내릴 뿐 결국 관직에 임명하지는 않았기에, 미 : 재치 있는 생각은 비록 [당나라 회남왕] 이연년(李延年)의 닭에는 미치지 못하지만, 유독 계방(鷄坊)의 소년[117]과 함께 총애를 받을 수 없었단 말인가? 마대봉은 이를 치욕스럽게 생각했다. 마대봉이 또 의기(欹器)[118]·주산(酒山 : 뒤의 본문에 나옴)·박만(撲滿)[119] 등의 기물을 만들겠다고 주청하자 황제가 이를 허락

---

117) 계방(鷄坊)의 소년 : '계방'은 당나라 현종 때 궁중에 투계를 기르기 위해 설치한 곳이다. 당시 가창(賈昌)이라는 열세 살의 소년이 투계 재주 하나로 현종의 총애를 받아 부귀영화를 누렸다고 한다. 본서 50-15(1486) 〈투계(鬪鷄)〉에 나온다.

118) 의기(欹器) : 본래는 기울어 있다가 물이 적당히 차면 똑바르게 되고 가득 차면 다시 기울도록 만든 그릇. 사람들은 이것으로 자만심을 경계했다고 한다.

119) 박만(撲滿) : 일종의 벙어리저금통으로, 가득 차면 깨뜨린다고 해

했는데, 모두 백은(白銀)으로 만들었다. 그중에서 주산과 박만 안은 기계 장치에 의해 작동되었다. 주산은 때때로 사방을 열어서 바깥 공기를 받아들이는데, 공기가 들어와 기계 장치를 작동하면 음면(陰面 : 후면)과 양면(陽面 : 정면)이 엇갈리게 된다. 그러면 외부의 물 흐름이 유입되고 유출되어 이에 따라 술잔에 술이 따라지게 된다. 술이 유출되고 유입되는 것은 모두 자동으로 되었는데, 그 정교함은 조물주의 조화를 뛰어넘었다. 마대봉은 이를 완성하고 나서 상주했으나 때마침 궁중에 다른 일이 생기는 바람에 결국 황제의 부름을 받지 못했다. 미 : 마대봉의 기구한 운수는 [한나라의] 안사(顔駟)·이광(李廣)·□금려(□禁旅)와 더불어 넷이 된다. 마대봉은 자신의 운명이 기구함을 원망하며 성명을 바꾸고 서하현(西河縣)의 산속에 숨어 지냈다. 개원 연간 말에 마대봉은 진주(晉州)에서 도성으로 왔는데, 자칭 도사 오사(吳賜)라고 하면서 늘 벽곡술(辟穀術)[120]을 행했다. 마대봉은 곽읍현령(霍邑縣令) 이경(李勁)과 함께 주산·박만·의기 등의 기물을 만들었다. 주산은 직경이 4척 5촌인 원반 중간에 서 있고 원반 밑에는 큰 거북이 그것을 받치고 있었는데, 기

서 이런 이름이 붙었다.

120) 벽곡술(辟穀術) : 신선 양생술의 일종으로 곡기(穀氣)를 끊는 것을 말한다.

계 장치는 모두 그 거북의 배 속에 들어 있었다. 원반 중간에 세워 놓은 주산은 높이가 3척이었고 봉우리 모양이 매우 기묘했다. 협 : 원반은 나무로 만들고 그 바깥은 옻칠을 했다. 거북과 주산은 모두 옻칠을 하고 속을 파냈으며 그 바깥은 채색 그림을 그려 놓았다. 주산의 속은 비어서 서 말의 술이 들어갔다. 주산을 빙 둘러서 모두 주지(酒池)를 늘어놓았고 주지 밖은 다시 주산으로 에워쌌다. 주지 안은 온통 연꽃이었는데, 그 꽃과 잎은 모두 쇠를 단련해 만든 것이었다. 피어 있는 연꽃과 펼쳐진 연잎을 쟁반 대신으로 사용해 그 안에 육포·젓갈과 진귀한 과일 등의 술안주를 차려 놓았다. 주산의 남쪽 허리쯤에 용이 있는데, 몸의 절반은 주산에 감춰져 있었고, 용이 입을 열고 술을 토해 내면 용 밑의 큰 연잎 안에 있는 술잔이 그것을 받았다. 술잔은 4홉이 들어갔는데, 용이 술잔의 8할까지 술을 토한 뒤 멈추면 마실 차례가 된 사람이 즉시 그것을 가져갔다. 만약 술을 더디게 마시면, 주산 꼭대기에 있는 2층 누각에서 문이 즉시 열리면서 술 마시기를 재촉하는 목인이 의관을 갖춰 입고 나무 판을 들고 나왔다. 그 사람이 술을 다 마시고 나서 술잔을 연잎에 도로 갖다 놓아 용이 다시 술을 따르면, 그제야 주사(酒使 : 술 마시기를 재촉하는 목인)는 돌아가고 누각의 문이 즉시 닫혔다. 만약 또 술을 더디 마시는 사람이 있으면 주사가 이전처럼 나왔는데, 줄곧 연회가 끝날 때까지 조금도 착오가 없었다. 주산의 사방 동서로 모두 술을 토해 내는 용이 있었는데, 비록 주지에 술을 엎는다 하더라도 주지 밑에 있는 구멍으로 주지 안의 술을 빨아들여 주산으로 끌어 올렸으며, 연회석이 끝나서 술을 다 마실 즈음에는 주지 안의 술도 남아 있지 않았다. 의기 두 개가 주산의 좌우에 있고 용이 그 안에 술을 따랐는데, 의기는 비었을 때는 기울었다가 적당히 차면 똑바로 서고 가득 차면 엎어졌으니, 이것은 노(魯)나라의 묘당에서 사용하던 이른바 "유좌(侑坐)"라는 기물이다. 두예(杜預)가 의기를 만들려다 완성하지 못한 일은 전대의 사서(史書)에 기록되어 있다. 그렇지만 오사 같은 경우는 보통 기물을 만들듯이 의기를 만들었다.

開元初, 修法駕, 東海馬待封能窮伎巧. 於是指南車·記里鼓·相風鳥等, 待封皆改修, 其巧逾於古. 待封又爲皇后造妝具, 中立鏡臺, 臺下兩層, 皆有門戶. 后將櫛沐, 啓鏡奩後, 臺下開門, 有木婦人手執巾櫛至, 后取已, 木人卽還. 至於面脂妝粉, 眉黛髻花, 應所用物, 皆木人執, 繼至, 取畢卽還, 門戶復閉. 如是供給, 皆木人. 后旣妝罷, 諸門皆闔, 乃持去. 其妝臺金銀彩畫, 木婦人衣服裝飾, 窮極精妙焉. 居數年, 敕但給其用, 竟不拜官, 眉: 才情縱不逮李延年鷄, 獨不得與鷄坊小兒並寵乎? 待封恥之. 又奏請造欹器·酒山·撲滿等物, 許之, 皆以白銀造作. 其酒山·撲滿中, 機關運動. 或四面開定, 以納風氣, 風氣轉動, 有陰陽向背. 則使其外泉流吐納, 以挹杯罕. 酒使出入, 皆若自然, 巧逾造化矣. 旣成奏之, 卽屬宮中有事, 竟不召見. 眉: 馬待封數奇, 與顏駟·李廣·□禁旅爲四. 待封恨其數奇, 於是變姓名, 隱於西河山中. 至開元末, 待封從晉州來, 自稱道者吳賜也, 常絶粒. 與崔邑[1]令李勁造酒山・撲滿・欹器等. 酒山立於盤中, 其盤徑四尺五寸, 下有大龜承盤, 機運皆在龜腹內. 盤中立山, 山高三尺, 峰巒殊妙. 夾: 盤以木爲之, 布漆其外. 龜及山皆漆布脫空, 彩畫其外. 山中虛, 受酒三斗. 繞山皆列酒池, 池外復有山圍之. 池中盡生荷, 花及葉皆鍛鐵爲之. 花開葉舒, 以代盤葉, 設脯醢珍果佐酒之物於花葉中. 山南半腹有龍, 藏半身於山, 開口吐酒, 龍下大荷葉中, 有杯承之. 杯受四合, 龍吐酒八分而止, 當飲者卽取之. 飲酒若遲, 山頂有重閣, 閣門卽開, 有催酒人具衣冠執板而出. 於是歸盞於葉, 龍復注之, 酒使乃還, 閣門卽閉. 如復遲者, 使出如初, 直至終宴, 終無差失. 山四面東西皆有龍吐酒, 雖覆酒於池, 池內有穴, 潛引池中酒納於山中, 比席闋終飲, 池中酒亦無遺矣. 欹器二, 在酒山左右, 龍注酒其中, 虛則欹, 中則平, 滿則覆, 則魯廟所謂"侑坐"之器也. 杜預造欹器不成, 前史所載. 若吳賜也, 造之如常器耳.

* 이 고사는 《태평광기》 권226 〈기교・마대봉〉에 실려 있다.

1 최읍(崔邑): "곽읍(霍邑)"의 오기로 보인다. 당나라 때는 "최읍"이란 지명이 없었다. 곽읍은 진주(晉州)에 속했다.

50-10(1481) 정원

정원(丁緩)

출《서경잡기》

　　장안(長安)의 뛰어난 장인 정원이 항만등(恒滿燈)을 만들었는데, 그 위에 일곱 마리의 용과 다섯 마리의 봉황을 새겨 놓고 연꽃·연밥·연근 따위의 무늬를 섞어 넣었다. 또한 와욕향로(臥褥香爐 : 훈향 기구의 일종)를 만들었는데 일명 "피중향로(被中香爐)"라고도 했다. 이 향로는 본래 방풍(房風 : 옛 명장의 이름)이 처음으로 만들었는데, 그 제작 방법이 나중에 끊어졌다가 정원에 이르러서야 비로소 다시 그것을 만들었다. 향로의 내부에 기계적인 고리를 설치해 사방으로 굴리더라도 향로 자체가 항상 평형을 유지하므로 이부자리에 놓아둘 수가 있기 때문에 그렇게 이름을 지은 것이다. 또한 9층짜리 박산향로(博山香鑪 : 훈향 기구의 일종)를 만들어 그 위에 기괴한 금수를 새겨 놓고 온갖 신기한 것들을 죄다 만들어 놓았는데, 모두 저절로 움직였다. 또한 칠륜선(七輪扇)을 만들었는데, 각 바퀴의 크기는 모두 직경 1장(丈)이나 되고 서로 연결되어 있었으며, 한 사람이 그것을 돌리면 방에 가득한 사람들이 모두 추워서 떨었다.

長安巧工丁緩者, 爲恒滿燈, 七龍五鳳, 雜以芙蓉蓮藕之屬.

又作臥褥香爐, 又一名"被中香爐". 本出房風, 其法後絶, 至緩始更爲之. 設機環, 轉運四周而爐體常平, 可置之被褥, 故以爲名. 又作九層博山香爐, 鏤刻爲奇禽怪獸, 窮諸靈異, 皆能自然運動. 又作七輪扇, 其輪大皆徑尺, 遞相連續, 一人運之, 滿堂皆寒凜焉.

* 이 고사는 《태평광기》 권236 〈사치(奢侈)·정완〉에 실려 있는데, 《태평광기》 명초본과 《서경잡기(西京雜記)》에는 제목이 "정완(丁緩)"이라 되어 있다. 이하 본문에서도 마찬가지다.

50-11(1482) 구순

구순(區純)

출《진양추(晉陽秋)》

 [동진(東晉)] 태흥(太興) 연간(318~321)에 형양(衡陽) 사람 구순이 서시(鼠市)를 만들었다. 그것은 사방 한 장(丈) 남짓했으며 사방의 문을 열면 문 앞에 나무 인형이 있었다. 쥐 네다섯 마리를 서시에 풀어놓으면, 쥐가 문을 나가려 할 때마다 나무 인형이 매번 방망이로 때렸다.

大興中, 衡陽區純作鼠市. 四方丈餘, 開四門, 門有木人. 縱四五鼠於中, 欲出門, 木人輒以椎椎之.

* 이 고사는 《태평광기》 권225 〈기교 · 구순〉에 실려 있다.

50-12(1483) 왕숙

왕숙(王肅)

출《유양잡조》

[삼국 시대 위나라의] 왕숙은 구리로 축서환(逐鼠丸)을 만들었는데, 그것은 밤낮으로 저절로 굴러다녔다.

王肅造逐鼠丸, 以銅爲之, 晝夜自轉.

* 이 고사는 《태평광기》 권225 〈기교·왕숙〉에 실려 있다.

50-13(1484) 장형

장형(張衡)

출《후한서(後漢書)》

  후한(後漢)의 장형은 자가 평자(平子)이며 후풍지동의(候風地動儀)를 만들었다. 그는 정련한 구리로 그것을 주조했는데, 원통의 지름은 8척이고 덮개가 볼록 솟아 있으며 술통과 같은 형상으로, 전문(篆文)과 산귀(山龜: 남생이)와 조수(鳥獸)의 모습으로 장식했다. 그 안에는 중심 기둥이 있고 그 옆으로 여덟 개의 통로가 나 있으며 기관이 설치되어 있다. 그 밖으로는 여덟 개의 용머리가 각각 구리 구슬을 물고 있으며, 용머리 아래에는 두꺼비가 구리 구슬을 받을 수 있도록 입을 벌리고 있다. 그 중요한 기관들은 정교하게 만들어 모두 통 속에 감추어져 있으며, 뚜껑을 덮으면 매우 세밀해서 틈이 없었다. 만일 지진이 일어나면 통이 진동해 기관이 작동하는데, 용이 구슬을 토하고 두꺼비가 그것을 받아 입에 머금는다. 진동이 심해지면 지켜보던 사람이 이것을 보고 지진이 일어났음을 안다. 한 개의 용머리에서만 기관이 작동하고 다른 일곱 개의 머리는 작동하지 않기 때문에, 그 방향을 찾아보면 지진이 일어난 곳을 알 수 있다. 이 후풍지동의는 귀신같이 잘 들어맞았는데, 이전 전적의 기록에는 보이지 않는다.

後漢張衡, 字平子, 造候風地動儀. 以精銅鑄之, 圓徑八尺, 蓋合隆起, 形如酒樽, 飾以篆文及山龜鳥獸之狀. 中有都柱, 傍行八道, 施關發機. 外八龍首, 各銜銅丸, 下有蟾蜍, 張口承之. 其牙機巧制, 皆隱在樽中, 覆蓋周密無際. 如有地震, 則樽動機發, 龍吐丸而蟾蜍銜之. 震動激揚, 伺者因此覺知. 一龍發機, 而七首不動, 尋其方面, 乃知震動之所在. 儀之合契若神, 自書典所記, 未之有也.

* 이 고사는 《태평광기》 권225 〈기교·장형〉에 실려 있다.

50-14(1485) 인기국 여공과 오 부인

인기국 · 오부인(因祇國 · 吳夫人)

병(并)'왕자년《습유기》'

 주(周)나라 성왕(成王) 5년(BC 1020)에 도성에서 9만 리 떨어진 인기국에서 여공(女功) 한 명을 바쳤다. 그녀는 자태가 가냘프고 연약했으며 직조에 뛰어났는데, 오색실을 입안에 넣었다가 그 실을 잡아당겨 엮으면서 무늬 비단을 완성했다.

 오(吳)나라 군주[손권]의 조 부인(趙夫人)은 조달(趙達)의 누이동생이다. 그녀는 그림을 잘 그렸는데, 그 절묘한 솜씨에 짝할 만한 이가 없었다. 조 부인은 손가락 사이에 채색실을 끼고 구름과 용, 규룡과 봉황의 무늬를 수놓은 비단을 짤 수 있었는데, 큰 것은 사방 1척이나 되었고 작은 것은 사방 1촌 정도 되었다. 궁중에서는 그녀의 재주를 "기절(機絶)"이라 불렀다. 손권(孫權)은 늘 위(魏)나라와 촉(蜀)나라를 평정하지 못한 것을 한탄했는데, 군사가 쉬는 틈을 타서 그림에 뛰어난 사람을 얻어 산천의 지세와 군진(軍陣)의 모습을 그리게 하려고 했다. 그래서 조달이 그의 누이동생을 바쳤다. 손권이 구주(九州)의 강과 호수, 사방 산악의 형세를 그리게 하자 조 부인이 말했다.

"물감의 색은 매우 쉽게 바래서 사라지니 오래 보배로 간직할 수 없습니다. 신첩은 자수에 능하니 만국의 모습을 네모난 비단 위에 수놓아 오악(五嶽)과 강해(江海), 성읍(城邑)과 행진(行陣)의 모습을 묘사해 내겠습니다."

조 부인은 마침내 자수를 오나라 군주에게 바쳤다. 당시 사람들은 그녀의 재주를 "침절(針絶)"이라 불렀다. 비록 멧대추나무 가시에 원숭이를 조각한 것[121]이나 [공수반(公輸班)의] 운제(雲梯)와 [묵적(墨翟)의] 비연(飛鳶)과 같이 정교한 기물이라 할지라도 이보다 더 훌륭할 수는 없었다. 손권이 소양궁(昭陽宮)에 있을 때 더위에 지쳐서 자주색 비단 휘장을 걷어 올리게 하자 조 부인이 말했다.

"이 휘장은 귀하게 여기기에 부족합니다. 신첩이 생각과 재주를 다하면 비단 휘장을 치면서도 맑은 바람이 저절로 들어오고 밖을 보아도 가려진 것이 없게 할 수 있습니다. 폐하를 곁에서 모시는 사람들도 살랑거리는 바람에 절로 시원할 것이니 마치 바람을 부리는 것과 같을 것입니다."

손권이 좋다고 하자 조 부인은 머리카락을 잘라 신교(神膠)로 이었다. 신교는 울이국(鬱夷國)에서 나는데, 활과 쇠

---

121) 멧대추나무 가시에 원숭이를 조각한 것 : 원문은 "극자목후(棘刺木猴)". 일반적으로 "극자모후(棘刺母猴)"라고 한다. 《한비자(韓非子)》〈외저설좌 상(外儲說左上)〉에 이와 관련한 고사가 나온다.

뇌의 끊어진 줄을 붙여도 백이면 백 모두 이어졌다. 조 부인은 몇 개월에 걸쳐 그것으로 비단을 짜고, 그 비단을 마름질해서 휘장을 만들었다. 휘장은 안팎으로 훤히 보였으며 연기처럼 가볍게 팔랑여서 방 안이 저절로 시원해졌다. 손권은 군진에 있을 때면 항상 이 휘장을 가지고 다니면서 군막에 쳤다. 휘장은 펼치면 폭과 길이가 몇 장(丈)이나 되었지만 말면 베개 속으로 들어갔다. 당시 사람들은 그녀의 재주를 "사절(絲絶)"이라 불렀다. 그래서 오나라에는 삼절(三絶)이 있었으니 천하에 그 절묘한 솜씨에 비길 것이 없었다. 나중에 조 부인은 비록 총애를 잃었지만 그녀의 절묘한 기물은 보존되었는데, 오나라가 망했을 때 그것들의 소재를 알 수 없었다.

周成王五年, 有因祇國, 去王都九萬里, 來獻女功一人. 其人體貌輕潔, 善織, 以五色絲內口中, 引而結之, 則成文錦. 吳主趙夫人, 趙達之妹也. 善畫, 巧妙無雙. 能於指間以彩絲織爲雲龍虯鳳之錦, 大則盈尺, 小則方寸. 宮中謂之"機絶". 孫權常嘆魏・蜀未夷, 軍旅之隙, 思得善畫者, 使圖作山川地勢軍陣之像. 達乃進其妹. 權使寫九州江湖方嶽之勢, 夫人曰: "丹靑之色, 甚易歇滅, 不可久寶. 妾能刺繡, 列萬國於方帛之上, 寫以五嶽河海城邑行陣之形." 乃進於吳主. 時人謂之"針絶". 雖棘刺木猴, 雲梯飛鳶, 無過此麗也. 權居昭陽宮, 倦暑, 乃褰紫綃之帷, 夫人曰: "此不足貴也. 妾欲窮慮盡思, 能使下帷而淸風自入, 視外無有蔽礙. 列侍者飄然自凉, 若馭風而行也." 權稱善, 夫人乃枡髮, 以神膠續之. 神膠出鬱夷國, 接弓弩之斷弦者, 百斷百續. 乃織爲羅縠, 累月而成, 裁之爲幔. 內外視之, 飄飄如煙氣輕動, 而房內自凉. 權在軍旅, 常以此幔自隨, 以爲征幕. 舒之則廣縱數丈, 捲之則可內於枕中. 時人謂之"絲絶". 故吳有三絶, 四海無儔其妙. 後雖失寵, 猶存錄其巧工. 及吳亡, 不知所在.

* 이 고사는 《태평광기》 권225 〈기교·인기국〉과 〈오부인〉에 실려 있다.

50-15(1486) 투계

투계(鬪鷄)

출'진홍(陳鴻)《동성노부전(東城老父傳)》'

　가창(賈昌)은 장안(長安) 선양리(宣陽里) 사람으로, [당나라] 개원(開元) 원년(713)에 태어났다. 일곱 살 때 민첩함이 다른 사람을 뛰어넘어 기둥이나 대들보를 타고 오를 수 있었으며, 사람들의 말에 응대하는 것도 뛰어났고 새가 지저귀는 소리도 알아들었다. 현종(玄宗)은 번저(藩邸 : 친왕부)에 있을 때 민간에서 청명절(淸明節)에 행하던 닭싸움 놀이를 즐겼다. 그래서 즉위한 후에 두 궁[122] 사이에 계방(鷄坊)을 설치하고, 장안의 수탉 중에서 황금빛 털에 쇠 같은 발톱이 있고 높은 볏에 꽁지가 치켜 올라간 수천 마리를 찾아내 계방에서 길렀으며, 육군(六軍)[123]의 소년 중에서 500명을 뽑아 그 닭들을 조련하고 사육하게 했다. 제왕(諸

---

122) 두 궁 : 예종(睿宗)이 머물던 대명궁(大明宮)과 현종이 머물던 흥경궁(興慶宮)을 말한다.
123) 육군(六軍) : 당나라 때 황궁의 금위군(禁衛軍)으로 좌우용무군(左右龍武軍)·좌우신무군(左右神武軍)·좌우신책군(左右神策軍)을 말한다.

王)과 귀척(貴戚) 이하로 그러한 기풍을 듣고 따라 하느라 모두 가산을 털어 닭을 샀다. 도성 안의 남녀들은 닭을 가지고 노는 것이 일이었는데, 가난한 사람들은 가짜 닭을 가지고 놀았다. 미 : 위에서 행하면 아래에서 따라 하니 조심하지 않을 수 있겠는가! 한번은 황제가 출행했다가 가창이 운룡문(雲龍門)의 길옆에서 나무 닭을 가지고 노는 것을 보고 그를 황궁으로 불러들여 계방의 소년으로 삼았다. 가창은 닭 무리 속으로 들어가더니 마치 또래 아이들과 친하게 지내는 것 같았는데, 닭들 중에서 힘센 놈과 허약한 놈, 용기 있는 놈과 겁 많은 놈, 그리고 물이나 모이를 먹을 때와 질병의 징후를 모두 알아낼 수 있었다. 닭들은 그를 두려워해 순종했으며 사람처럼 시키는 대로 했다. 황제는 가창을 불러 시험해 보고 그날로 그를 500명 소년의 우두머리로 삼았으며, 총애와 하사품이 날로 융숭해졌다. 천하에서 그를 "신계동(神鷄童)"이라 불렀으며, 당시 사람들이 그를 두고 이렇게 말했다.

"아들 낳으면 글 가르칠 필요 없으니, 닭싸움에 말달리기가 공부보다 낫네. 가씨 집의 소년은 이제 열세 살이지만, 부귀와 영화는 당대에 견줄 이 없네."

[현종이 탄생한] 8월 5일을 성수천추절(聖壽千秋節)로 제정하고 천하의 백성에게 쇠고기와 술을 하사해 사흘 동안 즐기게 했는데, 그것을 "포(酺)"라고 했다. 또 청명절에는 대부분 여산(驪山)에서 보냈는데, 매번 그날이 되면 온갖 음악

을 갖추어 연주했고 육궁(六宮)의 비빈들이 모두 따라갔다. 가창은 독수리 깃털에 황금 꽃무늬 장식 모자를 쓰고 비단 소매에 수놓은 바지저고리를 입은 채 방울과 채찍을 들고 닭 무리를 인도해 천천히 광장에 들어섰는데, 돌아보는 모습이 신(神)과 같았고 지휘할 땐 바람이 일었다. 닭들은 깃털을 세우고 날개를 떨치며 부리를 비비고 발톱을 갈면서 노기를 억누른 채 승리를 노리고 있었는데, 나아가고 물러남에 정해진 때가 있고 채찍의 지휘에 따라 머리를 숙였다 올렸다 하면서 가창이 정한 절도에 어긋나지 않았다. 승부가 가려진 뒤에는 이긴 놈이 앞장서고 진 놈이 뒤에 서서 가창을 따라 기러기처럼 열을 지어 계방으로 돌아갔다. 가창은 혹시 옛날에 원숭이를 가르치고 용을 조련했다는 무리가 아닐까?

평 : 진홍(陳鴻)이 이르길, "현종은 을유년(乙酉年 : 685)에 태어나서 닭띠였는데, 사람들에게 조복(朝服)을 입고 닭싸움을 하게 했으니 태평성세에 변란의 조짐이 보였던 것이다"라고 했다.

안녹산(安祿山)이 장안(長安)을 함락하고 나서 천금의 현상금을 걸고 가창을 찾았는데, 가창은 성명을 바꾸고 사원에 귀의해 청소하고 종을 치며 열심히 부처님을 공양했으니, 그 품행이 장계(張垍)나 왕창령(王昌齡) 등의 사람들보다 훨씬 뛰어나다.

賈昌者, 長安宣陽里人, 生於開元元年. 七歲, 趫捷過人, 能搏柱乘梁, 善應對, 解鳥語音. 玄宗在藩邸時, 樂民間淸明節鬪鷄戲. 及卽位, 立鷄坊於兩宮間, 索長安雄鷄, 金毫鐵距, 高冠昻尾千數, 養於鷄坊, 選六軍小兒五百人, 使馴擾敎飼. 諸王貴戚以下, 聞風而化, 咸破産市鷄. 都中男女以弄鷄爲事, 貧者弄假鷄. 眉 : 上行下效, 可不愼與! 帝出遊, 見昌弄木鷄於雲龍門道旁, 召入爲鷄坊小兒. 昌入鷄群, 如狎群小, 壯者弱者, 勇者怯者, 水穀之時, 疾病之候, 悉能知之. 鷄畏而馴, 使令如人. 帝召而試之, 卽日爲五百小兒長, 寵賜日隆. 天下號爲"神鷄童", 時人爲之語曰 : "生兒不用識文字, 鬪鷄走馬勝讀書. 賈家小兒年十三, 富貴榮華代不如." 八月五日, 爲聖壽千秋節, 賜天下民牛酒樂三日, 命之曰"酺". 及淸明節, 率皆在驪山, 每至是日, 萬樂具擧, 六宮畢從. 昌冠雕翠金華冠, 錦袖繡襦袴, 執鐸拂, 導群鷄, 叙立於廣場, 顧盼如神, 指揮風生. 樹毛振翼, 礪吻磨距, 抑怒待勝, 進退有期, 隨鞭指低昻, 不失昌度. 勝負旣決, 强者前, 弱者後, 隨昌鴈行, 歸於鷄坊. 豈敎猱擾龍之徒與?

評 : 陳鴻云 : "玄宗生於乙酉鷄辰, 使人朝服鬪鷄, 兆亂於太平矣."

祿山亂長安, 以千金購昌, 昌變姓名, 依於佛舍, 除地擊鐘, 施力於佛, 其品勝張洎[1]·王昌齡諸人多矣.

* 이 고사는 《태평광기》 권485 〈잡전기(雜傳記)·동성노부전(東城老父傳)〉에 실려 있다.

1 장계(張洎) : "장계(張垍)"의 오기다.

50-16(1487) 한지화

한지화(韓志和)

출《두양편(杜陽編)》

  [당나라] 목종(穆宗) 때의 비룡사(飛龍士)124) 한지화는 본래 왜국(倭國) 사람이다. 그는 나무 조각에 뛰어나 난새·학·갈까마귀·까치의 형상을 만들었는데, 그것들의 배 속에 기계 장치를 설치해 작동하면 100척 높이까지 날아올라 수백 보 밖에 이르러서야 비로소 내려앉았다. 또한 그가 만든 목각 고양이는 참새와 쥐를 잡았다. 비룡사(飛龍使)가 그 기계 장치의 정교함을 훌륭히 여겨 상주했더니, 황상이 그것을 보고 기뻐했다. 한지화는 또 몇 척 높이의 발판 달린 상을 조각해 만들고 그것을 "현룡상(見龍床)"이라 불렀다. 그것을 그냥 놔두면 용의 모습이 나타나지 않지만, 발판을 밟으면 용의 비늘·수염·발톱·뿔이 모두 나타났다. 현룡상을 처음 바쳤을 때 황상이 발로 그것을 밟았더니, 용이 튀어오르면서 비구름이 몰려올 것 같았다. 황상은 두려워서 결국 그것을 치우게 했다. 그러자 한지화가 황상 앞에 엎드려

---

124) 비룡사(飛龍士) : 궁중의 말을 기르기 위해 설치한 비룡구(飛龍廐)의 관리. 그 우두머리는 비룡사(飛龍使)라고 했다.

아뢰었다.

"신이 우매해 폐하의 옥체를 놀라게 했습니다. 신이 따로 보잘것없는 재주를 선보여 폐하의 눈과 귀를 즐겁게 해 드림으로써 죽을죄를 면하길 원합니다."

황상이 웃으며 말했다.

"잘하는 재주가 무엇인지 날 위해 한번 해 보아라."

한지화는 품속에서 사방 몇 촌 크기의 오동나무 합(盒) 하나를 꺼냈는데, 그 속에 "승호자(蠅虎子 : 깡충거미)"라고 하는 거미가 100~200마리 이상 들어 있었다. 그것들의 몸은 모두 붉었는데, 단사를 먹어서 그렇다고 했다. 한지화는 곧장 그것들을 다섯 대열로 나누어 세우고 〈양주(梁州)〉라는 곡에 맞추어 춤을 추게 했다. 황상은 궁중 악대를 불러 그 곡을 연주하게 했다. 승호자는 부드럽게 빙빙 돌면서 춤을 추었는데 음률에 맞지 않는 바가 없었으며, 치사(致詞)125) 하는 부분에 이를 때마다 웽! 웽! 하며 파리 소리를 냈다. 곡이 끝나자 승호자는 줄지어 물러났는데, 마치 그들 사이에도 존비(尊卑)의 등급이 있는 것 같았다. 한지화가 승호자를 손가락 위에 올려놓고 수백 걸음 내에 있는 파리를 잡게 했

---

125) 치사(致詞) : 배우가 공연하기 전에 먼저 한 사람이 찬송(讚頌)의 말을 하는 행위.

는데, 마치 새매가 참새를 채어 가듯 잡지 못하는 경우가 거의 없었다. 황상은 한지화의 재주를 칭찬하면서 등급을 높여 금과 비단을 하사했다. 한지화는 궁문을 나와서 하사받은 물건을 모두 다른 사람에게 나눠 주었다. 그로부터 1년을 넘지 않아 결국 그의 종적을 알 수 없었다.

穆宗朝, 有飛龍士韓志和, 本倭國人也. 善雕木, 作鸞鶴鴉鵲之狀, 置關捩於腹內, 發之則飛高百尺, 至數百步外, 方始却下. 兼刻木猫以捕雀鼠. 飛龍使異其機巧, 奏之, 上睹而悅之. 志和更雕踏床高數尺, 謂之"見龍床". 置之則不見龍形, 踏之則鱗鬣爪角俱出. 始進, 上以足履之, 而龍夭矯若得雲雨, 上恐畏, 遂令撤去. 志和伏於上前, 稱: "臣愚昧, 致驚聖躬. 臣願別進薄伎, 娛陛下耳目, 以贖死罪." 上笑曰: "所解何伎, 試爲我出." 志和於懷中將出一桐木合, 方數寸, 其中有物, 名"蠅虎子", 不啻一二百. 其形皆赤, 云以丹砂啗之故也. 乃分爲五隊, 令舞〈梁州〉. 上召國樂, 以擧其曲. 而虎子盤廻宛轉, 無不中節, 每遇致詞處, 則隱隱如蠅聲. 及曲終, 累累而退, 若有尊卑等級. 志和臂虎子於指上, 獵蠅於數步之內, 如鶻擒雀, 罕有不獲者. 上嘉其伎, 賜金帛加等. 志和出宮門, 悉轉施於人. 不逾年, 竟不知所在.

* 이 고사는 《태평광기》 권227 〈기교 · 한지화〉에 실려 있다.

50-17(1488) 왕고

왕고(王固)

출《유양잡조》

 당(唐)나라의 우적(于頔)이 양주자사(襄州刺史)로 있을 때, 산인(山人 : 도술사) 왕고가 그를 뵈러 온 적이 있었다. 우적은 성격이 쾌활했는데 왕고의 절하는 동작이 굼뜬 것을 보고 그를 그다지 예우하지 않았다. 다른 날 우적이 연회를 열었는데 왕고는 또 참석할 수 없었다. 왕고는 몹시 불만스러워하다가 사원(使院 : 절도사의 관서)으로 가서 판관(判官) 증숙정(曾叔政)을 찾아갔는데, 증숙정이 그를 매우 예우했다. 그러자 왕고가 증숙정에게 말했다.

 "저는 상공(相公 : 우적)께서 기이한 것을 좋아하시기에 일부러 멀다 하지 않고 왔으나, 지금 실로 그 기대가 어그러졌습니다. 저에게 기예가 하나 있는데 예로부터 없었던 것입니다. 지금 저는 곧 돌아갈 것이지만 공(公)의 후한 대접을 받았으니 잠시 그것을 한번 펼쳐 보려 합니다."

 그러고는 증숙정이 사는 곳으로 가서 품속에서 대나무 한 마디와 작은 북을 꺼냈는데, 보았더니 겨우 1촌이 조금 넘었다. 한참 후에 대나무의 막힌 곳을 제거하고 가지를 꺾어 북을 두드렸다. 그랬더니 통 속에 있던 승호자(蠅虎子 :

깡충거미) 수십 마리가 줄지어 나와 두 대열로 나누어 섰는데, 마치 군대가 대치하고 진을 친 형세 같았다. 북을 세 번 혹은 다섯 번 치면 승호자는 그 북소리에 따라 진을 바꾸었는데, 천형진(天衡陣)·지축진(地軸陣)·어려진(魚麗陣)·학열진(鶴列陣) 등 갖추지 않은 것이 없었으며, 나아가고 물러나고 벌어지고 합치는 것이 사람이 미칠 수 있는 바가 아니었다. 모두 여러 가지 진을 바꾼 후에 다시 대열을 이루어 통속으로 들어갔다. 증숙정은 그것을 보고 크게 놀라 우적에게 말했는데, 왕고는 이미 몰래 떠나 버렸다. 우적이 후회하며 그를 샅샅이 찾게 했으나 찾을 수 없었다.

唐于頔在襄州, 嘗有山人王固謁見. 頔性快, 見其拜伏遲鈍, 不甚禮之. 別日遊宴, 復不得預. 王殊怏怏, 因至使院, 造判官曾叔政, 頗禮接之. 固謂曾曰: "予以相公好奇, 故不遠而來, 今實乖望. 予有一藝, 自古無者. 今將歸, 且荷公之厚, 聊爲一設." 遂詣曾所居, 懷中出竹一節及小鼓, 規纔運寸[1]. 良久, 去竹之塞, 折枝擊鼓. 筒中有蠅虎子數十枚, 列行而出, 分爲二隊, 如對陣勢. 擊鼓, 或三或五, 隨鼓音變陣, 天衡地軸, 魚麗鶴列, 無不備也, 進退離附, 人所不及. 凡變數陣, 復作隊, 入筒中. 曾睹之大駭, 乃言於頔, 王已潛去. 頔悔恨, 令物色求之, 不獲.

* 이 고사는 《태평광기》 권78 〈방사(方士)·왕고〉에 실려 있다.
1 규재운촌(規纔運寸):《태평광기》 명초본에는 "시재과촌(視纔過寸)"이라 되어 있는데, 문맥상 보다 타당하다.

50-18(1489) 새와 짐승의 말을 구별하다
별조수어(別鳥獸語)

출《논형(論衡)》·《익도기구전(益都耆舊傳)》

한(漢)나라 때 광릉(廣陵) 사람 양옹불(楊翁佛)은 새와 짐승의 소리를 잘 알아들었다. 그가 절름발이 나귀를 타고 들길을 지나갈 때 밭 사이에 고삐 풀린 애꾸눈 말 한 마리가 있었는데, 나귀와 말이 서로 떨어진 채로 번갈아 소리를 냈다. 양옹불이 마부에게 말했다.

"저 풀어놓은 말은 애꾸눈일 것이네."

마부가 말했다.

"어떻게 아십니까?"

양옹불이 말했다.

"저 말이 수레 끄는 이 나귀를 보고 절름발이라고 욕하자, 이 나귀도 저 말에게 애꾸눈이라고 욕했네."

마부는 그 말을 믿지 않고 사람을 시켜 살펴보게 했는데 과연 애꾸눈이었다. 미 : 개갈로(介葛盧)126)와 공야장(公冶長)127)

---

126) 개갈로(介葛盧) : 춘추 시대 동이국 가운데 하나인 개국(介國)의 군주로, 소의 말을 잘 알아들었다고 한다.

127) 공야장(公冶長) : 춘추 시대 공자(孔子)의 제자로, 참새·제비·

의 부류다.

양선(楊宣)은 하내태수(河內太守)가 되어 현으로 가고 있었는데, 참새 떼가 뽕나무 위에서 울고 있자 양선이 관리에게 말했다.

"앞에 곡식 수레가 뒤집혀 있을 것이다."

漢廣陵楊翁佛, 通鳥獸之音. 乘蹇驢之野, 田間有眇放馬, 相去鳴聲相聞. 翁佛謂其御者: "彼放馬目眇." 其御曰: "何以知之?" 曰: "罵此轅中馬曰蹇, 此馬亦罵之曰眇." 其御不信, 使往視之, 目果眇焉. 眉: 介葛盧・公冶長之流.
楊宣爲河內太守, 行縣, 有群雀鳴桑樹上, 宣謂吏曰: "前有覆車粟."

* 이 고사는 《태평광기》 권435 〈축수(畜獸)・양옹불(楊翁佛)〉, 권462 〈금조(禽鳥)・양선(楊宣)〉에 실려 있다.

돼지의 말을 잘 알아들었다고 한다.

50-19(1490) 가흥현의 새끼줄 기예

가흥승기(嘉興繩技)

출《원화기(原化記)》

[당나라] 개원(開元) 연간(713~741)에 황제가 주현(州縣)에 큰 연회를 자주 베풀었다. 가흥현에서는 여러 가지 기예를 준비해 감사(監司)와 승부를 겨루었는데, 감관(監官)은 이 일에 각별히 마음을 쏟았다. 담당 관리 가운데 옥사(獄事)를 맡은 자가 감옥 안의 죄수들에게 말했다.

"만약 우리 쪽에서 준비한 기예가 현사(縣司) 쪽보다 못하면 우리는 반드시 엄한 질책을 받게 될 것이다. 그러나 우리가 단지 한 가지라도 조금 볼만한 기예를 한다면 곧 재물을 얻게 될 것인데, 그렇게 할 수 없음을 탄식할 뿐이다."

그러자 죄수들이 서로 물어보더니, 실패를 돌리거나 나무를 타는 기예를 가진 사람까지도 모두 추천하고 불러들였다. 감옥 안에 있던 한 죄수가 웃으며 담당 관리에게 말했다.

"제가 서툰 기예를 가지고 있는데, 안타깝게도 묶여 있는 처지라 그것을 대강이나마 보여 드릴 수가 없습니다."

옥리가 놀라며 말했다.

"너는 무슨 기예를 할 줄 아느냐?"

죄수가 말했다.

"저는 새끼줄 기예를 할 줄 압니다."

옥리가 감관에게 아뢰었더니 감관이 말했다.

"새끼줄 기예가 또 뭐 특별하겠느냐?"

죄수가 말했다.

"제가 하는 것은 다른 사람들과 다릅니다. 다른 사람들의 새끼줄 기예는 줄의 양 끝을 각각 매어 둔 후 그 위에서 걷거나 서거나 선회합니다. 그러나 저는 새끼줄을 매어 둘 필요 없이 공중에 던진 후 뛰어올라 가서 몸을 뒤집으며 하지 못하는 것이 없습니다."

감관이 크게 놀라고 기뻐하면서 그 죄수를 공연자 명단에 넣게 했다. 다음 날 옥리는 죄수를 데리고 공연장으로 가서, 여러 가지 기예가 펼쳐진 후 순서에 따라 그 죄수를 불러내 새끼줄 기예를 보여 주도록 했다. 마침내 죄수는 손가락만 한 굵기의 100여 척이나 되는 새끼줄 한 뭉치를 들어 땅에 놓고 손으로 한쪽 끝을 공중에 던졌는데, 새끼줄이 마치 붓처럼 곧게 섰다. 처음에는 2~3장(丈) 높이로 던졌다가 점차 4~5장 높이까지 던졌는데, 새끼줄이 마치 사람이 잡아당기고 있는 듯 곧게 섰으므로 사람들은 크게 놀라고 신기해했다. 그 후 죄수가 새끼줄을 20여 장 높이로 던지자 공중을 올려다보아도 그 끝이 보이지 않았다. 죄수가 손으로 새끼줄을 붙잡고 올라가자 그의 몸과 발이 모두 땅에서 떨어졌다. 허공에 던진 새끼줄은 마치 새처럼 멀리 날아올라 허공을 향해 사라져 버렸다. 죄수는 이 날 감옥에서 탈출했다.

開元中, 數敕賜州縣大酺. 嘉興縣以百戲與監司競勝, 監官屬意尤切. 所由直獄者語獄中云:"若諸戲劣於縣司, 我輩必當厚責. 然我等但一事稍可觀者, 卽獲財利, 嘆無能耳." 乃各相問, 至於弄瓦緣木之技, 皆推求招引. 獄中有一囚, 笑謂所由曰:"某有拙技, 恨在拘繫, 不得略呈." 吏驚曰:"汝何能?" 囚曰:"吾解繩技." 吏爲言之, 官曰:"繩技又何異乎?" 囚曰:"某所爲與人殊. 衆人繩技, 各繫兩頭, 然後於其上行立周旋. 某不用繫著, 拋向空中, 騰躑翻覆, 無所不爲." 官大驚悅, 且令收錄. 明日, 吏領至戲場, 諸戲旣作, 次喚此人, 令效繩技. 遂捧一團繩, 且細如指, 計百餘尺, 置諸地, 將一頭, 手擲於空中, 勁如筆. 初拋三二丈, 次四五丈, 仰直如人牽之, 衆大驚異. 後乃拋高二十餘丈, 仰空不見端緖. 此人隨繩手尋, 身足離地. 拋繩虛空, 其勢如鳥, 旁飛遠颺, 望空而去. 脫身狴牢, 在此日焉.

* 이 고사는 《태평광기》 권193 〈호협(豪俠)·가흥승기(嘉興繩技)〉에 실려 있다.

50-20(1491) 활쏘기

사(射)

출《유양잡조》·《집이기》

    기창(紀昌)은 비위(飛衛)에게서 활쏘기를 배웠는데, 그는 찐 쇠뿔로 만든 활과 삭방(朔方 : 북방)의 쑥대로 만든 화살대로 활을 쏘아 이의 심장을 관통시켰다. 기창은 비위의 기술을 다 배우고 난 뒤에 천하에서 자신과 대적할 수 있는 단 한 사람이 바로 비위라고 생각해 비위를 죽일 작정이었다. 두 사람은 들녘에서 만나 서로 상대방에게 활을 쐈는데, 화살 끝이 서로 부딪쳐 땅에 떨어졌는데도 먼지가 날리지 않았다. 비위의 화살이 먼저 바닥나고 기창은 화살 하나만 남아 있었다. 이윽고 기창이 활을 쏘자 비위는 나무 가시의 끝으로 화살을 막았는데, 한 치의 오차도 없었다. 그래서 두 사람은 울면서 활을 던지고 서로 부자지간이 될 것을 청했으며, 활 쏘는 기술을 다른 사람에게 가르쳐 주지 않기로 맹세하고 이를 팔에 새겼다.

    수(隋)나라 말에 독군모(督君謨)라는 사람은 눈을 감고 활을 쏘는 데 뛰어났는데, 눈을 맞히겠다고 생각하면 눈을 적중했고 입을 맞히겠다고 생각하면 입을 적중했다. 왕영지(王靈智)라는 사람이 독군모에게서 활쏘기를 배웠는데, 그 오묘함을 다 익혔다고 생각해 독군모를 쏘아 죽여 홀로 그 뛰어남을 차지하고자 했다. 독군모는 단도 하나를 만들어 날아오는 화살을 번번이 잘라 냈으며, 오직 화살 하나만 입을 벌려 받았다. 그러고는 화살촉을 물고 웃으면서 말했다.

"네가 3년 동안 활쏘기를 배웠지만, 아직 너에게 화살촉을 받아 무는 방법은 가르치지 않았다!"

형주(荊州) 척기사(陟屺寺)의 스님 나조(那照)는 활쏘기에 뛰어났는데, 매번 이렇게 말했다.

"조사법(照射法 : 빛을 보고 사냥하는 법)에 따르면, 무릇 눈빛이 기다랗고 흔들리는 것은 사슴이고, 빛이 땅에 붙어서 깜빡이는 것은 토끼이며, 빛이 낮고 움직이지 않는 것은 호랑이다."

또 말했다.

"밤에 호랑이와 격투를 벌이면 틀림없이 호랑이 세 마리가 한꺼번에 덤비는 것처럼 보이는데, 양쪽에 있는 것은 호위(虎威)[128]이니, 반드시 중간 놈을 찔러야 한다. 호랑이가 죽으면 호위는 바로 땅속으로 들어가는데, 이것을 얻으면 온갖 사악한 기운을 물리칠 수 있다. 호랑이가 막 죽었을 때

---

[128] 호위(虎威) : 호랑이의 가슴팍 양쪽에 돌출되어 있는 을(乙) 자 모양의 뼈를 말한다.

그 머리를 둔 곳을 기억해 두었다가 달빛이 없는 캄캄한 밤을 기다려 그곳을 판다. 그곳을 파려고 할 때 틀림없이 호랑이가 와서 앞뒤에서 포효하지만 두려워하기에 부족하니, 그것은 호랑이의 혼이다. 2척 깊이까지 파면 필시 호박(琥珀) 같은 물건이 나오는데, 그것은 대개 호랑이의 눈빛이 땅속으로 스며들어 가서 만들어진 것이다."

[당나라] 천보(天寶) 연간(742~756) 말에 기병장(騎兵將) 이흠요(李欽瑤)는 활쏘기에 탁월했다. 그는 공로를 세워 여러 벼슬을 거쳐 군수(郡守)에 이르렀으며 어사대부(御史大夫)를 겸했다. 지덕(至德) 연간(756~758)에 그는 임회군왕(臨淮郡王) 이광필(李光弼)의 휘하에 예속되어 섬서(陝西)에서 사사명(史思明)과 대치했다. 이른 아침에 결전을 치르기 위해 임회군왕은 진을 치고 천천히 전진했다. 적진으로부터 10여 리 정도 떨어졌을 때, 갑자기 군진 앞에서 여우 한 마리가 튀어나와 비틀대며 달려갔는데 마치 길을 인도하는 것 같았다. 임회군왕은 여우가 의심이 많고 요사스러운 동물이기 때문에 자못 불쾌해하면서 즉시 이흠요에게 세 발의 화살을 주고 여우를 잡아 오게 했다. 이흠요는 명을 받고 급히 쫓아갔는데, 갑자기 꿩이 말발굽 소리에 놀라 일어나 곧장 구름 속으로 날아올라 갔다. 이흠요는 몸을 돌려 하늘을 향해 활을 쏘아 한 방에 꿩을 떨어뜨렸다. 그런 연후에 다시 채찍질하며 여우를 쫓아갔는데, 열 걸음 안에 화

살을 장전해 또 명중시켰다. 이흠요는 꿩과 여우를 가지고 진영으로 돌아와 보고했다. 그러자 전군이 환호성을 질러 그 소리가 산골짜기에 울려 퍼졌다. 당시에 회골족(回鶻族: 회흘족)의 기병이 대열을 지어 북쪽 들판에 포진하고 있었는데, 그들의 수령 100~200명이 군대를 버리고 나는 듯이 말을 달려와 다투어 이흠요를 받들고 신기해하면서 말했다.

"그대는 회골족의 후손이 아니오? 그렇지 않다면 어떻게 활 솜씨의 오묘함이 이럴 수 있단 말이오!"

紀昌學射於飛衛, 以徵¹角之弧, 朔逢²之簳, 射貫虱心. 旣盡飛衛之術, 計天下敵己, 一人而已, 乃謀殺飛衛. 相遇於野, 二人交射, 矢鋒相觸, 墜地而塵不揚. 飛衛之矢先窮, 紀遺一矢. 旣發, 飛衛以棘端扞之, 而無差焉. 於是二子泣而投弓, 請爲父子, 刻背³爲誓, 不得告術於人.

隋末有督君謨, 善閉目而射, 志其目則中目, 志其口則中口. 有王靈智者, 學射於君謨, 以爲曲盡其妙, 欲射殺君謨, 獨擅其美. 君謨製一短刀, 箭來輒截之, 惟有一矢, 君謨張口承之. 遂嚙其鏑而笑曰: "汝學射三年, 未教汝嚙鏃法!"

荊州陟屺寺僧那照善射, 每言: "照射之法, 凡光長而搖者鹿, 貼地而明滅者兔, 低而不動者虎." 又言: "夜格虎時, 必見三虎並來, 狹者虎威, 當刺其中者. 虎死, 威乃入地, 得之可却百邪. 虎初死, 記其頭所藉處, 候月黑夜掘之. 欲掘時, 必有虎來吼擲前後, 不足畏, 此虎之鬼也. 深二尺, 當得物如琥珀, 蓋虎目光淪入地所爲也."

天寶末, 有騎將李欽瑤者, 弓矢絶倫. 以勞累官至郡守, 兼御史大夫. 至德中, 隸臨淮李光弼, 與史思明相持於陝西. 晨朝合戰, 臨淮布陣徐進. 去敵尚十許里, 忽有一狐起於軍前, 跟蹌而趨, 若導引者. 臨淮以狐爲持疑妖邪之物, 頗不懌, 卽付欽瑤以三矢, 令取狐焉. 欽瑤受命而馳, 欻有野雉驚起馬足, 徑入雲霄. 欽瑤翻身仰射, 一發而墜. 然後鳴鞭逐狐, 十步之內, 拾矢又中. 於是携二物以復命焉. 擧軍歡呼, 聲振山谷. 時回鶻列騎置陣於北原, 其首領一二百輩, 棄軍飛馬而來, 爭捧欽瑤, 以爲神異, 仍謂曰: "爾非回鶻之甥? 不然, 何弧矢之妙乃爾!"

* 이 고사는 《태평광기》 권227 〈기교·독군모(督君謨)〉, 〈척기사승(陟屺寺僧)〉, 〈이흠요(李欽瑤)〉에 실려 있다.

1 징(徵) : 《열자(列子)》 〈탕문(湯問)〉에는 "연(燕)"이라 되어 있고, 《유양잡조(酉陽雜俎)》에는 "증(蒸)[일작징(一作徵)]"이라 되어 있는데, 문맥상 "증(蒸)"이 보다 타당한 것으로 보인다.

2 봉(逢) : 《열자》 〈탕문〉과 《유양잡조》에는 "봉(蓬)"이라 되어 있는데 타당하다.

3 배(背) : 《열자》 〈탕문〉과 《유양잡조》에는 "비(臂)"라 되어 있는데, 문맥상 보다 타당하다.

50-21(1492) 울지경덕

울지경덕(尉遲敬德)

출《독이지》

 울지경덕은 창 뺏기에 뛰어났고 제왕(齊王) 이원길(李元吉)은 창 쓰기에 뛰어났다. [당나라] 고조(高祖)가 현덕전(顯德殿) 앞에서 그들의 장기를 시험해 보면서 울지경덕에게 말했다.

 "듣자 하니 경은 창 뺏기에 뛰어나다고 하던데 [위험할지 모르니] 원길에게 날을 제거한 창을 들고 있게 하겠소."

 울지경덕이 말했다.

 "비록 날이 달려 있다 해도 신을 다치게 할 수는 없을 것입니다."

 그리하여 [이원길의 창에] 날을 달았다. 순식간에 울지경덕이 세 번이나 이원길의 창을 빼앗자 이원길은 크게 부끄러워했다.

尉遲敬德善奪槊, 齊王元吉亦善用槊. 高祖於顯德殿前試之, 謂敬德曰: "聞卿善奪槊, 令元吉執槊去刃." 敬德曰: "雖加刃, 亦不能害." 於是加刃. 頃刻之際, 敬德三奪之, 元吉大慚.

* 이 고사는《태평광기》권493〈잡록(雜錄)·울지경덕〉에 실려 있다.

50-22(1493) 하 장군

하장군(夏將軍)

출《유양잡조》

[당나라] 건중(建中) 연간(780~783) 초에 하(夏) 아무개라는 하북장군(河北將軍)이 있었는데, 수백 근이 나가는 활을 당길 수 있었다. 한번은 격구장에서 동전 10여 개를 쌓아 놓고 말을 달리면서 격구 막대기로 동전을 쳤는데, 한 번에 동전 한 개를 쳐서 6~7장(丈) 높이까지 날렸다. 또 새로 진흙을 바른 담 위에 나무 가시 수십 개를 박아 놓고 푹 익은 콩을 가져다가 1장 떨어진 거리에서 콩을 던져 가시 위에 관통시켰는데, 한 번도 실수하지 않고 백발백중이었다. 또 말을 달리면서 한 장 가득 글씨를 쓸 수 있었다.

建中初, 有河北將軍姓夏, 彎弓數百斤. 常於球場中累錢十餘, 走馬, 以擊鞠杖擊之, 一擊一錢飛起, 高六七丈. 又於新泥牆安棘刺數十, 取爛豆, 相去一丈, 擲豆貫於刺上, 百不差一. 又能走馬書一紙.

* 이 고사는《태평광기》권227〈기교 · 하북장군(河北將軍)〉에 실려 있다.

50-23(1494) 장분

장분(張芬)

출《유양잡조》

장분은 일찍이 위고(韋皐)의 행군사마(行軍司馬)를 지냈는데, 곡예가 다른 사람보다 뛰어났다. 그가 한번은 복감사(福感寺)에서 공을 찼는데, 공이 탑의 중간 높이까지 날아올라갔다. 장분은 무게가 다섯 말이나 나가는 탄궁을 사용했는데, [탄궁을 만드는 방법은 다음과 같았다.] 태양을 향해 자란 커다란 죽순을 골라 대바구니를 엮어 그것에 씌워 놓고 죽순이 자람에 따라 흙을 더 쌓았는데, 늘 1촌 정도는 남겨 두었다. 대바구니의 높이가 4척이 된 후에는 그냥 자라도록 내버려두었다가, 가을이 깊어지면 그제야 대바구니를 치우고 베었다. 이렇게 키운 대나무는 1척에 10마디가 있고 그 색은 황금빛을 띠었는데, 이것으로 탄궁을 만들었다. 장분은 매번 사방 1장(丈) 정도의 담장에 진흙을 칠하고 탄궁을 쏘아 "천하태평"이란 글자를 썼는데, 마치 사람이 베껴 쓴 것처럼 글자체가 단정하고 고왔다. 한번은 어떤 손님이 위공(韋公 : 위고)의 연회 석상에서 주완(籌碗 : 산가지를 담아 놓는 주발) 안에 있는 녹두로 파리를 잡았는데, 열에 하나도 놓치지 않았다. 온 좌중이 그의 재주에 놀라면서 웃자 장분이 말했다.

"내 콩을 낭비할 필요도 없소이다."

그러고는 손가락으로 파리를 쫓아 그 뒷다리를 잡았는데, 그의 손에서 빠져나간 파리는 거의 없었다.

張芬曾爲韋皋行軍, 曲藝過人. 常於福感寺趯鞠, 高及半塔. 彈弓力五斗, 嘗揀向陽巨笋, 織竹籠之, 隨長旋培, 常留寸許. 度竹籠高四尺, 然後放長, 秋深, 方去籠伐之. 一尺十節, 其色如金, 用成弓焉. 每塗牆方丈, 彈成"天下太平"字, 字體端硏, 如人摹成. 有一客於韋公宴席上, 以籌碗中綠豆擊蠅, 十不失一. 一座驚笑, 芬曰 : "無費吾豆." 遂指起蠅, 拈其後脚, 略無脫者.

* 이 고사는 《태평광기》 권227 〈기교·장분〉과 〈서촉객(西蜀客)〉에 실려 있다.

50-24(1495) 머리카락 관통을 비롯한 여러 기예
관발제예(貫髮諸藝)
출《유양잡조》

위(魏)나라 때 구려(句驪)129)의 어떤 객(客)이 침을 잘 놓았는데, 1촌 길이의 머리카락을 10여 토막으로 잘라 침으로 그것을 관통시키면서 머리카락 가운데가 비어 있다고 말했다.

강서(江西) 사람 중에 대나무를 잘 펴는 사람이 있었는데, 그는 대나무 몇 마디로 그릇을 만들 수 있었다. 또 웅호로(熊葫蘆)라는 사람이 있었는데, 그는 호로를 뒤집는 것이 공을 뒤집는 것보다 쉽다고 말했다.

魏時有句驪客, 善用針, 取寸髮, 斬爲十餘段, 以針貫取之, 言髮中虛也.
江西人有善展竹, 數節可成器. 又有人熊葫蘆, 云翻葫蘆易於翻鞠.

---

129) 구려(句驪) : 구려(句麗)라고도 한다. 고구려(高句麗)의 선조인 주몽(朱蒙)이 세운 나라로, 국성(國姓)이 고씨(高氏)였다.

* 이 고사는 《태평광기》 권218 〈의(醫)·구려객(句驪客)〉, 권227 〈기교·강서인(江西人)〉에 실려 있다.

50-25(1496) 바둑

혁기(弈棋)

출《집이기》·《두양편》·《북몽쇄언》

 [당나라] 현종(玄宗)이 [안녹산의 난을 피해] 남쪽으로 행차하자 조정의 백관들도 분주히 행재궁(行在宮)으로 갔는데, 바둑을 잘 두는 한림대조(翰林待詔) 왕적신(王積薪)도 따라갔다. 촉(蜀) 지방의 길은 험하고 좁아서 모든 우정(郵亭 : 역참)과 인가는 대부분 유력자들이 먼저 차지했다. 왕적신은 들어가 머물 곳이 없자 계곡을 따라 깊숙하고 먼 곳까지 가서 산중에서 외로이 살고 있는 노파의 집에 묵게 되었다. 그 집에는 며느리와 시어머니만 살고 있었는데 모두 방문을 닫고 있었고, 왕적신에게 물과 불만 주었다. 날이 어둑해지자 며느리와 시어머니는 모두 방문을 닫고 쉬었다. 왕적신은 처마 밑에 몸을 맡기고 밤이 깊도록 잠들지 못했는데, 갑자기 방 안에서 시어머니가 며느리에게 말하는 소리가 들렸다.

 "이렇게 좋은 밤에 재미있는 일이 없으니, 너와 바둑을 한 판 두려 하는데 괜찮겠느냐?"

 며느리가 말했다.

 "좋아요."

왕적신은 마음속으로 이상하다고 여겼다. 방 안에는 본래 등불도 없는 데다가 며느리와 시어머니는 각각 동쪽 방과 서쪽 방에 있었기 때문이다. 그래서 왕적신은 문짝에 귀를 갖다 댔는데, 잠시 후에 며느리가 말하는 소리가 들렸다.

"동쪽으로 5, 남쪽으로 9가 되는 곳에 한 수 둡니다."

시어머니가 응수했다.

"동쪽으로 5, 남쪽으로 12가 되는 곳에 한 수 둔다."

며느리가 또 말했다.

"서쪽으로 8, 남쪽으로 10이 되는 곳에 한 수 둡니다."

시어머니가 또 응수했다.

"서쪽으로 9, 남쪽으로 10이 되는 곳에 한 수 둔다."

두 사람은 매번 한 수씩 둘 때마다 한참씩 생각했으며, 밤은 깊어 4경이 지나가려고 했다. 왕적신은 두 사람의 바둑을 하나하나 몰래 기록했는데, 36번째 수가 되자 바둑 두기를 멈췄다. 그러더니 갑자기 시어머니의 말소리가 들렸다.

"네가 이미 졌다. 내가 9집으로 이겼다."

며느리도 기꺼이 승복했다. 왕적신이 날이 밝자 의관을 갖추고서 가르침을 청했더니 노파가 말했다.

"자네 생각대로 바둑판에 바둑을 두어 보게."

왕적신은 즉시 보따리에서 바둑판을 꺼내 일생 동안 익힌 묘법을 다 짜내서 바둑을 두었다. 그런데 그가 10여 점을 채 두지 않았을 때 노파가 며느리를 돌아보며 말했다.

"이 사람에겐 통상적인 형세만 가르쳐 줄 수 있겠다."

그러자 며느리가 공수(攻守)・살탈(殺奪)・구응(救應)・방거(防拒) 등의 방법을 왕적신에게 가르쳐 주었는데, 그 뜻이 매우 간략했다. 왕적신이 더 가르쳐 달라고 청하자 노파가 웃으며 말했다.

"이것만으로도 인간 세상에서는 적수가 없을 것이네."

왕적신은 정성스럽게 감사를 표하고 작별한 뒤 10여 걸음 갔다가 다시 돌아보았더니 아까 있던 집이 사라지고 없었다. 이로부터 왕적신의 바둑 솜씨는 너무나 뛰어나서 견줄 자가 없었다. 왕적신은 며느리와 시어머니가 대국했던 형세를 기록해 둔 것을 다시 두어 보면서 심력(心力)을 다 쏟아 9집의 승리에 대해 따져 보았지만 결국 알아낼 수 없었다. 그래서 그것을 "등애개촉세(鄧艾開蜀勢)"[130]라고 이름 지었는데, 지금까지 그 기보(棋譜)가 남아 있지만 세상 사람들은 끝내 이해하지 못한다.

---

130) 등애개촉세(鄧艾開蜀勢) : 등애는 위(魏)나라의 명장으로 원제(元帝) 때 종회(鍾會)와 함께 촉(蜀)나라를 공격했는데, 직접 정예군을 거느리고 음평(陰平)에서 몰래 촉나라로 들어가 면죽(緜竹)에서 제갈첨(諸葛瞻)을 격파하고 곧장 성도(成都)까지 들어가 촉나라 후주(後主)의 항복을 받아 냈다.

평 : 스님 일행(一行)은 본래 바둑을 둘 줄 몰랐는데, 연국공[燕國公 : 장열(張說)]의 저택에서 열린 연회에 참석했다가 왕적신이 바둑 한 판을 두는 것을 보고 마침내 그와 대국하면서 연국공에게 웃으며 말하길, "이는 단지 순위를 다투는 것일 뿐입니다"라고 했다. [북송의] 정명도[程明道 : 정호(程顥)]는 국수(國手)가 바둑 두는 것을 보고 곧바로 대국할 수 있게 되어 말하길, "이것은 하도(河圖)의 수요"라고 했다. 두 현인의 총명함을 보니, 왕적신은 여전히 기예 수준에 머물러 있는 자다.

[당나라] 대중(大中) 연간(847~860)에 일본국의 왕자가 내조(來朝)해 보기(寶器)와 음악을 바치자, 황상은 백희(百戲)와 진수성찬을 준비해 그를 예우했다. 왕자가 바둑을 잘 두었기에 황상은 칙명을 내려 대조(待詔) 고사언(顧師言)에게 왕자와 대국하게 했다. 왕자는 추옥(楸玉)으로 만든 바둑판과 냉난옥(冷暖玉)으로 만든 바둑알을 꺼내며 말했다.

"우리 나라에서 동쪽으로 3만 리 되는 곳에 집진도(集眞島)가 있고, 그 섬 위에는 응하대(凝霞臺)가 있으며, 그 누대 위에는 수담지(手譚池)131)가 있는데, 그 연못 안에서 옥바

---

131) 수담지(手譚池) : '수담'은 수담(手談)이라고도 쓴다. 손으로 하는

돌알이 납니다. 그것은 가공해서 만들지 않았는데도 자연스럽게 흑백이 분명하며, 겨울에는 따뜻하고 여름에는 차갑기 때문에 '냉난옥'이라고 합니다. 그 섬에는 또 가래나무와 비슷하게 생긴 추옥이 나는데, 그것을 깎아서 바둑판을 만들면 빛나고 깨끗해서 비춰 볼 수 있습니다."

이윽고 고사언이 왕자와 대국했는데 33번째 수를 둘 때까지도 승부가 판가름 나지 않았다. 고사언은 어명을 욕되게 할까 두려워서 손에 땀을 내며 생각을 집중한 끝에 드디어 과감히 낙점했는데, 이 수는 바로 "진신두(鎭神頭)"라고 부르는 것으로 양쪽에서 쳐들어오는 형세를 해결할 수 있는 묘수였다. 왕자는 눈을 휘둥그렇게 뜨고 어깨를 움츠리며 이미 패배를 인정했다. 왕자는 홍려경(鴻臚卿)을 돌아다보며 말했다.

"대조[고사언]는 몇 번째 고수요?"

홍려경이 거짓으로 대답했다.

"세 번째 고수입니다."

고사언은 사실 국수(國手)로 일컬어졌다. 왕자가 말했다.

"제1인자를 만나고 싶소."

담론이란 뜻으로 바둑의 별칭이다.

홍려경이 말했다.

"왕자께서는 제3인자를 이겨야만 비로소 제2인자를 만날 수 있고, 제2인자를 이겨야만 제1인자를 만날 수 있습니다. 그런데 지금 성급하게 제1인자를 만나고자 하니 그게 가능하겠습니까?" 미 : 절묘하다!

그러자 왕자는 바둑판을 덮고 탄식하며 말했다.

"소국의 제1인자가 대국의 제3인자만 못함이 정말이구나!" 미 : 바둑이 그만 못한 게 아니라 지혜가 그만 못한 것이다.

오늘날의 호사가들은 아직도 고사언의 〈삼십삼하진신두도(三十三下鎭神頭圖)〉를 가지고 있다.

당(唐)나라 함통(咸通) 연간(860~874)에 한림대조 활능(滑能)은 바둑 실력이 최고였다. 나이가 40쯤 되는 장생(張生)이라는 사람이 활능에게 대국(大局)을 청하러 왔다. 처음에 한 집을 주고 시작했는데, 활생(滑生 : 활능)이 오랫동안 심사숙고한 끝에 겨우 한 점을 두면 장생은 곧바로 거기에 응수했으며, 간혹 일어나 뜰을 거닐면서 활생이 다시 두기를 기다렸다가 또 곧바로 응수하곤 했다. 황소(黃巢)가 난을 일으켜 궁궐을 침범하는 바람에 희종(僖宗)이 촉으로 행차하자, 활생도 장차 행재궁으로 가기 위해 금주(金州)의 길을 통해 촉으로 들어가려고 했다. 그러자 장생이 말했다.

"미리 갈 필요 없소. 나는 바둑을 두러 온 객이 아니라 천제께서 그대를 데려와 바둑을 두도록 나에게 명하셨소." 미 :

활능의 기예는 천상에서는 오히려 하등(下等)일 뿐인데도 이미 간택을 받았으니, 상제(上帝)가 재주를 아낌을 잘 알 수 있다.

활능은 경악했고 처자식은 눈물을 흘리며 울었다. 마침내 활능은 갑자기 세상을 떠났다.

玄宗南狩, 百司奔赴行在, 翰林善棋者王積薪從焉. 蜀道隘狹, 每郵亭人舍, 多爲有力之所先. 積薪棲無所入, 因沿溪深遠, 寓宿於山中孤姥之家. 但有婦姑, 皆闔戶, 止給水火. 纔暝, 婦姑皆闔戶而休. 積薪棲於檐下, 夜闌不寢, 忽聞堂內姑謂婦曰: "良宵無以適興, 與子圍棋一賭, 可乎?" 婦曰: "諾." 積薪私心奇之. 堂內素無燈燭, 又婦姑各在東西室. 積薪乃附耳門扉, 俄聞婦曰: "起東五南九置子矣." 姑應曰: "東五南十二置子矣." 婦又曰: "起西八南十置子矣." 姑又應曰: "西九南十置子矣." 每置一子, 皆良久思唯, 夜將盡四更. 積薪一一密記, 其下止三十六. 忽聞姑曰: "子已敗矣. 吾止勝九枰耳." 婦亦甘焉. 積薪遲明, 具衣冠請問, 孤姥曰: "爾可率己之意而按局置子焉." 積薪卽出囊中局, 盡平生之秘妙而布子. 未及十數, 孤姥顧謂婦曰: "是子可敎以常勢耳." 婦乃指示攻守殺奪, 救應防拒之法, 其意甚略. 積薪卽更求其說, 孤姥笑曰: "止此亦無敵於人間矣." 積薪虔謝而別, 行十數步, 再指, 則失向來之室閭矣. 自是積薪之藝, 絶無其倫. 卽布所記婦姑對敵之勢, 罄竭心力, 較其九枰之勝, 終不得也. 因名"鄧艾開蜀勢", 至今棋圖有焉, 而世人終莫之解.
評: 一行本不解弈, 因會燕公宅, 觀王積薪一局, 遂與之敵, 笑謂燕公曰: "此但爭先耳." 程明道觀國手弈棋, 便能對局, 曰: "此河圖數也." 觀二賢聰明, 積薪尙囿於藝者.

大中中, 日本國王子來朝, 獻寶器音樂, 上設百戲珍饌以禮焉. 王子善圍棋, 上敕待詔顔[1]師言對手. 王子出楸玉棋局, 冷暖玉棋子, 云: "本國之東三萬里, 有集眞島, 島上有凝霞臺, 臺上有手譚池, 池中出玉子. 不由製度, 自然黑白分明, 冬溫夏冷, 故謂之'冷暖玉'. 更産如楸玉, 狀類楸木, 琢之爲棋局, 光潔可鑒." 及師言與之敵手, 至三十三下, 勝負未決. 師言懼辱君命, 汗手凝思, 方敢落指, 卽謂之"鎭神頭", 乃是解兩征勢也. 王子瞪目縮臂, 已伏不勝. 回話鴻臚曰: "待詔第幾手耶?" 鴻臚詭對曰: "第三手也." 師言實稱國手. 王子曰: "願見第一." 曰: "王子勝第三, 方得見第二, 勝第二, 得見第一. 今欲躁見第一, 其可得乎?" 眉: 絶妙! 王子掩局而吁曰: "小國之第一, 不如大國之第三, 信矣!" 眉: 非弈不如, 乃智不若也. 今好事者, 尙有顔師言〈三十三下鎭神頭圖〉.

唐咸通中, 翰林待詔滑能, 棋品最高. 有張生者, 年可四十, 來請對局. 初饒一路, 滑生精思久之, 方下一子, 張隨手應之, 或起行庭際, 候滑生更下, 又隨應之. 及黃寇犯闕, 僖宗幸蜀, 滑將赴行在, 欲取金州路入. 張曰: "不必前適. 某非棋客, 天帝命我取公棋耳." 眉: 滑技於天上尙下乘耳, 已蒙簡在, 具知上帝憐才. 滑驚愕, 妻子啜泣. 奄然而逝.

* 이 고사는 《태평광기》 권228 〈박희(博戲)·왕적신(王積薪)〉, 〈일행(一行)〉, 〈일본왕자(日本王子)〉, 권312 〈신(神)·활능(滑能)〉에 실려 있다.

1 안(顔): 《태평광기》 명초본과 《두양잡편(杜陽雜編)》 권3에는 "고(顧)"라 되어 있는데 타당하다.

50-26(1497) 탄기

탄기(彈棋)

출《소설(小說)》·《세설》

한(漢)나라 성제(成帝)는 축국(蹴鞠)132)을 좋아했는데, 여러 신하들은 축국이 몸을 피로하게 하므로 지존(至尊)에게 적당한 것이 아니라고 여겼다. 그러자 성제가 말했다.

"짐은 축국을 좋아하니 이것과 비슷하면서도 몸을 피로하게 하지 않는 것을 골라서 아뢰도록 하시오."

유향(劉向)이 탄기133)를 아뢰고 바치자 황상이 기뻐하며 그에게 검푸른 양 갖옷과 자색 비단 신발을 하사했는데, 유향은 그것을 착용하고 황상을 배알했다.

위(魏)나라 문제(文帝)는 탄기에 특히 절묘해 수건 모서

---

132) 축국(蹴鞠) : 옛날 구기(球技) 운동의 일종. 오늘날의 축구와 비슷하다. '축'은 '차다'라는 뜻이고, '국'은 깃털과 같은 부드러운 물건으로 속을 채운 가죽 공을 말한다.

133) 탄기 : 옛 놀이의 일종으로 유향이 만들었다고 한다. 바둑처럼 판과 알이 있으며 두 사람이 대국하는데, 각각 검은 알과 흰 알을 여섯 개씩 판 위에 배열한 뒤에 상대방의 여섯 개 알을 먼저 손가락으로 튕겨 맞히는 편이 이긴다. 위(魏)나라 때는 16개의 알을 사용했고, 당나라 때에는 24개의 알을 사용했다. 송나라에 이르러 실전(失傳)되었다.

리로 알을 튕겼는데 명중하지 않은 적이 없었다. 어떤 객이 자신도 그 놀이를 잘한다고 말하자 문제가 그에게 해 보라고 했다. 객은 갈건(葛巾)을 쓰고 머리를 숙여 그 모서리로 알을 튕겼는데, 절묘함이 거의 문제를 뛰어넘었다.

평 : 살펴보니, 탄기는 24가지 색깔의 바둑알을 사용하는데 색깔로 귀천을 구별한다. 또 위나라 때의 놀이법은 먼저 바둑판 가운데에 바둑알 하나를 놓아두고 나머지 바둑알로는 흰색과 검은색을 섞어 가운데에 있는 바둑알을 둘러싸는데, 18점이면 한 판이 끝난다. 지금은 그 법이 전하지 않는다.

漢成帝好蹴鞠, 群臣以蹴鞠勞體, 非尊者所宜. 帝曰 : "朕好之, 可擇似而不勞者奏之." 劉向奏彈棋以獻, 上悅, 賜之靑羔裘・紫絲履, 服以朝覲.
魏文帝彈棋特妙, 用手巾角拂之, 無不中者. 有客自云能, 帝使爲之. 客着葛巾, 角低頭拂棋, 妙殆逾於帝.
評 : 按彈棋, 用棋二十四色, 色別貴賤. 又魏戲法, 先立一棋於局中, 餘者間白黑圓繞之, 十八籌成都. 今其法不傳.

* 이 고사는 《태평광기》 권228 〈박희・한성제(漢成帝)〉와 〈위문제(魏文帝)〉에 실려 있다.

50-27(1498) 장구

장구(藏鉤)

출《유양잡조》·《저궁고사(渚宫故事)》

  옛말에 따르면, 장구는 구익(鈎弋)에게서 시작되었다고 한다. 한(漢)나라 무제(武帝)의 구익 부인은 손이 굽었는데, 당시 사람들이 그것을 흉내 내면서 "장구"라고 불렀다. '구(鈎)'는 '구(彄)'라고도 하는데 '구(摳)'와 같다. 여러 사람이 편을 나눠서 손에 물건을 감추고 그것이 누구의 손에 있는지 알아맞히는 것이다. 편을 나누고 나서 한 사람이 남으면, 그 사람은 두 편을 오가는데 그를 일러 "아치(餓鴟 : 굶주린 솔개)"라고 한다. 《풍토기(風土記)》에서 말하길, "장구라는 놀이는 두 편으로 나눠서 승부를 겨룬다. 만약 사람의 수가 짝수이면 두 편으로 나누어 상대하고, 홀수인 경우에는 한 사람이 유부(游附 : 깍두기)가 되어 위편에 속할 때도 있고 아래편에 속할 때도 있는데, 이를 '비조(飛鳥)'라고 한다. 또한 이 놀이는 반드시 정월에 하게 한다"라고 했다. 《풍토기》에 따르면, 장구 놀이는 납제(臘祭)134) 이후에 행했다. 유천

---

134) 납제(臘祭) : 음력 12월의 납일(臘日)에 100신(百神)에게 지내는 제사.

(庾闡)의 〈장구부(藏鈎賦)〉에서는 또한 "행구(行鈎)"라고도 했다. 옛말에 따르면, 장구(藏彄)는 사람을 생이별을 하게 만든다고 하며, 혹은 점치는 말로 효험이 있다고도 한다.

거인(擧人) 고영(高映)은 장구를 잘 알아맞혔다. 한번은 단성식(段成式 : 《유양잡조》의 찬자)이 형주(荊州)에서 장구를 했는데, 각 편의 인원이 50여 명이나 되었는데도 고영은 열에 아홉을 알아맞혔으며 같은 편의 장구도 누구에게 있는지 알았다. 그래서 당시 사람들이 고영에게 특별한 술법이 있을 것이라고 의심하면서 그 비결을 물었더니 고영이 말했다.

"행동거지와 말과 얼굴빛을 보고 알아맞히는 것일 뿐이니, 죄인이나 도둑을 살피는 것과 같소이다."

산인(山人 : 도술사) 석민(石旻)은 특히 타구(打彄 : 장구)에 절묘했으며, 장우신(張又新) 형제와 친한 사이였다. 장우신이 어느 한가한 밤에 손님들을 불러 모아 석민에게 장구를 알아맞히도록 했는데, 그가 지목하면 반드시 적중했다. 그래서 장우신은 두건의 주름 속에 고리를 숨겼는데, 석민이 한참 있다가 웃으며 말했다.

"모두 빈주먹을 펴시오."

그러고는 잠깐 있다가 또 말했다.

"고리는 장 군(張君 : 장우신)의 두건 왼쪽 깃 안에 있소."

그 절묘함이 이와 같았다. 석민은 후에 양주(揚州)에서 살았는데, 단성식이 그를 알게 되어 그 술법을 가르쳐 달라고 했다. 그러자 석민이 단성식에게 말했다.

"먼저 수십 명의 사람 머리를 그려 놓고 호(胡) 땅과 월(越) 땅 사람의 다른 모습을 분간해 내듯이 그들의 상(相)을 판별할 수 있게 된다면 가르쳐 드리지요."

단성식은 그가 자신을 속인다고 의심해 결국 사람 머리를 그리지 않았다.

은중감(殷仲堪)은 환현과 함께 장구를 했는데, 한편에 100명씩으로 정했다. 환현의 편이 질 것 같은 상황에서 남아 있는 사람은 호탐(虎探)뿐이었다. 당시 고개지(顧愷之)는 은중감의 참군(參軍)으로 있었는데, 병에 걸려서 관아에 있었다. 환현이 서신을 보내 고개지에게 병석에서 일어나 호탐의 어느 손에 숨겨져 있는지 맞혀 달라고 청했다. 고개지가 와서 자리에 앉아 말했다.

"상으로 베 100필을 주신다면 즉시 고리를 찾아 드리겠습니다."

결국 환현의 편이 이겼다.

舊言, 藏鉤起於鉤弋. 漢武鉤弋夫人手拳, 時人效之, 目爲"藏鉤"也. '彄'與'摳'同. 衆人分曹, 手藏物, 探取之. 剩一人, 則來往於兩朋, 謂之"餓鴟". 《風土記》曰: "藏鉤之戲, 分二曹以較勝負. 若人偶則敵對, 若奇則使一人爲游附, 或屬上曹, 或屬下曹, 爲'飛鳥'. 又令爲此戲, 必於正月." 據《風土記》,在臘祭後也. 庾闡有賦,又名"行鈎". 舊說,藏彄令人生離,或言占語有徵也.

舉人高映,善意彄. 段成式常於荊州藏鈎,每曹五十餘人,十中其九,同曹鈎亦知其處. 當時疑有他術,訪之,映言:"但意舉止辭色,若察囚視盜也."

山人石旻,尤妙打彄,與張又新兄弟善. 暇夜會客,因試其意彄,注之必中. 張遂置鈎於巾襆中,旻良久笑曰:"盡張空拳." 有頃,"眼鈎在張君襆頭左翅中." 其妙如此. 旻後居揚州,段成式因識之,曾祈其術. 石謂成式:"可先畫人首數十,遣胡越異貌,辨其相當授." 疑其見紿,竟不及畫.

殷仲堪與桓玄共藏鈎,一朋百籌. 桓朋欲不勝,唯餘虎探在. 顧愷之爲殷仲堪參軍,屬病疾在廨. 桓遣信,請顧起病,令射取虎探. 顧來,坐定云:"賞百匹布,卽取得鈎." 桓朋遂勝.

* 이 고사는《태평광기》권228〈박희·장구〉,〈고영(高映)〉,〈석민(石旻)〉,〈환현(桓玄)〉에 실려 있다.

50-28(1499) 투호

투호(投壺)

출《서경잡기》

 [한나라] 무제(武帝) 때 곽 사인(郭舍人)은 투호(投壺)에 뛰어났는데, 대나무로 투호 살을 만들고 멧대추나무는 사용하지 않았다. 옛날의 투호에서는 항아리에 살이 들어간 것만 쳐주고 도로 나온 것은 쳐주지 않았기 때문에 항아리 속에 팥을 채워 살이 튀어나오는 것을 피했다. 그런데 곽 사인은 살을 튀어 오르게 해서 도로 나오게 했다. 그는 살 하나를 가지고 100여 번이나 도로 나오게 했는데, 그것을 일러 "효(驍)"라고 했다. 곽 사인이 매번 무제를 위해서 투호를 할 때마다 무제는 그에게 금과 비단을 하사했다.

武帝時, 郭舍人善投壺, 以竹爲矢, 不用棘也. 古之投壺, 取中而不求還, 故實小豆於中, 惡其矢躍而出也. 郭舍人則激矢令還. 一矢百餘反, 謂之爲"驍". 每爲武帝投壺, 輒賜金帛.

* 이 고사는 《태평광기》 권228 〈박희・잡희(雜戱)〉에 실려 있다.

50-29(1500) 잡희

잡희(雜戲)

출《유양잡조》·《국사보》·《가화록(嘉話錄)》

잡희 중에서 한 개의 바둑판에 각각 바둑알 다섯 개를 놓고 그 빠름을 겨루는 놀이를 "축융(蹴融)"이라 한다. 단성식(段成式:《유양잡조》의 찬자)의 〈독좌우방(讀座右方)〉에서는 이것을 "축융(蹴戎)"[135]이라 했다. 미:아마도 지금 민간에서 "활호도(豁虎跳)"라고 부르는 것과 비슷한 것 같은데, 바둑알을 사용해 이 놀이를 한다.

[당나라] 정원(貞元) 연간(785~805)에 동숙유(董叔儒)가 박판(博板)과 박경(博經) 한 권을 진상했는데, 너무 새로워서 당시에는 유행하지 못했다. 낙양현령(洛陽縣令) 최사본(崔師本)은 옛날의 저포(樗蒲)라는 놀이를 좋아했다. 미: 옛사람은 이런 여러 놀이를 왜 금지하지 않았는지 모르겠다. 그 방법은 360개의 알을 셋으로 나누고 관문(關門) 두 개를 정하며

---

135) 축융(蹴戎): 고대 박희(博戲) 가운데 하나로, 한나라 때는 "격오(格五)"라고 했다. 지금의 오목(五木)과 비슷한 놀이로 추정한다. 오목은 기다란 나무쪽 다섯 개를 던져서 나온 점수로 승부를 겨루는 놀이다.

각자 말 여섯 개를 가진다. 사용하는 주사위는 다섯 개로 위쪽은 흑색이고 아래쪽은 백색으로 구분되어 있는데, 흑색에는 송아지 두 마리가 새겨져 있고 백색에는 꿩 두 마리가 새겨져 있다. 주사위를 던져서 전부 흑색이 나오면 '노(盧)'가 되며 그 채(彩 : 점수)는 16이다. 두 개가 꿩[백색]이 나오고 세 개가 흑색이 나오면 '치(雉)'가 되며 그 채는 14다. 두 개가 송아지[흑색]가 나오고 세 개가 백색이 나오면 '독(犢)'이 되며 그 채는 10이다. 전부 백색이 나오면 '백(白)'이 되며 그 채는 8이다. 이 네 가지는 귀채(貴彩)다. 그리고 '개(開)'는 12채, '색(塞)'은 11채, '탑(塔)'은 5채, '독(禿)'은 4채, '효(梟)'는 2채, '궐(撅)'은 3채다. 협 : 이 여섯 가지는 잡채(雜彩)다. 귀채가 나오면 연속해서 주사위를 던질 수 있고 상대방의 말을 잡을 수 있으며 관문을 지나갈 수 있지만, 나머지 채의 경우에는 그렇게 할 수 없다. 후에 '진구(進九)'와 '퇴륙(退六)'[136] 두 가지 채를 새로 추가했다.

지금의 박희 중에서 장행(長行)이 가장 성행한다. 장행에는 판과 알이 갖춰져 있으며, 알은 흑색과 황색이 각각 15개씩이고 던지는 주사위는 두 개다. 장행의 방법은 악삭(握

---

[136] 진구(進九)와 퇴륙(退六) : '진구'는 말을 아홉 칸 전진시킨다는 뜻이고, '퇴륙'은 말을 여섯 칸 후퇴시킨다는 뜻이다.

梁)137)에서 생겨났으며 쌍륙(雙六)138)에서 변화한 것이다. [당나라] 천후(天后 : 측천무후)가 한번은 꿈속에서 쌍륙을 하다가 졌는데, 적양공[狄梁公 : 양국공 적인걸(狄仁傑)]이 해몽해 궁중에 태자(太子)가 없기 때문이라고 말했다. 후인이 새롭게 고안해 장행이 생겨나게 되었다. 또 소쌍륙(小雙六)·위투(圍透)·대점(大點)·소점(小點)·유담(遊談)·봉익(鳳翼) 등의 놀이가 있지만 장행만 한 것은 없다. 험난함과 평탄함을 살피는 자는 장행으로 시사(時事)를 알 수 있고, 변통(變通)을 좇는 사람은 그것으로 역상(易象 : 역의 괘에 나타난 상)을 헤아릴 수 있다. 왕공대인(王公大人) 중에서 많은 이들이 장행에 빠져서 경조사도 팽개치고 침식을 잊는 지경에 이르기도 한다. 도박꾼들이 장행을 하면 힘써 각자 이기려고 다투는데, 이를 "요령(撩零)"이라 한다. 돈을 꿔 주고 그것에 대한 몫을 나눠 갖는 사람을 "낭가(囊家)"라고 한다. 낭가는 10분의 1의 이익을 취하는데, 이를 "걸두(乞頭)"라고 한다. 밤을 새워 도박하는 자도 있고, 파산에 이르도록 내기하는 자도 있다. 장행에 뛰어난 자로 근래에는 담호(譚鎬)와 최사본(崔師本)이 으뜸이다. 바둑은 장행에

---

137) 악삭(握槊) : 쌍륙과 유사한 고대 박희의 일종.

138) 쌍륙(雙六) : 주사위를 던져서 나오는 점수에 따라 말을 움직여 먼저 상대방의 궁에 들어가기를 겨루는 놀이.

버금갔는데, 바둑에 뛰어난 자로 근래에는 위연우(韋延祐)
와 양봉(楊芃)이 으뜸이다. 탄기(彈棋)와 같은 놀이는 아주
오래된 것으로, 놀이법이 있긴 하지만 그것을 하는 사람은
드물다. 탄기에 뛰어난 자로 근래에는 길달(吉達)과 고월
(高越)이 으뜸이다.

小戲中, 於要局一枰, 各布五子, 角遲速, 名"虀融". 段成式
〈讀座右方〉, 謂之"虀戎". 眉：疑卽今俗戲名"谿虎跳"之類, 用棋子
爲之.
貞元中, 董叔儒進博局並經一卷, 頗有新意, 不行於時. 洛陽
令崔師本, 又好爲古文[1]樗蒲. 眉：不知諸戲古人何以不禁. 其
法, 三分其子三百六十, 限以二關, 人執六馬. 其骰五枚, 分
上爲黑, 下爲白, 黑者刻二爲犢, 白者刻二爲雉. 擲之, 全黑
乃爲'盧', 其彩十六. 二雉三黑爲'雉', 其彩十四. 二犢三白爲
'犢', 其彩十. 全白爲'白', 其彩八. 四者貴彩也. '開'爲十二,
'塞'爲十一, '塔'爲五, '禿'爲四, '梟'爲二, '撅'爲三. 夾：二[2]六者
雜彩也. 貴彩得連擲, 得打馬, 得過關, 餘彩則否. 新加進六[3]
兩彩.
今之博戲, 有長行最盛. 其具有局有子, 子黑黃各十五, 擲采
之骰有二. 其法生於握槊, 變於雙陸. 天后嘗夢雙陸不勝,
狄梁公言宮中無子故也. 後人新意, 長行出焉. 又有小雙
陸・圍透・大點・小點・遊談・鳳翼之名, 然無如長行也.
監險易者, 喩時事焉, 適變通者, 方易象焉. 王公大人, 頗或
耽玩, 至於廢慶弔, 忘寢食. 及博徒用之, 於是彊各爭勝, 謂
之"撩零". 假借分畫, 謂之"囊家". 囊家什一而取, 謂之"乞
頭". 有通宵而戰者, 有破產而輸者. 其工者近有譚鎬・崔師

本首出. 圍棋次於長行, 其工者近有韋延祐·楊茇首出. 如彈棋之戲甚古, 法雖設, 鮮有爲之. 其工者近有吉達·高越首出焉.

* 이 고사는 《태평광기》 권228 〈박희·잡희〉에 실려 있다.
1 문(文):《당국사보(唐國史補)》 권하에는 "지(之)"라 되어 있는데, 문맥상 보다 타당하다.
2 이(二):《당국사보》에는 이 자가 없는데, 문맥상 타당하다.
3 진륙(進六):《당국사보》에는 "진구퇴륙(進九退六)"이라 되어 있는데, 문맥상 보다 타당하다.

태평광기초 10

엮은이 풍몽룡
옮긴이 김장환
펴낸이 박영률

초판 1쇄 펴낸날 2024년 11월 28일

커뮤니케이션북스(주)
출판등록 제313-2007-000166호(2007년 8월 17일)
02880 서울시 성북구 성북로 5-11
전화 (02) 7474 001, 팩스 (02) 736 5047
commbooks@commbooks.com
www.commbooks.com

ⓒ 김장환, 2024

지식을만드는지식은
커뮤니케이션북스(주)의 고전 출판 브랜드입니다.
이 책은 저작권자와 계약해 발행했으므로, 본사의 서면 허락 없이는
어떠한 형태나 수단으로도 이 책의 내용을 이용할 수 없습니다.

ISBN 979-11-7307-028-0 94820
979-11-7307-000-6 94820 (세트)

책값은 뒤표지에 있습니다.